HEYNE

Das Buch

»Er war unbemerkt aufgestanden und an sie herangetreten. Als er sich zu ihr beugte, streichelte sein warmer Atem ihren Hals. Erica schluckte und schloss für einen Moment die Augen. ›Ich durfte Ihre beeindruckende Kreativität kennenlernen. Allerdings gibt es etwas, auf das ich bisher noch keine Antwort gefunden habe.‹ Seine Lippen näherten sich ihrem Ohr und seine Stimme senkte sich zu einem rauen Flüstern. ›Ich möchte wissen, wer Sie wirklich sind. Ich will erfahren, zu welcher Leidenschaft Sie fähig sind, wohin Ihre Fantasie Sie führen kann. Schenken Sie mir eine Nacht.‹ Ein Kribbeln rieselte ihre Wirbelsäule hinunter. Ihr Körper bettelte danach, von ihm berührt zu werden, wollte, dass sie Ja sagte …«

Unter dem Titel *Unterwerfung aus Liebe* erscheint Jazz Winters Erfolgsroman *Liebessklavin* nun in neuer Ausstattung bei Heyne.

Jazz Winter

Unterwerfung aus Liebe

Roman

WILHELM HEYNE VERLAG
MÜNCHEN

Der Roman erschien im Heyne Verlag bereits unter dem Titel
Liebessklavin

Sämtliche Personen in diesem Roman sind frei erfunden.

MIX
Papier aus verantwortungsvollen Quellen
FSC® C014496
www.fsc.org

Verlagsgruppe Random House FSC®N001967
Das für dieses Buch verwendete FSC®-zertifizierte
Papier *Holmen Book Cream* liefert
Holmen Paper, Hallstavik, Schweden.

2. Auflage
Vollständige Taschenbuchausgabe 11/2012

Printed in Germany 2013
Umschlaggestaltung: Nele Schütz Design
unter Verwendung von Viacheslav Krisanov/Dreamstime
Satz: KompetenzCenter, Mönchengladbach
Druck und Bindung: GGP Media GmbH, Pößneck
ISBN: 978-3-453-72304-7

www.heyne.de

Kapitel 1: Prinzipien

Provokant! Lüstern! Lecker!

Jede Zeitung der Stadt berichtete über die sensationelle Eröffnungsfeier des neuen Feinschmeckerrestaurants. Die Meinungen waren einstimmig und voll des Lobes über das außergewöhnliche Restaurantkonzept des »Private Room«. Statt eines, wie sonst üblichen, großen Speisesaales, gab es Mottoseparees in dem liebevoll restaurierten Gebäude.

Während intimer Stunden mit Delikatessen eines Drei-Sterne-Kochs konnten sich die Besucher in den jeweiligen Räumen in eine andere Welt oder ein fremdes Land entführen lassen und bei Reservierung war es möglich, auf einen Spezialservice des Hauses zurückzugreifen. Die Damen und Herren erfüllten die exquisitesten Wünsche der Gäste. Was auch gefiel, keine Begierde blieb unerfüllt.

All die Glückwünsche und lobenden Worte der Premierengäste, nichts kam annähernd ihrem Stolz gleich, denn ihre Leidenschaft steckte in jedem Detail dieses Projektes.

Noch vor wenigen Monaten war dies undenkbar gewesen. Seit sechs Jahren arbeitete Erica in dem Architektenbüro von Donald Trent, der ihr bis dato einen solchen Auftrag niemals freiwillig überlassen hätte.

Es war anscheinend nur ein einziger kurzer Augenkontakt, der ihre Karriere entscheiden sollte, als Simon DiLucca mit seiner Idee vom »Private Room« ins Büro geschlendert war. Es dauerte keine zehn Minuten, bis Trent sie zum Meeting zitierte.

DiLucca war ein Selfmademillionär und einer der begehrtesten Junggesellen der Stadt mit großer Medienpräsenz. Sie sollte seine Innenarchitektin sein und Trent wollte sich den Fisch nicht durch die Lappen gehen lassen. Die Arbeit mit DiLucca war fantastisch. Seine Vorschläge und ihre Visionen passten perfekt zusammen. Gemeinsam schafften sie in kürzester Zeit ein Kunstwerk, als wären sie ein jahrelang eingespieltes Team. Er hatte ihr die Möglichkeit gegeben, Räume mit Schönheit und Sinnlichkeit zu füllen und ihre eigenen Vorstellungen in die Realität umzusetzen.

Über Nacht schoss damit ihre berufliche Karriere steil nach oben, was sie über ihr Privatleben kaum behaupten konnte. Alles, was in ihrem Job wichtig war – ständig die vollständige Kontrolle zu behalten, der Sinn für Details, ihr Perfektionismus – stand in Konkurrenz zu einer gut laufenden Partnerschaft. Affären waren nur von kurzer Dauer, One-Night-Stands nicht der Rede wert und Beziehungen von Beginn an zum Scheitern verurteilt. Eine Zeit lang redete sie sich ein, dass der perfekte Mann nicht dabei war, irgendwann gab sie es auf, nach ihm zu suchen und stürzte sich mit Hingabe in die Arbeit, was sich jetzt auszahlte.

Noch in der Nacht der Eröffnung hatte Simon DiLucca sie um ein Treffen am nächsten Abend gebeten. Erica freute sich darüber, ihn wiederzusehen. Während der täglichen Meetings blieben die Unterhaltungen zwischen ihnen projektbezogen, aber die Art, wie er sie dabei ansah, hinterließ wohlige Schauder auf ihrer Haut.

Schon bei der Vertragsunterzeichnung war sie von ihm beeindruckt gewesen. Er sah unverschämt gut aus, strahlte Autorität und Respekt einflößende Intelligenz aus, doch er verhielt sich weder streng noch anmaßend. Die Aufmerksamkeit, mit der ihm kein Detail entging, war verblüffend. Zusätzlich besaß er

Charme und Eleganz, eine Ausstrahlung, die eine Frau anzog und gleichsam warnte, auf der Hut zu sein. Erica beschlich das Gefühl, dass er gefährlich werden konnte, nicht bedrohlich, sondern auf sinnliche Weise, genau wie in diesem Moment.

Simon DiLucca schwenkte das bauchige Rotweinglas in seiner rechten Hand und lächelte ihr über den Rand hinweg zu. »Ich bin überwältigt, Erica. Sie haben sich selbst übertroffen, und ich bin nicht der Einzige, der so denkt. Die Presse überschlägt sich. Ich kann mir vorstellen, dass Sie sich künftig vor Aufträgen kaum retten können.«

»Wenn Geld keine Rolle spielt, ist es ein Leichtes, so zu arbeiten. Es war Ihr Konzept, ich habe nur die Kleinigkeiten geliefert.« Wie alt er sein mochte? Dreißig, fünfunddreißig?

»Stellen Sie Ihren Anteil am Erfolg nicht unter den Scheffel. Durch Sie ist das alles erst möglich geworden. Ich wusste vom ersten Augenblick, dass ich mit Ihnen die richtige Wahl getroffen habe.«

Sie wich seinem Blick aus und räusperte sich. Ihre Gedanken schweiften ab, während er sprach. Die Treffen waren bisher professionell abgelaufen, aber hier und jetzt fühlte es sich anders an, viel intimer, persönlicher und …

»Erica?«

»Ja? Entschuldigen Sie, ich war gerade woanders. Was sagten Sie?«

Er war unbemerkt aufgestanden und an sie herangetreten. Als er sich zu ihr beugte, streichelte sein warmer Atem ihren Hals. Erica schluckte und schloss für einen Moment die Augen.

»Ich durfte Ihre beeindruckende Kreativität kennenlernen. Allerdings gibt es etwas, auf das ich bisher noch keine Antwort gefunden habe.« Seine Lippen näherten sich ihrem Ohr und seine Stimme senkte sich zu einem rauen Flüstern. »Ich möchte wissen, wer Sie wirklich sind. Ich will erfahren, zu welcher Leidenschaft Sie fähig sind, wohin Ihre Fantasie Sie führen kann. Schenken Sie mir eine Nacht.«

Ein Kribbeln rieselte ihre Wirbelsäule hinunter. Ihr Körper bettelte danach, von ihm berührt zu werden, wollte, dass sie Ja sagte, doch Ihr Prinzip, sich nicht mit Kunden einzulassen, egal, wie anziehend sie sein mochten, ließ sie zögern. Erica suchte nach den richtigen Worten, freundlich, aber bestimmt abzusagen, doch sie kam nicht dazu.

Sein Mund war nah an ihrem Ohr. »Sie haben dieses Paradies geschaffen, wollen Sie nicht wissen, welche Genüsse Sie den Gästen mit Ihrem Sinn für Schönheit, Romantik und Erotik bescheren?« Die Berührung seiner Fingerspitzen an ihrem Kinn ließ sinnliche Hitze in ihr aufsteigen. Ihr Verstand warnte in der Ferne, doch ein Nein wollte sie nicht herausbringen. Ihr Schweigen schien ihn dazu zu bringen, sich von ihr zu lösen. Für einen Moment saß Erica wie betäubt da. Pure Erregung zog in Wellen durch ihren Leib und pochte zwischen ihren Schenkeln.

DiLucca blieb einige Schritte von ihr entfernt stehen, lehnte sich lässig an die Wand und verschränkte abwartend die Arme vor seiner Brust.

Ihre Lippen zitterten, in ihrem Inneren tobte ein Kampf. Erica hob ihren Blick und atmete durch, um ihre Fassung zurückzuerlangen. Lag es an dem Mann, der Euphorie über ihren Erfolg oder der aufgeheizten Atmosphäre? Vielleicht war es eine Mischung aus allem, denn Erica räusperte sich, setzte eine selbstbewusste Miene auf und nickte. »Warum nicht?«

Simon DiLucca betätigte den Summer an der Wand, um einen der Bediensteten zu rufen, der kurz darauf in der Tür erschien und auf Anweisung wartete. Simon flüsterte ihm etwas zu, dann drehte er sich so abrupt zu Erica um, dass sie erschrak. »Lass uns bitte künftig die Förmlichkeiten ablegen. Ich heiße Simon.« Mit eiligen Schritten verließ er das Zimmer.

Nach kurzer Zeit kehrte der junge Butler allein in den Salon zurück, um Erica in das Kaminzimmer zu führen.

In dem weitläufigen Raum brannte ein wärmendes Feuer im Kamin, vor dem gemütliche Ohrensessel zum Entspannen einluden. Direkt gegenüber stand ein großzügig bemessenes Bett aus dunkler Eiche mit einem Himmel aus schwerem Brokat. Rechts davon befand sich ein Tisch mit hübschen, seidenbezogenen Stühlen. Erdbeeren in einer Silberschale lachten sie rot und saftig an, daneben stand eine Flasche Champagner in einem Eiskühler.

Sie war neugierig, was sich unter den Silberhauben auf den Tellern verbarg, doch sie gab dem Impuls nicht nach. Als sie näher an das Bett trat, entdeckte sie ein langes schwarzes Abendkleid. Darauf lag eine Karte, die sie zögernd an sich nahm und las.

Ein Geschenk für Dich, in dem ich Dich gern sehen möchte. S.D.

Das Kleid schmiegte sich zart an ihren Körper und fiel hinunter bis an ihre Knöchel. Sie trat ohne die flachen Schuhe, die sie zu ihrem Kostüm getragen hatte, vor den deckenhohen Spiegel neben dem Bett, um sich zu betrachten. Nie zuvor hatte sie ein solch gewagtes Kleidungsstück anprobiert, hätte es sich auch niemals gekauft und sie war überrascht, wie gut es ihr stand.

Der Rücken war so tief ausgeschnitten, dass sie auf den BH verzichtete. Der Slip zeichnete sich unter dem feinen, fast durchsichtigen Stoff ab, dennoch entschied sie, ihn anzubehalten. Dünne Träger lagen hauchzart auf ihren Schultern und der Ausschnitt gab den Ansatz ihrer Brüste frei. Erica spielte mit ihrem langen dunklen Haar, schob es mit den Händen am Hinterkopf empor, um zu sehen, wie eine Hochsteckfrisur aussehen würde, und vergaß darüber die Zeit.

Sie hörte nicht, wie die Zimmertür sich öffnete und erst, als sie Simon hinter sich im Spiegel erblickte, fuhr sie überrascht herum.

»Wunderschön.« Sichtlich beeindruckt glitt sein Blick an ihrer Figur entlang und sie konnte ihn beinahe spüren wie eine zarte

Berührung. Sie kannte Simon nur in maßgeschneiderten Anzügen, doch nun trug er eine schwarze Lederhose und ein weit geschnittenes Schlupfhemd mit losen Ärmeln und breiten Bündchen. Durch den geöffneten Kragen erkannte sie zu ihrer Überraschung die Andeutung eines Tattoos auf seiner Brust. Sein sonst zu einem Zopf am Hinterkopf gebundenes Haar floss seidig und leicht gelockt um seine Schultern. Zu seinen anziehenden Attributen gesellte sich ein Schuss Verwegenheit und schürte seine mystische Attraktivität.

Erica registrierte, wie er sich nur schwer von ihrem Anblick losriss und zum gedeckten Tisch ging, einen der Stühle rückte und dahinter stehen blieb, als Zeichen, dass sie Platz nehmen sollte. So anmutig wie möglich schritt sie barfuß hinüber und folgte seiner Anweisung.

Er setzte sich ans andere Ende der Tafel. »Ich hoffe, mit dem Dinner habe ich deinen Geschmack getroffen.« Simon nahm zuerst die silberne Wärmeglocke von Ericas Teller, anschließend von seinem eigenen. Er sog den appetitlichen Geruch der Forelle ein, die darunter zum Vorschein kam.

Als er ihrem Blick begegnete, nickte er ihr zu und sie aß einen Happen ihres herrlich duftenden Stückes Lachs. Sie war überrascht, wie viel er über sie wusste.

Das zarte Klingeln der Tischglocke in seiner Hand unterbrach die köstliche Stille und Erica hielt in ihrer Bewegung inne.

Während Simon sich seiner Speise zuwandte, schlüpften eine Frau und ein Mann in den Raum.

Sie trug nur halterlose Stümpfe, hohe Schuhe und ein zierliches Goldkettchen an ihrem Hals. Er hingegen war in einen Kimono aus schwarzer Seide gekleidet. Wortlos traten sie zur Mitte des Tisches.

Simon achtete nicht auf das Pärchen, sondern nahm unbeeindruckt einen weiteren Bissen.

Erika war wie erstarrt und konnte ihre Augen nicht von den beiden lassen. Ihre erste Verunsicherung legte sich, die Faszination des Schauspiels schlug sie völlig in ihren Bann.

Die Hände des Mannes streichelten sanft über die Brüste der Frau, neckten zärtlich die Brustwarzen mit Zeigefinger und Daumen. Sie bog ihren Kopf in den Nacken und schloss die Augen, als er sich über sie neigte und seine Zunge feucht und gierig über ihren Hals gleiten ließ. Die beiden verloren keine Zeit. Er hob seine Geliebte mit einer kraftvollen Bewegung auf den Tisch. Seine Handflächen strichen sinnlich ihre Schenkel entlang und spreizten sie. Er beugte sich vor und vergrub sein Gesicht in ihrem Schoß, glitt mit den Fingern seiner rechten Hand zwischen ihre Schamlippen und öffnete sie, um seiner Zungenspitze leichteres Spiel zu schenken.

Ericas Wangen glühten und ihre Lippen fühlten sich trocken an. Ihr Gastgeber schien den Anblick ihres erregten Gesichtsausdrucks zu genießen.

Mit fordernder Zunge leckte der Mann den Spalt entlang, saugte an der anschwellenden Klitoris, bis seine Geliebte seufzend mit dem Rücken auf die Tischplatte sank und sich seinen Zärtlichkeiten überließ. Mit den Lippen bedeckte er ihre Scham, doch Erica ahnte, dass er weiterhin ihre Lust züngelte, sie in sich aufsog und gierig trank. Sie beobachtete, wie er zwei Finger an ihrem feuchten Eingang rieb und seiner Partnerin ein leises Stöhnen stahl. Der Mann drängte die Fingerspitzen bis zu den ersten Fingergelenken in sie hinein, entzog sie der heißen Enge, nur, um sie dann noch tiefer in sie zu versenken.

Simon lehnte sich mit einem Glas Weißwein zurück, schien sich jedoch nur am Rande für das Treiben in der Mitte des Tisches zu interessieren. Seine Aufmerksamkeit konzentrierte sich offensichtlich auf Ericas Reaktionen.

Der junge Mann drückte die Beine seiner Gespielin zu ihrer

Brust. Ihre Scham lag glänzend und weit offen vor ihm und er leckte sich die Lippen. Erica bemerkte, dass sein Kimono auseinanderklaffte und ihr einen Blick auf seine mächtige Erektion gewährte. Er öffnete das Seidenband und ließ den Stoff achtlos von seinen Schultern zu Boden gleiten. Nackt und hart stand er vor seiner Geliebten, griff nach dem Schaft seines Geschlechts und rieb die pralle Eichel am Eingang ihrer Scham. Sie bog den Kopf in den Nacken, drängte ihre Hüften gegen seinen Schwanz, als bettelte ihr Körper danach, dass er sie endlich ausfüllte. Er nahm sich Zeit, schob ein Stück seiner Schwanzspitze in sie hinein, entzog sich jedoch seiner aufstöhnenden, gierigen Gespielin wieder – sehr zum Bedauern von Erica, der ein leises Seufzen über die Lippen rann.

Mit angehaltenem Atem durchlitt sie mit der erregten Frau die süße Qual dieses Spiels. Sie bemerkte das Kommen und Gehen des Butlers nicht und starrte gebannt auf das Treiben der beiden. Ein hartnäckiges Pochen hatte sich zwischen ihren Schenkeln breitgemacht und die anfangs vor Scham erröteten Wangen brannten vor Erregung.

Der Mann knetete sanft die Brüste seiner Gespielin, während er seinen mit pulsierenden Adern durchzogenen Schaft weiterhin zwischen ihren Schamlippen rieb. Sie keuchte vor Lust und leckte sich hektisch die Lippen. Er packte ihre Beine, legte sich ihre zart gerundeten Waden über die Schultern, griff nach seinem Schwanz und dirigierte die pralle Eichel erneut an ihren engen Eingang. Er drang mit der Spitze ein, hielt inne und stieß bis zum Anschlag in sie hinein. Wieder wartete er und ging in einen Rhythmus über, der lange, intensive Stöße zuließ. Die Frau auf dem Tisch schien sich die Erregung zu verbeißen, sie keuchte und stöhnte abwechselnd unterdrückt.

Um Erica war es längst geschehen. Ihr entschlüpfte ein sehnsuchtsschweres Seufzen. Erschrocken sah sie zu Simon und erkannte anhand seines feinen Lächelns, dass es ihm nicht entgangen war.

Er nahm sie härter, gieriger, und sein Stöhnen mischte sich mit ihrem Keuchen. Er hielt sie an den Oberschenkeln und schob seinen Schwanz unerbittlich in sie hinein. Ein lang gezogenes Wimmern aus ihrer Kehle kündete die ersten Explosionen ihres Höhepunktes an. Kurz darauf drang ein Schrei aus seinem Mund, mit dem er sich zuckend in ihr entlud. Keuchend und schwitzend sackte er über ihrem Körper zusammen und genoss offensichtlich mit ihr das Nachglühen der Erlösung. Eine Weile später verließen die beiden schweigend den Raum und Erica blieb zitternd mit Simon zurück.

Sie wagte nicht, ihn anzusehen, denn jetzt kehrte die Scham über ihr hemmungsloses Anstarren des Schauspiels zurück und ließ ihr Gesicht glühen. Sie konnte es nicht verbergen und erntete ein tiefes Auflachen, das sie noch mehr beschämte. Erica schwankte zwischen Verlegenheit und Erregung, das Gesehene wühlte sie innerlich auf. Der Seidenstoff ihres Höschens war feucht und ihr Schoß pochte gierig.

»Fühlst du dich wohl, Erica?«

»Du willst mich provozieren, oder?«

Ihm stand der Schalk in den Augen und das amüsierte Zucken um seine Lippen schürte ihre Wut auf ihn.

Er ging um ihren Stuhl herum und blieb hinter ihr stehen. Seine Finger glitten an ihrem Hals entlang und hinterließen ein hitziges Kribbeln. Simon beugte sich über ihre Schulter und stellte sein Glas ab. Sie spürte seine Handflächen warm und sanft in ihrem Nacken. Die Daumenkuppen kneteten zärtlich die geschwungenen Muskeln, strichen über ihre Schlüsselbeine, tiefer hinunter. Seine Fingerspitzen tasteten spielerisch über den Ansatz ihres Busens.

Erica war nicht in der Lage, es zu unterbinden, oder etwas zu sagen. Sie bemerkte nicht, wie die beiden Trägerchen über ihre Arme rutschten und ihre vollen Brüste entblößten. Ihre Knospen zogen sich hart und erregt zusammen und das Kribbeln in ihrem Körper nahm zu.

»Es hat dich angemacht, nicht wahr?« Seine Stimme drang wie durch einen Nebel aus Lust und köstlicher Gier zu ihr, ließ ihren Bauch beben und schickte die Botschaft wie einen hitzigen Blitz in ihren Schoß.

Lüstern kniff und drückte er ihre Brustspitzen mit Zeigefinger und Daumen.

Sie zerfloss vor Erregung, als gäbe es eine direkte Verbindung von den Brustwarzen zu ihrer Klitoris. Sie war kurz davor, ihre Hände zwischen ihre Schenkel gleiten zu lassen, doch stattdessen krampften sich ihre Finger um den zarten Stoff ihres Kleides. Ein unterdrücktes Stöhnen entwich ihr, als sie etwas Hartes zwischen ihren Schulterblättern spürte.

Simon stand so dicht hinter ihr, dass sie deutlich seine Erektion durch die Lederhose in ihrem Rücken fühlte. »Sag mir, dass ich aufhören soll und ich tue es, Erica.«

Allein, wie er ihren Namen betonte, besaß etwas so Sinnliches, dass ein wohliges Kribbeln über ihre Haut kroch. Sie nickte und schüttelte gleich darauf den Kopf. »Sie … du verwirrst mich.« Erica erkannte sich kaum wieder, sie vermisste ihr typisches Selbstbewusstsein und genoss es gleichermaßen, auf diese Art verführt zu werden. Wie ferngesteuert lehnte sie ihren Kopf an seinen Bauch, als Simon sich wieder aufrichtete. Zärtlich strich er ihr einige Haarsträhnen aus der Stirn und liebkoste ihre erröteten Wangen.

Sein Flüstern drang tief in ihre Seele. »Es steht dir frei, jederzeit zu gehen und dieses Spiel zu beenden.« Er löste sich von ihr, schob das Gedeck vor ihr zur Mitte des Tisches, stellte sich breitbeinig an die Tischkante und betrachtete sie eingehend.

Ein verschmitzter Ausdruck stahl sich auf ihr Gesicht, als sie zu ihm aufsah. *Prinzipien sind nur Grenzen, die man sich selbst auferlegt.* Sie straffte ihren Körper und hob selbstbewusst ihr Kinn. »Dieses Spiel, wie du es nennst, beginnt, mir zu gefallen.« Ihr Blick wanderte genüsslich an seinem Oberkörper hinab, bis ihre Augen auf seinem gewölbten Schoß haften blieben. Es wirkte für sie wie eine wortlose Aufforderung, sich zu bedienen und die Neugierde in ihr wuchs, zu erfahren, was sich unter dem Leder so erregt ausprägte. Sie zögerte, wollte ihn zappeln lassen, doch sein Ausdruck war direkt, nicht bettelnd, sondern wie ein Befehl.

Tu es … sagte er … Ich will, dass du es tust … Das angedeutete Lächeln verschwand von seinen Mundwinkeln und machte einem gebieterischen Gesichtsausdruck Platz, der sie wohlig schaudern ließ. Behutsam glitten seine Fingerspitzen über ihre Wange, ihr Kinn entlang zu ihrem fein geschwungenen Mund. Sein Daumen drängte sich zwischen ihre Lippen, schob sich tiefer hinein.

Ihre Hände zitterten, nestelten nervös an den Knöpfen seiner Hose und öffneten sie. Er half ihr, das Hemd aus dem Bund zu ziehen und entledigte sich des weißen Stoffes. Das Tattoo auf seiner Brust schlängelte sich als Flammentribal bis hinauf über seine Schulter und schien sich auf seinem Rücken fortzusetzen. Der Ausdruck auf seinem Gesicht war eine Mischung aus gebieterischem Befehl, ihn zu befreien, ihn mit dem Mund zu verwöhnen und gleichzeitig der zärtlichen Beruhigung, es würde ihr gefallen. Sacht nahm er ihr Gesicht in seine Hände, streichelte mit den Daumenkuppen ihre Wangen und zog sie näher zu sich. Simon sprach nicht aus, was er verlangte, doch Gestik und Blick wirkten unnachgiebig und ließen keine Gegenwehr zu.

Erica griff in seine Hose und betrachtete seinen harten, mit

Adern durchzogenen Schwanz. Seine rosige Eichel ragte zu ihr empor. Sie war überrascht, wie schön er war, und wie sehr er verführte, dem Verlangen seines Besitzers nachzugeben.

Simon schloss die Augen und zog ihr Gesicht noch weiter an seinen Schoß, bis ihre Lippen gegen seinen Schaft stießen.

Automatisch öffnete sie ihren Mund, leckte über die pralle Eichel und schmeckte die erste Lust, die in einem Tropfen heraustrat.

Simon seufzte, als sich ihre feuchten Lippen um seinen Schwanz legten. Seine Pobacken spannten sich und es hielt ihn nicht lange an der Tischkante. Breitbeinig stand er vor ihr, schob seine Hüften ihren Lippen entgegen und umfasste ihren Kopf.

Sie ließ ihn gewähren, ließ sich von ihm das Tempo vorgeben und hielt still.

Seine Schwanzspitze drängte tiefer an ihren Gaumen, vorsichtig darauf bedacht, nicht zu weit zu stoßen. Sie schmeckte die Hitze seiner seidigen Haut, griff mit beiden Händen an seine lederbedeckten Schenkel und spielte mit der Zunge an der Unterseite seines Schaftes.

Er keuchte, bog den Kopf in den Nacken und bewegte sich in ihrem Mund vor und zurück. Seine Fäuste gruben sich in ihr Haar, umfassten ihren Nacken und sein Becken stieß wieder und wieder in ihre feuchte Mundhöhle.

Es entging ihr nicht, wie schwer es ihm fiel, das erregende Lippenspiel zu unterbrechen und sich selbst zu zügeln. Für einen Augenblick hielt er ihren Kopf in seinen Händen und blickte gierig auf sie herab.

In ihren Augen musste er das entdecken, was er hatte wecken wollen. Sein Gesichtsausdruck verriet es ihr. »Ich wollte dich vom ersten Moment an.«

»Nimm mich! Mach mit mir, was du willst.«

Zufriedenheit zuckte um seine Mundwinkel. Seine Lippen

berührten ihre Stirn, eine so innige Geste, dass ihr Herz einen Schlag ausließ, um danach umso wilder weiterzupochen.

Er zog sie vom Stuhl empor, legte seine Arme um ihren Körper, seine Hände auf ihren Po und zog sie dicht an sich. Sein Atem roch nach Champagner und strich über ihr Gesicht. Sein Blick fesselte sie, schickte ihr einen wohligen Schauder den Rücken hinab und setzte sich überschlagende Fantasien in ihr frei.

Sich einem solchen Mann und seinen Wünschen auszuliefern, wäre ihr vor der ersten Begegnung mit ihm niemals in den Sinn gekommen.

Er streifte ihr die Träger ab, das Kleid glitt raschelnd zu Boden. Vor ihr hockend zog er ihr seidiges Höschen von ihren Schenkeln. Seine Augen streichelten ihre Rundungen, berührten ihre Haut und schmeichelten ihrer Weiblichkeit. Sanft strichen seine warmen Hände an ihren Armen empor, und als er ihre Schultern ergriff, zuckte sie nicht einmal zusammen. Mit einem Ruck drehte er sie um und ließ sie los.

»Ich will dich auf dem Bett sehen, auf dem Bauch, mit gespreizten Beinen. Dort wartest du auf mich!« Sein Tonfall gestattete keine Widerworte und sie folgte nur zu gern diesem geflüsterten Befehl.

Sie ging auf das Fußende zu, kniete sich auf die Bettdecke und reckte ihm verführerisch ihr Hinterteil entgegen. Erica kroch auf allen vieren weiter und blieb wie gewünscht liegen. Ihre Schenkel öffnete sie nur leicht und bettete ihr Gesicht seitlich in die Kissen. Sie hörte ihn eine Schublade öffnen, gab jedoch ihrer Neugierde, ihn zu beobachten, nicht nach.

Als er neben ihr auftauchte, erkannte sie Seidenbänder in seiner Hand. Simon griff nach ihrem Handgelenk und fesselte sie an den Pfosten des Betthimmels, ging auf die andere Seite, verfuhr mit der anderen Hand und den Fußgelenken auf die gleiche Weise und testete die Knoten mit Bedacht.

Sie war nicht stramm gefesselt, er hatte ihr Spielraum gelassen, ihre Schenkel konnte sie dennoch nicht schließen. Erica lauschte in die Stille. Das Rascheln deutete an, dass er sich der Lederhose entledigte, das Bett schwankte hinter ihr und er kniete sich zwischen ihre Beine.

Er schwieg, schob seine Finger unter ihren Bauch und brachte sie mit leichtem Druck auf die Knie.

Als sie sich aufstützen wollte, schob er ihren Kopf sanft mit einer Hand im Nacken zurück auf das Kissen. Den Hinweis verstand sie ohne Worte und verharrte in der Stellung.

Seine Arme tauchten zwischen ihre Beine, hoben ihren Unterleib empor, bis ihre Schenkel auf seinen Schultern ruhten. Sein Atem strich über die Innenseiten ihrer Beine, ihren Po entlang und seine Zunge vergrub sich in ihrer Scham.

So weit überstreckt hatte sie Schwierigkeiten, zu atmen, und sein gieriges Lecken in ihrem feuchten Spalt presste ihr die verbliebene Luft aus den Lungen. Sie keuchte, spannte ihre Oberschenkel und versuchte ihm ihre Hüften entgegenzudrängen.

Seine Zunge flatterte zärtlich über ihre Schamlippen, umkreiste ihre Klitoris und sein Mund saugte ihre Lust auf. Er stieß die Zungenspitze so weit es ihm möglich war in sie hinein und ließ sie kreisen. Sein Zungenspiel raubte ihr den letzten Rest Verstand, bis sie aufstöhnte und zuckend unter seinen Lippen explodierte.

Nachdem er sie aus der Schwebe zurück auf das Bett hob, sackte sie kraftlos und zitternd zusammen, doch er war unnachgiebig, befahl ihr, erneut ihr Hinterteil zu heben.

Sie spürte seine Eichel an ihre Scham drängen und zog scharf den Atem ein, als er sich mit einem harten Ruck in sie bohrte. Er hielt inne, sie fühlte das Nachbeben in ihrem engen, feuchten Fleisch, das rhythmisch um ihn zuckte. Simons Schwanz war so prall, dass er sie gänzlich ausfüllte und verzückt aufstöhnen ließ.

Er gab ihr einen Moment Zeit, sich an das Gefühl zu gewöhnen, bevor er sich in ihr bewegte. Tiefe langsame Stöße folgten, während seine Hände ihre Hüften umfassten und ihren Leib seinen Bewegungen entgegenzogen. Allmählich baute sich erneut die Gier in ihr auf, und als sie versucht war, lustvoll ihren Oberkörper aufzubäumen, spürte sie seinen harten Griff in ihrem Nacken, der sie unnachgiebig hinunterpresste.

Sein Atem streifte ihren Hals. Er fickte sie schneller und gieriger, bis sein Becken an ihre Pobacken klatschte.

Ehe sie so weit war, drang ein krächzendes Stöhnen aus seiner Kehle und er entlud sich unter heftigem Zucken in ihr. Atemlos entzog er sich ihr, obwohl sie empört ihr Recht einforderte und ihre Scham an ihn drängte. Er gab ihrem Wunsch nicht nach. Sie wollte betteln, doch sie war zu heiser vor aufgestauter Lust, um ein Wort von sich zu geben. Ehe sie sich versah, setzte er sich neben sie und strich ihr sanft die Wirbelsäule entlang.

Simon legte ihr vorsichtig eine blickdichte Augenbinde an. Erst als sich ein weicher warmer Körper an ihren Rücken schmiegte, registrierte sie, dass sie nicht mehr allein waren.

Samtweiche Lippen küssten ihren Nacken und bescherten ihr gegen ihren Willen eine Gänsehaut. Ihr war sofort klar, dass diese Berührungen von einer Frau stammten, etwas, das sie nie zuvor erlebt und gewollt hatte. Dennoch war sie den behutsamen Liebkosungen ausgeliefert und ahnte, dass Simon irgendwo saß, ihnen zusah und jede ihrer Reaktionen verfolgte. Ericas Gesicht glühte, sie spürte, wie sehr diese Mischung aus Widerwillen, weiblicher Zärtlichkeit und dem Wissen, beobachtet zu werden, sie erregte.

Die Frau strich hauchzart mit ihren langen Fingernägeln über Ericas Haut und schickte ein Beben durch ihren Leib.

Ein katzenhaftes Schnurren drang in ihr Ohr, vibrierte in ihrem Kopf, und als sich die weichen Lippen an ihrem wehrlosen Körper entlang küssten, rekelte Erika sich wohlig unter ihrer Wohltäterin. Ihren Po bedeckten neckende Bisse, nährten das Pochen in ihrer Scham und entlockten ihr ein zaghaftes Stöhnen. Zierliche Fingerspitzen schoben sich in ihren Schoß, teilten ihre Schamlippen und tasteten nach ihrer Klitoris. Die Lust überflutete sie, kehrte mit einer derartigen Wucht zurück, dass sie ihre Hüften kreisen ließ und sich der streichelnden Hand entgegenstreckte. Ericas Körper gierte danach, befriedigt zu werden. Zwei Finger bohrten sich in ihr Geschlecht, bewegten sich, krümmten sich an der engen Biegung und reizten sie an einer sensiblen Stelle, die ein solches Beben auslöste, das sie augenblicklich aufschrie und ein Orgasmus sie wie Schockwellen überkam.

Erschöpft blieb Erica liegen, rang nach Luft und krallte ihre Fäuste in das Laken. Die Augenbinde hatte sie blind gemacht, doch ihre übrigen Sinne geschärft. Sie spürte eine weitere Berührung. Nicht so weich, nicht so sanft wie zuvor und anders als bei Simon. Sie stockte, war da etwa ein weiterer Mann?

Kräftige Hände drehten sie auf den Rücken, sodass sich die Bänder an ihren Gelenken überkreuzten und spannten. Jetzt war sie gänzlich ausgeliefert und wehrlos.

Sie merkte, dass dieser Kerl über ihr kniete, nach ihren vollen Brüsten fasste und die Rundungen knetete. Seine Daumenkuppen rieben ihre Spitzen. Der Griff, mit dem er ihren Busen verwöhnte, war ungewohnt hart und erregend zugleich. Sie fühlte das Nachglühen ihres Höhepunktes noch in sich, als erneute Lust ihren Leib ergriff.

Etwas Hartes schob sich über ihr Brustbein, dann spürte sie, wie der Mann ihre weichen Brüste zusammendrückte. Erst jetzt nahm sie wahr, dass er sie benutzte, ohne sie weiter zu reizen und auf ihre Erlaubnis zu warten. Dieser Kerl stillte rücksichtslos seine Lust an ihrem Körper.

Wo war Simon? Sah er zu? Hatte er sie mit diesem Fremden allein gelassen? Oder war er es selbst? Der Schwanz des Mannes drängte sich in die Höhle, die ihr Busen formte und sein Keuchen drang an ihre Ohren. Erica zerrte an den Fesseln, warf den Kopf hin und her, um die Augenbinde loszuwerden, doch nichts half.

»Shhh, ruhig, kleines Luder, ich bin gleich so weit.« Der Unbekannte raunte ihr heiser die Worte zu und rieb seinen Riemen weiter zwischen ihren Brüsten.

Die Stimme klang fremd für sie. War es Simon?

Er stöhnte lauter. Obwohl sie sich dagegen sperrte, so benutzt zu werden, pulsierte ihre Scham vor Erregung. Sie zappelte unter ihm, wollte es nicht zulassen, nicht eingestehen, dass es ihr gefiel. Ein wildfremder Typ, der sich nahm, ohne zu fragen, ohne auf sie zu achten, der hemmungslos seine Lust an ihr stillte. Aber genau das machte den Reiz an diesem Spiel aus. Erica rang nach Atem.

Was, wenn der Mann … in ihr Gesicht? Sie schluckte, wandte ihren Kopf zur Seite.

Als er keuchend kam, traf er ihre Brüste, ihren Hals, ihr Haar. Befriedigtes Aufstöhnen drang durch den Raum. »Siehst du, Schätzchen, das war doch halb so schlimm!« Der Hohn und die Grobheit in seiner flüsternden Stimme schürten ihre Wut. Wieder riss sie an ihren Fesseln, aber Simon hatte sie so gut geschnürt, dass sich jeder an ihrem Körper sattvögeln konnte, wie es ihm oder ihr beliebte, ohne dass es ihr möglich war, sich zu wehren. Ihr Verstand sagte Nein, doch ihr Schoß zerfloss vor Lust.

War der Kerl gegangen? Sie hatte die Tür nicht gehört. Kräftige Hände drehten sie zurück auf den Bauch und sie spürte abermals weiche Lippen an ihrer Scham, eine gierige Zunge, die sich an der Spalte entlang zu ihrem engen, feuchten Eingang leckte, sich hineinbohrte. Hände umschlangen ihre Schenkel und hoben ihren Po. Erneut bemerkte sie, dass jemand auf das Bett stieg, zum Kopfteil kletterte und ihren Oberkörper anhob, bis sie auf allen vieren kniete. Die Zungenspitze in ihrem Schoß brachte sie zum Stöhnen und der Mann, der vor ihrem Gesicht kniete, drang sanft sein pulsierendes Geschlecht zwischen ihre Lippen. Mit heiserem Keuchen glitt er tiefer in ihre Mundhöhle.

Sie konnte seine Lust riechen, spürte, dass er seinen Schwanz so steuerte, dass er in langsamem Tempo in ihren Mund hinein- und hinausglitt, während die Zunge in ihrer Scham sie um den Verstand leckte. Der Mann vor ihr hielt inne, entzog ihr den Schaft und kletterte vom Bett. Auch die weichen Lippen zwischen ihren Schenkeln hatten aufgehört, sie zu liebkosen. Die beiden Personen schienen die Positionen zu wechseln. Behutsame Hände griffen nach ihrem Kopf, zogen ihn tiefer, bis sie weibliche Lust roch.

Sollte sie …?

Ihr blieb keine Zeit, abzuwägen, denn hinter ihr schob sich ein Schwanz unerbittlich in ihr Fleisch. Durch dieses herrlich ausfüllende Gefühl riss sie mit einem heiseren Stöhnen ihren Kopf in den Nacken. Wieder zogen die sanften Hände ihr Gesicht hinunter. Vorsichtig tastete ihre Zunge nach dem vertrauten, aber ungewohnten Geschlecht. Süße Nässe benetzte ihre Zungenspitze und ein herbsalziger Duft stieg ihr in die Nase. Die Hände zogen sie tiefer, bis ihr Mund gegen die Schamlippen stieß. Erika leckte, züngelte, schmeckte die Frau, glitt die feuchten Falten entlang und hörte das genüssliche Schnurren. Sie ahnte, dass es die Wohltäterin sein musste, die zuvor ihr diese Lust bereitet hatte. Gierig vergrub Erica ihr Gesicht zwischen den geöffneten Schenkeln und ließ ihre Zunge flattern.

Erika zog scharf den Atem ein, als sie merkte, wie sich sanft, aber unnachgiebig, eine Daumenkuppe in ihren Anus bohrte. Sie hielt die Luft an, spürte den sachten Schmerz, der wie Wellen in ihrem Leib nachbebte. Die Stöße in ihrer Scham hörten nicht auf. Im Gegenteil, der Mann behielt das erregend langsame Tempo bei, sein Daumen hielt still, ließ sie das Gefühl kennenlernen, und eine Mischung aus süßem Schmerz und Erregung sammelte sich in ihrem Inneren.

Begierig, die Erfüllung zu erlangen, pressten die weiblichen Hände wieder ihren Kopf hinunter, als sich der Daumen tiefer in ihren Hintern bohrte und stöhnend gab sie ihrer Zunge freien Lauf, leckte gierig die geschwollene Perle, bis die Frau lustvoll aufschrie und zuckend kam. Den Finger tief in ihrem Anus, sank Erica mit dem Oberkörper auf die Decke.

Er stieß schneller und das Gefühl, beidseitig ausgefüllt zu sein, raubte ihr den Atem, betörte ihre Sinne. Als der Daumen begann, sich in ihr zu bewegen, kam sie erneut heftig und ohne Vorwarnung und löste damit den Orgasmus des Fremden in ihr aus. Wieder und wieder entlud er sich in ihr. Erst als er alles in sie gepumpt hatte, zog er seinen Daumen vorsichtig aus ihr heraus und löste sich von ihr.

Sie hörte, wie die Tür ins Schloss fiel. Jemand strich ihr sanft eine schweißnasse Strähne aus dem Gesicht. Erica hatte völlig die Orientierung verloren und ihr Körper fühlte sich an, als wären unzählige Schwänze in ihr gewesen, viele Hände über ihre Haut gestrichen, tausend Zungen, die sie geleckt hatten. Eigentlich hätte sie sich benutzt und gedemütigt fühlen müssen, doch tatsächlich breitete sich ein Gefühl von Sättigung, Befriedigung und gänzlicher Zufriedenheit in ihr aus wie wohlige Wärme. Die Augenbinde löste sich wie durch Zauberhand und sie blickte erst undeutlich, dann nach einer Weile klar in Simons Gesicht, der entspannt neben ihr auf dem Bett saß.

»Wo warst du?« Ihre Stimme war unsicher und zittrig.

Seine Augen blitzten. »Was glaubst du, wo ich war?«

Sie wusste es nicht. »Warum die Fremden?«

Er hob die Augenbrauen. »Welche Fremden?«

Sie schwieg für einen Moment. »Die beiden anderen Männer und die Frau!«

»Die Frau war eine Tischdame, aber von welchen Männern sprichst du, Erica?«

Sie legte die Stirn in Falten und hatte das Gefühl, den Boden unter den Füßen zu verlieren. Nur die sanften Streicheleinheiten von Simon hielten sie tröstlich und geborgen im Hier und Jetzt.

»Ich würde dich niemals mit fremden Männern teilen.«

Sie kuschelte sich erschöpft in seine Arme. *Ob das die Wahrheit war?* Erica hegte ihre Zweifel.

Kapitel 2: Verbotene Früchte

»Sie fliegen in etwa einer Stunde. Denken Sie daran, der Kunde ist König.«

Auf Trents Glasschreibtisch lag die aktuelle Ausgabe der größten Tageszeitung der Stadt mit einem Titelbild, das Erica neben Simon DiLucca auf dem roten Teppich der Restaurantpremiere zeigte. Sie zwang sich, nicht mit den Augen zu rollen und nickte. Es war offensichtlich, dass ihr Name in aller Munde war und Donald Trents Auftragsbücher füllte, damit verbunden war die Tatsache, dass er seine Vorurteile gegenüber der brünetten Innenarchitektin endlich ad acta legen musste.

Zu viel Titten und zu wenig Geschäftssinn, sein sonst so starkes Argument war verstummt und Erica konnte ihre diebische Freude nicht verbergen. Jeder, der im Büro anrief, wollte exklusiv sie buchen. Sie hätte die Aufträge gern selbst ausgewählt, dennoch flog sie auf Anweisung zu dem nächsten Kunden nach Los Angeles.

Es stellte sich heraus, dass es sich bei dem Objekt um ein neues Domizil eines bekannten Rocksängers handelte. Den Musiker bekam Erica nicht ein Mal zu Gesicht, aber sein extrem nerviger Assistent klebte ihr am Hintern. Sein Name war Joffrey und die Bauarbeiter machten hinter seinem Rücken Schwulenwitze über ihn, äfften ihn nach, und wenn Joff nicht in ihrer Nähe war, konnte sie sich das Grinsen nicht verkneifen.

»Ist das nicht Jupiter? Ja doch, das muss der schöne Gott sein.

Ach Erica Darling, das ist aber auch eine sehr inspirierende Büste.«

»Es ist eine Statue, eine Büste zeigt nur den Kopf, Joff. Und das ist auch nicht der römische Gott Jupiter, sondern der griechische Göttervater Zeus.« Sie war es leid, ihn ständig belehren zu müssen. Der Musiker besaß eine Schwäche für griechische Mythologie und Geschichte. Sein Auftrag lautete, sein neues Haus in eine davon inspirierte Behausung umzugestalten.

Joffrey verfügte über ein Halbwissen vom Allerfeinsten und seine Bemerkungen erwiesen sich von Tag zu Tag als nerviger. »Ah ja, Darling, natürlich Zeus, wie komme ich denn auf Jupiter. Wie lautete der Name seiner Frau noch mal? Xanthippe?« Selbst sein tuntiger Gang und das ewige Gefuchtel seiner Hände gingen ihr auf die Nerven, anfangs fand sie das niedlich, aber je näher sie den Mann kennenlernte, desto mehr nahm sie Anstoß an seiner Person. Allerdings spornte das auch an, den Auftrag wesentlich schneller fertigzustellen als geplant. Nach Feierabend fiel Erica oft todmüde ins Bett ihres Hotelzimmers und immer öfter dachte sie an DiLucca und die Nacht im Kaminzimmer.

Allein war sie im roten Samtbett aufgewacht, hatte geduscht und sich angezogen und war direkt ins Büro gefahren. Seither hatte sie keine Nachricht von dem hübschen italienischen Geschäftsmann erhalten. Sie bedauerte den Umstand, dass die Nacht mit ihm ein One-Night-Stand gewesen war, jedoch der erste, der mehr als ein befriedigendes Gefühl hinterließ.

Schon der Gedanke an ihn erregte sie und raubte ihr trotz der Erschöpfung den Schlaf. Nachdem sie sich einige Zeit in ihrem Bett hin und her wälzte, stand sie auf, zog sich an und betrat wenig später die Hotelbar.

Als der Barkeeper ihr den bestellten Rotwein hinstellte, lehnte er die Bezahlung ab. »Mit Empfehlung von dem Herrn am Ende der Theke.«

Eigentlich war ihr nicht nach Gesellschaft, aber das nette Lächeln, das ihr entgegenstrahlte, ließ sie das Angebot annehmen. Sie prostete dem etwa dreißigjährigen Geschäftsmann in dem dunkelblauen Anzug mit dem kurz geschnittenen blonden Haar zu.

Natürlich nahm er das als Aufforderung und setzte sich neben sie. »Hallo, ich bin Chad. Ich konnte nicht widerstehen. Sie sehen umwerfend aus.«

Klar, ich bin ja auch die einzige Frau in deinem Alter, die sich mitten in der Nacht hierher verirrt und du suchst was zum Vögeln. Sie amüsierte sich über ihre Gedanken und nickte. »Erica.«

Chad brachte sie zum Lachen, erzählte Anekdoten aus seinem Berufsleben und zeigte Interesse an ihrer Leidenschaft zur Architektur. Je mehr sich das Gespräch vertiefte, umso näher kamen sie sich. Wenn die Sympathie stimmte, war Erica einem One-Night-Stand nicht abgeneigt. Nach dem dritten Glas Rotwein zielten seine Komplimente in eine eindeutige Richtung, ohne auf den Punkt zu kommen.

Sie hob ihre Hand und brachte ihn zum Schweigen. »Du scheinst nett zu sein. Also wie wäre es? Zu dir oder zu mir?«

Ihre Worte brauchten anscheinend Zeit, um in seinem Verstand anzukommen. Er war sichtlich überrascht, glitt jedoch umgehend von seinem Barhocker und nickte. Ihm stand die Geilheit ins Gesicht geschrieben. Er gab dem Cocktailmixer viel zu viel Trinkgeld und verließ mit eiligem Schritt in Ericas Begleitung die Bar.

Da ihr Hotelzimmer auf der zweiten Etage lag und seines drei Stockwerke höher, war die Entscheidung schnell gefallen und Erica schloss ihre Tür auf.

Küssend drängte Chad sie zum zerwühlten Bett, zerrte an den Knöpfen ihrer Bluse.

»Fick mich.« Mit süß gehauchten Worten zog Erica ihn zwischen ihren Schenkel zu sich empor und unterbrach sein Zungenspiel an ihrer blank rasierten Scham.

Chad keuchte vor Erregung, als er in sie eindrang und sein Stöhnen erfüllte den Raum, als sich seine Hüften in Bewegung setzten. Es fühlte sich gut an, doch dauerte es nicht annähernd lang genug, damit sie überhaupt in Fahrt kam. Ein Schrei drang aus seiner Kehle, als er kam, dann sackte er bleischwer über ihr zusammen und rang nach Atem.

Sie schob die Enttäuschung beiseite, strich mit beiden Händen durch sein schweißnasses blondes Haar.

»Oh Mann, war das gut.«

Erica verzog die vollen Lippen und drängte ihn sanft von sich. Chad blieb mit geschlossenen Augen neben ihr liegen.

»Es war … nett.« Sie strich ihm mit den Fingerspitzen über seine nackte Brust. Ihr Geschlecht pochte wild und wollte Erfüllung, also senkte sie ihre Lippen über seine rechte Brustwarze.

Er schob sie von sich. »Du bist ja unersättlich. Sorry, aber so schön es mit dir war, ich muss schlafen, hab morgen einen wichtigen Termin.«

Erica saß kerzengrade im Bett. »Wie bitte?« Der Ärger über sich selbst war größer als über diesen Möchtegerncasanova, der wenige Minuten zuvor noch mit seiner Ausdauer geprahlt hatte.

»Was denn? Willst du dich beschweren? Es war doch geil.«

Sie schnaubte. »Ich bin nicht mal gekommen.«

Er drehte ihr den Rücken zu. »Selbst schuld.«

Mit einem um ihren Körper geschlungenen Laken stieg sie aus dem Bett und öffnete die Tür. »RAUS! Schlafen kannst du in deinem eigenen Zimmer.«

Halb verschlafen starrte Chad sie aus geröteten Augen an. »Jetzt sei doch nicht so zickig, Darla.«

»Ich heiße Erica und jetzt pack deine Klamotten und mach

dich vom Acker. Ich hab nicht vor, mit so einer Minutenterrine wie dir auch noch das Frühstück zu teilen.«

Fluchend raffte Chad seine Sachen vom Boden zusammen, und noch bevor ihm auf dem Flur eine Beleidigung über die Lippen kommen konnte, knallte Erica ihm die Zimmertür vor der Nase zu. Deprimiert legte sie sich schlafen.

Das Telefon riss sie um fünf Uhr aus ihren Träumen von Simon, benommen tastete sie nach dem Hörer. »Mh, ja?«

»Erica, Donald Trent hier, in drei Stunden geht Ihr Flug zurück. Der neue Architekt Michael Soundso, keine Ahnung wie der Idiot heißt, ist einfach unfähig und Mister Wu hat darauf bestanden, Sie bei der Besprechung dabeihaben zu wollen. Also schwingen Sie ihren Knackarsch umgehend her. Dieser Joffrey weiß Bescheid, die noch anstehenden Arbeiten kann der Bautrupp allein erledigen. Bis später.«

Sie erhielt keine Möglichkeit zu antworten, da ertönte das Knacken in der Leitung. Erica starrte zur Zimmerdecke, streckte sich aus und schmunzelte. »Der Preis des Erfolges.« Sie flog zurück nach Hause.

»Erica, warten Sie!« Michael rannte hinter ihr her und holte sie ein, als sie auf dem Weg zu ihrem Wagen war. Der neue Architekt der Firma streckte ihr die Hand entgegen und bedankte sich für ihre Hilfe, ohne die der japanische Klient den Vertrag nicht unterzeichnet hätte. »Ich möchte Sie zur Feier des Tages einladen. Mögen Sie Sushi?« Er lachte und legte seine Hand auf das Dach ihres blauen Käfers.

Erica schob den Schlüssel ins Schloss, öffnete den Wagen und legte Mantel und Aktentasche auf den Sitz. Sie wollte ihn nicht vor den Kopf stoßen und suchte nach höflichen Worten, um ihm abzusagen. »Hören Sie Michael, Sie sind nett und …«

Michael hob die Hände, als wolle er zeigen, dass er keinerlei

Hintergedanken hegte. »Es tut mir leid, es sollte keine Anmache sein. Nur ein Abendessen unter Kollegen.«

Sie dachte darüber nach, doch sofort führte ihre Fantasie die Geschichte weiter. Man aß etwas, trank an der Bar ein Gläschen oder zwei, fand Gemeinsamkeiten, flirtete und landete unweigerlich im Bett. Keine gute Idee, denn diese Erfahrung hatte Erica öfter als ein Mal gemacht. Kurze Affären mit Kollegen waren nichts Ungewöhnliches, aber für Erica immer unbefriedigend und die Spannung innerhalb des Büros war anschließend oft unerträglich. In ihrem Leben hatte es ein paar Männer gegeben und von Blümchensex bis Egovögeln, wo der Kerl nur an sich dachte und direkt danach eingeschlafen war, hatte sie einiges erlebt und die Schnellspritzergeschichte mit Chad war erst letzte Nacht gewesen. Einen richtig guten Höhepunkt bekam sie nur beim Solospiel, den Männern hatte sie hin und wieder, wenn sie sich besonders Mühe gaben, einen Orgasmus vorgespielt, um sie nicht zu kränken.

Nur einen hatte es bisher gegeben, bei dem sie nicht schauspielern musste. »Michael, ich möchte nicht unhöflich sein, aber ich gehe grundsätzlich nie mit Kollegen aus.« Eine glatte Lüge, doch der blonde Mann sollte wissen, woran er bei ihr war.

»Okay, dann … Ich wünsche Ihnen einen schönen Feierabend.« Michaels Stimme klang schroff, die Enttäuschung über ihre Absage war deutlich zu hören.

Sie war sicher, dass er bereits mit Kollegen gesprochen und erfahren hatte, dass der eine oder andere mit ihr im Bett gelandet war. Sie sah ihm nach, als er sich umdrehte, zu seinem Porsche hinüberging, und ohne sich noch einmal umzudrehen vom Parkplatz fuhr.

»Er wird darüber hinwegkommen.«

Erica zuckte zusammen, als sie die tiefe samtige Stimme erkannte. Sie stützte sich an ihrem liebevoll restaurierten Käfer ab und schloss für einen Moment die Augen.

Simon trat auf sie zu.

Sofort erfasste ein Beben ihr Innerstes. Wieso hatte dieser Mann so eine Wirkung auf sie? Sie straffte ihre Schultern und wandte sich zu ihm um. »Das nenne ich eine gelungene Überraschung!« Sie sah ihm in die Augen und unterdrückte den Impuls, ihm zu zeigen, wie sehr sie sich freute, ihn wiederzusehen. Ihr Herzschlag beschleunigte sich, als Simon nach ihrer Hand griff, sie an seine Lippen führte und einen zarten Kuss auf ihre Fingerknöchel hauchte.

»Ich musste dich treffen.« Er war komplett in Schwarz gekleidet. Ein eng anliegender Rollkragenpullover, Jeans und Stiefel, darüber trug er einen langen Kaschmirmantel und sein dunkles Haar war am Hinterkopf zu einem Zopf gebunden.

Gern hätte sie sich ungehemmt in seine Arme geworfen, ihn geküsst und ihm gesagt, wie sie ihn vermisst hatte, aber sie wehrte sich erfolgreich dagegen. Erica hob ihre Augenbrauen und musterte ihn von Kopf bis Fuß. »So, musstest du das unbedingt? Interessant. Nur schade, dass dir meine Telefonnummer nicht eingefallen ist.« Um dieser Bemerkung Ausdruck zu verleihen, wollte sie sich in ihren Wagen setzen, doch Simon hielt sie am Arm zurück.

»Verzeih, aber es hatte seinen Grund, warum ich nicht angerufen habe.«

Ericas Herz hämmerte gegen ihre Brust. Sie hielt in ihrer Bewegung inne, sah ihn jedoch nicht an. »Natürlich, das hat es immer.«

»Ich wollte dir Zeit lassen.«

Verwirrung mischte sich in ihre Mimik. »Wofür?«

Zärtlich glitt seine Hand über ihre Wange, schob eine Haarsträhne hinter ihr Ohr. Simon beugte sich zu ihr herunter, senkte seine Lippen auf ihre Schläfe und flüsterte. »Das möchte ich dir bei einem Essen erklären!«

Sie erkannte George sofort wieder, denn der Chauffeur war ihr des Öfteren während der Arbeiten im Restaurant begegnet. Er nickte ihr distanziert, aber freundlich zu, als sie mit DiLucca in den Mercedes stieg. Vor dem »Private Room« hielt er an.

Simon half ihr aus dem Wagen und führte sie in eines der Separees. Ein junger schwarzhaariger Butler nahm ihnen die Mäntel ab und verließ den Raum. Simon wies auf den Tisch, auf dem ein Menü für zwei Personen unter Wärmeglocken auf sie wartete. »Ich bin dir vom letzten Mal noch ein Dinner schuldig.«

Ahnend, worauf sich die zweideutige Bemerkung bezog, kreuzte Erica widerwillig die Arme vor ihrem Körper.

Simon setzte sich, faltete die Hände ineinander und betrachtete sie eingehend.

»Du wolltest mir etwas erklären.« Die Worte klangen kälter als beabsichtigt, doch sie dachte nicht daran, sich zu korrigieren. Dieser Kerl sollte ruhig wissen, dass sie gekränkt war! »Wochenlang meldest du dich nicht. Kein Anruf, keine Nachricht, nichts. Du tauchst ohne Ankündigung auf meiner Arbeit auf und erwartest, dass ich zur Verfügung stehe. Bin ich etwa dein …« Sie wandte ihm den Rücken zu, doch spürte sie plötzlich seine Hände auf ihren Schultern und seinen Atem in ihrem Nacken.

»Ich wollte nicht, dass du dich zurückgewiesen fühlst, mein Engel.«

Ericas Knie waren butterweich und sie lehnte sich Halt suchend mit dem Rücken an seine Brust und schloss die Augen.

»Es lag nicht in meiner Absicht, dich zu kränken oder zu verletzen. Ich musste mir über ein paar Dinge klar werden und wollte dir ebenfalls die Gelegenheit geben, über die Nacht nachzudenken.« Seine Fingerspitzen streichelten zärtlich ihre Arme. »Es gibt so vieles, was ich dir über mich erzählen möchte.« Ein Kuss glitt hauchzart über ihren Hals und sie ließ es geschehen.

Ihre Antwort klang fast tonlos. »Dann erzähl es mir.«

Sanft löste er sich von ihr, ging an ihr vorbei und blieb neben dem Kamin stehen, in dem ein Feuer brannte, das den Raum in romantisches Licht tauchte. Simon wirkte nachdenklich, als wäge er seine Worte genau ab. »Ich bin ein Dominus, Erica.«

Unverständnis malte sich in ihre Züge.

»Ich gehöre der Sadomasoszene an, um es deutlicher zu formulieren. Für die breite Masse sind Menschen wie wir Perverse.«

Menschen wie wir? Erica sprach es nicht aus, aber die Verwirrung in ihr verstärkte sich. Unweigerlich schossen ihr Bilder von blutig gepeitschten Sklaven, Stiefel leckenden Leibeigenen und …

»Ich weiß, dass keiner der Männer, die jemals eine Nacht mit dir verbringen durften, all deine Sehnsüchte gestillt haben. Kein Liebhaber hat dir das gegeben, was du brauchst. Du weißt, dass in dir eine Leidenschaft schlummert, die du nicht benennen kannst, Erica.«

Gefesselte, gepeinigte Frauenleiber …

»Ich hatte eine Vermutung und diese Ahnung hat sich in der Nacht, die du mir gewährt hast, bestätigt.«

Erica wich vor ihm zurück, als er auf sie zukam, ohne zu wissen warum.

»Es ist ein Spiel, Erica. Ein Spiel von Dominanz und Demut.«

Wieder trat er näher auf sie zu und Erica fühlte, wie ihre Knie nachgeben wollten.

»Es gibt Tabus und weiche Grenzen. Du bist geboren, um zu dienen und ich möchte dich besitzen.« Seine Stimme klang eindringlich, leise und rau.

Ericas Atem beschleunigte sich mit jedem Schritt, den er näher kam.

Simon blieb vor ihr stehen, ohne sie zu berühren, sah sie an und der ernste Ausdruck in seinen Augen schickte wohlige Schauder ihren Rücken hinab.

Ihre Lippen bebten, ein Zittern erfasste ihren Körper. »Ich …« Sie räusperte sich und schwankte. »Ich bin doch keine Sklavin! Ich verdiene mein eigenes Geld, bin noch nie von jemandem abhängig gewesen und ich …«

Seine Fingerspitzen glitten durch ihr Haar, griffen in ihren Nacken und zogen ihren Körper an den seinen. Simon sah ihr in die Augen. »Glaubst du, ich will dich brechen? Dir dein Selbstbewusstsein nehmen? Im Gegenteil, ich will dich an deine sexuellen Grenzen führen. Ich werde dich Demut lehren, mir zu gehorchen. Ich will dein Herr sein, dein Meister. Ich will deine Lust schüren, deinen Körper beherrschen und dir meine Welt zeigen.«

In ihrem Kopf drehte sich alles. Der Duft seiner Haut stieg ihr in die Nase, die Wärme seines Körpers erhitzte ihre Wangen, und seine Worte drangen in ihr Bewusstsein. Hatte er recht mit dem, was er sagte? War es das, was ihr immer im Bett gefehlt hatte? Seine Dominanz, seine Ausstrahlung, sein Auftreten. Seit dem Tag, an dem sie sich das erste Mal begegnet waren, beherrschte dieser Mann ihre Gefühle.

Seine Stimme senkte sich zu einem zärtlichen Flüstern. »Ich kann an nichts anderes denken, Erica. Seit dieser Nacht bist du in meinen Gedanken, stiehlst dich in meine Träume. Deine Fähigkeit, dich hinzugeben, reizt mich, dich zu besitzen.« Seine Lippen näherten sich ihrem Mund und sein Atem streichelte ihre Haut. »Willst du mich als deinen Herrn anerkennen?«

Erica schloss ihre Augen, hob den Kopf zu einem Kuss, doch Simon schob seine Fingerspitzen unter ihr Kinn und zwang sie, ihn anzusehen.

»Du kannst das Spiel jederzeit beenden. Es liegt allein an dir, wie weit es geht. Es geschieht nichts, was du nicht möchtest. Wir werden gemeinsam deine Tabus kennenlernen, erfahren, wo deine Grenzen liegen und feststellen, wie belastbar du bist. Ich will hören, wie du es sagst.«

Eine Welle der Erregung, gepaart mit wilder Neugier, schoss durch ihren Körper. Ihre Wangen glühten, ihr Unterleib brannte lichterloh und seine Nähe wirkte wie Balsam und Verletzung zugleich. Er hielt sie in seinem Arm und umschloss ihr Kinn mit einer Hand.

»Ich bin es, der dich über die Klippe stößt und der, der dich auffängt, wenn du fällst.«

Eine Gänsehaut kroch über ihre Haut. »Ja …«, wisperte sie mit tonloser Stimme. Wie eine Befreiung fand dieses Wort seinen Weg über ihre Lippen und es fühlte sich an, als fiele eine schwere Last von ihrer Seele. Ihr sackten die Knie weg und sie spürte, wie Simon sie auffing, sie in seinen Armen hielt und an sich presste. »Ja«, wiederholte Erica nahezu unhörbar. Alles in ihr schrie die Zustimmung heraus. »Ja.« Sie wollte, dass er sie körperlich beherrschte, wie er es schon in Gedanken getan hatte. Sie wollte von ihm dominiert werden, wollte wissen, wohin diese Reise sie führen würde.

Seine Lippen berührten die ihren, der Kuss ließ sie selig aufstöhnen, und als seine Zunge leidenschaftlich um die ihre tanzte, sank sie in seine Arme.

Mit einem Ruck riss er ihre Bluse auf. Sie ließ es willenlos geschehen, doch als er sich von ihr löste und sie mit einem herrischen Blick fixierte, kehrte die Gänsehaut zurück.

»Zieh dich aus.«

Erica schluckte und schob mit zitternden Fingern die Bluse von ihren Schultern. Sie öffnete den Reißverschluss ihres Rockes und ließ den rauen Stoff zu Boden gleiten.

Simon schritt um sie herum, begutachtete sie, betrachtete ihre weiblichen Rundungen, sah ihr zu, wie sie sich vor ihm bis auf die weiße Unterwäsche entblößte.

»Alles!« Der Befehl klang sanft, jedoch eindringlich, also hakte sie den BH auf, ließ ihn über ihre Arme ebenfalls zu Boden gleiten, doch noch, bevor sie ihren Slip greifen konnte, hielt Simon ihre Hände fest.

»Diese Farbe will ich nie wieder an dir sehen.« Der Unterton in seiner Stimme war unmissverständlich und Erica nickte. Seine Finger glitten unter den Bund ihres Seidenhöschens und er zog ihr das letzte Stück Stoff von ihrem Körper. Sie hielt den Atem an.

Abermals musterte er sie, schritt um sie herum und hob ihr Gesicht mit den Fingerspitzen unter ihrem Kinn zu sich empor. »In der ersten Schublade des Sideboards findest du ein Geschenk. Du wirst es anlegen und dich bedanken.«

Für einen Moment regte sich Widerwille in ihr, doch gleich war ihr bewusst: Es war ein Spiel, ein Spiel, das sie jederzeit beenden konnte. Mit weichen Knien ging sie zu dem niedrigen Schrank, öffnete das Schubfach und fand darin ein Halsband und zwei Manschetten. Ihr Kopf fuhr zu Simon herum, der geduldig wartete. Erica leckte sich die trockenen Lippen und griff nach dem breiten Lederband, aber ihre Hände zitterten so heftig, dass sie die Schnalle in ihrem Nacken nicht schließen konnte.

Simon blieb hinter ihr stehen, schloss das Leder um ihren Hals und küsste sanft ihre Schulter. »Eng genug?«

Sie wagte nicht zu nicken, denn sie hatte das Gefühl, kaum atmen zu können.

Simon half ihr, die beiden Handgelenksmanschetten anzulegen und erst jetzt erkannte sie die silbrige Kette mit Karabinern, die unter den Lederfesseln gelegen hatte. Er nahm sie aus der Schublade und hielt sie in den Händen.

Ein erregtes Schaudern kroch durch ihren Körper und die Hitze zwischen ihren Schenkeln hinterließ feuchte Spuren.

Ein weiterer Kuss seiner Lippen traf auf ihre Schulter, als Simon an ihr vorbeiging, ihren Mantel von der Sofalehne nahm und ihn ihr hinhielt. »Ich möchte dir heute Nacht einen kleinen Einblick gewähren, was es heißt, eine Sklavin zu sein.«

Sie glitt in die Ärmel ihres weichen Wollmantels, beobachtete, wie Simon den Gürtel in ihrer Taille knotete und sich seinen Kaschmirmantel über den Arm legte. Er hielt die Kette in der Hand und wies ihr den Weg zur Tür. »George wird uns in den Club fahren.«

Kaum war sie auf den Rücksitz gerutscht, stieg ihre Nervosität. Während der gesamten Fahrt streichelte Simon ihre Hand, beachtete sie jedoch mit keinem Blick. Aufregung breitete sich in ihr aus, als sie auf einem kleinen Waldgrundstück vor einer alten Villa stoppten.

Simon hielt ihr die Tür auf und half ihr galant aus dem Wagen. Sie traten gemeinsam die Steinstufen hinauf zum zweiflügligen Eingangsportal. Als hätte man auf sie gewartet, öffnete ein leicht bekleideter junger Mann die Pforte und blickte demonstrativ zu Boden. Der kahlköpfige Diener trug nur einen Lederlendenschurz und wie Erica ein breites schwarzes Lederhalsband und Manschetten an den Handgelenken.

»Willkommen, Herr.«

Simons Erwiderung klang kühl. »Wo ist deine Herrin?«

»Lady Sevilla ist im Vergnügungsbad, Herr.«

Er griff nach Ericas Hand und übergab dem Diener seinen Mantel.

»Danke, Herr.«

Als Simon den Knoten in Ericas Taille öffnen wollte, zuckten ihre Hände empor und hielten ihn davon ab. Sie hob ihren Blick zu ihm und stockte.

Mit eisiger Mimik sah er sie an. »Du verweigerst dich mir?«

Sie zitterte, lockerte zögernd ihren Griff und ließ los. »Nein, aber ich …«

Er trat einen Schritt zurück und musterte sie geduldig.

Erica sah zu dem Sklaven hinüber, der noch immer wartete. Sie hob ihre Hände, knotete fahrig den Gürtel auf und ließ den Mantel über ihre Schultern gleiten. Der Diener war zu langsam und konnte nicht verhindern, dass er zu Boden fiel.

»Zwanzig Schläge mit der Gerte!«

Er zuckte unter der herrischen Stimme seiner Domina zusammen. Erica tat es ihm gleich, doch ohne das erregte Leuchten, das dem Sklaven kurz über das Gesicht huschte.

Die Worte drangen so eisig und gebieterisch durch die Eingangshalle, dass Erica fast das Herz stehen blieb. Eine Ohrfeige traf die Wange des Sklaven, der unweigerlich vor ihr auf die Knie ging.

»Du unnützes Stück! Geht man so mit lieben Gästen um? Heb den Mantel sofort auf und bitte den Herrn um Vergebung!«

Sofort ergriff der Diener Ericas Mantel und verbeugte sich vor Simon. »Verzeiht mein Ungeschick, Herr.«

Ein dürrer Stock surrte durch die Luft und peitschte auf das Hinterteil des Sklaven. Erica wimmerte mit ihm gemeinsam, als hätte sie selbst der Schlag getroffen.

»Das klingt nicht sehr überzeugend. Wiederhole es und diesmal so, dass man es dir glauben kann!«

Als der Diener nicht schnell genug reagierte, knallte ein weiterer Hieb auf ihn nieder und Erica kniff die Augen zu.

»Verzeiht mir, Herr, ich bin ungeschickt.« Seine Worte presste er zwischen die aufeinandergebissenen Zähne hindurch. Sein Gesicht verzog sich und Erica sah, wie die Domina sanft über den Kopf des Gepeinigten strich. Erleichterung lag in seiner Mimik, als er sich dicht an das Bein seiner Herrin drängte.

»So ist es gut.« Ihre Stimme nahm einen weicheren Tonfall an, dann hob sie ihren Blick zu Simon und strahlte. »Welch seltener Gast in meinem Haus! Wie schön, dich bei mir begrüßen zu dürfen. Come stai?«

Simon griff nach der dargebotenen Hand und küsste sie galant. »Bene, Sevilla, du bist so atemberaubend wie immer.«

Erica betrachtete die Domina mit dem starken italienischen Akzent und spürte einen Anflug von Eifersucht. Sie war eine Augenweide. Das lange rote Haar fiel lockig ihren Rücken hinab. Die schlanke Taille war in ein dunkelgrünes Samtkorsett geschnürt, das ihre üppige Oberweite anhob. Die langen bestrumpften Beine steckten in hohen Schuhen. Ihre grünen Augen besaßen etwas Katzenhaftes.

Als Erika ihren Blick auf sich spürte, hielt sie den Atem an. Sevilla begutachtete sie wie ein Stück Frischfleisch, streifte um sie herum, ließ ihre behandschuhten Finger über ihren Rücken streicheln und kniff in ihren runden festen Po. Empörung machte sich in Erica breit, aber Simons Augen duldeten keinen Widerstand, also schwieg sie und presste die Lippen aufeinander.

»Wie ich sehe, hast du ein neues Spielzeug.« Sevilla lachte so eisig, wie sie zuvor den Sklaven zur Ordnung gerufen hatte.

Erica wollte widersprechen, hob an, etwas zu sagen, doch Simon kam ihr zuvor, griff nach der Hand der Domina, die sich Ericas großen Brüsten näherte, und erklärte bestimmend: »Ganz recht, *mein* Spielzeug.«

Sevilla schien den Wink zu verstehen und senkte ihre Finger.

»Ihr Name ist Erica.«

Der gierige Blick, mit dem Sevilla abermals ihre Augen über Ericas Körper schickte, jagte ihr eine Gänsehaut über den Körper. Diese Frau wirkte nicht nur unsympathisch auf sie, ein regelrechter Ekel breitete sich in Erica aus.

»Wenn du Hilfe bei ihrer Ausbildung benötigst, du weißt, wo

du mich findest. Fühl dich wie zu Hause, mi casa è su casa. Maurice? Andiamo!«

Sofort stand der Sklave hinter ihr und folgte ihr in einen der Räume, die von der Eingangshalle abgingen. Als die Tür sich hinter ihnen schloss, atmete Erica hörbar aus. »Bitte, lass mich nicht mit dieser Frau allein. Das würde ich nicht ertragen!« Abscheu lag in ihrem Gesicht und sie starrte auf die Tür, durch die Sevilla verschwunden war.

Simon strich mit dem Handrücken über ihre Wange. »Lady Sevilla ist eine Herrin der alten englischen Schule. Sie versteht es sehr gut, mit einer Gerte und jeglicher Art von Stöcken umzugehen.«

Ein Beben ging ihr durch Mark und Bein, als sie sich an die beiden heftigen Schläge erinnerte.

Simon ergriff ihre Hand und zog sie mit sich, direkt auf die Tür zu, durch die Sevilla mit ihrem Sklaven gegangen war.

Widerwille stieg in ihrem Inneren auf und sie blieb stehen. Panik ließ ihr Herz wild pochen. Sie zitterte vor Angst, auch wenn sie neugierig war, was sie hinter dieser Tür erwartete. »Ich will da nicht hinein!« Das Unbekannte jagte ihr eine gehörige Portion Respekt ein.

Simon schien zu spüren, was in ihr vorging, zog sie sanft in seine Arme und wiegte sie wie ein Kind, küsste zärtlich ihren Kopf und flüsterte tröstend in ihr Haar. »Ich bin bei dir, ich werde dich nicht allein hineingehen lassen. Denk daran, es wird nichts geschehen, was du nicht willst. Merk dir das Codewort. Sobald du Stopp sagst, werde ich deinem Wunsch entsprechen. Niemand wird dich berühren, dem du es nicht erlaubst, niemand wird dir zu nahe kommen, wenn du seine Nähe nicht ertragen willst. Wir sind nur hier, um dir einen Einblick zu gewähren und einige deiner Grenzen und Tabus zu erfahren.«

Erica hob den Kopf zu ihm empor. »Wirst du mir wehtun?«

Er küsste liebevoll ihre Stirn und brachte sie zur Ruhe. »Nur, wenn du es ausdrücklich wünschst, meine Schöne.«

Niemals! Das Wort schoss ihr durch den Kopf, doch gleich folgte ein Satz, den sie oft schon gehört hatte: *Sag niemals nie!*

Er war da, umschloss sie mit seinen Armen und hielt das Versprechen, das er ihr gegeben hatte. Er würde sie auffangen, wenn sie fiel. Simon löste sich von ihr, griff nach ihrer Hand und nickte.

Sie ließ sich von ihm durch die Tür führen. Maurice kniete auf einer Büßerbank, die Handmanschetten angekettet, und wimmerte.

Sevilla stand hinter ihm und wiederholte die Worte wieder und wieder. »Was habe ich dich gelehrt!?« Die Gerte traf mit Wucht auf sein Gesäß und Maurice keuchte.

»Gehorsam, Herrin!«

Ihr Samthandschuh ergriff seine Stirn und riss seinen Kopf erbarmungslos in seinen Nacken, gefolgt von einem Gertenhieb auf seine breite Brust. »Und so dankst du es mir?«

Die Striemen zeichneten sich auf seiner hellen Haut ab, dort, wo sie ihre Male hinterlassen hatten.

Simon zog Erica näher. Sie sträubte sich, doch er ließ ihr keine andere Wahl. Wieder zischte ein Hieb auf Maurice nieder und er zuckte zusammen. Sie bemerkte die pralle Erektion, die sich zwischen den Schenkeln des Sklaven gebildet hatte. Jeder weitere Gertenhieb ließ seine glänzende Eichel gegen seine Bauchdecke zucken.

Simon beugte sich über Ericas Schulter. Sein Flüstern klang heiser in ihre Ohren. »Sieh genau hin. Sieh, wie es ihn erregt, bestraft zu werden. Es war Absicht, dass er den Mantel fallen ließ. Er wusste, dass er dafür bestraft wird. Und sie gibt ihm das, wonach er giert. Betrachte die Gesichter, erkennst du, wie sehr sie ihr Spiel genießen?«

Erica sah vom Sklaven zur Herrin, erkannte das erregte Glitzern in den Katzenaugen, die sich auf den Körper ihres Dieners konzentrierten. Sevilla leckte ihre Lippen, berührte die tiefroten Striemen auf dem Gesäß ihres Sklaven, der unweigerlich stöhnte. Die Zärtlichkeit, mit der sie die Male streichelte, wirkte so gegensätzlich zu den Schlägen, dass Erica erschauderte.

Wie um ihr den Halt, die Sicherheit, zu gewährleisten, blieb Simon dicht hinter ihr stehen, ließ seine Hände über ihre Oberarme hinabgleiten. Sanft legten sich seine Finger um ihre Handgelenke und führten sie auf ihren Rücken. Sie ließ es geschehen, starrte auf das Pärchen, konnte ihren Blick kaum vom prallen Geschlecht des Sklaven abwenden, bis sie bemerkte, dass Simon die Manschetten auf ihrem Rücken mit den Metall-Ösen ineinander verhakt hatte. Erica riss daran.

Wieder legte er ihr beruhigend die Hände auf die Schultern und sie konnte die Erheiterung in seiner Stimme hören. »Deine Lust gehört mir.« Hauchzart glitten seine Fingerspitzen über ihren Hals zu ihren Brüsten. Er knetete sie und Erica spürte, wie sich sein Schoß an ihre gefesselten Hände drängte. Mit Daumen und Zeigefinger spielte er an ihren Brustwarzen, neckte sie, zwickte sie sanft und Erica keuchte unter dem süßen Schmerz, der durch ihren Leib zuckte. Sie starrte fasziniert auf das spielende Pärchen, sah zu, wie Sevilla sich vor ihren Sklaven auf die Büßerbank setzte und seinen Kopf zwischen ihre Schenkel presste. Anhand der Bewegungen seines Kopfes ahnte sie, dass er seine Herrin leckte.

Sevilla bog lustvoll stöhnend ihren Kopf zurück und streichelte gleichzeitig mit der Gerte seinen Rücken.

Simons Hand umschlang Ericas Taille, zog sie mit dem Po an sich heran, bis ihre gefesselten Hände die Beule in seinem Schritt umschließen konnten. Er rieb sich an ihren Fingern, während seine eigenen mit ihren Brustspitzen spielten, zärtlich tiefer strichen und zwischen ihre Schamlippen glitten. Sie offenbarte ihre Nässe, spürte, wie erregt sie war, trotz ihres Widerwillens, trotz der Abscheu, die das Gesehene geweckt hatte. Ihr Geschlecht pulsierte, als die Mittelfingerkuppe um ihre Klitoris rieb. Sie war überrascht, wie sehr es sie erregte, dabei zuzusehen, wie eine Domina ihren Sklaven bestrafte.

Sevillas Keuchen mischte sich mit Ericas Aufstöhnen.

Simons Raunen in ihr Ohr schickte ein Schaudern durch ihren Körper. »Es gefällt mir, wie du riechst, wenn du heiß bist.« Seine Fingerspitzen wühlten in ihrem feuchten Schoß, während die andere Hand emporglitt, sich in ihrem Haar vergrub und zupackte.

Erica stöhnte heiser, genoss die Art, wie er von ihr Besitz ergriff, und schloss die Augen. Wie ferngesteuert bewegten sich ihre Hüften an seine Hand zwischen ihren Schenkeln, sie rieb ihre Finger hart gegen seinen Schoß und es dauerte nicht lange, bis sich ihr Höhepunkt ankündigte.

Sevilla stieß einen spitzen Schrei aus und zerrte das Gesicht ihres Sklaven hart in ihre Scham, zuckend entlud sich ihr Orgasmus.

Maurice ließ seine Zunge über ihr Geschlecht flattern.

Ihr Stöhnen hallte von den Wänden wider und sie beugte sich über ihren atemlosen Diener und leckte ihm über die glänzenden Lippen. »Wie heißt es?«

Maurice rang nach Luft und lächelte ebenfalls. »Danke, Herrin.«

»Hat es dich erregt?«

»Ja, Herrin!«

Plötzlich zuckte die Gerte erneut hart auf die Brust des Sklaven und er stöhnte. Ein weiterer Hieb traf seine Seite, ein anderer seinen Hintern.

Erica starrte auf Maurice, der sich unter diesen Schlägen keuchend und stöhnend krümmte.

Sevilla holte ein weiteres Mal aus und kaum berührte die Gerte seinen Rücken, sah Erica, wie Maurice aufschrie, seine pralle Eichel sich zusammenzog und in heftigen Stößen den Samen weiß und zuckend auf die Stiefel seiner Herrin katapultierte. Er sackte nach vorne und keuchte atemlos. Seine Wange sank gegen die Innenseiten der Schenkel seiner Domina, die liebevoll und fürsorglich seinen kahl geschorenen Kopf streichelte.

Völlig abgelenkt von dem Schauspiel bemerkte Erica nicht, dass Simon sich von ihr entfernt hatte. Wenige Schritte hinter ihr war er stehen geblieben und beobachtete ihre Reaktion. Sie sah zu, wie Sevilla ihrem Sklaven die Fesseln von der Büßerbank löste.

Als die Herrin das Malheur auf ihrem Stiefel entdeckte, funkelten ihre Augen bösartig. Die Domina setzte die Stiefelspitze an Maurice' Brust und stieß ihn hart zu Boden. »Du undankbares Stück Fleisch. Sieh dir die Schweinerei an!«

Sofort hockte sich Maurice auf alle viere, kroch demütig seiner Herrin entgegen und hielt inne. Ein Hieb mit der Gerte ließ ihn jammern.

»Sauber lecken!«

Maurice senkte sein Gesicht in Richtung des befleckten Stiefels und Erica wandte ihren Kopf mit geschlossenen Augen zur Seite.

Ein kalter Schauder nahm von ihr Besitz, denn das, was folgen würde, weckte Ekel in ihr. Schon die Worte der Lady, die durch den Raum hallten, brachten ihren Magen zum Rebellieren.

»So ist es gut, leck ihn schön sauber. Ich will keinen einzigen Tropfen mehr darauf sehen!«

Erica presste die Lippen aufeinander. Wo war Simon? Sie wagte nicht, die Augen zu öffnen, wollte nicht wieder hinsehen müssen und fühlte erleichtert, als Simon sie sanft zu sich drehte und in die Arme schloss.

»Es ist alles gut, Erica. Ich bin bei dir.« Behutsam führte er sie aus dem Raum in ein weiteres Zimmer.

Sie vergrub ihr Gesicht an seiner Schulter, zitterte am ganzen Leib durch eine Mischung aus Ekel und Erregung, die gierig zwischen ihren Schenkeln pulsierte. Erst als sich die Tür hinter ihnen schloss, entspannte sie sich.

Erneut drang ein Jammern an ihre Ohren, doch sie mochte nicht sehen, was sich zeigen sollte. Sie klammerte sich an Simon, als er sich von ihr lösen wollte, doch er packte sie bei den Schultern, drehte sie mit sanfter Gewalt um, trat einen Schritt von ihr zurück und ließ sie los.

Erica kniff die Augen zu, doch ein Stöhnen zwang sie, hinzusehen. An ein Andreaskreuz fixiert stand eine junge Frau mit gespreizten Gliedern. Gerade war ihr Herr damit beschäftigt, Brustwarzenklammern zu befestigen. Wenn er sachte an der Kette zog, bog die Sklavin ihren Rücken durch und wimmerte. Ihr Gesicht war gezeichnet von Schmerz und Lust. Der Dom sprach kein Wort, ließ seine Hand an ihrem Bauch hinuntergleiten und drang mit zwei Fingern hart und heftig in ihren Schoß ein.

Erica zuckte zusammen, keuchte, während die junge Frau scharf den Atem anhielt und aufstöhnte. Ebenso hart, wie seine Fingerspitzen von ihrem Schoß Besitz ergriffen hatten, entzog er sich ihr wieder. Er warf Erica einen Blick zu und musterte sie eingehend. Seine Lippen waren gierig verzogen und er strich sich lässig sein strähniges Haar aus der Stirn.

Seine Augen richteten sich auf Simon, der hinter ihr stand. »Willst du mitspielen, kleine Serva?« Der Dom sprach zu ihr, und sein Unterton rief etwas in ihr wach, das sie vor Kälte erschaudern ließ.

Erica sah sich nach Simon um, doch er schien keine Anstalten zu machen, sie zu schützen.

Der Dom ging an einen Tisch, auf dem mehrere Utensilien

ausgebreitet lagen. Nachdenklich betrachtete er die Werkzeuge, griff nach einer schwarzen Peitsche mit Lederriemen und blieb vor Erica stehen. »Sie ist hübsch, Simon.« Der Knauf der Lederpeitsche drängte sich unter Ericas Kinn und hob ihr Gesicht empor. »Mit dir wüsste ich einige schöne Dinge anzustellen.«

Sie schluckte und wich zurück, doch er ließ sie nicht in Ruhe. Ängstlich drehte sie ihren Kopf nach Simon, doch er kam ihr wieder nicht zu Hilfe.

Der Griff der Peitsche glitt zwischen ihre Brüste und Erica hielt den Atem panisch an. »Du hast versprochen, dass mich niemand berühren darf!« Sie lauschte den näher kommenden Schritten ihres Herrn, spürte, wie er seine Arme um sie legte und sie an seine Brust zog. »Das ist Master Stuart, Erica. Er wird dich nicht mit den Händen berühren.«

Ihr Herz pochte bis zum Hals und sie spürte den festen Griff, mit dem Simon sie hielt, während der Knauf der Peitsche über ihrem Bauch zarte Kreise zeichnete. Ihr Atem beschleunigte sich, als er tiefer glitt. »Nein!« Sie schrie das Wort in Master Stuarts Gesicht, als der Griff sich zwischen ihre Schenkel bohren wollte.

Der Dom hielt inne, beließ das Werkzeug da, wo es war und warf Simon einen fragenden Blick zu.

»Du kannst das Spiel jederzeit beenden, sag das Codewort und es ist vorbei.«

In ihrem Kopf drehte sich alles. Das Codewort, das Simon ihr in der Eingangshalle zugeflüstert hatte, leuchtete wie ein Signal vor ihrem inneren Auge auf. Statt das Wort auszusprechen, drang ein Jammern aus ihrer Kehle, als die Lederkugel sich weiter zwischen ihre Beine schob. Das Geflecht kratzte an der Seide ihrer Schamlippen, rieb grob über die geschwollene Perle, die sich darunter verbarg. Erica keuchte auf, als Simon mit seinen Füßen ihre Beine für die Peitsche öffnete und der Griff ihren feuchten Spalt entlangglitt. Ihre Knie gaben nach, doch Simon hielt sie fest.

Stuart beugte sich über ihr Gesicht, funkelte in ihre geweiteten Augen. »Ich könnte dich damit zum Stöhnen bringen. Willst du das?«

Die Tatsache, dass er mit diesem Ding in sie eindringen könnte, schleuderte ihre Fantasie zwischen Abscheu und Lust hin und her. Das raue Endstück dieses Schmerzbringers rieb sich in ihrem feuchten Schoß, kreiste hart um ihre Klitoris und brachte sie hemmungslos zum Stöhnen, obwohl sie es sich mit einem Biss auf ihre Unterlippe verbieten wollte. Als sich ihre Augen schlossen, sie sich ihrer Gier hingeben wollte, hielt der Dom inne, entzog ihr den Knauf und lachte eisig.

»Du solltest sie peitschen, Simon. Sie hat nicht gelernt, sich zu beherrschen.«

Simons Zunge glitt an ihrem Hals entlang, mit den Fingerspitzen zog er ihr Gesicht zu sich hinüber und küsste sie innig. Dann hob er seinen Blick zu dem Dom und lächelte augenzwinkernd. »Ich will gar nicht, dass sie sich beherrscht.«

Mit wenigen Schritten trat der Master zu seiner Sub, die geduldig auf die Rückkehr ihres Herrn gewartet hatte. Kurze, gezielte Schläge, wieder und wieder, prasselten auf die Innenseiten ihrer gespreizt fixierten Schenkel ein. Das Wimmern stieg an und mischte sich mit leisem Keuchen.

»Bring mich hier weg, Simon. Bitte!« Erica zitterte wie Espenlaub, sie lag in seinen Armen und spürte, wie er beruhigend ihr Haar streichelte.

»Wie du es wünschst.« Behutsam brachte er sie aus dem Raum, sie betraten einen kleinen Saal, gingen einen schmalen Gang entlang, geradewegs auf eine Bühne zu, die zwei helle Scheinwerfer erleuchteten. Er schob sie sanft auf einen der Sessel in der ersten Reihe und setzte sich neben sie.

Erica hob den Blick zu dem Podest vor sich und erstarrte. Eine weiblich gebaute und noch sehr junge Frau war kunstvoll an Seile, die an der Decke verankert waren, gebunden worden. Ein Spinnennetzmuster hielt ihre Körpermitte hoch, die Beine waren umwickelt und gespreizt und die Arme von den Oberarmen bis zu den Handgelenken auf dem Rücken gefesselt. Erica hätte schwören können, dass die Frau in einer äußerst unbequemen Haltung da hing und sich unwohl fühlte, doch das erstickte Stöhnen, das sie von sich gab, belehrte sie eines Besseren. Ein gut gebauter muskulöser Mann stand an ihrem Kopf. Seine breiten Hände in ihr Haar vergraben, stieß er seinen Schwanz zwischen ihre Lippen, während ein anderer, wesentlich jüngerer Mann hinter der Frau positioniert war und sein Geschlecht in ihrem Schoß vergrub. Die Frau wirkte wie eine Schaukel aus purer Lust.

Erica rutschte auf dem stoffbezogenen Sessel nervös hin und her. Ein weiteres Mal brachte Simon sie in diese reizvolle Situation, einem Liebesspiel zusehen zu dürfen. Seine Hand legte sich auf ihr zitterndes Knie, strich höher und ließ ihren Atem stocken, als er sich zwischen ihre Schenkel grub und erneut ihre Lust schürte. Erica unterdrückte ihr Stöhnen, wusste sie doch, dass andere zusahen und sie hören konnten. Unter den Zuschauern war ihr einmal mehr bewusst, dass sie nichts als die Ledermanschetten und das Halsband trug. Ihr Atem beschleunigte sich, während Simons Hand sich Zugang zu ihrem Schoß verschaffte und zärtlich mit zwei Fingern in sie eindrang. Ihre Wangen glühten. Sie zerrte an ihren Fesseln auf dem Rücken, verbiss sich abermals ein Stöhnen auf ihrer Unterlippe und spürte, wie der Höhepunkt immer näher kam.

Auch Simon schien es zu ahnen, hielt mit der Hand in ihrem pulsierenden Geschlecht inne und wartete. Erica wollte protestieren, drängte sich näher an die Kante des Sessels, gegen seine

Hand, doch er weigerte sich, sie weiter zu reizen. Erica bewegte ihre Hüften seinen Fingern entgegen, da beugte er sich zu ihr herüber.

Seine Worte vibrierten in ihrem Leib. »Wenn du nicht still bleibst, werde ich dich bestrafen.«

Seine Fingerspitzen lagen ruhig in ihrem Unterleib und Erica keuchte. Sie sah hinauf zur Bühne. Das Schwingen der Frau nahm zu, gieriger stießen die Schwänze in ihren Mund und Schoß und das gedämpfte Wimmern der gefesselten Sklavin zwischen den beiden Meistern raubte Erica den Verstand. Zuzusehen, wie die Männer den Körper der Frau benutzten und damit die Lust der Sklavin steigerten, ging ihr durch und durch. Gleichzeitig Simons Finger in sich zu spüren und trotz der eigenen Begierde nach Erlösung stillhalten zu müssen, verlangte ihr viel zu viel ab. Wieder bewegten sich ihre Hüften seiner Hand entgegen. Erica stöhnte, doch damit entzog Simon sich ihr.

Ruckartig stand er auf, packte sie bei den Schultern und sein harter Griff an ihrem Arm ließ sie schmerzhaft aufstöhnen. Er zerrte sie aus dem Raum und zog sie hinter sich her.

Sie erhaschte einen kurzen Blick auf einen Sklaven, den man auf einen gynäkologischen Stuhl fixierte, und Simon schubste sie durch die nächste Tür, die krachend ins Schloss fiel. Der Raum war menschenleer. Ketten hingen von der Decke herab und einige unheimliche Werkzeuge waren wie Ausstellungsstücke eines Museums an der Wand drapiert. Ericas Knie zitterten unaufhörlich, und als sie Simons Blick auf sich spürte, wagte sie nicht, ihn anzusehen.

Mit großen Schritten überbrückte er die Distanz zwischen ihnen, grub seine Finger in ihr langes dunkles Haar und riss ihren Kopf schmerzhaft in den Nacken. Panik erfüllte sie, doch er berührte zärtlich ihre Wange.

»Du bist ungehorsam, das gefällt mir. Es erregt mich, dass du mir die Gelegenheit schenkst, dich zu bestrafen.« Er ließ ihr Haar los, griff in ihren Nacken und zwang sie auf die Knie. Simon hockte sich neben sie, streichelte ihr behutsam über den Rücken und sein Verlangen schwang in seiner Stimme mit. »Es wird mir ein Vergnügen sein.« Er holte aus und traf hart ihre rechte Pobacke.

Erica schrie auf, mehr vor Überraschung als vor Schmerz. Ein weiterer Schlag landete auf ihrer linken Backe, die er mit festem Griff massierte. Die Hand in ihrem Nacken drückte ihren Oberkörper tiefer zu Boden, bis ihr Gesäß weit emporgestreckt war und ihre Wange den Steinboden berührte.

Simons Hand glitt zwischen ihre gespreizten Pobacken.

Als sich seine Fingerspitzen erneut Zugang zu ihrem Schoß nahmen, wollte sie aufbegehren, doch Simon hielt ihren Kopf unten. Er entzog ihr die Hand, schlug stattdessen zu, diesmal wesentlich fester.

Erica schrie auf.

Simon hielt inne, streichelte über die gerötete Haut und löste seinen Griff in ihrem Nacken. »Das nächste Mal kann es die Gerte sein.«

Tränen rannen über ihre Wangen, die sie nicht zurückhalten konnte. Simon nahm ihr Gesicht in beide Hände, wischte mit den Daumenkuppen über ihre Wangen und küsste sanft ihre Stirn.

»Sag mir, was du fühlst, Erica.« Seine Stimme klang so weich und süß, so unendlich zärtlich, dass noch mehr Tränen ihre Augen fluteten. Er zog sie in seine Arme, wiegte sie darin, bis sie sich beruhigt hatte und endlich sprechen konnte.

»Woher wusstest du das alles von mir?«

In seiner Stimme klang Selbstbewusstsein mit. »Man erkennt seinesgleichen, meine Schöne.« Simon streichelte ihr über den Kopf und senkte seine Lippen darauf.

Leises Schniefen unterbrach ihr Flüstern. »Ich kann nicht aufhören, zu zittern.«

Er hob ihren Kopf an, sah ihr in die Augen und sie offenbarte die Scham, die ihre Wangen färbte. Simon küsste sie. »Es ist ein Spiel, andere nehmen die Rolle eines Freiers an, während die Frau die Hure mimt. Manche sehen sich gern als Helden, der eine dankbare Frau rettet und unsereins spielt eben Master and Servant. Daran ist nichts unmoralisch.«

Ein Lächeln stahl sich auf ihr Gesicht.

Simon küsste ihre Tränen fort. »Du bist wunderbar, schön, intelligent und selbstbewusst. Alles, was du brauchst, um deine Neigung zu erfüllen, kann ich dir geben und noch viel mehr.«

Sie sagte nichts. Tief in ihrem Inneren hatte sich etwas Entscheidendes verändert. Ihre Schultern strafften sich, ihre Hand glitt über seine Brust und ihr Blick bekam etwas Provokantes, Herausforderndes. Noch war das Spiel nicht zu Ende. »Lass uns von hier verschwinden.«

Er hielt ihre suchenden Finger fest, bevor sie in seinen Schritt glitten. Simons Augen glänzten gierig vor Lust.

Wie konnte er sich so beherrschen? Aber war er nicht dazu verpflichtet, wenn er jederzeit damit rechnen musste, dass ihr Codewort fiel?

Simon zog sie an der Hand zu sich empor, legte seinen Arm um ihre Schulter und kehrte mit ihr zurück in die Eingangshalle.

Maurice brachte die Mäntel. Sie stiegen in den schwarzen Mercedes ein, der wenige Schritte vom Haus entfernt parkte. Erica war überrascht, als sie in die Straße zu ihrer Wohnung bogen.

Simon stieg aus, half ihr aus dem Wagen und brachte sie zum Hauseingang.

»Ist es schon vorbei?« Sie meinte das Spiel und Simon lachte leise auf.

Er erwiderte nichts, drehte sie sanft mit dem Rücken zu sich und presste seinen Schoß an ihr Gesäß. »Was glaubst du?« Er zog ihren Mantel hoch, drängte sie gegen das hüfthohe Geländer und schob den Stoff über ihre Lenden.

Hier? Panik stieg ihren Hals empor, sie hörte hinter sich Stoff rascheln, einen Reißverschluss und spürte, wie seine pralle Eichel an ihren Hintern drängte. Erica hielt den Atem an. Einerseits wollte sie protestieren, andererseits war sie so erregt von all den Eindrücken, den Fantasien.

Seine Schwanzspitze presste sich an ihren feuchten Eingang, schlüpfte so leicht in sie hinein, dass er sich mit einem Stoß in ihr versenkte.

Lust stieg in ihr empor, denn die Tatsache, dass jemand sie erwischen, oder einer ihrer Nachbarn durch die Eingangstür kommen könnte, brachte ihre Fantasie zum Kochen. Simon stieß hart in sie hinein, sein Stöhnen mischte sich mit ihrem erregten Keuchen. Er füllte sie aus und schien noch in ihrem Schoß zu wachsen.

Ericas Atem überschlug sich. Sie schloss die Augen, krallte sich Halt suchend an dem Geländer fest und stemmte sich energisch gegen jeden seiner Stöße. Er hatte sie so lange warten und zappeln lassen, immer wieder ihre Gier geschürt und jetzt, wo er sie endlich hemmungslos vögelte, dauerte es eine Ewigkeit, bis sie spürte, dass sich der Orgasmus in ihrem Inneren zusammenbraute.

Er steigerte seinen Rhythmus, trieb sie voran und seine Finger gruben sich in ihre Hüften. Als ihre Laute anschwollen, ihr Stöhnen immer lauter durch die Nacht hallte, hielt er ihren Mund zu, bog ihren Kopf in den Nacken und stieß noch härter zu. Ein letztes tiefes Eindringen brauchte es noch, bis sie gegen seine Hand über ihrem Mund schrie und er sich gleichzeitig heftig in ihr entlud. Mit weichen Knien kam sie langsam zu Atem und seufzte.

Er küsste zärtlich ihren Mund. »Bedank dich bei deinem Herrn und geh schlafen.«

Erica starrte ihn verwirrt an, ihre Lippen bebten. Ihre Augen saugten sich an seinem dominanten Blick fest. Es fiel ihr schwer, die Worte zu sagen. »Danke, Herr.«

Sanft küsste er ihre Stirn, löste sich von ihr und schritt die Treppe hinab. Bevor er in seinen Wagen stieg, sah er zu ihr herauf. »Du wirst dich daran gewöhnen.«

Erica sah dem Wagen nach, wie er sich entfernte und in der Nacht verschwand. Die Bilder begleiteten sie die Treppe zu ihrem Apartment hinauf. Als sie die Tür zu ihrer Wohnung aufschloss, fand sie einen schwarzen Brief, den jemand auf den Schmutzfänger gelegt hatte. Sie ließ sich in ihren Wohnzimmersessel fallen, öffnete den Umschlag und las die Nachricht.

Du wirst mir eine wunderbare Spielgefährtin sein. Wir sehen uns bald wieder. Süße Träume, meine Schöne.

Simon war sich in vielen Dingen sicher, was sie betraf, und langsam legte sich ihre Verwunderung darüber.

Sie kuschelte sich in den Sessel, schloss die Augen und freute sich darauf, ihn bald wiederzusehen.

Kapitel 3: Die erste Session

So erholsam und selig der Schlaf über sie gekommen war, so schockiert reagierte Erica, als sie in ihrem Bett aufwachte und über die vergangene Nacht nachdachte. Sie befühlte ihre glühenden Wangen und Scham schlich sich in ihre Gedanken. Und wie sie sich schämte. Jahrzehntelang hatten Frauen für Gleichberechtigung und Anerkennung gekämpft. Die Welle der Emanzipation hatte so viel erreicht und sie fühlte sich wie eine Verräterin an ihrem Geschlecht.

Erschrocken legte sie die Hände auf den Mund.

Du bist eine selbstbewusste junge Frau, stehst mit beiden Beinen im Leben, verdienst dein eigenes Geld, stehst im Job deine Frau und bist noch nie von einem Mann abhängig gewesen. Wie konntest du das zulassen?

Erica war fassungslos, wie sehr es sie erregt hatte, sich von diesem Mann dominieren zu lassen. Er hatte sie wie eine Sklavin behandelt und es hatte sich gut und richtig angefühlt. Am liebsten hätte sie sich geohrfeigt, weil sie das Gefühl nicht abschütteln konnte, dennoch war ihr bewusst, dass Simon DiLucca der erste Mann war, bei dem sie ohne Vortäuschung und ohne Hand an sich zu legen zum Höhepunkt gekommen war. Mit ihm zusammen zu sein war aufregend, erotisch, sexy und unglaublich befriedigend.

Gleichzeitig schossen ihr die Worte ihrer Mutter durch den Kopf. *Mach dich niemals von einem Mann abhängig!*

Sie setzte sich im Bett auf und starrte zu Boden. *Es war nur Sex! Warum habe ich das Gefühl, als hätte ich alles verraten?*

Erica atmete durch. Sie fühlte sich, als säße sie zwischen zwei Stühlen, als steckten zwei Frauen in ihrem Körper, die miteinander stritten. Die eine war die selbstbewusste Innenarchitektin mit eigener Wohnung und eigenem Geld, die es locker schaffte, selbst rüpelhafte Bauarbeiter im Griff zu behalten, die andere wollte sich hemmungslos diesem attraktiven dominanten Mann hingeben, sich von ihm benutzen, bespielen und von einem Höhepunkt zum nächsten bringen lassen. Sie hatte sich in ihrer Position bei ihm so gut gefühlt, aber irgendwie wollten die beiden Rollen ihrer Persönlichkeit sich nicht miteinander verbinden lassen. Ihr war nicht wohl bei dem Gefühl, sich für eine der beiden Seiten entscheiden zu müssen – irgendwann.

Als das Telefon klingelte, riss sie nach dem ersten Laut den Hörer an sich und kaum hörte sie Simons Stimme, wirkten die Zweifel wie weggeblasen.

Er wollte sie wiedersehen und seine Worte hinterließen eine wohlige Gänsehaut auf ihrem Körper. Sie hörte sich sprechen, ihm antworten, wie sehr sie sich auf ein Treffen freute und dass sie es kaum erwarten könne. Dann legte sie auf und ertappte sich dabei, wie ein aufgeregtes Schulmädchen vor sich hinzugrinsen. »Hör auf damit, du Hühnchen.« Sie lachte ihr Spiegelbild im Bad aus und stieg gut gelaunt unter die Dusche.

Gespannt wartete Erica, dass die Sonne unterging. Auch wenn er sie erst um acht abholte, war sie bereits um sechs Uhr fertig gestylt und wanderte nervös in ihrer Wohnung auf und ab. Sie war gespannt, welches Spiel Simon DiLucca heute für sie bereithielt.

Da er von einem Abendessen gesprochen hatte, war ihre Entscheidung nach Erkundung ihres Kleiderschrankes auf schwarze Seidenunterwäsche und ein schlichtes kurzes Abendkleid mit durchgehender Knopfleiste gefallen. Das lange dunkle Haar hatte sie bis auf wenige verspielte Strähnen mit einer Spange hochgesteckt.

Die Erinnerungen an den vergangenen Abend im Fetischclub geisterten in ihrem Kopf herum, während sie den Stundenzeiger der Wanduhr zu hypnotisieren versuchte. Ihre Gedanken schweiften zu Maurice und seiner Herrin Sevilla. Diesen Sklaven erregten die Gerte auf der Haut, die roten Stiemen, und die herrische Art seiner Domina. Die junge Sklavin an dem Andreaskreuz, dieser Mann, der ihre Gedanken vollstopfte, während der Griff der Peitsche an Ericas Körper hinabwanderte. Hätte Simon es zugelassen? Ihr fiel auf, dass sie die Knie zusammenpresste, als die Erinnerung an den Peitschenknauf an ihrer Scham emporkeimte. Erica schloss die Augen und schüttelte den Gedanken ab.

Wie weit würde Simon gehen, um ihre Grenzen und Tabus zu erfahren? Wie weit würde sie gehen? Er hatte ihr einen Einblick in seine Welt, ihre Welt gegeben, denn seit dieser Nacht im Haus der Lady Sevilla war etwas mit ihr geschehen. Eigentlich schon vorher.

Erica rief sich die Erinnerung an das Gespräch im Separee zurück. *Ich bin es, der dich über die Klippe stößt und der, der dich auffängt, wenn du fällst.* Ihre Zustimmung zu dem Spiel, zu ihm, zu allem, was sie erwartete, war ein Befreiungsschlag ihrer Seele, als sei eine Barriere gefallen, die sie bis dato nicht zu erkennen vermocht hatte.

Natürlich war die Eröffnung schockierend gewesen. Ständig hörte man von *Perversen*, die sich bis aufs Blut quälen und peitschen ließen. Männer und Frauen, die andere zu devoten Sklaven erzogen und es genossen, sie zu demütigen, ob verbal oder mit Gewalt. Doch was wusste die Gesellschaft der *Normalen* davon?

Da waren die Zärtlichkeiten, der Trost und der Halt, den Simon ihr gab, egal, wohin er sie führte. Da war diese gebieterische Dominanz, die souveräne Ausstrahlung, die sie vom ersten Moment in den Bann gezogen hatte. Da wartete ein Abenteuer, das sie – und nur sie –, wie er versprochen hatte, jederzeit beenden konnte. Das Einverständnis, sich führen zu lassen, jemandem die Kontrolle zu geben, wie konnte das als *unmoralisch* angesehen werden? Es hatte Zeiten gegeben, in denen es Gesetz war. Männer hatten das Recht, ihre Frauen zu züchtigen, sie waren Herr und Gebieter im Haus und die Frau hatte sich unter Zwang zu fügen. Heute war es freiwillige Unterwerfung der Lust willen. Sie lächelte bei dieser Überlegung und ihre Bedenken lösten sich in Luft auf.

Pünktlich klingelte es an ihrer Wohnungstür. Simon trug einen dunkelblauen, perfekt sitzenden Anzug und hielt eine rote Rose in seiner Hand.

Erica wusste nicht recht, welche Begrüßung er für angemessen hielt. Hatte das Spiel schon begonnen?

Er schien zu spüren, dass ihre Unsicherheit wuchs, trat durch den Türrahmen und küsste zärtlich ihre Lippen, ihre Wange und ihre Stirn. Simon hielt ihr Gesicht in seiner Hand und betrachtete sie aufmerksam.

Nervös kaute sie an ihrer Unterlippe.

»Dir liegt eine Frage auf der Seele?«

Erica nickte, knetete ihre Hände, die Simon ergriff, um sie zu beruhigen. »Ich weiß nicht, was heute auf mich wartet, daher war ich nicht sicher, ob ich das Halsband und die Manschetten benötige.« Warum brachte dieser Mann sie so aus der Fassung, kaum dass er in ihrer Nähe war? Erica verfluchte sich selbst.

»Du siehst wunderbar aus und nein, du wirst meine Geschenke heute Nacht nicht brauchen, meine Schöne.« Simon nahm den schwarzen Kurzmantel von ihrem Sessel und half ihr zuvorkommend, ihn überzuziehen. Er griff nach ihrer Hand, hob sie zu seinem Mund und flüsterte. »Entspann dich, mein Schatz, du wirst die Nacht genießen, versprochen.«

Sie atmete tief durch.

George, der Fahrer, erwartete sie bereits, und als er den Wagen auf die Straße lenkte, senkten sich Simons Lippen auf Ericas Fingerspitzen. Er sah aus dem Fenster. »Wie fühlst du dich, Erica?«

»Gut, nervös, gespannt, ich weiß nicht. Unsicher?«

Die restliche Fahrt verlief schweigend. Wider Erwarten hielt George nicht vor DiLuccas Restaurant, sondern bei einem anderen gediegenen Speiselokal mit auserwählter Küche.

Der Abend verlief anders, als Erica gedacht hatte. Kein Wort über das Spiel, keine Monologe über SM, nichts. Während des Drei-Gänge-Menüs sprachen sie über Gott und die Welt, Arbeit, Vergangenheit, Gegenwart. Sie scherzten und genossen die wunderbare Atmosphäre wie zwei frisch Verliebte bei einem Date.

Nach dem Dinner spazierten sie zu einer kleinen Galerie, die eine Sammlung erotischer Malereien ausstellte. Simon legte nicht einmal den Arm um sie, doch seine Nähe wirkte wie ein wärmender Mantel. Ericas Anspannung fiel von ihr ab. Sie vergaß, warum sie so nervös diesem Abend mit Simon entgegengefiebert hatte, ihre Unsicherheit war wie weggefegt und jeglicher Gedanke an das Spiel war in den Hintergrund getreten.

Sie spürte, wie Simon es genoss, dass sie sich gelöst und selbstsicher präsentierte. Hin und wieder hielt Erica inne, versuchte, hinter dieses geheimnisvolle, warme Schmunzeln auf seinem Gesicht zu kommen.

Der Weg führte sie entlang des Flussufers zu einer Aussichtsplattform, von der man einen atemberaubenden Blick auf die beleuchtete Metropole der Stadt erhielt. Erica lehnte ihren Kopf seufzend an seine Schulter und schloss einen Moment die Augen, sog den Duft seines herben Parfums in sich ein. »Es ist wunderschön hier.«

Er hob ihr Kinn an und verführte sie zu einem leidenschaftlichen Kuss. Gern hätte sie diesen Augenblick für die Ewigkeit festgehalten, doch Simon löste sich sanft von ihr und senkte seine Lippen auf ihre Stirn. »Wollen wir gehen?«

So schwer es ihr fiel, nickte sie dennoch. Hand in Hand stiegen sie in den schwarzen Mercedes. Erica erwartete, dass Simon sie nach Hause brachte, stattdessen hielt der Chauffeur vor dem »Private Room«.

Simon hielt ihr die Hintertür auf und begleitete sie in das alte Gebäude seines Restaurants. Durch die Eingangshalle führte er sie zur Treppe, die in den Weinkeller führte. Erica folgte ihm bereitwillig, wusste sie doch, dass er in diesem Gewölbe wahre Schätze alter seltener Weine besaß. Das schwache Licht verwandelte dieses weitreichende Kellergemäuer in einen unheimlichen, nahezu gruseligen Raum aus einer anderen Zeit. Sie sah zu, wie Simon die Tür hinter sich schloss und Mantel sowie Anzugjacke ablegte.

Er schritt auf sie zu, nahm ihr den Kurzmantel ab und beugte sich zu ihr hinab. »Zeit für die erste Session!«

Das Lächeln in Ericas Gesicht verschwand. Sofort kehrte die Anspannung zurück in ihren Körper. Zuvor noch selig, vergnügt und entspannt, fühlte sich seine Ankündigung jetzt wie eine eiskalte Dusche an. Ein nervöses Beben breitete sich in ihrem Bauch aus.

Simon blieb vor ihr stehen, strich ihr liebevoll eine lose Haarsträhne hinter das Ohr, küsste ihren Hals und flüsterte mit rauer, tiefer Stimme: »Hier wird niemand deine Schreie hören.«

Erica schluckte. Ihr Herz pochte so heftig, als wollte es ihr aus dem Hals springen. Sie bezwang den Impuls, flüchten zu wollen und doch, da war es wieder. Dieses Mischgefühl aus Panik und erregender Neugier. Sie verfolgte mit den Augen die Bewegungen von Simons Händen.

Mit flinken Handgriffen löste er den Ledergürtel seiner Hose, zog ihn aus den Laschen und ließ ihn zusammengefaltet knallen.

Erica zuckte unter dem Geräusch zusammen und das Beben wuchs zu einem Zittern, kroch ihr durch Mark und Bein. Er ging um sie herum, blieb hinter ihr stehen. Würde er sie damit züchtigen? Die Knie wollten ihr wegknicken, doch sie kämpfte die Schwäche nieder.

Simon löste die Spange behutsam aus ihrem Haar, grub seine Hand in die dunkle Seide und zog mit einem Griff ihren Kopf an seine Brust. »Niemand wird dein Wimmern hören. Die Wände sind zu dick, als dass deine Schreie hinaufdringen könnten. Ich kann mit dir tun und lassen, was mir gefällt.«

Jeder Muskel in Ericas Körper spannte sich. Seine Worte sickerten in ihr aufgewühltes Bewusstsein und formten in der Fantasie Bilder, die ihren Atem beschleunigten. Würde er sie mit dem Gürtel schlagen?

Behutsam legte er den Lederriemen um ihre Oberarme und fixierte die Schnalle so, dass sie sich nicht daraus befreien konnte. Seine Hand umfasste ihren Hals, zog ihren Körper mit einem Ruck näher und beugte sich an ihr Ohr.

Seine Stimme enthielt einen Unterton, der sie erschaudern ließ. »Du wirst nicht schreien. Du wirst wimmern und jammern, aber nicht schreien. Du wirst dich lustvoll und stöhnend winden und darum betteln, dass ich mir nehme, was mir zusteht. Solltest du schreien, werde ich dich bestrafen.«

Erica wollte widersprechen, aufbegehren, doch Simon umschloss ihr Kinn mit einer Hand und näherte sich ihrem Gesicht, als er wieder vor ihr stand. »Denk daran, du kannst dieses Spiel jederzeit beenden und ich werde dem folgen. Aber du wirst mir keine Widerworte geben, sondern demütig ertragen, was ich dir zuteilwerden lasse, ganz wie es *mir* beliebt.«

Ihre Augen weiteten sich, dieser heisere, gierige Unterton, die Worte, die er ihr entgegenflüsterte, all das schickte Impulse durch ihren Unterleib, die sie nicht kontrollieren konnte. Die

Furcht vor dem, was geschehen könnte, das Beben ihrer Lippen, das Zittern ihres Körpers, schien ihn zu erregen und zu provozieren. Liebevoll glitten seine Handrücken über ihre Wangen, den Hals entlang, hinunter zu dem Ausschnitt ihres Kleides. Er öffnete geduldig die Knöpfe, schob den Stoff über ihre Schultern und musterte ihren Körper in der schwarzen Seidenunterwäsche. Mit hauchzarten Fingerkuppen zeichnete er die Linien ihres BHs nach, zog kleine Kreise über ihren flachen Bauch und hielt inne, als er das Seidenbündchen ihres Slips berührte. Er begutachtete sie, als wollte er jedes Detail genau studieren.

Ihr Atem stockte, ihre Augen fixierten ihn, wie ein Kaninchen, das direkt vor dem Fuchs saß und sich nicht rühren konnte. Simon ließ von ihr ab, wandte sich um und ging in den hinteren Teil des Weinkellers. Erica wagte nicht, sich nach ihm umzudrehen, um zu sehen, wohin er sich gewandt hatte. Panik weitete ihre Augen, als er zurückkehrte und sie die einzelnen langen Lederstreifen in seiner Faust erkannte.

Er legte sie provokant vor ihr so übereinander, dass die losen Enden gleich lang waren, den Rest wickelte er um seine Handfläche und hielt sie fest. Simon trat auf sie zu und sie wich zurück. Er kam einen Schritt näher. Die losen Enden berührten ihren BH, während die freie Hand die Brüste sanft aus den Körbchen hob. Das Leder strich über die nackte zarte Haut des rechten Busens, während Daumen und Zeigefinger die Brustwarze der linken neckten, zwickten, kneteten. Simon ließ die Zunge folgen, leckte feuchte Kreise über die erregt aufragende Spitze, saugte daran, küsste sie und biss zu.

Hart an der Grenze von Schmerz keuchte sie auf. Diese süße Pein durchzuckte ihren Leib bis in ihren Schoß und hinterließ ein dumpfes Pochen.

Die Hand glitt tiefer, unter den Seidenstoff ihres Höschens und Erica stöhnte heiser, als die Fingerspitzen zielsicher zwischen ihre Schamlippen schlüpften, die Klitoris umkreisten, daran zupften und sie streichelten. Er drang behutsam in sie ein. Erica schloss die Augen und genoss die Fülle in ihrem Schoß.

»Erregt dich die Umgebung oder die Tatsache, dass ich dich züchtigen werde?« Er musste das Zucken in ihr spüren, fühlen, wie sich ihre Muskeln um seine Finger pressten.

Noch fester hielt Erica die Augen geschlossen und schluckte hart.

Simon ließ nicht locker, drang tiefer in sie ein. »Sag es mir!« Sein Tonfall verschärfte sich und das Pressen seiner Fingerspitzen gab dem Nachdruck. Ihr kam ein Wimmern über die Lippen.

»Antworte!« Seine Fingerkuppen bohrten sich noch tiefer.

Ihr Atem überschlug sich, denn sein Handballen rieb ihre Klitoris energisch und erregend, sodass ihr die Antwort nicht über die Lippen gehen wollte. Zusätzlich kniffen Daumen und Zeigefinger ihre Brustwarze so nah an der Schmerzgrenze, dass sie ein Jammern nicht unterdrücken konnte. Zwischen zusammengebissenen Zähnen zischte sie tonlos: »Beides.«

Simon entzog sich ihr so plötzlich, dass sie zu schwanken begann, und drohte zu fallen, doch er blieb hinter ihr stehen, strich zärtlich die Linien ihres Körpers entlang, raffte ihr Kleid hinter ihrem Rücken und fixierte es am Gürtel und ihren gefesselten Armen.

Wieder ging er um sie herum, betrachtete sie, studierte ihre Haut, berührte die rechte Hüfte. »Weich und sanft.« Er hockte sich vor sie, zog ihr den Seidenslip von den Beinen und streichelte die Innenseiten ihrer Schenkel. »So zart.« Er hauchte einen Kuss darauf, erhob sich und schien genau zu überlegen, was er tun würde. Wie aus dem Nichts traf der erste Hieb mit den Lederstrippen ihren Oberschenkel.

Nur leicht ausgeführt, nicht schmerzhaft, doch der Schreck drang durch Ericas Körper. Der Schlag auf die rechte Pobacke besaß schon mehr Nachdruck und hinterließ ein leichtes Brennen auf der Haut. Sie keuchte und wand sich in ihrer Gürtelfessel, mit den Unterarmen versuchte sie sich zu schützen, ihre Hände vor Stellen zu legen, die er treffen könnte.

Simon schickte eine Salve an Hieben auf Brust, Bauch und Schenkel.

Sie zischte und verzog ihr Gesicht, das Nachbrennen war schier unerträglich. Ihre Haut rötete sich. Wieder trafen die Lederriemen ihr Gesäß und hinterließen das gleiche Glühen. Sie wich ihm aus, versuchte mit den Händen ihren Hintern zu schützen, doch Simon war mit schnellen Schritten hinter ihr, umschlang ihre Taille und zog sie dicht an sich heran.

Zärtlich vergrub er sein Gesicht in ihrer Halsbeuge und sein Flüstern streichelte die geröteten Stellen an ihren Brüsten. »Du wirst dich daran gewöhnen.« Seine Fingerspitzen berührten die brennenden Male und verstärkten das Gefühl von Prickeln und Glühen.

Erica keuchte, stöhnte und jammerte. Abermals fanden seine Fingerkuppen ihren Weg zwischen ihre Schamlippen. Diesmal rieb er ihren Kitzler so heftig, dass sich Ericas Atem fast überschlug. Sie drängte sich seiner Hand entgegen. Spitze Schreie drangen aus ihrer Kehle und sie verlor jegliche Kontrolle über ihren Körper. Ihre Hände ballten sich zu Fäusten, ihre Arme pressten sich gegen den Ledergürtel und sie senkte ihren Kopf an seine Brust.

Die Wände des Gemäuers warfen ihr hemmungsloses Stöhnen zurück und das Echo mischte sich mit Simons heiser geflüsterten Worten. »Soll ich dir erlauben zu kommen?«

Sie warf tonlos ein zittriges *Ja* in den Keller.

Abrupt entzog er ihr die Hand und hielt sie mit einem Arm. Hätte er sie nicht gestützt, sie wäre in sich zusammengesunken. Ericas Wangen glühten, die Male brannten und ihr Schoß pochte so energisch, dass sie fast um den Orgasmus gebettelt hätte.

»Noch nicht.« Dieses Wispern, seine Stimme, fast hätte sie ihn zornig verflucht, doch sie rang stattdessen nach Atem. Mit kontrolliertem Griff packte er ihre Schultern und schob sie vor sich in den hinteren, noch schwächer beleuchteten Teil des Weinkellers, vorbei an den alten Fässern zu dem Käfig, in dem die kostbaren Weine lagerten. Von einem Haken an der Decke nahm er ein Seil und presste Erica an ihren Schultern auf die Knie. Ihre Handgelenke fixierte er mit dem Strick so geschickt, dass sie ihm hilflos ausgeliefert war. Zusätzlich verknotete er die losen Enden mit den Gitterstäben, sodass sie in dieser knienden Position verharren musste … *wollte.*

Erica sah zu ihm empor, beobachtete, wie er seine Hose öffnete, Knopf für Knopf. Ihre Augen fixierten seinen Schoß, neugierig, aufgeregt, wissend, was folgen würde.

Simon trat näher und seine pralle Eichel ragte rosig und glänzend empor. Erica konnte das Zucken seines Schwanzes erkennen, so erregt war er. Sie zu züchtigen hatte ihm anscheinend gefallen. Er hielt die Lederstreifen in der Hand, legte sie sanft um Ericas Nacken und zog sie näher an seinen Schoß. Sofort verstand sie den Wink, doch als ihre Zunge vorschnellte und die empfindsame Schwanzspitze traf, zuckte Simon zurück und knurrte leise. Sie öffnete ihre Lippen, sah hinauf zu ihm.

Ohne ihren Kopf zu berühren, zog er sie zu dem mit Adern durchzogenen herrlichen Schwanz, drängte sie, ihn zwischen ihre Lippen zu nehmen und an dem steifen Schaft hinabzugleiten.

Simon stöhnte voller Anspannung und schob seine Hüften in langsamem Tempo vor und zurück. Die Lederstreifen in ihrem Nacken hielten ihr Gesicht so, dass er ihren Mund nach seiner Lust nutzen konnte.

Sie sah das Funkeln in seinen Augen, als sie ihren Blick zu ihm emporgerichtet hielt und ihn ihre Zunge an der Unterseite seines Geschlechts spüren ließ. Ihre Arme waren durch den Strick nach hinten gestreckt und in den Schultern breitete sich ein unangenehmer Schmerz aus, doch Erica hielt still und unterdrückte ihr Wimmern. Simon kam ihr noch näher, drängte tiefer in ihre Mundhöhle und vergrub seine Hände in ihrem Haar. Sein Rhythmus war gieriger, energischer, sein Stöhnen schwoll an. Der letzte Stoß brachte seinen Schwanz so tief gegen ihren Gaumen, dass Erica würgte. Mit einem Aufschrei entlud er sich zuckend auf ihrer Zunge und erstickte ihre jammernden Laute.

Sie schluckte hastig, hustete, als er sich ihrem Mund entzog, und rang nach Atemluft. Simon hockte sich zu ihr, hob ihr Kinn an und streichelte zärtlich über ihre glühende Wange. Ein leidenschaftlicher Kuss folgte. Erica wusste, er konnte seine eigene Lust in ihrem Mund schmecken.

Seine Fingerspitzen strichen durch ihr Haar. »Wie gefügig du sein kannst.« Er erhob sich, löste ihre Fesseln, um sie gegen die kalten Gitterstäbe zu drängen, ihre Handgelenke über Kopf rechts und links mit dem Seil zu binden und kunstvoll überkreuzt um ihren Oberkörper zu verflechten und in der Taille zu verknoten. Hauchzart berührte er kreisend mit den flachen Handflächen ihre erregten Brustwarzen, brachte sie damit erneut zum Stöhnen, glitt tiefer, berührte ihre Scham, rieb die Kuppen in ihren feuchten, pulsierenden Spalt und blieb dicht vor ihr stehen. Sein Atem streichelte ihr Gesicht und ihre Augen fixierten seine Lippen.

Hemmungslos stöhnte sie ihm entgegen, denn das Spiel seiner Fingerspitzen verstärkte sich.

»Ich kann sehen, wie erregt du bist. Ich fühle, wie heiß du bist.« Er senkte die Stimme noch tiefer, heiserer und eindringlicher. »Ich kann dich sogar riechen, meine kleine geile Sklavin.«

Wollüstig rekelte sie sich an den Gitterstäben, lehnte den Kopf zurück und schloss die Augen.

Seine Lippen waren ihren so nah, dass er sie hätte küssen können, doch er tat es nicht. »Ich weiß, wie gern du mich in dir spüren möchtest.«

Sie warf den Kopf hin und her. Er trat zurück. Sie erkannte, dass er den Gürtel in der Hand hielt. Ein Schaudern kroch eisig über ihre Haut. Vor ihren Augen umschlang er mit dem schwarzen Leder seine Handfläche. Klatschend traf der Schlag ihre Schenkel und Erica schrie auf. Der Schmerz explodierte kurz, doch heftig auf ihrer Haut und presste ihr die Luft aus den Lungen. Wieder schlug er zu, das Ziel war ihr Bauch und ein Zittern flutete wie ein Echo durch ihren Körper.

Erica stöhnte, verzog ihr Gesicht und schloss die Augen.

Der nächste Hieb umschlang schnalzend ihre Hüfte und traf einen Teil ihres Gesäßes, sie hielt den Atem an. Jeder Versuch, den Lederbissen des Gürtels auszuweichen, sorgte dafür, dass er eine noch empfindlichere Stelle traf.

Das Beben in ihrem Inneren schwoll an und trieb ihr den Schweiß auf die Stirn, drang durch jede Pore und Tränen stiegen hinter ihren geschlossenen Lidern empor. Sanfte Hände streichelten die geröteten Striemen, brachten die Haut zum Prickeln, und Erica konnte das Wimmern nicht mehr zurückhalten.

Simon war ihrem Gesicht so nah und küsste sie kurz auf ihre zitternden Lippen. »Dein Leid ehrt mich, du erträgst den Schmerz nur für mich.« Sein Schoß drängte gegen ihre feuchte Scham. Er war hart, steif und pochte.

Erica konnte es kaum fassen, hatte er doch eben erst ihren Mund erobert. Das Glühen der Male ließ nach, war zu einem schwachen Pulsieren verklungen und sendete Blitze wieder und wieder durch ihren Unterleib. Keuchend drängte sie ihre Hüften seinem Geschlecht entgegen, provozierte, forderte und Simon senkte stöhnend seine Lippen auf ihren Hals. Mit einem Griff unter ihren Oberschenkel hob er ihr Bein um seine Hüfte, rieb sich an ihrem Geschlecht, drängte sie härter gegen die Gitter und leckte den Schweiß von ihrer Wange.

»Nimm mich, nimm mich jetzt … bitte.« Erica hielt es kaum mehr aus, seinen Schwanz gegen ihre Schamlippen drängen zu spüren, dieser animalische Duft in ihrer Nase, ihre Geilheit, das dumpfe Pochen der gezüchtigten Haut, all das überstieg ihre Kraft.

Abrupt löste Simon sich von ihr, musterte sie mit eisigem Blick, doch sie war zu weit weg, um die *Gefahr* zu erkennen. Er holte mit dem Gürtel aus, harte Schläge trafen ihren Körper, wo immer er hinzielte und die Salve an Hieben schien nicht enden zu wollen.

Erica schrie vor stechenden Schmerzen, die der Gürtel ihr bescherte, doch Simon kannte keine Gnade.

Er hielt inne, griff grob nach ihrem Kinn und zwang sie, in seine Augen zu sehen. »Ein Spielzeug stellt keine Forderungen. Es ist allein zum Vergnügen seines Herrn da, erfüllt dessen Wünsche und nicht umgekehrt. Merk dir das!« Er stieß ihr Gesicht zur Seite und verpasste ihr als Nachdruck seiner schroffen Worte eine Ohrfeige.

Erica war so verblüfft und verwirrt, dass sie den Atem anhielt. Ihre Erregung, die hemmungslose Lust, erreichte einen Level, der kein Zurück mehr kannte. Sie senkte ihren Kopf, hob ihre Augen zu ihm empor und zischte ihm provozierend eine Antwort entgegen. »Fick mich endlich …«

Simon hielt inne und betrachtete sie eingehend. Sein Schmunzeln verbreiterte sich, das Funkeln in seinen Augen nahm an Bedrohlichkeit zu. Er schob ihr das schweißnasse Haar aus dem Gesicht, strich mit dem Handrücken behutsam über die geohrfeigte Wange. Mit schnellem Handgriff hob er ihren Oberschenkel empor, schlang ihr Bein um seine Hüfte. Er drang hart und gnadenlos in ihr Geschlecht.

Erica keuchte, atmete stöhnend aus und verzog schmerzerfüllt das Gesicht.

Wieder stieß er heftig zu. »Ist es das, was du willst?« Der Hohn in seiner Stimme war für sie der Tropfen, der das Fass zum Überlaufen brachte. Er füllte sie so vollkommen aus, dass sie jegliche Kontrolle über sich verlor und jeden tiefen Stoß mit einem schamlosen Aufschrei begleitete. Sein Rhythmus steigerte sich mit jedem Tieferdrängen und der süße Schmerz, den es mit sich brachte, trug sie höher hinaus in ihrer Lust.

All die Qual, ob verbal, körperlich oder die Züchtigungen, hatten aus ihrem Leib ein Pulverfass geformt und sein harter Schwanz war die brennende Lunte, die alles zur Explosion trieb.

Sie stammelte unverständliche Worte in sein Gesicht, das dicht vor ihr schwebte.

Seine Augen saugten ihre verzerrte Mimik, jede ihrer Reaktionen, auf wie ein Schwamm und er ergötzte sich an dem sichtbaren Wechselbad zwischen Schmerz und Gier in ihrem Inneren. Seine Fingerkuppen gruben sich in ihre weichen Hüften. »Ist es das, was du willst?« Bei jedem weiteren Eindringen kam eines der Worte knurrend über seine Lippen.

»Ja.« Sie schrie das Wort aus sich heraus, als käme es aus tiefster Seele.

Seine Zähne gruben sich hart in ihren Hals und mehr brauchte es nicht, dass sie schreiend explodierte unter dieser zusätzlichen, erregenden Pein.

Simon ließ nicht nach, er rammte sein Geschlecht ohne Vorsicht, ohne Rücksicht wieder und wieder in ihren Schoß.

Erica keuchte, schrie und jammerte unkontrolliert und schamlos ihre gierige Qual und überschäumende Lust aus sich hinaus.

Mit einem tiefen Knurren saugte Simon sich an ihrem Hals fest und entlud sich in ihr, zuckend schoss er seinen Saft wieder und wieder heiß in sie hinein und sank erschöpft gegen sie. Der Schweiß strömte ihm aus jeder Pore. Er löste sich von ihr und sah sie an.

Ihr Körper glänzte, kleine Schweißperlen rannen an ihrer Haut hinab und ihr Brustkorb hob und senkte sich heftig.

Links und rechts von ihr lehnte er seine Hände an das Gitter und pustete ihr frische Luft ins Gesicht. »Bedank dich bei deinem Herrn.«

Erica war noch nicht bei Sinnen, spürte noch das Kribbeln, das wunderbare Nachglühen dieses gigantischen Höhepunkts und schwelgte in diesem köstlichen Gefühl.

Erst der harte Griff in ihr Haar riss sie aus diesem Schwebezustand. »Hörst du mir nicht zu?«

»D… doch!«

»Also? Hast du mir nichts zu sagen?«

Das eben an sie gerichtete Wort hatte sie nicht gehört, doch sie erinnerte sich an die Nacht vor ihrer Haustür. Erica schluckte, denn diese Worte wollten nicht wie selbstverständlich über ihre Lippen dringen.

Er drängte ihren Kopf in den Nacken und ergriff ihr Kinn. Sein Tonfall war barsch. »Wenn du nicht gehorchst, werde ich dich bestrafen, bis ich sicher sein kann, dass ich deine ungeteilte Aufmerksamkeit besitze. Und mir fällt einiges ein, womit ich dich zum Schreien bringen kann.«

»Danke, Herr.«

Ein zufriedenes Lächeln floss um seine Lippen und er presste sie auf ihren Mund. »Geht doch. Du wirst es noch lernen.« Er ließ sie gefesselt und zitternd in dem Keller zurück. Bevor er das Licht ausschaltete, schrie sie ihm nach.

»Bitte nicht, lass mich nicht allein hier.«

Die Tür schloss sich hinter ihm, der Schlüssel drehte sich im Schloss.

»Mistkerl!« Erica riss an ihren Fesseln, wand sich hin und her, doch Simons Bondage saß so perfekt, dass sie keine Chance hatte, sich zu befreien. Sie fluchte, tobte, knurrte, wütete. »Komm zurück, du Scheißkerl.« Wut stieg in ihr empor und sie zerrte kräftig an dem Seil.

Die Kälte des Weinkellers kroch über ihre Haut. Sie zitterte nicht mehr von erregtem Beben erfasst, die Temperatur fühlte sich wie Frost auf ihrem schweißbedeckten Leib an. Mehr und mehr mischte sich Verzweiflung unter ihren Zorn. Würde er sie hier übernachten lassen? Die absolute Dunkelheit tat das Übrige. Leises Kratzen in einer der Ecken hinter ihr ließ sie aufschreien. Ein Knacken fuhr ihr durch Mark und Bein. Ratten? Mäuse? Keller waren voll von Ungeziefer! Panik schoss wie heiße Lava durch ihre Adern und ihr Herzschlag verdoppelte seine Geschwindigkeit. Erica verlor jegliches Zeitgefühl, war sich sicher, dass mehr als eine Stunde vergangen sein musste, und ihr war klar, dass Simon es ernst meinte. Wieder drang ein Geräusch zu ihr, das Fiepen einer Maus oder Ratte, und sie unterdrückte den panischen Schrei, indem sie die Lippen aufeinanderpresste. Tränen stiegen in ihre Augen und rannen heiß und salzig ihre Wangen hinunter.

»Bitte komm zurück.« Sie ließ den Kopf sinken, presste sich angstvoll an die Gitterstäbe. »Oh Gott, bitte, komm wieder …«

Wie auf Kommando öffnete sich die Kellertür und ein Lichtstrahl blendete ihr Gesicht. »Simon?« Der Schein verschwand und die Tür fiel krachend ins Schloss. Schritte kamen näher und Erica atmete hektischer. »Bist du das?« Schweigen! »Bitte sag etwas.« Ihre Stimme überschlug sich vor Angst. Die Schritte verstummten direkt vor ihr und ihr Weinen verstärkte sich. »Rede mit mir.«

Zielsicher packte eine kräftige Hand ihren Hals und presste sie gegen den Käfig. Die Finger fühlten sich wie Leder an, er trug

Handschuhe. Aber wer? »Simon, bitte sag mir, dass du es bist!« Nichts.

Er hielt ihren Hals umschlungen, während die andere Hand grob ihre rechte Brust knetete, nahezu am Rand des Schmerzes, die Spitze zwickte.

Erica keuchte gequält auf. Die Panik übermannte sie. Wer war dieser Kerl? War es Simon? Oder hatte er jemand anderen zu ihr geschickt?

Die Hand wanderte tiefer, zwang sich erbarmungslos zwischen die zusammengepressten Schenkel.

Sofort schoss ihr die Erinnerung an Master Stuart aus dem Fetischclub in den Kopf und die Angst steigerte sich. Er war ebenso schweigsam gewesen, als er den Peitschenknauf über ihren Körper geführt hatte. Auch er hatte Handschuhe getragen. Sie wimmerte bei dem Gedanken daran, dass dieser Master sie gerade berührte. »Bitte, nicht …«

Erica weinte, die Tränen flossen ihr unaufhaltsam über das Gesicht.

Der Mann kannte kein Erbarmen, grub seine Finger in ihr Geschlecht und drang in sie ein. Erica heulte auf, presste die Beine zusammen, doch die Hand hatte sich den Zugang zu ihrer Scham genommen, die kreisenden Fingerspitzen glitten durch die Spuren, die Simon hinterlassen hatte, leicht in sie hinein. *Wie kann er mir das antun?* Das Kribbeln in ihrer Spalte strafte den Gedanken Lügen.

Eine gierige Zunge leckte nasse Kreise um ihre Brustwarzen, hinterließ feuchte Linien auf ihrem Bauch. Ein Kuss berührte ihren rasierten Schoß.

Erica sah in Gedanken Master Stuarts volle Lippen vor sich. Ein Schauder floss ihr den Rücken hinunter und schüttelte sie. »Aufhören.«

Die Handschuhe zwängten ihre Knie auseinander, doch Erica

wehrte sich. Der Mann war stärker, presste ihre Schenkel so kraftvoll auseinander, dass sie einen Schritt zur Seite setzen musste. Sofort spürte sie die Zunge des Mannes in ihrem feuchten Spalt, die Spitze flatterte gierig über ihre Klitoris. Erica konnte sich das Stöhnen nicht verkneifen. Innerlich kämpfte sie mit dem Ekelbild in ihrem Kopf, doch ihr Körper reagierte so heftig auf das Zungenspiel in ihrem Schoß, dass sie wimmerte. »Hör auf, bitte.« Selbst in ihren Ohren klangen die Worte halbherzig und ihre Erregung war deutlich zu hören.

Die Daumenkuppen öffneten ihre Schamlippen, um dem Züngeln mehr Platz zu bieten. Erica jammerte vor Erregung und Widerwillen, zerrte an ihren Fesseln und wusste, wie sinnlos es war.

Der Körper des Mannes tauchte vor ihr empor, hob ihre Beine um seine Hüften und drängte sie grob gegen die Gitterstäbe. Hektisch öffnete er seine Hose und Erica zappelte auf seinem Schoß. Ihre Tränen fanden kein Mitleid und sie spürte, wie die Eichel zwischen ihre Schamlippen glitt und sich kurz darauf in ihr versenkte.

Der Mann packte ihre Hüften und zwang sie hinunter auf seinen Schoß, bis er sie ganz auf ihn spießte. Er hakte seine Arme unter ihre Kniekehlen, hob ihr Gesäß mit den Händen hoch und zog sie hart und kräftig wieder runter.

Erica schnappte nach Luft, wimmerte und bettelte mit dem Bild von Master Stuart in ihren Gedanken. »Ich will das nicht!«

So ausgefüllt zu sein und so erregt, bewegten sich ihre Hüften automatisch auf dem zustoßenden Schwanz in ihrem Schoß. Ihre verbale Gegenwehr ließ nach, ersetzt durch heiseres Stöhnen.

Er gab das Tempo an, schwang sie hoch und runter, hob sie an und presste sie hinunter auf seinen Schaft. Sein angestrengtes, gieriges Knurren mischte sich mit ihren stammelnden Lauten und der Rhythmus beschleunigte sich.

Erica kam zuerst, bäumte sich auf dem Geschlecht des Mannes auf und schrie ihre entladene Lust hinaus.

Kurz darauf drang ein lang gezogenes, heiseres Stöhnen an ihre Ohren und sie spürte tief im Inneren das Zucken des Schwanzes, der sich wieder und wieder in sie ergoss. Der Mann atmete aus.

Ein Klicken ertönte und eine nackte Glühbirne erhellte den hinteren Kellerteil. Mit unendlich zarten Küssen bedeckte Simon ihr Verwirrung ausdrückendes Gesicht und hielt es in seinen Händen. »Du bringst mich um den Verstand, Erica.« Atemlos flüsterte er ihr die Worte auf ihre Lippen, bevor er einen weiteren sanften Kuss von ihr forderte.

Nachdem er ihre Fesseln gelöst hatte, ließ er sich am Gitter zu Boden gleiten und zog sie auf seinen Schoß, hielt sie sanft in seinen Armen und wiegte sie.

Erica zitterte am ganzen Leib, war nicht fähig zu sprechen, so sehr hatte sie all das mitgenommen. Nur einen hilflosen Wimpernschlag brachte sie zustande, glücklich, absolut befriedigt und unendlich müde.

»Hat es dir gefallen?«

Sie schaffte es nicht, ihren Kopf von seiner Schulter zu heben und schnaubte. »War nicht zu überhören, oder?«

Simon schlang seine Arme noch enger um sie. »Das war nur der Anfang.«

Erica seufzte und hielt erschöpft die Augen geschlossen. Sollte sie ihm von ihrer Fantasie erzählen? Von Master Stuart? Oder hatte er das Trugbild gewollt provoziert? Sie war zu erschöpft, um weiter zu denken, zu verwirrt, um zu fragen.

Er hob sie behutsam und mit Leichtigkeit auf seine Arme, trug sie die Treppen hinauf in eines der Separees und bettete sie sanft auf die Kissen eines riesigen Himmelbettes. Sorgfältig deckte er sie zu.

Erica schlief sofort ein.

Noch lange blieb er neben ihr sitzen, streichelte ihr Haar, beobachtete sie im Schlaf und all seine Gedanken kreisten um Ericas Fähigkeit, sich ihm immer mehr zu öffnen, sich hemmungslos auszuliefern. Voller Stolz formte er in seinem Kopf den weiteren Weg, den sie beide gehen würden.

Kapitel 4: Bewusstseinserweiterung

Durch den schmalen Spalt der schweren Samtvorhänge strahlte das Sonnenlicht in ihr Gesicht. Erica rümpfte die Nase, denn es kitzelte. Ein Lächeln stahl sich auf ihre Lippen, als ihre Fingerspitzen den weichen Seidenstoff befühlten, in den sie gehüllt war. Simon hatte sie zu Bett gebracht, zugedeckt und fast die ganze Nacht neben ihr gewacht, wie sie bei jedem Mal, wenn sie aufgewacht war, feststellte.

Noch wollte sie die Augen nicht öffnen und drehte sich auf den Rücken. Ein Seufzen glitt über ihre Lippen, als sie an ihre Bedenken vom Vortag dachte. Sobald Simon in ihrer Nähe war, lösten sich ihre Selbstvorwürfe in Nichts auf. Ihr erstes Spiel hatte sich so gut und richtig angefühlt, dass für sie kein Zweifel mehr bestand. Es war ihre eigene, selbstbewusste und allein getroffene Entscheidung, sich auf dieses erotische Abenteuer einzulassen. Was, wenn nicht auch so etwas, bedeutete Feminismus und Emanzipation sonst? Den freien Willen zu haben und die Sexualität auszuleben. Nur weil sie sich sinnlich und erregt einem Mann unterwarf, der ihr Verlangen zu befriedigen wusste, hieß das nicht, dass sie ihr Selbstbewusstsein dafür aufgeben musste. *Eine sexuelle Spielart macht aus mir keine andere Frau!* Gern hätte sie laut darüber gelacht, doch das Rascheln neben ihrem Bett weckte ihre Neugier.

Sie hob ihre Lider und blickte in die Richtung, aus der das Geräusch zu kommen schien. Eine Zimmerdame bewegte sich so leise wie möglich, richtete auf einem Beistelltisch ein Frühstück an und stellte eine Porzellantasse behutsam auf den passenden Unterteller.

»Guten Morgen.«

Überrascht wandte sich das Dienstmädchen zu ihr und gab das Lächeln dezent zurück. »Guten Tag, Miss Erica. Der Morgen ist schon vorbei. Mister DiLucca trug mir auf, Ihnen das Frühstück zu servieren und Sie zu wecken.«

Widerwillig setzte Erica sich auf und sah sich im Raum um. Die Zimmerdame trat an das Bogenfenster, zog die Samtvorhänge auf und blieb wartend stehen.

Erica kniff die Augen zu und war sich nicht sicher, was man von ihr erwartete. »Vielen Dank, Miss … wie war doch gleich Ihr Name?« Ihre Ungewissheit bereitete ihr Unbehagen.

»Danielle, Miss Erica.« Erica nickte. »Vielen Dank, Danielle. Sie dürfen sich jetzt entfernen.« Es fühlte sich seltsam an, eine andere Person zu befehligen, aber nicht unangenehm.

Mit der Kaffeetasse in beiden Händen, das rote Bettlaken um ihren Körper geschlungen, schlenderte sie zum Fenster und sah verträumt in den blauen Himmel. Erica versuchte, die Uhrzeit zu schätzen, denn keines der Themenseparees besaß eine Wanduhr oder Ähnliches. War es Mittag? Oder hatte sie bis in den Nachmittag geschlafen? Es war ihr gleichgültig, sie fühlte sich wohl, entspannt und nach dem erholsamen Schlaf war sie bereit für ein neues Abenteuer. Sie liebte gemütliche Sonntage mit gutem Frühstück, ausgedehntem Beginn des Tages und nur eins fehlte zu ihrem vollkommenen Glück.

»Schön, du bist wach. Wie hast du geschlafen, meine Schöne?«

Erica seufzte, denn Simon betrat just in dem Moment, als sie an ihn dachte, das Zimmer. Eine wohlige Wärme breitete sich in ihrem Inneren aus, seine Stimme war Balsam für ihre Seele. Sie drehte sich zu ihm um, spürte seine Hand um ihre Taille streichen. »Sehr gut.«

Er küsste ihre Schläfe, hob mit den Fingerspitzen ihr Kinn an und lächelte zärtlich. Sein Flüstern streichelte ihre Wange. »Heb deine Arme.«

Verwirrung legte sich auf ihr Gesicht, doch sie folgte seinen Worten, hob die Arme mit der Kaffeetasse in den Händen und ließ zu, dass Simon ihren Körper behutsam aus dem Laken wickelte.

Er begutachtete sie, betastete ihre Haut, berührte ihren Po, als würde er etwas Bestimmtes suchen und blieb vor ihr stehen. »Hast du Schmerzen?«

Die Frage überraschte sie.

»Sicher?« Seine Fürsorge in seinem Gesichtsausdruck, die Zärtlichkeit in seiner Stimme rührte sie.

Erica hob ihre Hand zu seiner Wange, berührte sie, zuerst war sie nicht sicher, ob es ihr gestattet war, doch Simon machte keine Anstalten, ihren Fingern auszuweichen. Ganz im Gegenteil, er neigte seinen Kopf ihrer Handfläche entgegen.

»Ganz sicher.«

Simons Sorge wich aus seinem Blick. »Das ist gut. Ich möchte nicht, dass du nachhaltig von den Spielen beeinträchtigt wirst, es sei denn, es ist dein ausdrücklicher Wunsch.«

Neugierig sah sie ihn an. »Was meinst du damit?«

Simon schmunzelte noch breiter, er näherte seine Lippen ihrem Gesicht, küsste sie jedoch nicht. »Es gibt Servas, die mit Stolz die Male ihres Herrn auf der Haut tragen und sie sichtbar für jedermann zur Schau stellen.« Seine Nasenspitze berührte die ihre und das Funkeln in seinen Augen ließ für Erica den Schluss zu, dass es ihm gefallen würde.

Sie antwortete nicht, schluckte und zwang sich ein Lächeln ab. Die Erinnerung an das Glühen, nachdem das Leder ihre Haut getroffen hatte, kehrte zurück. Die Schläge hatten keinerlei Spuren hinterlassen, die einen Tag später noch sichtbar sein könnten. Wie stark müsste die Züchtigung sein, um ihre Haut mit diesen Malen, von denen er gesprochen hatte, zu verzieren?

Ericas Herzschlag beschleunigte sich, ein dumpfes Pochen legte sich in ihren Schoß. Sie konnte kaum begreifen, dass der Gedanke daran eine erregende Wirkung auf sie ausübte.

»Würdest du den Sonntag mit mir verbringen?« Der plötzliche Themenwechsel riss sie aus dem Gedankengang. Simon trat einen Schritt zurück und sah aus dem Fenster, wartete auf ihre Antwort und schwieg.

Erica brauchte einen Moment, um sich zu fassen, ihre Gedanken zu sortieren und sich zusammenzureißen, denn das Pochen in ihrem Schoß wollte nicht aufhören. Lag es an Simons Anwesenheit? An seiner Stimme? Oder war es die Aussicht auf ein weiteres Spiel?

Er wandte sich ab, blieb mitten im Raum stehen. »Wenn du andere Verpflichtungen hast, akzeptiere ich das.« Sein Tonfall klang etwas unterkühlt. Ein Stich grub sich in ihre Magengegend und sofort folgte sie ihm, hielt jedoch einen kleinen Abstand zu ihm.

»Nein, es ist nur …« Sie stockte, wartete, hoffte, er würde sich ihr wieder zuwenden, doch Simon tat es nicht. »Es gibt keine anderen Verpflichtungen.« Sie atmete durch, straffte ihre nackten Schultern und klärte ihre Stimme. »Ich würde gern den Sonntag mit dir verbringen.«

Ohne ein weiteres Wort, ohne sich noch einmal zu ihr umzudrehen, schritt Simon auf die Tür zu, öffnete sie und hielt inne. »Warte hier, bis ich nach dir rufen lasse.«

Er gab ihr nicht die Gelegenheit zu antworten, sondern zog die Tür hinter sich zu.

Erica blieb allein zurück. Verwirrung mischte sich mit Zweifeln. Was hatte sie falsch gemacht? Warum klang er so unterkühlt? Das Gefühlschaos in ihrem Inneren glich einer kalten

Dusche, das dumpfe Pulsieren zwischen ihren Schenkeln war verklungen. Erica starrte gedankenverloren vor sich hin und hörte nicht das Eintreten von Danielle. Erst als die Zimmerdame vor ihr einen höflichen Knicks machte, erwachte Erica aus ihrem Kurzzeittagtraum.

»Mister DiLucca wünscht, dass ich Sie ankleide, Miss Erica.« Danielle trug eine Holzkiste in den Händen, stellte sie auf dem Bett ab und öffnete sie.

Ericas Blick fiel auf schwarz glänzenden Latex. Das Anziehen des ultrakurzen Minikleids war eine wahre Kunst. Das Material war so eng geschnitten, dass es nur wenig Spielraum gab, hineinzuschlüpfen. Lag es erst auf dem Körper und erwärmte sich, fühlte das Kleid sich wie eine zweite Haut an.

Danielle zeigte keinerlei Scheu, Ericas vollen Busen in dem Ausschnitt zu richten, damit er richtig positioniert zur Geltung kam. Der Rockteil bedeckte gerade ihren Po. Die passenden Stiefel waren so hoch, das Erica Schwierigkeiten bekam, darin zu laufen. Nur kleine Schritte waren möglich. Absicht? Sie schmunzelte, auch wenn sie ständig nach dem Gleichgewicht suchte.

Die junge Zimmerdame entnahm der Holzschatulle ein Latexcollier mit Metall-Öse und legte es Erica um den Hals, verschloss das Halsband in ihrem Nacken und wandte sich den Armstulpen zu. Eine eng anliegende Latexkorsage komplettierte das Outfit, das Ericas Rundungen an eine Sanduhr erinnern ließen. Die Hüften traten ausladender hervor. Mit nach oben gedrücktem Busen konnte sie nur über die Brust atmen.

Nachdem Danielle ihr das dunkle Haar gebürstet und ihr ein leichtes Make-up aufgelegt hatte, widmete sie sich geübt Ericas Augen. Den Abschluss bildete eine blonde Kurzhaarperücke.

Als Erica einen Blick in den Spiegel warf, erkannte sie sich nicht wieder. Eine Fremde mit Katzenaugen und blondem Bubikopf in einem extrem engen Latexkleid sah ihr entgegen. Erica drehte sich, betrachtete sich eingehend und schauderte. Kaum zu glauben, was Kleider und ein anderes Make-up sowie eine veränderte Frisur aus einem Menschen machen konnten. Welchen Zweck erfüllte diese Verkleidung?

Danielle war mit der Holzkiste aus dem Raum verschwunden, ihre Arbeit war erledigt.

Erica saß vor dem Spiegel und konnte sich kaum an ihrem Anblick sattsehen. Die Minuten verstrichen und sie wartete, saß auf dem gepolsterten Stuhl und versuchte, in der engen Korsage eine regelmäßige Atmung zu erreichen. Dieses ungewohnte eingeschnürte Gefühl schickte wohlige Schauder ihre Haut entlang. Allein die Tatsache, wie sehr dieses Latexmieder Auswirkung auf ihre Haltung hatte, war verblüffend. Es gab in Ericas Leben Tage, an denen sie sich hässlich fühlte, aber auch Phasen, in denen sie sich gut aussehend fand, wie jede Frau. Dieses Outfit, so wie sie da saß, stolz, aufrecht und mit erhobenem Kopf, verschlug ihr die Sprache.

Ein Dienstmädchen räumte schweigsam das Frühstücksgeschirr ab. Die junge Blonde wagte es nicht, Erica anzusehen.

»Danke.« Selbst nach diesem simplen freundlichen Wort, das Erica an sie richtete, hob das Mädchen nicht die Augen. Sie nickte nur, senkte noch tiefer ihren Kopf und verließ den Raum. Kurze Zeit später öffnete sich die Tür erneut. Erwartungsfroh wandte Erica sich auf ihrem Stuhl um, doch die Freude auf ihrem Gesicht wich dem Unverständnis, warum Simon noch immer nicht kam.

Der Chauffeur wahrte eine deutliche Distanz und sein Blick verriet nicht, ob ihm gefiel, was er sah. George sah über ihren Kopf hinweg in den Raum. »Miss Erica, bitte stehen Sie auf.«

Das »bitte« wirkte zwar höflich, doch der Tonfall glich einem Befehl. Erica legte ihre Stirn in Falten und suchte den Blick des Fahrers, fand ihn jedoch nicht, denn er starrte stoisch über sie hinweg. »Wo ist Simon?«

Er stand steif und unbeweglich da, antwortete nicht, sondern wartete, dass Erica seiner »Bitte« Folge leistete. Sie blieb sitzen. Warum sollte sie einem Bediensteten von Simon gehorchen? Stattdessen wandte sie sich dem Spiegel zu und zupfte einige Strähnen ihrer blonden Kurzhaarperücke zurecht. Die Stille legte sich wie Blei über den Raum.

George trat näher, blieb hinter Erica stehen und sah sie im Spiegel an. In seinen Augen funkelte eine Unnachgiebigkeit, die Erica verwunderte. »Ich habe die Befugnis, Sie zu bestrafen, wenn Sie meinen Wünschen nicht nachkommen, Miss Erica.«

Ihre Augen weiteten sich und sie schluckte. *Wie bitte?* Diese Frage sprach sie nicht aus, es war auch nicht nötig, denn George konnte in ihrer Mimik ablesen, was in ihr vorging.

»Mister DiLucca übertrug mir das Recht, Sie zu züchtigen, sollten Sie sich mir verweigern.«

Abrupt drehte Erica sich zu dem Chauffeur um und starrte ihn ungläubig an. »Aber …«

George fiel ihr ins Wort. »Für Fragen werden Sie noch Gelegenheit haben. Stehen Sie jetzt auf.« Sein Tonfall klang härter, eisiger.

Ihr Herz schlug wild in ihrer Brust und die Fassungslosigkeit in ihrem Kopf bereitete ihr Schwindel. Nahezu schmerzhaft packte die lederbehandschuhte Hand in ihren Nacken und riss sie aus dem Sitz, zwang sie unbarmherzig in die Knie und hielt sie fest.

Georges Stimme enthielt eine unausgesprochene Drohung, der sie sich nicht entziehen konnte. »Wagen Sie es nicht, sich mir zu widersetzen.«

Die Überraschung und die Panik über diese Grobheit überzogen Ericas Körper mit einem eisigen Schauder. Ihr Herz schlug hart in ihrer Brust und da war es wieder, dieses dumpfe drängende Pochen in ihrem Schoß, dessen sie sich jetzt schämte. Wie konnte das sein? Wieso reagierte ihr Körper auf diese Behandlung mit Erregung? Ihre Augen weiteten sich, als sie aus dem Augenwinkel die schwarze Reitgerte in der Hand des Chauffeurs erkannte. Ihr Atem beschleunigte sich und gleich erinnerte Erica sich an das Codewort, mit dem sie das Spiel beenden konnte. Sie sprach es nicht aus – noch nicht.

Vielleicht sah Simon ja zu? Vielleicht wollte er sie in dieser Situation testen? Warum sonst würde er seinem Chauffeur so etwas erlauben?

Die zwei Finger breite Lederschürze am Ende der Gerte strich über ihren Rücken. »Ich will gnädig sein, doch Sie werden lernen, zu gehorchen, Miss Erica.« Seine Worte duldeten keinen Widerspruch und das Pulsieren zwischen Ericas Schenkeln nahm gegen ihren Willen zu. Warum erregte es sie so sehr?

»Ich werde Sie nicht züchtigen, aber für Ihr Vergehen bestrafen.« George griff in seine Uniformjacke und beförderte eine dünne silbrige Kette hervor, befestigte den feinen Karabiner an der Öse ihres Colliers und behielt das Ende in seiner Hand. »Sie werden mir jetzt auf allen vieren folgen. Achten Sie darauf, sich nicht die Knie aufzuschürfen.« Der Chauffeur zog an der Leine, doch Erica wehrte sich dagegen, blieb hocken und bewegte sich nicht.

Er zog energischer, bog ihren Kopf empor. Ohne Ankündigung zuckte die Reitgerte hart auf ihren latexbedeckten Hintern.

Erica schrie mehr vor Schreck als vor Schmerz auf.

»Bewegen Sie sich.«

Erica riss mit zurückgezogenem Hals an dem anderen Ende der Leine. Die Antwort auf ihren Ungehorsam folgte sofort. Die Gerte traf die Rückseite ihrer nackten Oberschenkel. Der Schmerz durchzuckte ihren Leib und hallte einige Augenblicke nach. Die Pein der Gerte war anders als die der Lederstreifen. Hier war der Schmerz direkt, unvermittelt und wie ein Blitz.

Das Leder hinterließ erst nach einer Weile Hitze, Glühen und Brennen auf der Haut. Wieder schoss ihr das Codewort durch den Kopf, doch statt es auszusprechen, fügte sie sich, folgte dem Chauffeur in Richtung Zimmertür.

Panik ergriff sie. Waren Gäste im Restaurant? Würde er sie auf den Flur hinauskriechen lassen wie eine Hündin? Konnte jemand sie so sehen?

Abermals keimte Widerwille in ihr empor, als George die Tür öffnete und an der Leine zog. *Bitte nicht das! Bitte nicht so!* Die Scham über die Tatsache, dass der Fahrer sie auf den Flur führen wollte, erhitzte ihr Gesicht und glühte auf ihren Wangen. Ihr Herz hämmerte hart in ihrer Brust. Das Atmen fiel ihr schwer und Übelkeit überfiel sie.

Erica hockte sich auf ihre Unterschenkel und ballte die Hände zu Fäusten.

»Sie verweigern sich mir?« Sein strenger Blick traf Erica mitten ins Herz und ein Zittern durchfuhr ihren Körper. War das etwa eine Erregung, die sich unter der beinlangen Uniformjacke des Chauffeurs andeutete? George kniete sich vor sie, ergriff grob mit seiner Hand ihr Kinn und hob es zu sich empor. »Sie wagen es, sich mir zu widersetzen?«

»Bitte, ich möchte das nicht. Man könnte …« Erica hatte Mühe, ihre Stimme zu kontrollieren. Ihr Atem überschlug sich und das Zittern in ihrem Inneren ließ ihre Lippen beben.

»Man könnte was?« Schroffer als in diesem Tonfall konnte er nicht zu ihr sprechen. Diese Kälte in seiner Stimme, die unausgesprochene Forderung, sich ihm unterzuordnen, der Fakt, dass es Simon war, der ihn zu ihr geschickt hatte, ließ ihr vor Widerwillen schwindeln.

Der folgende Gertenhieb auf die Vorderseite ihres Oberschenkels riss sie augenblicklich aus dem Gedankengang. Das Herz schlug ihr bis zum Hals und seine Hand auf ihrem Mund dämpfte den Schrei aus ihrer Kehle. Der Schmerz explodierte auf ihrer Haut und Tränen traten in ihre Augen. Sie hob mit Unverständnis ihren Blick zu George empor.

Wieder holte er aus, traf den anderen Schenkel, presste die Hand fester auf ihren Mund. Tränen rollten über ihre Wangen, fanden jedoch kein Mitleid im Gesicht ihres Peinigers.

Der Biss der Gerte hallte in ihrem Körper wider und der Schmerz sammelte sich, verstärkte das Pulsieren zwischen ihren Schenkeln. Erica war fassungslos, weinte, jammerte gegen die lederbedeckte Hand. Wie war das möglich? Warum trieb ein solcher Schmerz die Lust in ihren Unterleib? Die Tränen vernebelten ihren Blick, verwischten ihr Augen-Make-up und benetzten seine Handschuhe. Wie konnte Simon das zulassen? Wo war er? Warum war er nicht hier?

Die Tür stand offen, jeder hätte Zuschauer dieses Spektakels werden können, doch diese Möglichkeit trat für Erica weit in den Hintergrund. Alles, was in ihr vorging, drehte sich um Simon.

Georges Griff an ihrem Kinn lockerte sich, die Daumenkuppe wischte ihre Tränen fort. »Beruhigen Sie sich, Miss Erica. Es dient alles nur Ihrer Erziehung.«

Ihr Blick richtete sich zu Boden, streifte seinen Schoß und erkannte die Wölbung in seiner Hose. Sie wusste nicht, warum dieser Anblick sie so erschreckte und gleichzeitig erregte.

George erhob sich. »Stehen Sie jetzt auf.« Mit Nachdruck zog er an der Leine.

Ericas Knie wackelten und sie brauchte einen Moment, bis sie ihr Gleichgewicht fand. Sanft schob der Chauffeur ihr die Hand in den Rücken, stützte sie und führte sie in den Flur. Erst jetzt sah Erica das Dienstmädchen auf Knien mit ausgestreckten Armen noch immer das Silbertablett balancieren. Es zitterte auf ihren Händen. Wie lange kniete sie schon da? Wer hatte es ihr aufgetragen?

George richtete das Wort an das zitternde Mädchen. »Du darfst jetzt aufstehen, das Tablett in die Küche tragen und dann kommst du ins Studio. Du hast fünf Minuten. Jede Sekunde Verspätung wird bestraft.«

»Ja, Sir.« Sofort stand das Mädchen auf und eilte den Flur entlang.

Erica hörte das Klappern des Geschirrs noch, als sie bereits außer Sichtweite war.

Der Chauffeur führte sie in entgegengesetzter Richtung eine Treppe empor zum Dachboden des alten Hauses. Als sie durch den Türbogen traten, erkannte sie Simon auf einem Sessel, der an der gegenüberliegenden Wand platziert war.

George führte sie in die Mitte des hellen Raumes und ließ sie stehen, nahm seinen Platz neben Simon ein und sah auf die Uhr an seinem Handgelenk.

Schwer atmend betrat kurze Zeit später das blonde Dienstmädchen das Studio mit gesenktem Kopf. »Sir George, bitte verzeihen Sie die Verspätung.«

»Drei!«

Sofort beugte das Mädchen sich über einen niedrigen Holzblock, hob das kurze Röckchen über ihre Hüften, streckte ihren nackten Hintern in die Höhe und klammerte sich an den Streben fest.

George ließ sich Zeit, betrachtete das gehorsame Mädchen eingehend. »Spreiz deine Schenkel weiter!«

Sie gehorchte ohne Widerspruch und Erica wandte ihren Blick zu Simon.

»Noch weiter!«

Simons Gesichtsausdruck blieb unbeeindruckt, distanziert, selbst, als er Ericas Blick begegnete. Die Gerte peitschte durch die Luft und Erica sah, wie heftig der Schlag das Hinterteil des Mädchens traf.

Sie schrie nicht, stöhnte aber unter den zusammengepressten Lippen. Der nächste Biss hinterließ eine deutliche Zeichnung auf der zarten Haut, der weitere folgten. Das Mädchen verkniff sich hartnäckig die Schreie, wimmerte jedoch hörbar.

»Willst du deinem Herrn dienen?«

»Ja, Sir.« Ihre Stimme klang kehlig und kurz darauf rieb George seinen geschwollenen Schoß an ihren Lippen.

Er streichelte zärtlich ihr Gesicht. »Wie sehr willst du deinem Herrn gefällig sein?«

Zur Antwort leckte sie über sein bedecktes hartes Glied und stammelte fast tonlos eine Bitte, die Erica überraschte.

»Darf ich Ihren Schwanz in meinen Mund nehmen, Sir?«

Georges Augen funkelten zufrieden. Er öffnete den Reißverschluss seiner Uniformhose. Das Mädchen öffnete demütig ihren Mund, so weit sie konnte. Der Chauffeur drang zwischen ihre Lippen und stieß auf den Grund ihrer Kehle. Er benutzte ihren Mund wie ein feuchtes, weibliches Geschlecht, trieb seinen Schwanz wieder und wieder hinein und achtete nicht darauf, ob es seiner Gespielin wohltat. Hin und wieder war ein leises Würgen des Mädchens zu hören, doch sie beschwerte sich nicht, ließ sich von ihrem Herrn benutzen, bis er von ihr abließ, ohne gekommen zu sein. George griff nach Handfesseln mit Klettverschlüssen, die zwischen einigen anderen Utensilien auf einer Anrichte bereitlagen.

Erica warf einen Blick zu Simon, der dem Treiben schweigsam folgte, ohne sie zu beachten. Ein Kribbeln durchfloss ihren Körper. Zuzusehen, wie ein Mann ein junges Mädchen so unterwarf, erregte sie, ließ sie deutlich spüren, wie feucht sie war. Das Pulsieren in ihrer Scham nahm zu.

»Knie dich auf den Boden und leg die Handgelenke an deine Knöchel.«

Die Sklavin sank auf die Knie, presste ihren Oberkörper auf

den Boden und tat, wie George befahl. Die Manschetten legte er um ihre Hand- und Fußgelenke und schloss die Klettbänder. Nun würde sie sich nicht mehr rühren können, diese Art Fesselung fixierte sie hilflos in devoter Stellung. Das Hinterteil des Mädchens war emporgestreckt, die Wange lag flach auf dem Boden. Wenn sie die Beine bewegte, nahm sie ihre Handgelenke mit.

Erica war fasziniert von diesem Anblick und schluckte. Mehrmals klatschte die behandschuhte flache Hand auf die dargebotenen Pobacken, bis sie leicht gerötet waren. George kniete sich hinter das Mädchen, ließ seine Fingerspitzen in ihre feuchte Spalte gleiten und betrachtete sie eingehend. »Du bist nass und geil, nicht wahr?«

»Ja, Sir.«

Kaum drang er tief von hinten in ihr Geschlecht, schrie sie auf. Umgehend traf ein Hieb mit der Hand ihre Pobacke und maßregelte sie. Das Mädchen wimmerte unter den heftigen Stößen ihres Herrn.

Erica rieb ihre Schenkel aneinander, hoffte, so ihrem drängend pulsierenden Schoß Linderung zu verschaffen, doch sie verschlimmerte ihr Verlangen nur.

Je härter George das Mädchen nahm, umso heftiger pochte Ericas Unterleib. Das Stöhnen des Mädchens in ihren Ohren, das knurrende Keuchen des Chauffeurs drohte ihr den Verstand zu rauben. Mit einem flehenden Blick sah sie zu Simon, doch er nahm keinerlei Notiz von ihren Nöten, saß still da und beobachtete das Treiben vor seinen Augen.

Erregte es ihn? Wie konnte er sich so beherrschen? Wie war es möglich, dass er sich so in der Gewalt hatte?

Sie versuchte einen Blick auf seinen Schoß zu erhaschen, hoffte dort eine Erregung erkennen zu können, doch Simon hatte die Beine übereinandergeschlagen und verbarg die Sicht für Erica.

George hob das Tempo an, riss mit einem Griff an den Hüften des Mädchens ihren Schoß seinen harten Stößen entgegen. Das Stöhnen und Wimmern seiner Sklavin schien ihn noch mehr anzustacheln und aufzupeitschen. Plötzlich hielt er inne, zog sein Geschlecht aus ihr heraus und rieb den Schaft in seiner Faust. Seine Gespielin keuchte auf und ihr Herr entlud sich auf ihren Hinterbacken. Milchweiße Tropfen spritzten auf die gerötete Haut und flossen an ihren Schenkeln hinunter. Er stand auf, richtete seine Kleidung und blieb neben ihr stehen. Keuchend und mitgenommen lag sie mit dem Oberkörper auf dem Boden.

Wie zur Erinnerung peitschte die Gerte auf das emporgestreckte Hinterteil. »Was habe ich dich gelehrt?«

»Danke, Sir, dass Sie mich benutzt haben.«

Der Chauffeur entfernte sich von ihr und trat auf Erica zu. Das Ende der Gerte schob sich unter ihr Kinn. Sie erstarrte, als sie Georges Blick auf sich ruhen sah.

»Werden Sie sich mir widersetzen?«

Sie schüttelte den Kopf, mehr aus Angst vor seiner Züchtigung, als vor dem, was er verlangen würde.

»Dann knien Sie sich hinter sie und verschaffen Sie ihr Erleichterung.«

Erica verstand im ersten Moment nicht, was seine Worte bedeuteten. Ihr Blick glitt zu Simon, doch er ignorierte sie. Warum?

George trat so nah an sie heran, dass sie seinen Atem auf ihrem Gesicht spürte. Erica sah ihn nicht an, sondern fixierte Simon auf dem Sessel.

»Ich will sie unter Ihrer Zunge schreien hören.«

Erica erinnerte sich an die Nacht, als sie zum ersten Mal die Lust einer Frau auf ihrer Zunge gekostet hatte. Unwille breitete sich in ihr aus. Damals war sie so in ihrer Lust vergangen, dabei ihres visuellen Sinnes beraubt, dass es ihr egal war, doch jetzt sollte sie es erneut tun. Bei Tageslicht, vor den Augen dieser beiden Männer und dieses Mal ganz bewusst.

»Ich warte.«

»Ich kann nicht.« Es brach aus ihr heraus, als wäre ein Damm gebrochen. Tränen füllten ihre Augen, denn allein der Gedanke, das Geschlecht einer anderen Frau zu liebkosen, ihre Lust zu schmecken und ihr Stöhnen zu hören, trieb ihr die Scham ins Gesicht. Peinlich berührt wich sie dem zornig wirkenden Blick des Mannes vor ihr aus.

Sag das Codewort, so wie es Simon erklärt hatte. Sag Stopp und das Spiel ist vorbei. Doch wollte sie das überhaupt? Erica schloss die Augen, eine heiße Träne rann über ihre gerötete Wange und tropfte von ihrem Kinn. Hände umschlossen zärtlich ihre Taille, glitten nach vorn. Sie konnte seinen Körpergeruch deutlich wahrnehmen und lehnte sich entspannt an Simons Brust.

Seine Lippen berührten sacht ihr Ohr. »Warum zögerst du, Erica? Was ist so anders als in der ersten Nacht?«

»Ich kann nicht.« Sie stammelte die Worte heiser.

Simons Fingerspitzen glitten unter ihr Kleid, öffneten ihre Schamlippen und gruben sich in ihr feuchtes, pulsierendes Fleisch. Erleichtert und erregt stöhnte sie ihre Lust aus sich heraus, drängte ihre Hüften gegen seine Fingerkuppen, die rieben, streichelten, kreisten und sie schier um den Verstand brachten.

»Sprich mit mir, Erica. Sag mir warum?«

Sie schluckte, keuchte, stammelte unverständliche Laute und versuchte, ihre rasenden Gedanken zu ordnen. Eine Hand schlang sich um ihren Hals, bog ihren Kopf zurück, während die Fingerspitzen tiefer in ihrem Schoß wühlten, ihre Gier nach Erlösung schürten. Die Gerte zuckte auf ihren Oberschenkel und Erica schrie auf, doch die Fingerkuppen in ihrem Geschlecht forderten ein weiteres Stöhnen von ihren Lippen.

»Rede!« Simons Stimme drang dumpf zu ihrem Verstand durch.

Die Lust und die Gier, endlich kommen zu dürfen, schaltete jegliche Logik aus. Wieder traf ein Hieb ihre Schenkel, wieder schrie sie unter der Mischung von Erregung und Schmerz auf.

Simon rieb seinen Schoß an ihrem Po und sie spürte, wie hart er war. Alles an ihr bettelte darum, dass er sie ausfüllte, sie gierig und heftig nahm. Sie bemerkte nicht, dass Simon sie vor sich herdrängte. Erst als sie ihre Augen öffnete, erkannte sie, dass sie direkt vor dem ausgestreckten Hinterteil des Mädchens, das noch immer auf dem Boden kauerte, stehen geblieben waren. Ihr Geschlecht lag offen und glänzend vor ihr. Alles in Erica spannte sich, widerwillig wandte sie ihren Blick von der erregten Blondine ab.

Simons Hände legten sich auf ihre Schultern, pressten sie in die Knie.

George half seiner Sklavin, sich auf den Rücken zu drehen, nun lag sie mit weit gespreizten Beinen vor Erica.

Sie hörte Stoff hinter sich rascheln, spürte, wie der Latex sich emporrollte und ihre Lenden entblößte. Kraftvoll drang Simon in sie ein, ließ sie aufschreien und erleichtert ausatmen. Endlich! Seine Hände umschlossen ihre Schultern, drängten ihren Oberkörper tiefer, doch Erica wehrte sich instinktiv dagegen. Er stieß erneut zu und sie gab stöhnend nach. Er nahm ihr den Halt, den sie durch die aufgestützten Hände besaß, hielt die Arme auf ihrem Rücken fest und streckte sie empor, bis sie sich freiwillig niedersinken ließ.

Jeglicher Gedanke blieb nur flüchtig in ihrem Kopf.

Simon nahm sie langsam, aber tief, brachte sie zum Keuchen, und als der Duft des Mädchens in ihre Nase stieg, widerstand sie nicht mehr. Ihre Lippen bedeckten das feuchte Geschlecht, die Zungenspitze glitt zwischen den zuckenden Spalt und das Stöhnen der Sklavin mischte sich mit dem gedämpften eigenen Keuchen. Züngelnd umkreiste Erica die Klitoris, schmeckte die Lust der jungen Frau, die sich unter ihrer Zunge wand und aufbäumte.

George hielt das Mädchen mit einer Hand am Bauch auf den Boden gepresst und verfolgte das Spiel von Ericas Zunge.

Ungewollt färbten sich ihre Wangen, sie schämte sich dafür, zu sehen, dass jemand sie beobachtete, zu wissen, dass jemandem klar war, was sie schmeckte.

Als Simon seine Fingerspitzen in ihren Schoß gleiten ließ, verging sie vor Lust, vergaß ihre Scheu, ihre Scham und ließ ihre Zunge gierig über das Geschlecht der anderen flattern, löste damit eine regelrechte Kettenreaktion aus.

Die Sklavin schrie und explodierte rhythmisch zuckend unter ihrer Zunge. Erica sog die Luft in ihre Lungen, so weit es ihr das Korsett erlaubte, und schrie ebenfalls, als der Orgasmus sie übermannte. Wenige kurze, aber harte Stöße danach entlud sich Simon stöhnend tief in ihrem Schoß.

Erica lag heftig nach Atem ringend auf dem Bauch der Sklavin und hörte das Rauschen ihres Blutes in den Ohren. Sie spürte das Nachglühen ihres Höhepunktes bis in ihre Zehen kribbeln. Dann stockte sie.

»Danke, Sir, dass Sie mir erlaubt haben, zu kommen.« Das atemlose Stimmchen des Mädchens klang erleichtert und dankbar.

Als Erica ihren Kopf hob, erkannte sie, dass die Sklavin voller Hingabe ihren Herrn betrachtete. George küsste sie innig, strich zärtlich durch ihr schweißnasses Haar und lächelte zum ersten Mal, seit er Ericas Zimmer betreten hatte.

Simon half Erica auf die Beine, stützte sie, als sie schwankte. George löste die Fesseln seiner Gespielin.

»Du darfst jetzt gehen.«

Sofort stand das Mädchen auf, noch wackelig auf den Füßen, doch ohne Hilfe. »Danke, Mister DiLucca.«

Simon nickte kurz, dann ließ das Mädchen sie allein, ohne Erica auch nur für einen Moment anzusehen. Empörung machte sich in ihr breit. Warum bedankte sie sich bei den Männern? Sie hatte ihr den Orgasmus verschafft. Sie hatte ihr die Erlösung geschenkt.

Simon schien im Spiel ihrer Mimik die Enttäuschung herauszulesen, blieb vor ihr stehen und strich zärtlich mit beiden Händen über ihre Arme. »Lass es mich dir erklären.«

Erica hob ihren Kopf und begegnete seinem herrischen Grinsen, das Ärger in ihr beschwor.

»Alles, was du tust, geschieht durch mich. Alles, was du hergibst, gestattete ich dir. Alles, was du anderen schenkst, entsteht nur aus meinem Willen.«

Zorn mischte sich in ihren Blick.

»Du gehörst mir. Du gehorchst mir. Es ist mein Wille, der zählt. Einzig, wenn du das Codewort nutzt, wird das Spiel beendet.« Er berührte ihre Wange, doch sie wich der Zärtlichkeit aus und sein Grinsen verstärkte sich. »Wenn es dir nicht gefallen hat, warum hast du dein Codewort dann nicht genutzt?«

Erica wandte ihren Blick ab, erwartete, dass die Gerte sie traf, doch sie wartete vergeblich. George stand einige Schritte entfernt an einen Deckenpfeiler gelehnt.

Simon zwang sie mit der Hand unter ihrem Kinn, ihn anzusehen, doch Erica schickte ihre Augen an ihm vorbei. Trotz und Wut zeichneten sich in ihrer Mimik ab.

»Sprichst du jetzt nicht mehr mit mir?«

Sie verlor jegliche Kontrolle, trommelte mit den Fäusten an seine Brust. »Wie konntest du nur!?«

Sanft hielt er ihre Handgelenke fest und lächelte noch immer, was ihren Zorn schürte.

»Du hast erlaubt, dass *er* mich erniedrigt. Du hast zugelassen, dass ich gegen meinen Willen die Muschi einer Sklavin lecke. Du hast mich gedemütigt …«

Er nahm ihr schweigend die Perücke ab.

Sie schluchzte und blinzelte wütend ihre Tränen weg. »Wie kannst du so weit gehen?«

Er breitete mit unendlicher Ruhe und Beherrschung ihre dunklen Locken über ihren Schultern aus, ließ zu, dass ihre Fäuste seine breite Brust ein weiteres Mal trafen und nichts von alledem konnte der Zufriedenheit auf seinem Gesicht etwas anhaben.

»Sag es mir. Wie konntest du zulassen, dass er mich schlägt?«

Simon wandte sich ab, ließ sie stehen und Erica erstarrte wie vom Blitz getroffen.

»Ich habe dir eine Frage gestellt, Erica.«

Das Codewort! Warum hatte sie es nicht benutzt? Warum hatte sie nicht Stopp gesagt? Es fiel ihr wie Schuppen von den Augen und sie presste die Lippen aufeinander. Er hatte sie nicht erniedrigt. Er hatte alles zugelassen, um zu testen, wie weit sie gehen würde. Wann sie das Codewort aussprechen würde. Es lag in ihrer Macht. Sie hätte es jederzeit beenden können, doch sie hatte es nicht getan, weil sie es nicht wollte.

Simon drehte sich zu ihr um und betrachtete sie eingehend, als ahnte er genau, was in ihr vorging. »Nun?«

Erica hob ihren Kopf, atmete tief ein und aus. »Weil es nicht nötig war. Ich wollte das Spiel nicht beenden. Es hat Momente gegeben, in denen ich kurz davorstand, doch ich habe es nicht getan.«

Er zog ihr Gesicht zu sich, küsste sie heiß und innig. Erica sank in seine Arme und er hielt sie fest an sich gepresst. Die Erkenntnis, zu der sie gelangt war, ließ sie schwanken und er gab ihr Halt, Geborgenheit und Vertrauen.

»Spürst du die Veränderung, mein Schatz?«

Ein Kribbeln in ihrem Bauch breitete sich aus. Ja, sie verstand. Nicht er testete sie, sondern sie selbst tat es. Er gab ihr die Möglichkeit, doch es lag an ihr, wie weit sie gehen würde. Diese Neugier erweiterte ihr Bewusstsein, ihre bisherigen Grenzen. Erica schloss die Augen und seufzte wohlig. Zum ersten Mal spürte sie Dankbarkeit und gab sie offen zu. »Danke, Herr.«

Kapitel 5: Liebe?

»Ich konnte die entsetzten Schreie der Emanzen förmlich hören. Ich habe die Feministinnen mit Steinen nach mir werfen sehen.« Erica nippte an einem Glas Wasser und stellte es auf den Tisch des roten Kaminzimmers, während ein gemütliches Feuer vor ihnen prasselte. Sie kuschelte sich, in einen flauschigen Bademantel gekleidet, an Simons Schulter. »Das klingt bestimmt verrückt für dich, aber ich hatte das Gefühl, zwischen den Stühlen zu stehen und nicht zu wissen, was richtig und falsch ist. Vor diesem Wochenende war ich mir unsicher und wollte das Ganze tatsächlich beenden.«

»Und wie fühlst du dich jetzt?« Simon legte den Arm um ihre Schulter.

»Ich bin mir nicht sicher. Das ist alles so neu und es überrascht mich, wie ich reagiere, verstehst du?« Nie zuvor hatte es in den Beziehungen ihres Lebens Liebhaber gegeben, die sich so für sie interessierten und solche Gespräche mit ihr geführt hatten, dass es unnötig war, dass Simon sie darauf aufmerksam machte, ohne Scheu auszusprechen, was in ihr vorging.

Als er nickte, sprach sie weiter. »Es fühlt sich richtig an. Ich weiß nicht, ich kann es nicht in Worte fassen, aber ich fühle mich gut dabei. So kleinkariert das klingen mag, ich weiß zu wenig über all das und ich komme mir dumm vor, weil … na ja, du sagst selbst, man hält uns für pervers.«

Zum ersten Mal hatte sie »uns« gesagt und meinte damit die Szene. Es brachte sie zum Schmunzeln, dass sie sich dazuzählte.

»Die Gesellschaft hört nur das, was sie hören will und das macht es vielen Menschen schwer, anders zu sein. Zwar spricht jeder davon, wie bunt und vielfältig die Welt ist, aber akzeptieren können es nur die wenigsten.« Seine Lippen senkten sich auf ihre Schläfe. »Das sieht man allein daran, was selbst heute noch einige Leute über Schwule denken.«

Sie murmelte eine Bestätigung an seinen Hals und seufzte wohlig. Für eine Weile senkte sich gemütliche Stille über sie und nur das Knacken von glimmendem Holz war zu hören. Dann setzte Erica sich auf und sah ihn ernst an. »Wenn du spielst, wie ist das für dich?«

»Es kommt ganz darauf an, wie lange ich meine Partnerin kenne. Vieles ist vorgeplant, doch einiges ist spontane Eingebung. Normalerweise kenne ich meine Spielgefährtinnen so gut, dass ich weiß, was möglich ist und wie weit ich gehen kann. Schließlich soll es beiden Spaß machen. Wenn ich mich auf eine Session mit einer Devoten einlasse, benötige ich ihr absolutes Vertrauen.«

Sie erkannte, wie schwierig sein Part mit ihr war. Selbst sie kannte ihre Tabus und Grenzen nicht und doch hatte Simon sich darauf eingelassen, es mit ihr herauszufinden.

Er strich ihr zärtlich durchs Haar. »Vertrauen braucht Zeit, Erica, und weil alles neu für dich ist, wird es eine Weile dauern, bis du dich komplett fallen lassen kannst. Ich verspreche dir, ich werde mir dein blindes Vertrauen verdienen, wenn du mich lässt.«

Vertrauen verdienen, ein wenig klang es in ihren Ohren, als würde er sich ihr unterwerfen und das ließ sie auflachen. Ihr Kopf lehnte gegen seine Brust.

»Um die Kontrolle übernehmen zu können, und damit auch die Verantwortung für dich, damit du dich fallen lassen kannst, brauche ich dein Vertrauen.«

»Aber du kanntest mich anfangs nicht. Woher wusstest du in der ersten Nacht, wie weit du gehen konntest?« Ein wenig löste sie sich aus seiner Umarmung und sah ihm ins Gesicht.

Simon hob die Schultern und zwinkerte ihr zu. »Ich wusste es nicht. Ich lebe meine Neigungen seit einigen Jahren aus und mit der Zeit kommt die Erfahrung. Als Dom benötigt man während der Spiele ein Feingefühl für das Gegenüber. Wichtig ist, dass der Dominierende auf noch so kleine Reaktionen seines Spielpartners achtet. Daran erkennt er, ob es gefällt oder er lieber die Spielart wechseln sollte. Es ist wesentlich einfacher, wenn die Beziehung länger läuft. So spielen sich gewisse Dinge ein, insbesondere durch offene Gespräche.«

Erica kuschelte sich wieder an ihn. »Weißt du, wer mich abgeschreckt hat?«

Simon lachte auf. »Sevilla war dir nicht geheuer. Ich hab es daran erkannt, wie sich dein Körper versteifte, als sie dich musterte.«

Bei dem Gedanken an Lady Sevilla bekam Erica sofort eine Gänsehaut der nicht gerade schönen Art. Die Erinnerung an die Berührungen der Domina ließ sie frösteln. »Hm ja, ich mochte sie nicht.«

»Aber zugesehen hast du ihr gern.«

Sie seufzte. Ungern gestand sie es ein, doch der Einblick in die Session zwischen Sevilla und ihrem Sklaven Maurice hatte sie sehr erregt. »Ja, das muss ich zugeben. Aber ich kann mir nicht vorstellen, mit ihr zu spielen.«

Erheitert küsste er ihr Haar. »Keine Sorge, Sevilla wäre nicht die richtige Partnerin für dich.«

Erleichtert atmete Erica aus. »Master Stuart auch nicht. Er ist abstoßend, anmaßend und gemein.«

Darauf schwieg Simon und um seine Lippen zuckte es amüsiert.

In Ericas Gedanken startete ein Kopfkino über Master Stuart, ähnlich wie in der Dunkelheit des Weinkellers, das sie versuchte, zu unterdrücken.

»Und warum erregt dich der Gedanke an ihn dann so?«

Erica stockte und dachte über Simons leise ausgesprochene Frage nach. Sie spürte, wie ihre Wangen glühten und sich in ihrem Inneren ein Schamgefühl einstellte. Woher konnte er wissen, was sie dachte?

»Wenn du ehrlich bist, dann hat dich Master Stuart sehr beeindruckt. Gerade seine Art stürzt dich in ein Wechselbad deiner Gefühle. Er widert dich an und erregt dich gleichzeitig. Er wirkt abstoßend und doch hat er sich in deine Gedanken geschlichen.«

Sie rückte von ihm ab und starrte nachdenklich ins Feuer. »Ich weiß es nicht. Ich verstehe es auch nicht. Er ist widerlich. Die Session im Weinkeller, als du mich im Dunklen allein gelassen hast. Es tut mir leid, aber ich war der Meinung, er wäre da, anstatt du.« Ruckartig wandte sie sich zu Simon und sah ihn verzweifelt an. Sie hatte das Gefühl, sich für das Kopfkino rechtfertigen zu müssen. »Versteh mich nicht falsch, ich weiß nicht, warum er da war, es tut mir leid.«

Das Schmunzeln auf Simons Gesicht verwirrte sie. Er hob die Hand und streichelte ihr zärtlich über die Wange. »Beruhige dich, Schatz. Wie ich schon sagte, egal wie unheimlich du ihn findest, er hat dich so beeindruckt, dass es dich erregt. Du malst dir aus, was er dir antun könnte. Du vögelst deinen eigenen Kopf, und dieses Wechselspiel zwischen Abscheu und Erregung ist ähnlich wie Schmerz und Lust. Die Gefühle liegen bei dir dicht beieinander. Du musst dich nicht rechtfertigen, ich habe es bereits geahnt.«

Trotz seiner beruhigenden Worte hatte sie das Gefühl, ihn zu betrügen, wenn auch nur in Gedanken. »Ich möchte dich nicht verletzen, Simon. Es lag nicht in meiner Absicht, dass es passiert und ich kann mir vorstellen, wie es sich anfühlt, wenn eine Frau beim Sex mit einem Mann an einen anderen …«

Simon nahm ihr Gesicht in beide Hände und stoppte ihren Redefluss. »Du denkst zu viel, meine Schöne. Wenn es dich erregt, dann lass es zu. Ich spiele gern mit deinem Kopf, forciere Situationen, in denen du nicht weißt, ob gerade ein anderer mit dir spielt, oder ob ich es bin. Alles, was ich will, ist, dass du dich fallen lassen kannst.« Er küsste sie innig und sah im Spiel ihrer Mimik, wie eine Last von ihr abfiel.

Am späten Abend brachte er sie nach Hause. Es fiel ihr schwer, sich von ihm zu trennen, und als sie in ihrer Wohnung stand und seinem Wagen nachsah, spürte sie einen Stich in ihrem Herzen. War sie etwa verliebt? Erwiderte er das Gefühl? Erica schob den Gedanken beiseite, doch es blieb eine Unsicherheit, die im Hinterkopf arbeitete.

Die Woche war arbeitsreich, dennoch plätscherte die Zeit bis zum Wochenende für ihren Geschmack viel zu langsam dahin. Erica konnte es kaum erwarten, Simon wiederzusehen. Allein bei dem Gedanken an ihn klopfte ihr Herz schneller und ein wunderbares Kribbeln breitete sich in ihrem Bauch aus.

Michael schien die Veränderung an ihr zu bemerken und ob aus der Kränkung heraus, dass sie ihn hatte abblitzen lassen, oder aus purem Neid, neckte er Erica während der Arbeit mit spitzen Bemerkungen, die ihm das Gelächter der Bauarbeiter sicherte. Er führte sich auf wie ein Macho und mit jedem Tag nahm die Anzüglichkeit der Sprüche zu. Anfangs versuchte sie, es schlicht zu ignorieren und konzentrierte sich auf ihren Job, aber als die Maler anfingen, ebenfalls Possen abzulassen, knallte sie den schweren Katalog mit Stoffmustern auf den staubigen Boden.

Damit hatte sie die komplette Aufmerksamkeit aller Arbeiter einschließlich Michael auf sich gezogen und ein breites süffisantes Lächeln glitt über ihre Lippen. »Tatsache ist, ja, ich ficke einen gut aussehenden erfolgreichen Geschäftsmann mit einem höheren IQ, als DU, Michael, jemals erreichen kannst. Er ist so irre gut im Bett, dass ich noch tagelang Muskelkater an Stellen habe, die eure Mädels nicht mal annähernd kennenlernen werden. Sein Schwanz ist eine verdammte Offenbarung, also steckt eure kleinen Lümmel ein, kommt damit klar, und ich würde es sehr begrüßen, wenn ihr eure sabbernden geilen Gespräche auf den Feierabend verlegt.« Mit hochgezogenen Augenbrauen blickte sie den Männern frech ins Gesicht.

Manche grinsten, andere nickten anerkennend, allgemein schien ihre Ansprache Wirkung zu zeigen und jeder widmete sich seinen Aufgaben. Michael versuchte hartnäckig, noch so manche Zote zu reißen, aber ein amüsiertes Grinsen in seine Richtung reichte aus, um ihn zum Schweigen zu bringen.

Trotz der ständigen Überstunden setzte sie sich nach Feierabend zu Hause an ihren Laptop und surfte im Internet. Sie hatte es satt, so wenig über SM und die Leute zu wissen, also suchte sie gezielt nach entsprechenden Seiten im Web, um mehr zu erfahren. Unter anderem landete sie in einem Diskussionsforum und las einige der Beiträge. Sie blieb an einem Text hängen, der mehr Verwirrung stiftete, als ihr zuerst klar war.

… mein Top fing erst mit Bastinade an, nachdem er mich kopfüber aufgehängt hat. Dann steigerte er die Flagellation auf Englisch, bis es bunt wurde. Meinen Arsch hat er dann noch mit nem Paddel versorgt, nachdem er mir nen Plug verpasst hatte. Aber das Schlimmste war für mich, als er die violet wand einsetzte. Ich hab in meinem Leben noch nie so geschrien, aber es war geil. SSC Euer Bottom sweetgirly

In den darauf folgenden Fragestellungen tauchten noch mehr Kürzel auf und Erica war bewusst, dass ein Paddel sicherlich nichts mit Rudern, oder Klinik etwas mit einem Krankenhaus zu tun haben würde. Die Codewörter ließen sie stocken. All die fremden Begriffe schwirrten in ihrem Kopf und sie stieß ein Seufzen aus. Wenn sie auch nur annähernd etwas von diesem Beitrag verstehen wollte, hätte sie sich mühsam durch die verschiedenen unverständlichen Worte quälen und per Suchmaschine deren Bedeutung suchen müssen. Je weiter sie die Diskussion verfolgte, umso mehr Kürzel tauchten auf. Erica war weder prüde noch unwissend, was Sex betraf, aber das hier war Chinesisch mit Geheimsprache für sie. Selbst die Übersetzungen mancher dieser Worte klangen zwar plausibel, aber ob sie das bedeuteten, was Erica vermutete, wagte sie zu bezweifeln. Es war lange her, dass sie sich wie eine Unwissende gefühlt hatte, und sie gab nach ein paar Recherchen seufzend auf, das alles verstehen zu wollen.

Als Erica Freitagnachmittag das Büro verließ, lief sie zielstrebig zu ihrem Käferchen, ohne den Porsche zu beachten, dessen Motor lief. Erst als sie ihren eigenen Wagen startete, hielt sie inne und sah durch die Windschutzscheibe.

Simon saß in dem roten Geschoss, dessen Verdeck geöffnet war. Erica stieg aus, schlenderte zu ihm und beugte sich ins Autoinnere. Sofort war dieses warme Kribbeln im Magen da.

»Lust auf einen Ausflug?« Simon schmunzelte und Ericas Herz schlug schneller.

Ohne irgendetwas mitzunehmen, stieg sie ein und ließ sich auf den Beifahrersitz sinken. Der Weg führte aufs Land in dicht bewaldete Gebiete und Erica genoss die herrliche Luft, die Sonne und die Weite. Das offene Verdeck und die Geschwindigkeit ließen kein Gespräch zu, erst als sie an einem Waldweg hielten, zog Simon sie in seine Arme und küsste sie leidenschaftlich. »Wie war deine Woche?«

»Zu lang.«

Er hielt sie fest, sog ihren Duft ein und schloss die Augen für einen längeren, stillen Moment. Erica fühlte sich glücklich und seufzte wohlig, ihr Herz pochte bis zum Hals.

»Komm mit, ich will dir etwas zeigen.« Nachdem sie ausgestiegen waren, ergriff er ihre Hand und führte sie einen schmalen Trampelpfad entlang durch einen Waldabschnitt. Das Wandern stellte sich für Erica als schwierig heraus, denn ihre halbhohen Sandalen waren nicht für eine Trekkingtour geschaffen. Nach kurzer Zeit schmerzten ihre Füße und sie blieb stehen.

Simon wandte sich zu ihr um. »Hm, daran hätte ich denken sollen.« Bevor sie nachfragen konnte, was er meinte, hob Simon sie auf seine Arme und trug sie den Rest des Weges.

Als er stehen blieb, sah sie hoch und entdeckte einen großen runden See, eingeschlossen von Hügeln, so weit das Auge reichte. Die kleine Holzhütte am Ufer besaß eine Terrasse mit einem weit ins Wasser reichenden Steg. Im Sommer musste es hier wunderschön sein.

Er ließ sie runter, nahm ihre Hand und führte sie die vier Stufen zum Haus hinauf. Simon schloss die Tür auf und betrat nach ihr den großen Innenraum. Neben einem kleinen angrenzenden Bad mit Toilette, Dusche und Waschbecken gab es keine anderen Räume. Simon öffnete die Fensterläden und schloss hinter Erica die Tür. »Hierher verschlägt es mich, wenn ich abschalten will.«

Ihr verschlug es die Sprache. Simon brachte sie an einen Ort, den er nur für sich geschaffen hatte, weitab von Menschenmengen, Stadtlärm und Geschäften. Empfand er dasselbe wie sie? Die Frage klebte in ihrer Kehle, doch sie brachte die Worte nicht über die Lippen.

In dem kleinen, offenen Kamin brannte im Nu ein Feuer und er schob ihr einen gemütlichen Sessel davor, damit sie sich aufwärmen konnte. Das warme Wetter ließ auf sich warten.

»Ich bin gleich zurück.« Kurze Zeit später trug er mehrere

Taschen und einen Karton in die Hütte. Lebensmittel für das Wochenende, warme Kleidung und Decken für die Nächte.

Erica half ihm, die Sachen in den Schränken zu verstauen, hielt inne und sah ihn eindringlich an. »Ich glaube, ich hab mich verliebt.«

Sofort schalt sie sich eine Närrin. Wie konnte sie die Atmosphäre mit diesen Worten zerstören? Er war ihr Dom, nicht ihr Lebensgefährte. Ihr Liebhaber, ja, aber ihre Beziehung war anders als …

Simon begegnete ihrem Blick und lächelte. Diese Reaktion hatte sie nicht erwartet. Es verwirrte sie. »Entschuldige, das war dumm.« Sie murmelte vor sich hin und suchte eine Beschäftigung für ihre Hände.

Er hielt ihre hektischen Finger fest, zog sie an seine Brust und das Lachen auf seinem Gesicht hatte nicht nachgelassen. »Glaubst du das nur oder ist es so?«

Heiße Wellen glitten durch ihren Körper, färbten ihre Wangen rot und ihr Blick suchte nach einem Punkt in dem Raum, auf den sie sich konzentrieren konnte, um ihn nicht ansehen zu müssen. Immer wieder setzte sie an, um zu sprechen, doch ihr fielen nicht die richtigen Worte ein.

Simon schob seine Fingerspitzen unter ihr Kinn, zwang sie, ihn anzusehen, doch sie wich ihm aus.

»Ich weiß, wir spielen nur miteinander. Es war blöd, das zu sagen. Vergiss es einfach, ja?«

Diesmal nahm er ihr Gesicht in seine Hände und brachte sie dazu, ihm in die Augen zu sehen. Ihre Unsicherheit, dieses Gefühl, alles zerstört zu haben, ließ die Hitze in ihrem Inneren steigen. SM ist ein Spiel, nur ein Spiel. Die Menschen trafen sich, lebten ihre Fantasien aus und gingen wieder getrennte Wege, das war alles. Davon war Erica überzeugt. Spielte Liebe überhaupt eine Rolle in einer SM-Beziehung? Wie sollte das gehen?

Vierundzwanzig Stunden am Tag, sieben Tage die Woche auf Befehle warten? Das Leben komplett in die Hände des dominanten Partners legen? Für Erica unvorstellbar.

Der Kuss, den er von ihr forderte, riss sie aus ihren Gedanken. »Du denkst wieder zu viel, mein Engel.«

War das so deutlich zu sehen? Erica seufzte, setzte sich in den Sessel und senkte den Kopf. »Es tut mir leid. Ich hoffe, ich hab nicht alles kaputt gemacht mit der Gefühlsduselei. Ich hab mich in dich verliebt, aber ich weiß, das beruht nicht auf Gegenseitigkeit. Wie soll das auch gehen? Du bist dominant, doch ich kann mir nicht vorstellen, dass du mein ganzes Leben beherrschen sollst. Ich weiß, solche Sachen gibt es, aber dazu bin ich nicht bereit. Für dich ist es nur ein Spiel, bis einer von uns beiden genug hat und geht. Ich weiß auch nicht, mach dir keine Gedanken. Ich komm damit klar.«

Simon unterbrach sie nicht und beobachtete sie. Als Erica ihren Kopf hob, sah er die ungeweinten Tränen in ihren Augen. Sie war verzweifelt, in ihren trüben Grübeleien gefangen.

»Es gab Beziehungen in meinem Leben, wo SM den Hauptbestandteil ausmachte. Es hat auch Affären gegeben, in denen ich mich mit Subs traf, mit ihnen spielte, und sie danach nie wieder gesehen habe. Glaubst du, SMer tanzen nur von einem Partner zum nächsten, ohne eine feste Bindung eingehen zu können?«

Erica legte die Stirn in Falten, doch ihr fiel keine Antwort ein.

»An dem Tag, als ich dich das erste Mal traf, konnte ich nicht wissen, ob du meine Neigungen teilst. Ich habe es gehofft, ich habe es mir gewünscht. Anfangs wollte ich dich nur besitzen, aber mit jedem Tag wuchs mein Verlangen, mit dir zusammen zu sein.«

Ihr Herz schlug schneller. Das klang nicht so, als würde Simon in ihr nur eine Gespielin sehen.

Er ging vor ihr in die Knie, nahm ihre Hände und küsste ihre Fingerspitzen. »Mein Herz gehört dir schon lange, Erica.« Sein Gesichtsausdruck schickte Hitzewellen durch ihren Körper. »Ich beherrsche dich im Bett, du mich außerhalb. Das nenn ich einen fairen Deal und du?«

Ihr Lachen wirkte wie eine Befreiung, zum ersten Mal seit Beginn dieser Beziehung warf sie sich in seine Arme und bedeckte sein Gesicht mit kleinen Küssen, so wie es ihr in den Sinn kam, ohne sich zurückzunehmen.

Die Heftigkeit ihres herzlichen Überfalls warf ihn auf den Rücken und er zog sie in seinen Armen mit sich, erwiderte ihre innigen Liebkosungen.

»Ich dachte, du wüsstest das.« Liebevoll strich er ihr das Haar aus dem Gesicht, sah empor zu ihr und der zärtliche Ausdruck in seinen Augen erntete einen weiteren innigen Kuss.

»Du hast eine seltsame Wirkung auf mich, Simon DiLucca. Ich bin mir ständig unsicher, was dich betrifft.«

Simon drehte sie auf den Rücken. »Na, dann hoffe ich mal, dass wir dieses Missverständnis ausräumen konnten. Was willst du essen? Nudeln mit Tomatensoße oder Tomatensoße mit Nudeln? Was anderes geben meine Kochkünste leider nicht her.«

Ihr Körper krümmte sich bei dem Lachkrampf. Ein Restaurantbesitzer, der nicht kochen konnte, eine wunderbare Kombination. Erica schnappte nach Luft, wischte sich die Tränen aus dem Gesicht und nickte. »Okay, bevor ich mich entscheiden muss, lass mich mal nachsehen, was ich uns zaubern kann.«

»Kommt gar nicht infrage, du bist mein Gast.«

Schon war eine kleine Rangelei um den Kühlschrank im Gange. Gänzlich undominant hatte Simon sich schlussendlich durchgesetzt, denn mehr als Nudeln mit Tomatensoße gab der Vorratsschrank nicht her.

Nachdenklich saß Erica während der Essenszubereitung mit

einer Tasse Tee auf der Holzterrasse der Blockhütte und sah hinaus auf den See. Sie war zufrieden. Wie gut das Lachen getan hatte.

Simon trat hinter sie und legte ihr fürsorglich eine Wolldecke um die Schultern. »Worüber denkst du nach, mein Engel?«

Ohne zu überlegen sprach sie aus, was ihr durch den Kopf ging. »Covern, Top, Bottom, Paddel, SSC, Safeword, Slowword, Mayday und all die anderen fachchinesischen Ausdrücke.«

Simon hob amüsiert die Augenbrauen und setzte sich auf die Armlehne ihres Gartenstuhls. »Du hast einiges nachgelesen, was? Ich kenne zwar die Fachbegriffe, benutze sie allerdings nur selten.«

»Eigentlich wollte ich mich ein wenig informieren, aber habe es aufgegeben, weil ich dachte, dazu bräuchte man einen speziellen BDSM-Duden.« Erica schmunzelte gedankenverloren. »Was, zum Beispiel, versteht man bitte unter einem Dummdom? Ist das ein peitschenschwingender IQ unter 20?«

Simon lachte auf und antwortete dann ernst: »Es gibt Dominante, die einfach nach Gutdünken spielen. Sie ignorieren Codewörter ihrer Spielpartner, weil sie es als Beleidigung auffassen, oder noch schlimmer, sie halten es für unberechtigte Kritik an ihrer Persönlichkeit. Solche Menschen gibt es leider auch in unserer Spielszene.«

»Ich war in einem Forum im Web und die Beiträge waren voll von diesen Kurzbezeichnungen und Geheimwörtern. Gut, bei einigen kann man sich denken, was sie bedeuten, aber ich bin teilweise an meine Verständnisgrenzen gestoßen.«

»Mach dir darüber keine Gedanken. Je länger man sich in der Szene bewegt, desto besser versteht man dieses Fachgeplapper. Wenn man Vorlieben und Tabus mit einem möglichen Spielpartner austauscht, ist es hilfreich, die Begriffe zu kennen. Aber das kommt mit der Zeit.«

Sie war erleichtert. »Da gab es auch eine verbissene Diskussion, die sich um irgendeinen Ring drehte und wie und wo man den am besten trägt. Als Kennzeichen, wie dieser Taschentüchercode der Homosexuellen. Ein User vertrat vehement die Theorie, um den Hals getragen hieße, er wäre noch zu haben, ein anderer wiederum meinte, das wäre eindeutig ein Zeichen dafür, dass er Switcher wäre. Dann stritten sie sich darüber, ob der aktive Part ihn links oder rechts tragen müsste ... puh, mal ehrlich, das klingt nach enormer Verwirrung in der eigenen Fraktion.«

»Du meinst den Ring der O, ja, laut Buch trägt O ebenso wie ihr Sir Stephen den Ring links, aber im Grunde wird das, egal, wo und wie getragen, als Zeichen dafür erkannt, dass der andere Interesse an SM hat. Das kann mitunter lustig werden, denn es gibt Modelabels, die den Ring der O als Schmuck oder Ähnliches übernommen haben. Also kann man sich darauf nicht verlassen. Kennst du die Geschichte der O?«

Gerade wollte sie nachfragen, als ihr ein seltsamer Geruch in die Nase stach. »Da brennt was!«

Wie von einer Tarantel gestochen sprang Simon auf, rannte in die Küche und kehrte mit verzweifeltem Gesichtsausdruck und einer Pfanne mit verkohlten Tomaten zurück. »Ich wollte eh lieber mit dir essen gehen.« Seine Mimik war zu schön, um wahr zu sein.

Sie nahm ihm das Küchengerät aus der Hand, ließ es in den See fallen und küsste ihn wortlos. »Du bist einfach umwerfend!«

Noch auf dem Weg zum Italiener im nächsten Ort stichelte Erica schadenfroh. Bevor sie ausstieg, hielt er ihren Arm sanft fest und hob die Augenbrauen. »Dafür werde ich dich wohl später noch bestrafen müssen.«

Statt schockiert zu reagieren, breitete sich ungeduldige Vorfreude auf Ericas Gesicht aus und den gesamten Abend im Restaurant konnte sie kaum erwarten, endlich wieder in die Blockhütte zu kommen.

Simon genoss dieses kleine Schauspiel, ließ sich unendlich viel Zeit mit allem und beobachtete Erica, wie sie unruhig auf ihrem Stuhl hin- und herrutschte. Ihr war die süße Qual deutlich ins Gesicht geschrieben. »Wollen wir jetzt gehen?« Diesen Satz wiederholte sie nach Simons drittem Rotweinglas in Abständen von etwa fünf Minuten und er ignorierte es schweigend. Ihre Unruhe war wie die eines kleinen Mädchens, das kaum abwarten konnte, dass es endlich auf den Spielplatz durfte.

Erica winkte ungeduldig den Kellner an ihren Tisch, nachdem er endlich bereit war zu gehen. Gemeinsam verließen sie das Lokal und er sah sich um.

»Bleib an der Wagentür stehen und beweg dich nicht.« Simon sprach so leise in ihren Nacken, dass ein wohliger Schauder durch ihren Körper rieselte.

Das Spiel begann und Erica nahm einen tiefen Atemzug.

Mit einem Handgriff unter den Sitz beförderte Simon ein dünnes Feuerwehrseil hervor. »Streck deine Hände aus.«

Sie hielt ihm die Gelenke entgegen und beobachtete, wie er sie mit kunstvollen kleinen Knoten miteinander verband bis hinauf zum Ellbogen. Das Bondage saß so fest, dass es nicht einschnürte, sie sich jedoch nicht herauswinden konnte.

»Stell deine Füße zusammen.«

Erica folgte dem sanften Befehl und strich ihm über das dunkle lange Haar, als er sich vor sie hockte, um ihre Fußgelenke bis hinauf zu den Knien zu fesseln. Diesmal sah Erica sich um. Ihr Herz schlug schneller, doch fühlte sie keine Scham, keine Scheu davor, ein Fremder könne sie bei ihrem Treiben erwischen. Jeden Moment hätte das alte Ehepaar aus dem Restaurant kommen können, das eben noch zwei Tische weiter neben ihnen gesessen hatte. Es war ihr egal.

Mit Schwung hob Simon sie auf seine Arme und ließ sie auf dem Beifahrersitz nieder. Als er einstieg, hielt er inne, sah sie funkelnd an und sein Ausdruck enthielt eine bedrohliche Härte, die ein Pochen in ihrem Leib hinterließ.

»Du wirst schweigen, bis wir angekommen sind. Tust du es nicht, werde ich dich knebeln.« Er griff an ihren Beinen vorbei ins Handschuhfach und ließ einen Knebelball mit Ledergeschirr in ihren Schoß fallen.

Ericas Augen weiteten sich und sie presste intuitiv die Lippen aufeinander. Simon fuhr die Strecke in gemäßigtem Tempo. Das Herz klopfte ihr bis zum Hals und ein Zittern presste sie tiefer in den Sitz. Das Schweigen fiel ihr unendlich schwer. Immer wieder streifte ihr Blick den Knebelball auf ihrem Schoß und sie erschauderte.

Wie sich das anfühlt, ihn zu tragen? Gefesselt, geknebelt und ausgeliefert. Ericas Brustwarzen zogen sich zusammen, stachen unter der dünnen Bluse hervor. Sie beleckte sich nervös die Lippen, wandte ihren Kopf zu Simon und wog die Gedanken ab. *Soll ich es wagen, ungehorsam zu sein? Was fällt ihm wohl dazu ein?* »Kannst du nicht schneller fahren?« Erica presste die Lippen aufeinander und wollte am liebsten die Worte zurücknehmen, wünschte, sie hätte nichts gesagt.

Simon bremste scharf ab, ließ den Motor laufen und griff nach dem Knebel. Als er ihn zwischen ihre Lippen presste und hinter ihrem Kopf verschloss, blitzten seine Augen. Grob packte er mit einer Hand ihr Kinn, zog es zu sich hinüber und leckte über den schwarzen Ball, der aus ihrem Mund ragte. »Ich habe dich gewarnt. Wenn du jetzt dein Codewort benutzen möchtest, werde ich es nicht verstehen.«

Verdammt! Daran hatte sie nicht gedacht. Ihr Atem beschleunigte sich, und das Schlucken war nicht mehr möglich. Erica versuchte, etwas zu sagen, doch außer undeutlichen Lauten kam nichts Verständliches über ihre Lippen.

Simon gab Gas und hielt an dem Feldweg, den sie am Nachmittag zur Blockhütte gewandert waren. Er schloss das Verdeck, öffnete die Beifahrertür und hob sie mit Leichtigkeit über seine rechte Schulter. Mit flacher Hand schlug er kräftig auf ihr ausgestrecktes Hinterteil und Erica schrie gegen den Knebel, mehr vor Empörung als vor Schmerz. Er trug sie wie eine Beute hinunter zum See, doch statt die Stufen zur Terrasse emporzusteigen, wandte er sich nach rechts zu einer kleinen Lichtung neben dem Haus. Simon ließ sie etwas unsanft ins Gras sinken.

Allein aufzustehen, war ihr unmöglich, mit den engen Fesseln konnte sie höchstens auf die Knie kommen, doch sie blieb still liegen.

In einem Holzklotz steckte eine Axt, daneben sorgfältig aufgestapeltes Kaminholz, zwei Böcke und eine Wippsäge unter einer Bedachung. Sie sah zu, wie Simon eine Kette über den Querbalken des Holzschobers schlang und die Stabilität prüfte. Dann entzündete er vier Gartenfackeln rechts und links. Erst jetzt erkannte Erica den Haken an der Kette und keuchte.

Mit festem Griff packte er sie, zog sie über seine Schulter und trug sie zum Eingang der Bedachung.

Ericas Augen saugten sich an diesem Haken fest, der Ähnlichkeiten mit einem Schlachterhaken besaß, nur ohne Spitze. Kurz stellte er sie dort ab, hob sie mit einem Arm so hoch, dass der Haken einen ihrer Knoten an den Unterarmen erwischte und sie mit den Füßen den Boden nicht mehr berührte. Ihr eigenes Gewicht und das sachte Pendeln ihres Körpers zogen an ihren Armen, aber Simon schien noch nicht zufrieden.

Er hielt sie am Bauch still. »Je mehr du zappelst, desto unangenehmer wird es für dich.« Er schlang ein dickeres Seil um ihre Taille, fixierte die Enden rechts und links an den Standbalken.

Seine Handflächen strichen ihren Körper entlang. »Schweigsam, geschnürt und hilflos, genau, wie ich es brauche.« Er riss ihr die Bluse auf, dass die Knöpfe in alle Richtungen splitterten.

Erica hielt den Atem an. Den Rock öffnete er am Rücken behutsamer, ließ ihn von ihren Beinen zu Boden gleiten. Geräuschvoll klappte das Messer in seiner Hand auf und Erica presste einen panischen Laut zwischen Knebel und Lippen aus.

Mit geschickten Schnitten löste er den BH von ihrem Oberkörper, riss ihn von ihrer Haut und warf ihn von sich. Die Klinge glitt hauchzart über Ericas Bauch und brachte sie zum Zittern. Die Schneide strich unter den Stoff ihres Seidenhöschens, war so scharf, dass sie leicht durch den Zwickel und die Seiten schnitt. Simon holte aus, sie schloss die Augen, und er rammte die Spitze des Klappmessers direkt neben die Kette über ihr in den Holzbalken.

Erica begann, unkontrolliert zu zittern. Für den Bruchteil einer Sekunde dachte sie, er würde sie …

Seine Hände strichen sanft über ihre entblößte Haut, seine Zunge folgte ihnen. Zwischen Zeigefinger und Daumen rieb er die harten Brustspitzen, kniff sie und verstärkte den Druck stetig, bis Erica gedämpft wimmerte. Sie atmete so heftig, dass ihr schwindelte.

»Hätte ich dir vielleicht noch die Augen verbinden sollen?«

Erica schüttelte hektisch den Kopf. Auch er verneinte, lächelte bedrohlich und schickte seine Lippen auf eine sanfte Reise über ihren Bauch.

Das Flüstern streichelte über ihre Haut. »Nein, das wäre nicht gut, schließlich sollst du sehen, was ich dir antue.«

Das Beben konzentrierte sich mehr und mehr in ihren Schoß und verstärkte sich in ihrem Geschlecht zu einem unaufhörlichen Pulsieren. Seine Fingerspitzen glitten tiefer, drängten zwischen ihre zusammengeschnürten Beine und pressten sich zwischen ihre Schamlippen.

Simon blickte empor. »Du bist erregt.«

Erica stöhnte gegen den Knebel, drückte ihren Rücken so weit durch, wie es ihr möglich war, um seinen Fingerkuppen mehr Spiel zu gewähren. Je tiefer er in ihren feuchten Spalt drängte, desto mehr drehte sich die Welt um Erica. Ihr Kopf bog sich weit in den Nacken und das gedämpfte Stöhnen wurde lauter.

Sein Fingerspiel beschleunigte sich. Simon trieb heiße Wellen durch ihren Körper und ließ seine Zunge über ihre Haut lecken. »Ich zähle jetzt bis fünf, dann kommst du, wenn nicht … dein Pech!« Er rieb die Finger über ihre Klitoris.

»Eins!« Erica keuchte, ihr Körper zuckte unkontrolliert.

»Zwei!« Sie stand kurz davor.

»Drei!« Plötzlich entriss er ihr ohne Vorwarnung die Fingerspitzen und knurrte leise. »Ich habe es mir anders überlegt.«

Enttäuscht über dieses fiese Spiel gab sie unartikulierte Laute durch den Knebelball von sich. Ihr Schoß pochte heiß und wild, doch er hatte ihr den Höhepunkt verweigert.

Stattdessen widmete er sich ihrer Rückseite. Seine Hände kneteten sanft ihre Pobacken. Kurze feste Schläge röteten die Haut und brachten Erica zum Schreien. Gleich darauf streichelte er zärtlich die brennenden Stellen und bedeckte sie mit Küssen. Mit weiteren mal kräftigen, mal mäßigen Hieben auf ihren Hintern brachte er sie zum Jammern und ließ von ihr ab. Es war ihr nicht möglich, ihren Kopf so weit zu drehen, dass sie sehen konnte, woher das Rascheln kam, das hinter ihr zu hören war.

Simon hob die langen Stiele der Brennnesseln direkt vor ihr Gesicht. »Was meinst du, meine Schöne? Wäre das nicht das geeignete Instrument für die Strafe, die dich erwartet?«

Erica erinnert sich nur vage daran, wann sie das letzte Mal mit Nesseln in Berührung gekommen war, aber das unangenehme Prickeln war ihr deutlich in Erinnerung. Sie presste etwas Unverständliches durch den Ball zwischen ihren Lippen und erkannte die Erregung in Simons Gesicht.

Die Brennnesseln näherten sich ihrem Gesicht, tauchten tiefer zwischen ihre Brüste, ohne die Haut zu berühren. Ericas Augen folgten dem unwillkommenen Kräuterstrauß. Simon trat einen Schritt beiseite, holte kurz aus und traf ihren Rücken. Sie schrie gegen den Knebel, doch der Schmerz blieb aus. Einen Augenblick später setzte ein leichtes Feuer auf der getroffenen Stelle ein, wandelte sich kurz darauf in das Stechen von tausend kleinen Nadelstichen und Erica keuchte auf.

Als Simon die geröteten Male berührte, verstärkten sich die Stiche und Erica wand sich unter der qualvollen Zärtlichkeit.

Er holte kurz aus, schlug mit dem Bündel überkreuz ihren Oberkörper, streifte ihren Bauch, ihre Schenkel, sogar ihren Schoß und hielt inne. Die Schläge brachten sie verspätet zum Schreien, anders als der direkte Schmerz einer Gerte oder das Nachglühen eines Peitschenhiebs brannte die Haut erst nach dem Schlag. Das gruselige Prickeln, das sich wie ein Lauffeuer über ihren wunden Körper ausbreitete, war unerträglich.

Behutsam zog Simon mit seinen Fingerspitzen Kreise auf die prickelnde Haut. Erica schossen Tränen in die Augen.

»Die Muster sehen wunderbar an dir aus.« Seine Zunge leckte feuchte Wege an der leichten Schwellung entlang. Sie wimmerte, kämpfte gegen ihre Tränen an. Mit einem Arm umschlang er ihre Schenkel, züngelte über den Venushügel und vergrub die Zungenspitze zwischen ihren Schamlippen. Sogleich wechselte ihr Wimmern in ein lang gezogenes, nahezu dauerhaftes Stöhnen. Nass drang er tiefer in ihr Geschlecht. Seine Lippen zupften zart die Klitoris, saugten sich sanft fest.

Das Zungenspiel raubte Erica den Verstand. Gern hätte sie geschrien vor Lust, doch der Knebel machte es ihr unmöglich. *Nicht aufhören, bitte jetzt nicht aufhören!* Die Gedanken rasten durch ihren Kopf. Wütend knurrte sie gegen ihren Knebel, als er abermals sein Spiel abrupt beendete.

»Ich sage dir, wann du kommen darfst.«

Innerlich sackte Erica in sich zusammen, ließ den Kopf hängen und keuchte erschöpft von diesem Wechselspiel zwischen Qual und Lust. Simon löste das Seil um ihre Taille, hob ihren Körper hoch, bis sie ihre Armfessel vom Haken lösen konnte, und stellte sie direkt an den Seitenpfosten, neben dem zwei der Fackeln loderten. Sie spürte die Hitze auf ihrer Haut, fühlte, wie das Prickeln der Nesselspuren sich verstärkte.

Er küsste ihre Stirn, während er ihren Knebel entfernte, leckte über ihre Lippen und flüsterte ihr sanft ins Gesicht. »Hast du schon genug?«

Einerseite hätte sie gern genickt, andererseits war da dieses unbefriedigte Pulsieren in ihrem Geschlecht. *Nicht aufhören!* Sie brachte kein Wort über die Lippen, so taub, wie sich ihre Kiefer anfühlten. Sie schüttelte den Kopf und ließ ihre Zunge nach seinen Lippen schnellen.

Simon zog rechtzeitig neckend den Kopf fort und schmunzelte. »Du bist aufmüpfig und provokant. Was soll ich nur mit dir machen?«

Unanständige Ideen schossen ihr wild durch den Kopf, ebenso wie die schmutzige Wortwahl, die sich auf ihre Lippen stehlen wollte. Ein gieriges Strahlen glitt über ihre Gesichtszüge. Er stand so nah bei ihr, dass sie forsch ihre gefesselten Hände nach seinem Schritt ausstreckte und beide Hände nach seinem Schwanz tasten ließ.

Er lachte erregt auf. »So gierig bist du?«

Sie nickte, brachte keinen Ton aus ihrer Kehle und keuchte ihm stattdessen lüstern entgegen.

Simon grub hart seine Zähne in ihre Schulter, rieb seinen Schoß an ihren Händen. »Wie weit willst du mich noch herausfordern, du kleines, schmutziges Luder?«

Das erregte Stöhnen und das zärtlich gehauchte Schimpfwort gingen ihr durch und durch.

Nah bei ihren Lippen flüsterte er weiter und nahm kein Blatt vor den Mund, sprach aus, was sie dachte, als wüsste er Wort für Wort genau, was ihr durch den Kopf ging. »Du willst, dass ich dich endlich ficke, dich hart und tief rannehme, bist du schreist. Hab ich recht?« Sein Mund schwebte über ihrem Gesicht, so nah, dass er sie hätte küssen können, doch er tat es nicht. »Du willst meinen Schwanz in dir spüren, fühlen, wie ich dich ausfülle, dich dehne und es dir so heftig besorge wie nie zuvor.«

Sie nickte eifrig, rieb sein hartes, pulsierendes Geschlecht mit den Händen.

Simon stieß sich schwungvoll vom Seitenbalken ab und entfernte sich von ihr. »Es geht hier aber nicht nach deinem Willen.«

»Bastard!« Erica keuchte auf, prallte mit dem Hinterkopf gegen das Holz und knurrte wütend. »Verdammter, elender Bastard!«

Simon lachte auf, kam mit großen Schritten zurück zu ihr und schlug ihr mit der flachen Hand ins Gesicht, bis sie erschrocken und statisch dastand. Ihre Wange brannte wie Feuer, und ihre Augen starrten in das ernste Gesicht ihres Herrn.

»Wag es nie wieder, so mit mir zu sprechen.« Grob riss er ihr Gesicht am Kinn zu sich empor. »Verstanden?«

Zuerst wollte sie nicken, doch sein Griff packte fester. »Ja, Herr.«

Er küsste sie so fest auf die Lippen, dass es wehtat, wandte sich von ihr ab und ließ sie allein zurück.

Minuten verstrichen, ohne dass Simon zurückkehrte. Erica hätte ihm nur hüpfend folgend können und wäre nach kürzester Zeit der Länge nach hingefallen. Sie glitt mit dem Rücken an dem Pfahl zu Boden. Ein Knacken im Unterholz ganz nah ließ sie aufschreien. »Simon?« Sie erinnerte sich an die Angst bringende Dunkelheit im Weinkeller, dachte an das gemeine Spiel, das Simon gespielt hatte, und versuchte durch ruhiges gleichmäßiges Atmen ihre aufkeimende Panik zu unterdrücken. Wo war er hingegangen? Machte er diese Geräusche? Leises Rascheln hinter ihr schreckte sie auf, fuhr ihr durch Mark und Bein und riss ihren Kopf herum. Nichts und niemand war zu sehen. Plötzlich schoss etwas neben ihr aus dem Gebüsch und Ericas Herz setzte einen Takt aus.

»Hast du mich vermisst?«

Sie schrie ihn an, hätte gern auf ihn eingeschlagen, so wütend war sie.

Zärtlich nahm er ihr Gesicht in beide Hände. »Mein armes, kleines, schmutziges Luder. Gefesselt, hilflos und allein, dabei geil und gleich noch blind.« Er verband ihr die Augen, obwohl sie sich dagegen wehrte. »Jetzt bist du völlig ausgeliefert. Wer weiß, vielleicht findet dich ein einsamer Wanderer und er wird wissen, was man mit einer nackten, gefesselten und wehrlosen Sklavin anstellen kann.« Er hob sie locker auf seine Schulter und trug sie fort.

Erica zappelte und schrie, schlug ihm die gefesselten Hände in den Rücken, doch er wanderte unbeirrt weiter. Brachte er sie in den Wald? Es war doch schon dunkel. Nein, das würde er nicht tun, oder doch?

Nach einer Weile setzte er sie an der rauen Rinde eines dicken Baumes ab, drehte sie mit dem Gesicht zum Stamm, irgendetwas machte er an ihrer Armfessel, und als er fertig war, zog sie daran und stellte fest, dass er sie an den Stamm gebunden hatte. Panik stieg in ihr hoch, die Angst, dass er sie zurücklassen könnte. »Simon?«

Er antwortete nicht, doch sie spürte seine Gegenwart in ihrer Nähe.

»Lass mich bitte nicht allein, ja?« Er schwieg und ihre Stimme überschlug sich ängstlich. »Bitte Simon, tu das nicht.«

Sanft berührte er ihre Schultern. »Du magst die Dunkelheit nicht, stimmt's?« Der sadistische Ton in seiner Stimme war deutlich hörbar. Er musste das Zittern ihres Körpers unter seinen Händen spüren, die an ihrem Körper hinabwanderten. »Ich bin hier, mein Schatz. Hab keine Angst.« Seine Lippen senkten sich auf ihren Hals, seine Fingerspitzen kreisten über ihren flachen, pulsierenden Bauch. »Ich bin immer in deiner Nähe.« Seine Fingerkuppen glitten zwischen ihre Schamlippen, entfachten die dumpf pochende Lust in ihrem Geschlecht auf ein Neues. Sein Flüstern war ihr so nah, dass sie schauderte. »Ich bin es, der dich über die Klippe stößt, und der der dich wieder auffängt.«

Als sie kam, schrie sie ihre Erlösung in den Wald hinaus, sackte erschöpft gegen Simons Brust und rang nach Atem. Erica zitterte unkontrolliert und so heftig, dass ihr die Knie wegbrachen und Simon sie gerade noch auffing.

Er zog sie in seine schützenden Arme, wiegte sie wie ein Kind und beruhigte sie, als sie zu schluchzen begann. »Shhh, meine Kleine … es ist alles gut.«

Sie konnte den Trost in seiner Stimme hören und ihre Tränen nicht mehr zurückhalten. Nie zuvor hatte sie vor Glück geweint. Für den kurzen Moment vor dem Einsetzen des Höhepunktes hatte sie das Gefühl gehabt, zu fliegen. Erica fühlte sich erschöpft und selig zugleich, leer und voller Gefühle. Das alles überforderte ihren Verstand und sie war dankbar, dass Simon ihr den Halt gab, den sie jetzt brauchte.

»Ich bin stolz auf dich, mein Schatz.«

Sie wusste nicht, was er damit meinte, konnte seinen Worten auch nicht folgen, aber es tat gut, seine beruhigende sanfte Stimme zu hören. Vorsichtig löste er die Seile, hob sie auf seine Arme und trug sie zurück zur Hütte.

Erica weinte an seiner Schulter, verbarg ihr Gesicht an seiner Brust.

Er legte sie aufs Bett, hüllte sie liebevoll in eine Wolldecke und strich ihr die schweißnassen Strähnen aus der Stirn. »Fühlst du dich wohl?«

Sie zitterte am ganzen Leib, doch sie nickte, brachte sogar ein Lächeln zustande. »Was ist passiert?«

Er küsste ihre Stirn. »Hat es sich gut angefühlt für dich?«

Mehr als das, es war … Ihr fehlten die richtigen Worte, um diesen einmaligen Zustand zu beschreiben. Es war wie fliegen können. Den Kopf völlig frei von Gedanken, nur noch erleben, fühlen, spüren … »Wie neben sich stehen und zuschauen, gleichzeitig fühlen und … wie fliegen.«

»Das ist der ultimative Kick, den du erleben kannst. Wenn du völlig loslässt und dich mir hingibst. Nicht mehr nachdenkst, die Kontrolle abgibst und dich fallen lässt. Du bist zum ersten Mal über deine Grenze hinausgegangen, Engel.« Simon wischte ihr die Tränen fort.

Plötzlich fiel ihr etwas ein. »Aber was ist mit dir? Du hattest gar nichts davon.«

»Da ist sie wieder, meine kleine Denkerin. Es war für mich überwältigend, zuzusehen. Es ist immer etwas Besonderes, selbst für einen erfahrenen Dom wie mich.«

Auch wenn er meinte, was er sagte, zog Erica ihn zu sich ins Bett, schlang ihre Arme um ihn und küsste ihn innig. »Trotzdem will ich dich spüren. Hier und jetzt.«

Er konnte sich nicht mehr erinnern, wann er das letzte Mal eine Frau ohne Fesseln, ohne Knebel oder eine Augenbinde geliebt hatte, doch er genoss es, wie sie sich auf ihn setzte, ihn ritt, bis sich seine Muskeln unter ihr spannten. Seine Hände gaben ihr sachte einen Takt über die Hüften vor, ansonsten überließ er ihr die Führung. Kurz nachdem sie ein zweites Mal in dieser Nacht kam, entlud er seine angestaute Erregung in ihrem Schoß. Erschöpft kuschelte Erica sich an seine Brust, und bevor sie einschlief, drang ein fast tonloses schläfriges Flüstern über ihre Lippen. »Ich liebe dich, Simon DiLucca.«

Simon küsste ihr Haar und legte den Arm sanft um sie. Er blieb noch lange wach und lauschte ihren gleichmäßigen Atemzügen. Sie war wunderbar und er war stolz, dass sie ihm gehörte. Selbst er war sich oft nicht sicher, wohin die Reise sie führen würde.

Kapitel 6: Das erste Mal

Erica erwachte durch den Duft frisch aufgebrühten Kaffees und blinzelte still in die Morgensonne, die durch das Fenster der Blockhütte strahlte. Lächelnd drehte sie sich auf die Seite, zog das Laken enger um ihren nackten Körper und stützte den Kopf in ihre Hand. Zum ersten Mal hatte sie Gelegenheit, Simon eingehend und ohne sein Wissen zu betrachten. Sie beleckte sich die Lippen.

Er stand nur mit seinen engen Shorts bekleidet am befeuerten Ofen und goss heißes Wasser in einen Filter.

Erica ließ ihren Blick genüsslich an seinem Körper hinaufgleiten, über den knackigen muskulösen Po, seine schmalen Hüften. Seinen breiten Rücken schmückte ein schwarzes Flammentribal, das sich bis zu seinem Hals schlängelte und darüber hinaus. Das schulterlange Haar war nass von der Morgendusche und Tropfen perlten über seine Haut an der Wirbelsäule hinab. Simon bot ihr einen so leckeren Anblick, dass sie sich fühlte, als habe sie sich gerade erst in ihn verliebt. »Guten Morgen!«

Er drehte sich zu ihr um, zwinkerte frech und wandte sich wieder dem Kaffee zu, den er in zwei große Tassen goss. »Wie hast du geschlafen, mein Engel?«

Erica streckte sich ausgiebig und setzte sich auf. »Sehr gut.«

»Ein Schuss Milch und zwei Stück Zucker.«

Sie nahm nickend den Becher entgegen, als er sich zu ihr auf die Bettkante setzte.

»Es ist unglaublich, was du dir alles merkst.« Sanft strich sie ihm über die Wange, zog seinen Kopf am Nacken zu sich und hauchte einen zärtlichen Kuss auf seine Lippen. »Du bist wunderbar.«

Das Schmunzeln auf seinen Lippen verbreiterte sich. »Wenn du so weitermachst, fall ich gleich noch mal über dich her.«

Erneut drang ein Lachen aus ihrer Kehle und ihr Blick in seine Augen bekam einen frechen und herausfordernden Ausdruck. Statt seinen Worten Taten folgen zu lassen, setzte Simon sich mit dem Rücken an das Fußgestell des Bettes und trank seinen Kaffee. Erica ließ nicht locker, kitzelte seine neben ihr ausgestreckten Füße.

»Hey, ich warne dich.«

Sie amüsierte sich über seine Drohung und zwickte seine Zehen.

Geräuschvoll stellte Simon seinen Becher beiseite, setzte sich auf seine Unterschenkel und griff nach ihrem Kinn.

Sie wich ihm aus, doch er bekam es erneut zu fassen und hob seine rechte Augenbraue. »Du bist heute ganz schön provokant. Kann es sein, dass du um Bestrafung bettelst?«

Erica streckte ihm zur Antwort die Zunge raus, neckte ihn mit ihrem herausfordernden Blick.

Mit raschen Griffen flog ihre Kaffeetasse gegen die Hüttentür, und Simon hielt ihre Handgelenke mit einer Hand hinter ihrem Rücken fest.

Sie schlängelte sich frech in seiner spielerischen Umklammerung. »Was willst du jetzt tun?« Ihre Augen fixierten sein Gesicht und sie spürte, dass der Griff um ihre Gelenke sich verstärkte. Ein wohliges Schaudern rieselte durch ihren Körper.

Er schlang den freien Arm um ihre Taille und zog sie auf seinen Schoß. »Was glaubst du wohl?« Sein Flüstern kribbelte wie eine Gänsehaut über ihr Gesicht, seine Hand glitt von ihrer Hüfte zu ihrem Hintern, knetete, streichelte, und plötzlich knallte ein Schlag auf ihre Backe, der sie zusammenzucken ließ.

Erica keuchte, fühlte sein hartes Geschlecht an ihrer Scham. Sie wollte ihn küssen, doch er verweigerte sich ihr und drehte den Kopf weg.

»Die Belohnung hast du dir nicht verdient.«

Ihre Hüften kreisten, sie rieb sich an seinem Schoß und stöhnte auf.

Je mehr Simons Erregung zuzunehmen schien, desto fester umklammerte er ihre Handgelenke. Ein sachter Schmerz schoss durch ihren Körper, ballte sich in ihrem Unterleib und hinterließ ein seichtes drängendes Pochen.

Simon umschlang mit den Fingern ihren Hals. »Glaubst du, ich lass mich von dir verführen?« Er drückte sie von sich, ließ sie los und schubste sie in die Kissen.

Erica wollte sich aufsetzen, doch Simon presste sie auf ihren Rücken, griff ihre Hände und hielt sie über ihren Kopf zusammen. Seine Finger glitten zwischen ihre Schenkel, drangen unvermittelt in sie ein, als wolle er testen, wie erregt sie war. Erica sog scharf den Atem ein.

Er leckte über ihre Lippen, ließ sie plötzlich los, lehnte sich mit dem Rücken gegen das Fußgestell des Bettes und griff nach seiner Kaffeetasse. »Ich hab's mir anders überlegt.« Er nippte an dem heißen Getränk, betrachtete amüsiert ihren verwirrten Gesichtsausdruck.

»Was … was soll das heißen? Anders überlegt?«

Simon lachte leise und nahm einen Schluck aus seinem Becher.

Erica richtete sich im Bett auf, zitternd vor Erregung. Sie wusste nicht, wie sie sich verhalten sollte. Simon stand schweigend auf und verließ die Blockhütte. Sie schlang das Laken um ihren Körper und folgte ihm mit aufkeimender Wut. »Was zur Hölle soll das?«

Simon stand auf dem Steg und sah hinaus auf den See. Er setzte sich, stellte die Tasse neben sich auf dem Boden ab und streckte sich ausgiebig. »Wenn du zum Zug kommen willst, knie dich hin.«

Ihr Zorn verflog und sie trat näher. »Und was soll ich tun?« Ein süßes, nahezu engelsgleiches Lächeln glitt über ihr Gesicht.

Simon griff zärtlich nach ihrer Hand, zog sie näher zu sich, nahm ihr das Laken ab und breitete es vor sich aus. Erica begriff, sah sich in alle Richtungen um, als ob sie fürchtete, jemand könne sie beobachten. Mit den Händen an ihren Hüften schob er sie zwischen seine geöffneten Beine.

»Und wenn jemand …«

»Dann wird er sich in einem Gebüsch verstecken, zusehen und sich daran aufheizen.«

Eine Gänsehaut kroch über ihren Rücken. Erica kniete sich vor ihn, hob ihren Blick nervös zu ihm empor. Ihre Fingerspitzen strichen die Innenseiten seiner Schenkel entlang, doch Simon hielt ihre Hände fest. »Nicht so …«

Erica legte die Stirn in Falten.

»Du wirst deine Hände am Rücken verschränken.«

Sie tat, was er forderte, beugte sich über seinen Schoß und leckte über den Stoff seiner gespannten Shorts. Simon vergrub seine Finger in ihrem dunklen Haar, drückte ihr Gesicht näher an sein Geschlecht. Das Pochen zwischen ihren Schenkeln kehrte zurück, während sie zärtlich ihre Zähne zum Einsatz brachte. Simon bog den Kopf in den Nacken und stöhnte auf. Er zog die Shorts gerade so weit herunter, dass sein steifer Schwanz freilag und Erica ungehindert ihre Wiedergutmachung fortsetzen konnte. Ihre Zunge kreiste um die pralle Eichel, glitt an dem mit Adern durchzogenen Schaft hinab und kehrte zur Spitze zurück. Ihr Mund umschloss das pulsierende Geschlecht und sie spürte, dass Simons Ungeduld wuchs.

Sein Schoß drängte ihren Lippen entgegen, doch nun quälte sie ihn ein wenig. Nur die Eichel behielt sie in ihrem Mund, stoppte, ließ ihn weiter sanft ihre Zunge spüren und hob den Blick zu ihm empor. Seine Finger in ihrem Nacken forderten sie auf, ihn in sich aufzunehmen, doch sie hielt dagegen. Ihre Augen funkelten ihn an. Mit beiden Händen zog er ihren Kopf tiefer, eroberte ihre Mundhöhle mit der Länge seines Schwanzes und stöhnte rau und heiser auf. Simon übernahm die Kontrolle, dirigierte ihr einen langsamen Rhythmus, den sie willig aufnahm. Ihre Hände krallten sich in ihre Unterarme auf dem Rücken. Sie war versucht, ihre Finger zum Einsatz zu bringen, doch die Herausforderung, sich zu beherrschen, ließ sie wohlig erschaudern.

Die Idee geisterte in ihrem Kopf herum, ein Wanderer oder Jäger könne sie heimlich beobachten und das Pulsieren in ihrem Schoß nahm zu. Aus ihren Gedanken manifestierte sich eine Fantasie, und als sie die Augen schloss, sich dem sanften Tempo von Simons Händen an ihrem Kopf hingab, sah sie den Fremden hinter der Blockhütte stehen. Die Vorstellung bekam mehr und mehr Farbe. Sein Gesicht war undeutlich, doch Erica sah in ihrer Fantasie, wie der Zuschauer seine Hose öffnete, sein hartes Geschlecht mit der Faust umschloss und ein Stöhnen unterdrückte, während er seinen Blick nicht von ihnen abwenden konnte.

Der Mann sah zu, wie Simons Schwanz wieder und wieder zwischen ihre Lippen drang und hörte, wie das Stöhnen an Lautstärke zunahm. Das erregende Kopfkino lenkte sie nicht nur ab, sondern ließ sie spüren, wie die Feuchtigkeit zwischen ihren Schenkeln aus ihr rann. Das Pochen wurde drängender und die Versuchung, ihre Hände in ihren Schoß zu legen, sich selbst Erleichterung zu verschaffen, schlimmer. Ericas Fingernägel gruben sich schmerzhaft in ihre verschränkten Unterarme. Sie stöhnte auf.

Simon hielt ihren Kopf zwischen seinen Händen. Er schmunzelte, als könne er ahnen, was für eine Fantasie ihre Sinne beherrschte. Grob hob er ihr Gesicht am Kinn zu sich empor. »Dir mangelt es heute deutlich an Konzentration.«

Wie aus einem Traum gerissen, sah sie ihn erschrocken an. Ihr Blick huschte zu der Blockhütte und natürlich war niemand zu sehen, doch die Fantasie schwirrte weiter in ihrem Kopf herum.

Simon hob sie auf die Füße, schubste sie vor sich her, den Steg entlang zu einem der Stützbalken der Hütte. Er klang heiser, als er sie mit einem dicken Strick fesselte, einen Teil des Seiles um den Balken schlang und dort fixierte. »Das wird dir eine Lehre sein, von anderen zu träumen, während du meiner Lust dienst.« Er ließ sie allein, kehrte ins Haus zurück und schloss die Tür hinter sich.

Sie schmeckte noch deutlich seine Erregung auf ihrer Zunge, noch immer flammten Bilder der heißen Fantasie in ihren Gedanken auf, doch die Einsamkeit legte sich wie eine Bleidecke auf ihr Gemüt. »Simon?« Hatte er das Spiel beendet? War er enttäuscht, vielleicht sogar wütend? »Es tut mir leid, Simon!« Ihre Stimme klang brüchig und das schlechte Gewissen nagte an ihr. Je länger sie dastand, desto mehr fixierte sie die Hüttentür, hoffte, er würde bald zu ihr zurückkommen, doch nicht das kleinste Geräusch drang zu ihr. Minutenlang verharrte sie an dem Balken. »Bitte Simon, sei nicht böse. Es tut mir leid, ich weiß auch nicht …«

Erica schloss die Augen, legte die Stirn gegen das Holz, fluchte über sich selbst, dass sie das Spiel zerstört hatte. Sie hörte nicht, dass die Tür sich öffnete. Erst als die Dielen der Terrasse knarrten, blickte sie auf und sah Simon auf sich zukommen.

Seine Augen strahlten. Er strich ihr behutsam das Haar zur Seite, küsste ihre Wange und hauchte seinen warmen Atem auf ihre blanke Schulter. »Eins musst du mir verraten.« Seine Hand glitt an ihrem Rücken hinab, strich über ihren runden, festen Po und drängte ihre Schenkel ein kleines Stück auseinander.

»Was?« Kaum sprach sie das Wort aus, fühlte sie seine Fingerspitzen zwischen ihren Schamlippen nach ihrer Klitoris suchen. Sie schluckte.

»Du bist ein selbstbewusster Mensch im Alltag, Erica. Warum ist es so leicht, dich zu verunsichern?«

Eine so tief greifende Frage zu stellen, während seine Fingerkuppen ihre geschwollene Perle umkreisten, war schlichtweg unfair. Erica war nicht in der Lage, sich darauf zu konzentrieren oder gar zu antworten. Stattdessen drang ein Keuchen über ihre Lippen.

»Erzähl mir deinen Tagtraum.«

Die Gedanken rasten durch ihren Kopf, nicht greifbar, nicht bleiben wollend. Sie bog ihren Rücken zum Hohlkreuz, um seinem Fingerspiel in ihrem Schoß mehr Freiraum zu gewähren, sich seiner Hand entgegenzudrängen.

»Rede mit mir, Erica.« Seine Worte klangen süß und sanft, aber die Forderung war deutlich.

Erica stöhnte auf. Ihre Knie zitterten und drohten nachzugeben.

Simon stand so dicht neben ihr, dass sie seine Wärme spüren konnte. »Rede.«

Das Tau um ihre Handgelenke hielt sie aufrecht, ansonsten wäre sie zusammengesackt. »Da war ein Mann an der Holzhütte.« Ihre zittrige Stimme unterbrach ihre Erzählung immer wieder und manches Wort klang eher nach einem gierigen Stöhnen. »Er hat uns beobachtet. Zugesehen, wie du …« Sie schloss die Augen und die Bilder waren wieder präsent. »Es war ein Fremder und er hat seine Hose geöffnet, weil … oh Gott …«

Simon spielte schneller mit seinen Fingern und das Pulsieren in ihrem Geschlecht kündigte den Orgasmus an.

»Er hat sich befriedigt und konnte nicht wegsehen.« Ein lang gezogener Schrei drang aus ihrer Kehle. Simon schob zwei Finger tief in sie hinein und umschlang ihre Taille mit einem Arm.

Ihr Kopf sackte gegen seine Schulter und atemlos stammelte sie unverständliche Laute.

»Der Gedanke hat dich so abgelenkt, dass du deine Disziplin vergessen hast, richtig?«

Erica war nur zu einem Nicken imstande.

Sein Gesicht vergrub sich in ihrem Haar. »Wenn mich deine Fantasie nicht so erregen würde, müsste ich dich jetzt für deinen Ungehorsam bestrafen.« Er rieb sein hartes Geschlecht gegen ihren Po, blieb hinter ihr stehen und ergriff mit beiden Händen ihre Brüste. Mit Daumen und Zeigefinger zwickte er ihre Brustwarzen, was ihr ein weiteres Stöhnen von den Lippen lockte. Erica spürte seinen erregten Schaft zwischen ihren Pobacken.

Simon trug noch die Shorts. »Kannst du seinen Schwanz in seiner Faust zucken sehen, Erica?«

Ein spitzer Schmerz schoss durch ihre Brüste, als er fester zupackte, ihre zarten Knospen härter presste.

Sie keuchte mit zusammengebissenen Zähnen und schwieg.

»Siehst du, wie seine Hand schneller wird, während er deinen Körper gierig betrachtet?« Simon zog ihre Hüften ein Stück vom Balken weg, presste seinen Unterleib gegen ihren Hintern und rieb sich an ihr. »Was, wenn seine Geilheit überhand gewinnt und ihm die eigene Hand nicht genug ist?« Mit einer flinken Handbewegung entledigte sich Simon der Shorts. »Wenn seine Gier so gewaltig ist, dass er die Beherrschung verliert.«

Je mehr er redete, desto plastischer wurden die Bilder, die in ihren Gedanken aufkeimten. Mit einem harten Stoß drang Simon in sie ein.

Sie schrie auf, riss an ihren Fesseln, die unbarmherzig in ihre Haut schnitten.

Seine Lippen waren ihrem linken Ohr so nah, dass sie die Bewegung fühlen konnte. »Er würde dich so hart durchnehmen, dass dir Hören und Sehen vergeht.« Simon stieß schnell und hart zu. Seine Fingerspitzen gruben sich in ihre weichen Hüften, dass es nah an der Grenze zum Schmerz war.

Unweigerlich schloss Erica die Augen. Simons Hüften trafen wieder und wieder gegen ihren Po, nie zuvor hatte er sie so hart genommen und Erica genoss es ebenso wie die Bilder in ihrem Kopf.

Sein Stöhnen untermalte jeden Stoß und unterbewusst erkannte sie, dass auch Simon sich lenken ließ. Mit grobem Griff grub er eine Hand in ihr Haar, zog ihren Kopf weit in den Nacken und stieß ungehemmt und ohne Rücksicht zu, beschleunigte sein Tempo noch weiter. Dieses für sie wunderbare Gefühl, hemmungslos benutzt zu werden, war nie zuvor so deutlich gewesen. Ihre Erregung wuchs, doch kaum spürte sie das drängelnde Pochen in ihrem Inneren, explodierte Simon mit einem letzten tiefen Eindringen und entlud sich stöhnend in ihr.

Behutsam löste er die Fesseln und küsste zärtlich die geröteten wunden Handgelenke. »Es tut mir leid.«

Seine Worte überraschten und verwirrten sie. Es tat nicht einmal weh, warum entschuldigte er sich dafür?

»Ich habe eine Salbe dabei.« Fürsorglich hob er sie auf seine Arme, trug sie ins Haus und setzte sie auf dem Bett ab. In einer Tasche kramte er nach einem Tiegel, kniete sich vor sie und betrachtete die Spuren eingehend.

»Das war doch meine eigene Schuld.«

»Nein, deine Unversehrtheit ist meine Pflicht, Engelchen. So etwas darf nicht passieren.«

Nach der ersten Session im Weinkeller hatte er sie nach Malen untersucht und etwas Ähnliches angedeutet.

»Simon?«

Unendlich sanft tupfte er die Salbe auf die geröteten Stellen und hob nicht einmal seinen Blick, während er vorsichtig die Handgelenke bandagierte. »Ja?«

»Es ist nicht schlimm, im Gegenteil, ich … ich genieße diese heftigen Spiele.«

»Dir durch Schmerz Lust zu bereiten ist eine Sache, Wunden sind eine andere.« Simon klang so besorgt und liebevoll zugleich, dass es Erica mitten ins Herz traf.

Sie schüttelte seine Finger von sich, ergriff sanft sein Gesicht und küsste ihn. »Du bist ein wundervoller Mann. Aber deine Sorge ist unbegründet.«

»Es gibt Spieler, die auf solche Male abfahren, aber ich nicht, Erica.« Simon stand auf und mit fahrigen Bewegungen packte er den Tiegel zurück in seine Tasche. Irgendwie war die Stimmung gekippt.

»Dieses verdammte Seil war faserig und zu alt. Ich hätte mich besser vorbereiten sollen.«

Sie legte die Stirn in Falten und beobachtete ihn für einen Moment schweigend. Die neu geweckte Erregung war verschwunden. Erica stand auf und schlang die Arme um seine Hüfte. »Was ist passiert? Du bist plötzlich so anders.« Sie sah ihm an, dass er gern gelogen hätte, nur um sie zu beruhigen, doch er tat es nicht. »Du hast gesagt, Vertrauen wäre wichtig und ich hab verstanden, was du damit meintest. Aber vertraust du mir auch?«

Lange sah er ihr in die Augen, schien in ihrem Blick den wahren Hintergrund ihrer Frage zu erkunden. Er hauchte ihr einen Kuss auf das Haar, nachdem sie ihre Stirn gegen seine Brust lehnte. »Natürlich vertraue ich dir.«

»Du hast mich eben gefragt, warum es so leicht ist, mich zu verunsichern. Du deckst Seiten an mir auf, die ich nie zuvor geahnt hätte. Das alles ist neu, spannend und gleichzeitig beängstigend. Aber die Ungewissheit, mit der du spielst, erregt mich. Ich weiß nie, was als Nächstes kommt.« Sie hauchte einen Kuss auf seine Haut und spürte, wie ein sachtes Schaudern durch seinen Körper rieselte. »Dass Schmerz mich erregen könnte, hätte ich mir in meinen kühnsten Träumen nicht vorstellen können. Dass ich mich so von einem Mann beherrschen lassen würde … meine Mutter würde die Hände über dem Kopf zusammenschlagen, wenn sie das wüsste.« Erica spürte sein vergnügtes Schulterzucken. »Sie hat mich anders erzogen und jetzt lass ich mich von einem Mann aus Lust umerziehen.« Jetzt lachte sie mit ihm und sah zu ihm empor.«Erzähl mir, wie du dazu gekommen bist.«

Simons Gesichtsausdruck wurde hart. Sanft löste er sich aus ihrer Umarmung. Seine Hände glitten durch sein feuchtes Haar. »Ein schwieriges Thema.« Sichtlich wägte er die Worte ab, wirkte plötzlich nachdenklich. »Dein Vertrauen in mich, insbesondere was unsere Spiele betrifft, ist noch frisch, Erica. Ich will dich nicht mit einer Geschichte erschrecken, die mir selbst nach zehn Jahren noch in den Knochen steckt.«

Jetzt war ihre Neugier erst recht geweckt. »Ich dachte, du vertraust mir?«

»Das ist unfair.«

Erica schüttelte den Kopf. »Nein, das ist nicht unfair. Du bist so besorgt darum, dass ich ja keine Verletzung davontrage. Du machst dir einen Kopf darum, dass irgendwelche Male auf meinem Körper zurückbleiben könnten. Wie du schon sagtest, es gibt Doms, die so was lieben und ich denke, im Eifer des Gefechtes kann das mal passieren, auch wenn du es noch so sehr vermeiden willst.« Sie setzte sich auf die Kante des Bettes und beobachtete das Spiel seiner Mimik. »Ich habe das Gefühl, da steckt irgendwas dahinter und ich möchte die Geschichte hören. Bitte.« Sie wusste, das Vertrauen zwischen ihnen brauchte noch Zeit, nicht nur im Spiel, sondern auch für die Beziehung, die noch in den Kinderschuhen steckte.

Ihm fiel das Antworten sichtlich schwer. »Davon wissen nur wenige. Im Grunde kennt die Geschichte nur ein Mensch ganz.«

Simon ließ sich neben ihr aufs Bett sinken und blieb regungslos auf dem Rücken liegen.

Erica drehte sich auf die Seite und legte den Kopf in ihre aufgestützte Hand. »Eine Frau?«

»George!«

Warum überraschte sie diese Offenbarung? Sie ahnte schon länger, dass Simon und George mehr verband als das bloße Arbeitgeber-Arbeitnehmer-Verhältnis.

Simon verschränkte die Arme hinter seinem Kopf. »Er hat mir erst die Augen geöffnet. Ich dachte, ich bin ein Arschloch.«

Sie wollte nachfragen, doch sie spürte, dass er bereit war, zu erzählen, also behielt sie den Einwand zurück und schwieg.

»Ich war fünfundzwanzig, fertig mit dem Studium und meine Geschäfte wurden mehr und mehr zum Selbstläufer. Jede neue Idee, die ich aufgriff, war ein Erfolg und so was spricht sich rum. Plötzlich tauchten Menschen in meinem Leben auf, die unbedingt mit mir arbeiten wollten. Tja, und als die ersten Artikel in den Zeitungen über mich auftauchten, war ich ein gemachter Mann.« Er schnaufte. »Das hört sich wie Selbstbeweihräucherung an, aber es war wirklich so. Ständig klingelte mein Telefon, ständig wollten mir irgendwelche Leute ihre tollen Ideen verkaufen, unnützes Zeug andrehen und Geld durch mich verdienen. Und dann stand sie plötzlich vor meiner Tür. Blond, Anfang vierzig, hübsch und bekannt dafür, ein Drecksack im Geschäft zu sein.« Simon schmunzelte, als er Ericas Lachen vernahm. »Ohne Scherz, diese Frau hat Haare auf den Zähnen. Aber sie ist eine der erfolgreichsten Geschäftsfrauen, die ich kenne. Sie hat ihr Geld mit Männerclubs vermehrt, angenehmes Ambiente, Salons und ein Goldenes Buch, aus dem die Gentlemen sich ihre Bettgefährtinnen aussuchen können. Alles grenzwertig zur Legalität, aber im Rahmen des Gesetzes. Sie wollte, dass ich in ihr Geschäft einsteige. Ihre Ideen waren genial, aber völlig fernab von dem, was ich bisher angefasst hatte. Sie schmierte mir keinen Honig um den Bart, um mich rumzukriegen, wie es mancher Mann getan hat.« Simon drehte sich zu ihr. »Irgendwann hat sie mich zum Dinner eingeladen und ich hatte eine Ahnung, wohin das führen könnte. Ständig bestellte sie Drinks, als wolle sie mich abfüllen. Nachdem sie selbst so betrunken war, dass sie sämtliche Hemmungen verlor, fing sie an, über die Männerwelt zu schimpfen. Alles Weicheier, es gäbe keine echten Kerle mehr, und auch die Machos von heute wären eher aus dem Weichspülgang. Je später der Abend, desto peinlicher wurde das Ganze, und ich verabschiedete mich höflich und ging. Ich dachte, ich höre nie wieder von ihr. Zwei Wochen später rief sie mich im Büro an und lud mich auf eine Party ein. Ich habe keine Ahnung, was mich geritten hat, aber ich fuhr zu der Adresse. Die Party sollte in ihrem Sommerhaus stattfinden, doch als ich ankam, hab ich niemanden getroffen. Die Tür war halb geöffnet und ich dachte, da wäre was passiert. Also betrat ich das Haus und rief nach ihr. Als keine Antwort kam, schlich ich durchs Haus. Hätte ja sein können, dass ich die Einbrecher überraschen könnte.« Er schüttelte den Kopf und hing für einen Augenblick den Gedanken nach.

Erica knuffte ihn ungeduldig in die Seite. »Erzähl weiter. Was ist passiert?«

Simon seufzte auf. »Als ich das riesige Wohnzimmer betrat, dachte ich, ich sehe nicht richtig. Sie kniete auf dem harten Boden, splitternackt und so gefesselt, dass sie sich nicht befreien konnte. Der Schlüssel für die Handschellen lag auf dem Boden vor ihr und die Kette zog ihre Hände straff empor, war an der Decke durch einen Haken fixiert. Neben dem Schlüssel lag eine Reitgerte.« Seine Finger glitten durch sein Haar und erneut drang ein Seufzer aus seiner Kehle, als fiele ihm das Weiterreden schwer. »Ich war fassungslos und stand wie angewurzelt da. Sie sah mich mit einer Demut in den Augen an, dass mir fast übel wurde. Mach mit mir, was du willst, schlag mich, missbrauch mich und zeig mir, dass du ein echter Mann bist. Keiner würde die Schreie hören und niemand käme zu Hilfe. Mein Mund stand offen und ich starrte sie nur an. Dann schrie ich, sie hätte nicht mehr alle Tassen im Schrank und ob sie mich für pervers halten würde. Ich riss die Haustür auf und ging. Ich sagte ihr noch, sie solle sehen, wie sie klarkäme.«

Gebannt hörte Erica ihm zu. Er ließ sich Zeit, weiterzuerzählen und lächelte, als er ihre Ungeduld erkannte.

»Mit jedem Schritt, den ich mich vom Haus entfernte, wurde mir klar, wie abhängig sie von mir war. Der nächste Nachbar wohnte fünf Kilometer entfernt und ihre Schreie würde man nur durch Zufall hören. Mich durchfloss ein Gefühl, das ich bisher nur im Geschäft kannte – Macht. Ich drehte mich um und betrachtete das Haus, mit dem Bild von ihr in Ketten auf Knien. Den Schlüssel für die Handschellen konnte sie allein nicht erreichen, nur ich konnte sie befreien, weil ich wahrscheinlich der Einzige war, der davon wusste. Gleichzeitig flammte in mir eine Wut hoch, die ich bis dato noch nicht an mir kannte.« Simon erwiderte Ericas Blick. »Ich fühlte mich benutzt. Ich war so stinkwütend auf sie, dass ich in meinen Wagen stieg und mit einem Affenzahn davonfuhr. Der erste Weg führte mich in eine Bar und ich kippte einen Whiskey runter. Ich war wütend, aber dieses Gefühl von Macht verstärkte sich. Ich hatte Macht über sie. Ein anderer hätte Mitleid gehabt, wäre zurückgefahren, hätte sie befreit, aber mich erregte die Tatsache, dass sie hilflos angekettet auf meine Rückkehr wartete. Ich war fassungslos, dass sie mir die Erlaubnis erteilt hatte, sie zu schlagen und zu vögeln, wie es mir einfiel, auf der anderen Seite fühlte ich mich schmutzig und benutzt.«

Erica hielt den Atem an und ließ die Luft langsam entweichen.

»Aber da war noch etwas anderes, etwas, das wohl jeden Mann

reizt. Die Tatsache, dass sie im eigentlichen Leben eine knallharte und selbstbewusste Geschäftsfrau war, die sich auf den Knien rutschend angekettet hatte, um sich benutzen zu lassen. Ich saß da und hielt mich für das letzte Dreckschwein dieser Welt, weil mir dieser Gedanke gefiel und je mehr ich nachdachte, desto mehr heizte mich dieser Widerspruch in meinem Inneren auf. Die Fantasie, wie sie sich in den Fesseln wand, meinen Namen verzweifelt schrie, die hoffnungslosen Gedanken, ich könne nicht wiederkommen, das erregte mich über die Maßen.«

Eine Gänsehaut breitete sich auf Ericas Armen aus.

»Ich ließ mir Zeit. Ich wollte, dass sie zweifelt, darüber verzweifelt, ob ich zurückkommen würde. Ich wollte, dass sie leidet, nicht nur, weil ich wütend auf sie war. Diese sadistische Vorstellung, wie sie sich die Seele aus dem Leib schrie, weinte, herzzerreißend jammerte, an der Kette zerrte ... puh, was soll ich sagen. Als ich zurückfuhr, war ich so erregt, dass ich am liebsten wie ein Tier über sie hergefallen wäre.«

Allein die Vorstellung ließ Erica erregt erschaudern, aber irgendetwas in Simons Stimme kühlte ihre Hitze ab.

»Als ich das Wohnzimmer betrat, war sie völlig verschwitzt und stammelte vor sich hin. Wieder durchrieselte mich dieses Gefühl von absoluter Macht und ich hob ihr Kinn grob an und zwang sie, mir in die Augen zu sehen. Sie war so apathisch, dass nur eine Ohrfeige sie ins Hier und Jetzt zurückbrachte.« Simon atmete durch. »Ich hatte bis dato nie eine Frau geschlagen, und dass es mir gefiel, mich erregte, sie keuchen zu hören, widerte mich an. Ich schrie ihr ins Gesicht, fragte sie, ob sie nun genug hätte, doch ihre Augen funkelten bloß. Ihre Arme mussten schon taub sein, so lange, wie sie da gefesselt kniete. Fick mich, stöhnte sie mir entgegen und ich dachte, ich dreh durch. Ich war so entsetzlich wütend ...« Er stockte, drehte sich auf den Rücken und bedeckte mit den Händen sein Gesicht.

Erica ließ ihm Zeit, sie wusste, er würde weitererzählen, wenn er sich gefasst hatte. Sie spürte, dass es ihm nicht gut ging, aber sie brauchte diese Geschichte.

»Ich hab nach dieser Reitgerte gegriffen und sie fürchterlich verdroschen. Ihre Schreie, das Stöhnen, das Keuchen … Ich habe total die Fassung verloren. Schlimmer noch, ich habe meine Beherrschung verloren. Ich wollte, dass sie leidet. Ich wollte diese Schreie, dieses Weinen hören und schlug immer heftiger zu. Ich weiß nicht, wie lang ich das durchgehalten habe, ich wusste nicht mehr, was ich tat, kniete mich hinter sie und …« Er sprach leise, bedeckte sein Gesicht mit den Händen, presste die Atemluft aus seinem Mund und schnaufte. »Ich hab sie gefickt wie ein Tier, brutal, hart und ohne Rücksicht darauf, ob es ihr gefiel. Es war mir so egal, so gleichgültig. Ich vögelte mir die Wut regelrecht aus dem Leib.« Simon löste die Hände von seinem Gesicht und starrte an die Decke. »Als ich mich anzog, ihre Handschellen löste und ging, hab ich mich geschämt. Ich hab nicht einmal eine Entschuldigung über die Lippen gebracht, hab es nicht fertiggebracht, sie anzusehen und dachte, morgen stehen die Bullen vor meiner Tür.« Er lachte kalt. »Ich spielte sogar mit dem Gedanken, mich selbst anzuzeigen, ekelte mich vor mir und rannte tagelang wie ein Idiot durch die Gegend. Mehrfach hab ich ihre Nummer gewählt und aufgelegt. Ich hatte ein schlechtes Gewissen, allein was ich ihr angetan hatte. Ich konnte mich nicht mehr im Spiegel ansehen und dachte, ich wäre ein perverses mieses Schwein.«

Beruhigend strich Erica ihm über die Stirn. »Was ist dann passiert?«

Er lachte abermals auf, doch die Kälte war verschwunden. »George hat bemerkt, dass diese Verabredung nicht so gelaufen ist, wie ich dachte. Auf dem Weg vom Büro nach Hause hielt er an und fragte mich. Da ist alles aus mir rausgeplatzt und ich erzählte ihm jede Kleinigkeit. Allein die Erinnerung daran – ich hätte fast gekotzt. Statt schockiert zu sein, lachte George mich aus.« Wieder schüttelte er den Kopf. »Er lachte mich aus. Ich konnte es kaum fassen, aber er spürte, wie schlecht es mir ging, also erzählte er mir, dass er die besagte Dame wohlbehalten in einem Fetischclub getroffen hatte, und dass sie sich dort mit einem seiner Freunde vergnügte. George nickte beeindruckt, denn er hatte die tiefen Male auf ihrem Körper gesehen, die ich ihr verabreicht hatte. Und er fing an, von seiner Neigung zu erzählen. Je mehr er erzählte, desto mehr sah ich George mit anderen Augen. Ich kenne diesen Mann schon lange. Ich hätte niemals einen Gedanken daran verschwendet, dass er ein Dominus ist. Wenig später saßen wir gemeinsam in einer Bar und ich wollte mehr wissen.«

»Also hat George dich in die Szene eingeweiht?«

»Ja, aber wesentlich später nach der Geschichte. Alles, was er mir erzählt hatte, klang für mich unglaublich und so fernab von dem, was ich bisher für guten Sex hielt. Ich lehnte es kategorisch für mich ab und wollte das nie wiederholen. Fälschlicherweise dachte ich wie viele Vanillas, SM wäre respektlos, pervers und nur was für Bekloppte. Wenn man sich damit nicht auskennt und nur hier und da was aufschnappt, hält man diese Menschen als Normalo für krank. Aber viel schlimmer als meine Einstellung dazu war die Tatsache, dass ich die Bilder nicht loswurde. Die Erinnerung an sie, meine Unbeherrschtheit, die Härte, mit der ich zugeschlagen, sie benutzt hatte, weil ich total die Kontrolle verlor, das war zu viel für mich.« Simon grinste amüsiert und sah sie an. »Ich hab keinen mehr hochgekriegt und dachte, jetzt bin ich impotent.«

Sie konnte nicht anders, sie prustete los und hielt sich die Hand vor den Mund. »Tut mir leid!«

»Nein, ist schon okay, aber damals war das der absolute Supergau. Die heißesten Frauen im Bett, und ich konnte nicht, weil ich ständig daran denken musste, und kam mir immer so schäbig vor.«

Erica kuschelte sich an seine Schulter und strich mit den Fingerspitzen sanft über seine Brust. »Und wie hast du das überwunden?«

»Daran ist ein Traum schuld. Meine nächtliche Eroberung war geblieben und schlief neben mir. Als ich wach wurde, war ich so hart, dass ich sie damit weckte. Ich muss unbewusst ihre Hände festgehalten haben, aber sie wehrte sich nicht dagegen und genoss es. Danach ist mir erst bewusst geworden, dass ich von ihr geträumt hatte, in Fesseln, hilflos, wehrlos und meinem Willen ausgesetzt. Und ab da war der Knoten geplatzt. Es hat noch eine Weile gedauert, bis ich mir das eingestehen konnte, aber ich denke, das kannst du nachempfinden. Wir sind die Perversen in einer Vanillagesellschaft von Blümchensex und christlich abgesegneter Kinderzeugung.« Simon verzog ironisch die Lippen und rollte sich über sie.

»Hast du sie je wieder gesehen?«

Simon nickte, strich ihr eine Strähne aus der Stirn und küsste sie. »Sie gehört heute zu meinen engsten Freunden und du wirst sie sicherlich bald kennenlernen.«

Erica erwiderte den Kuss ungeduldig, denn in ihr keimten so viele Fragen auf. »Habt ihr jemals darüber gesprochen?«

Wieder nickte er eine Bestätigung, küsste sie erneut und spürte ihre Neugier.

»Was hat sie von dieser Nacht gehalten?«

Fast hätte er die Frage im Keim erstickt, denn der Kuss, der folgte, war so intensiv und innig, dass sie vergaß, was sie soeben gesagt hatte.

Sein Atem floss über ihre Brüste. »Sie hat nie wieder so guten Sex gehabt wie mit mir in jener Nacht.«

Sie war überrascht, nicht darüber, was er sagte, sondern wie. Da schwang keinerlei Selbstbestätigung darin, nicht ein Funken Stolz auf seine Aktion, sondern etwas anderes.

Simon hob den Kopf, hielt in seinen Zärtlichkeiten inne, als schien er zu ahnen, dass sie verwundert war. »Heute bin ich ihr zutiefst dankbar, dass sie mir ihren Körper, ihre Lust, ihren Schmerz und ihre Demut geschenkt hat. Damals hielt ich sie für verrückt, sich einem totalen Neuling auf diesem Gebiet so auszuliefern und es auszuhalten.« Simon hauchte warmen Atem auf ihre Brustwarze. »George hat mich unterwiesen und das Erste, was sich nahtlos widerlegte, war mein Gedanke, dass SM etwas mit Respektlosigkeit zu tun hat. Heute glaube ich sogar, dass der Großteil aller Dominanten, egal ob Dominus oder Domina, einen viel größeren Respekt ihren Sklaven und Subs entgegenbringen, als das in einer Normalobeziehung praktiziert wird.« Er lächelte. »Es ist ein Privileg, so verstehe ich es heute. Ein Privileg, dessen der dominante Part sich erweisen muss, es wert zu sein. Wenn du mir deine Lust in die Hände legst, die Kontrolle an mich übergibst, ist das für mich ein Geschenk, Erica. So wertvoll und so einzigartig, dass ich mich dankbar schätzen kann, derjenige zu sein, der es entgegennehmen darf.«

In seinem Blick lag so viel Wärme, Dankbarkeit und Liebe, dass ihr Herz einen Satz machte. Diese tiefen Einsichten in sein Leben, in sein Innerstes, zeugten für sie von so viel Vertrauen. Sie hatte diese Geschichte hören wollen. Sie hatte diese Geschichte gebraucht. Für sie war es der einzigartige Beweis, wie sehr er sich auf sie einließ. »Ich liebe dich, Simon DiLucca. Ich liebe dich wirklich.« Diesmal war es ihre Dankbarkeit, die eine Träne über ihre Wange schickte, die Simon zärtlich fortküsste.

Kapitel 7: Geständnisse

Mittwoch nach Feierabend traf Erica sich mit alten Freunden. Schon seit der Schulzeit war das Pflicht, nach dem Abschluss natürlich nicht mehr jede Woche, aber um die Freundschaften zu pflegen, verabredete man sich alle sechs Monate. Die ausgesuchte Bar feierte eine After-Work-Party und war brechend voll, dennoch ergatterten sie einen der wenigen Tische mit einer halbrunden Sitzbank. Nach einem kleinen Snack und einigen Drinks betrachtete Thomas seinen Schulschwarm genauer.

»Irgendetwas ist heute anders an dir, Erica. Ich kann mir nicht erklären, was es ist, doch deine Augen leuchten so. Hast du einen neuen Lover?«

Sie konnte das Grinsen nicht verbergen und weckte damit die Neugier.

Thomas beugte sich über den Tisch. »Erzähl!«

Erica atmete tief ein, wollte loslegen und über diesen einzigartigen Mister DiLucca berichten, als ein Gedanke in ihr aufkeimte. Wie viel würde sie verraten können? Wie würden die alten Freunde auf ihre geweckte Neigung reagieren? Wie tolerant waren sie? Sie presste die Lippen aufeinander.

»Erica?« Thomas' Ansprache riss sie aus ihren Bedenken und sie hob ihren Blick.

»Er ist …« Sie stockte, sah Simons Gesicht vor sich, konnte die Fesseln an ihren Handgelenken spüren, fühlte das leichte Brennen von Schlägen auf ihrer Haut und im Nu pulsierte die

Erregung zwischen ihren Schenkeln. Erica schluckte, ihr Herz pochte hinauf zu ihrem Hals.

»Er ist was?« Der alte Freund ließ nicht locker.

Erica betrachtete nacheinander die neugierigen Gesichter ihrer Freunde, die sie schon so lange kannte, und stellte fest, wie wenig sie über sie wusste. »Nett.«

Thomas lachte auf und die anderen taten es ihm gleich.

Marie knuffte ihre Schulter. »Wie nett? Willst du mich verarschen? Jetzt rück mit der Sprache raus. Was macht er, wer ist er, worauf steht er?«

Worauf steht er? Diese nebenher erwähnte Frage ließ Ericas Wangen glühen. War das etwa Scham, die sie spürte? Marie war ihre beste Freundin seit dem Sandkasten. Mit ihr hatte sie die tiefsten Geheimnisse geteilt, aber jetzt? Da war eine Mauer, unsichtbar und doch präsent.

Marie legte fragend die Stirn in Falten, betrachtete Ericas Gesicht, als würde sie darin die Wahrheit finden. Plötzlich stand sie auf, griff nach ihrer Hand und zog sie mit sich auf die Damentoilette.

»Okay, Missie.« Marie blieb vor einem der Spiegel stehen und zog ihren Lippenstift nach. »Thomas hat recht, du bist anders. Was ist los? Wer ist dieser Typ, von dem du nichts erzählen willst?«

Erica verharrte vor der Wand neben dem Schminktisch und studierte die schwarzen Kacheln auf dem Boden.

»Muss ich mir etwa Sorgen um dich machen? Behandelt er dich schlecht? Schlägt er dich? Erzähl's mir, Missie.«

Missie – so nannte Marie sie, wenn Erica nicht mit der Sprache rausrücken wollte. Plötzlich drang ein Ruck durch ihr Innerstes, zärtlich strich sie ihrer alten Freundin über den glänzend dunkelroten Bubikopf. »Das würdest du niemals akzeptieren und verstehen können.«

Schlägt er dich? Erica empfand die Sorge ihrer Freundin als rührend, doch sie ahnte nicht im Entferntesten, wie nah sie der Wahrheit kam.

Marie zog eine Schnute. »Dann erklär es mir, vorher werden wir beide nicht zurück an den Tisch kehren.«

Noch nie hatte Erica es ausgesprochen, aber wem, wenn nicht ihrer besten Freundin sollte sie so ein tief greifendes Geheimnis anvertrauen können. Der Ruck hatte etwas in ihr ausgelöst, Stolz! Stolz auf das, was sie war. Liebe, Lust und Leidenschaft, gepaart mit einer Neigung, die ihr mehr als Befriedigung eines Triebes gab.

Simon DiLucca war ihr Liebhaber, ihr Dominus und Lehrmeister. Das Lächeln hielt an. »Ich bin eine Liebessklavin!«

Maries Augen weiteten sich. Verunsicherung, Skepsis, Verwirrung spiegelte sich in Sekundenbruchteilen in ihrer Mimik wieder. Dann lachte sie, erst leise, dann schwoll es an, wurde lauter und starb, als Marie den ernsten Gesichtsausdruck erkannte. »Das ist ein Scherz, oder?«

Statt zu antworten, sah Erica ihr fest in die Augen.

Marie setzte sich. »Du!? Erica, was ist das für ein Mann, mit dem du dich da eingelassen hast?«

Abneigung war das, was sich in Maries Gedanken abspielte. Erica konnte es deutlich auf ihrem Gesicht ablesen.

Sie straffte ihre Schultern, hob ihr Kinn und erinnerte sich daran, wie zum ersten Mal eine Last von ihrer Seele abgefallen war. Jetzt spürte sie es ebenso, nachdem sie sich zu ihrer Neigung bekannt hatte. »Ich bin, was ich bin, Marie. Ich bin eine Sklavin und ich genieße es. Der Mann ist wunderbar. Er liebt mich und zeigt mir eine Welt, die du nicht verstehen kannst. Alles, was ich von dir als Freundin fordere, ist deine Toleranz. Du musst das nicht verstehen, du musst es auch nicht toll finden, aber akzeptiere es.« Erica richtete ihr Haar, strich ihr Kleid glatt und betrachtete nachdenklich ihr Spiegelbild.

Marie schwieg, als müsse sie die Ankündigung der alten Freundin erst verdauen.

»Es hat vor ihm keinen Mann gegeben, bei dem ich gekommen bin. Mir hat ständig etwas gefehlt, aber ich wusste nicht, was. Jetzt verstehe ich meine eigenen Fantasien wesentlich besser. Ich habe immer davon geträumt, von einem Mann benutzt, beherrscht und unterworfen zu werden, habe mich für diese Gedanken geschämt und dann kam Simon. Als könnte er in meine Seele blicken, hat er das in mir erkannt.« Sie drehte sich zu Marie um. »Ich liebe ihn. Nicht nur dafür, aber vielleicht gerade deswegen. Es hat mit einer Einladung und einem Spiel begonnen, aber jetzt ist da viel mehr. Sieh mich nicht an wie das siebte Weltwunder.«

Die Freundin senkte ihren Blick, schüttelte den Kopf. »Du bist an einen Perversen geraten und der hat dich einer Gehirnwäsche unterzogen. Missie, wach auf. Du willst mir doch nicht allen Ernstes weismachen, dass du darauf stehst, ausgepeitscht und ohne jeglichen Respekt missbraucht zu werden. Was hat der bloß mit dir angestellt?« Maries Hände lagen auf Ericas Schultern, eindringlich sah sie ihr in die Augen. »Erica, diese Typen sind krank! Keine Ahnung, was in deren Leben schiefgelaufen ist, vielleicht hat Mami sie absichtlich vom Wickeltisch fallen lassen, aber diese Kerle sind total irre. Die finden es geil, eine Frau zu unterdrücken, nur um ihr kaum vorhandenes Ego damit aufzupolieren. Wer weiß, vielleicht ist dieser Simon ein Frauenhasser. Die meisten von denen sind Alltagsversager, deswegen brauchen sie so einen Kick.«

»Simon ist ein erfolgreicher, souveräner und verdammt guter Geschäftsmann. Wie ich schon sagte, Marie, du wirst das nicht verstehen können. Niemand, der das nicht erlebt hat, kann es nachvollziehen.« Sie schnaubte höhnisch.

Einerseits hätte sie gern die Uhr zurückgedreht und nichts erzählt, andererseits fühlte sie sich befreit, es ausgesprochen zu haben. Sie wusste, auch die anderen Freunde würden wie Marie reagieren. Sie berührte die rechte Wange ihrer Freundin, hauchte ihr einen Kuss auf die linke. »Sei meine Freundin, Marie, aber urteile nicht über Dinge, von denen du keine Ahnung hast. Ich bin, was ich bin, und ich bin noch immer ich. Selbstbewusst, stehe auf eigenen Füßen, verdiene mein eigenes Geld und bin gut in meinem Job. Wenn du meine Offenbarung nicht akzeptieren kannst – ich bin nicht abhängig von deinem Urteil oder davon, was du oder die anderen da draußen über mich denken.« Erica verließ erhobenen Hauptes den Waschraum, kehrte zu den Freunden am Tisch zurück, um ihre Tasche zu holen. Wortlos betrachtete sie die fragenden Gesichter der Menschen, die ihr näherstehen sollten als sonst jemand.

Sie verließ die Bar, hielt ein Taxi an und fuhr zu ihrer kleinen Wohnung. Minutenlang saß sie im Halbdunkel ihres gemütlichen, geschmackvoll eingerichteten Wohnzimmers, amüsierte sich über sich selbst, die Reaktion ihrer Freundin, aber ihr schlechtes Gewissen regte sich. War sie zu barsch gewesen? Zu hart ihrer Freundin gegenüber? Sie war doch selbst vor wenigen Wochen noch unwissend gewesen. Erica versuchte sich vorzustellen, wie sie in Maries Situation reagiert hätte und das schlechte Gewissen wuchs ein Stück, doch sie war zu erleichtert über ihr Outing und auch zu wütend über die heftigen Reaktionen, um einzulenken. Sie griff nach dem Telefon.

»DiLucca!«

Erica schloss die Augen. »Hey, ich bin's!«

»Hallo Engel! Ist etwas passiert?«

»Nein, es ist alles okay. Ich musste deine Stimme hören.«

Bis in die Nacht hinein redeten sie und Erica erzählte ihm von ihrem Erlebnis mit den Freunden. Die Beschreibungen ihrer Gefühle, ihrer Gedanken sprudelten aus ihr heraus und Simon hörte schweigend zu. »Was denkst du jetzt?«

Er seufzte leise. »Würde ich nicht in Los Angeles festsitzen, stünde ich bereits vor deiner Tür, würde dich packen, fesseln und dir nach Strich und Faden das geben, wonach mir gerade der Sinn steht.«

Um ihre Lippen zuckte es und ihre Augen blitzten frech auf. Wie schade, dass Simon diese Provokation nicht sehen konnte. »Und was wäre das?«

Für einen Augenblick kehrte Stille ein.

»Ich liebe dich, Erica, und ich weiß, wie du dich fühlst. Ich kenne das, mir ist es ähnlich ergangen. Aber von dir zu hören, dass du es dir eingestehst, es aussprechen kannst und diesen Stolz in deiner Stimme zu erkennen, macht mich stolz, dankbar und ich fühle mich wie ein …« Er hielt inne.

»Sag es.« Heiser flüsterte sie ihm diesen kleinen Satz in den Hörer, erschauderte wohlig dabei.

»Ich fühle mich wie ein Gott.«

Erica schloss die Augen, genoss das Beben, das durch ihren Körper floss. In diesem Moment hätte er alles von ihr verlangen können, sie hätte sich ihm nicht verweigert. Doch sie sprach es nicht aus.

»Ich möchte dich um einen Gefallen bitten.«

Wie durch einen Schlag war sie hellwach. »Okay.«

»Ich möchte, dass du gut nachdenkst und mir einen Brief schreibst.« Die Stille knisterte in der Leitung. »Ich will, dass du mir einen Wunsch nennst, doch nicht irgendeinen. Ich will, dass du mir eine deiner heißesten, intimsten Fantasien preisgibst.«

Ihr Schlucken war deutlich hörbar. Diese Bitte wühlte Gedanken in ihr auf, die er absichtlich geweckt hatte.

»Nenn es einen Vertrauensbeweis. Ich werde dir nicht sagen, wann oder wo oder ob ich ihn dir erfüllen werde. Geh in dich und schreibe. Gib mir Details, damit ich entscheiden kann, ob ich es möglich machen kann oder nicht.«

Ein Zittern erfasste sie und plötzlich fühlte sich ihr Kopf wie leer gefegt an. »Ich weiß nicht, ob ich so was kann.«

Simon lachte rau. »Du kannst, ich habe einen Geschmack deiner Fantasie bereits bekommen. Einige deiner Neigungen haben wir bereits erkundet und nun will ich wissen, wie weit deine Gedanken reichen, die dich erregen, wenn du allein bist.«

Erika starrte ins Leere.

»In zwei Wochen bin ich aus L. A. zurück und habe für Samstag eine Einladung ins Theater. Ich würde mich freuen, wenn du mich begleitest.«

Theater! Erica konnte sich nicht daran erinnern, wann sie das letzte Mal ein Theaterstück gesehen hatte. »Gern, ja, ich liebe Theater.«

Wieder ertönte ein Lachen. »Es ist ein etwas anderes Theaterstück, als du es kennst.«

Das weckte ihre Neugier, doch Simon ließ sie im Ungewissen, ignorierte die ungeduldigen Fragen, die folgten.

»Samstag werde ich dich abholen und dann erwarte ich einen Umschlag von dir. Schlaf gut, mein Engel, und viel Vergnügen beim Schreiben.« Er wartete nicht, bis sie sich verabschiedete und das Klicken ließ Erica verstummen.

Bereits in der Nacht begann sie zu schreiben, doch jede Fantasie, die sie aus ihrem Gedächtnis kramte, klang so banal und harmlos, und egal wie sehr sie sich bemühte, die Beschreibungen genau zu halten, spürte sie keinerlei Erregung bei den Worten.

Am Morgen wachte sie zwischen zerknüllten Seiten in ihrem Kleid vom Abend auf und noch immer hielt sie den Stift in der Hand. Ihre Augen glitten über das Papier auf dem Block, lasen die Zeilen ihrer Handschrift und sie zerriss die Seite. Erica seufzte. »Das ist schwieriger, als ich dachte.«

Selbst in den Tagen im Büro drehten sich ihre Gedanken um

den Brief, den er ihr aufgetragen hatte. Wenn niemand da war, setzte sie an, kämpfte mit Formulierungen und Worten, die nur schwerlich das erzählten, was in ihrem Kopf vorging.

Abends saß sie auf dem Bett vor ihrem aufgeklappten Laptop und starrte die leere Word-Seite an. Ihre Gedanken schweiften zu Simon, seinen Händen, seinen Lippen, dem Duft seiner Haut. Er war schon so lange fort, und ihr Blick glitt zu dem Telefon. Sollte sie ihm sagen, dass sie keine Schriftstellerin war? Ihm beichten, dass sie keinen geraden Satz formulieren konnte, geschweige denn überhaupt die richtigen Worte fand? Um sich abzulenken, surfte sie im Internet, setzte ihre Recherchen über Bondage und SM fort und blieb auf einer Seite hängen, die Kurzgeschichten kostenlos anbot. Ihr Blick floss über die Zeilen, jedes Wort sickerte in ihr Unterbewusstsein, nachdem sie eine der Geschichten angeklickt hatte. Nicht die Umschreibungen klangen so faszinierend, wirkten eher platt und lieblos, aber der Inhalt dieser Story trieb ihr die Glut auf die Wangen und ein entsetzlich drängendes Pochen in den Schoß. Ein Stöhnen drang von ihren Lippen, während sie las und die Zeit stand für sie still.

Auch die nächste Geschichte zog sie in den Bann, machte sie süchtig. Erica war kaum imstande, aufzuhören, und nur die Müdigkeit und das Brennen ihrer Augen brachte sie dazu, den Laptop zu schließen. Das Pulsieren in ihrer Scham und die spitz aufgerichteten Knospen ihrer Brüste ließen sie sehnsüchtig seufzen. Sie sank auf das Bett, schloss die Augen und schickte ihre Finger zielstrebig an ihrem Körper entlang. Wie von selbst setzte sich ein Kopfkino in Gang, ein kleiner Film, der ihr bekannt war wie ein guter Freund. Ihre Hand schlüpfte unter den Bund ihrer Pyjamahose, die Fingerspitzen tasteten ohne Umweg nach der sachte zuckenden Klitoris, umkreisten, reizten, rieben sie. Sie sank tiefer in ihre Fantasie, formte Bilder vor ihrem inneren

Auge, die ihr ein Stöhnen entlockten. Sie bog ihren Rücken weit ins Hohlkreuz, je weiter sie ihr Solospiel trieb. Das Zwicken ihrer Brustwarzen schickte heiße Impulse durch ihren Bauch in ihre Scham und das gierige Reiben ihrer Fingerkuppen verlangsamte sich. Erica zögerte ihre Erlösung quälend hinaus, genoss die Fantasie. Ihr Atem beschleunigte sich, ihre Wangen glühten satt und rot, der Schweiß trat aus jeder Pore ihrer Haut und das Tempo ihrer Fingerspitzen nahm zu. Das Blut rauschte in ihren Ohren, sie stöhnte lauter, hemmungsloser. Sie spürte den nahenden Höhepunkt, und als sie kam, schrie sie Simons Namen aus voller Kehle hinaus.

Erschöpft blieb sie liegen, schnurrte, als die Orgasmuswelle abebbte und ein wohliges Nachglühen von ihr Besitz ergriff. Sie schämte sich für das Kopfkino. Die Erinnerung, wie schwer es Simon gefallen war, ihr von seiner ersten Session zu erzählen, seine Bedenken, wie sehr es sie erschrecken könnte, ihr Vertrauen vielleicht erschüttern würde. Doch das Gegenteil war geschehen, Erica vertraute ihm mehr denn je. Jetzt war es an ihr, Vertrauen zu beweisen. Sie setzte sich auf, zog den Laptop zu sich und öffnete die Word-Seite erneut.

Nie zuvor hatte sie jemandem davon erzählt. Oft hatte sie in Zeitungen Berichte über solche Fantasien gelesen, selbst Therapeuten behaupteten, dass dies abnormal sei und trotzdem, Erica schrieb einen Brief an Simon. Die Worte flossen wie von selbst in die Tastatur, während ihr Herz wie verrückt klopfte und ihre Wangen nicht aufhören wollten, wie Feuer zu brennen. Sie achtete weder auf Satzzeichen noch auf Rechtschreibung, alles, was wichtig erschien, war dieser Brief, der Inhalt, der Simon einen tiefen Einblick in ihre Seele geben würde. Unter einer passwortgeschützten Datei speicherte sie den Text, schickte das Geschriebene per Klick an den bereitstehenden Drucker in ihrem Wohnzimmer und sank zurück auf das Bett. Das monotone Geräusch des Gerätes lullte sie ein, summte sie in einen tiefen Schlaf.

Das Telefonklingeln weckte sie unsanft aus ihren Träumen. Mit geschlossenen Augen tastete sie nach dem schnurlosen Hörer, drückte eine Taste und murmelte verschlafen hinein.

»Hab ich dich geweckt, Engel?«

Sie saß sofort kerzengrade im Bett. »Simon!«

Die Geräusche am anderen Ende der Leitung ließen sie ahnen, dass er in einem Auto saß. »Ich bin vom Flughafen auf dem Weg zu meinem Haus. Denkst du an die Einladung heute Abend?«

Ungläubig suchte sie nach einem Wandkalender. War schon Samstag? Eigentlich war doch die Zeit seit dem letzten Anruf wie Kaugummi vergangen, zäh und quälend. »Ja, klar, ich hab es nicht vergessen.«

Im Hintergrund hörte sie die Stimme von George und umgehend schoss ihr Simons Erzählung durch den Kopf. Der Chauffeur und Simons Vertrauter. Ein Schmunzeln glitt über ihr Gesicht.

»Schön, dann bleibt es dabei und ich hole dich um acht ab. Ist dir das recht?«

Sie nickte, blickte auf die Funkuhr neben ihrem Bett und konnte ein sehnsüchtiges Seufzen nicht vermeiden. »Ja, ich freue mich.«

»Sei nicht so ungeduldig, Sklavin.«

Gespielt empört wollte sie etwas entgegnen, doch das Klicken in der Leitung ließ sie fassungslos den Atem anhalten. *Mistkerl!* Sie stieg aus dem Bett, betrat die Dusche und ließ das heiße Wasser über sich prasseln. In ein Handtuch gewickelt wischte sie den Spiegel vom Dunst frei. Als sie ihr Spiegelbild betrachtete, kehrten einzelne Fragmente ihres Briefes zurück. Lange stand sie da und sah sich in die Augen. Würde sie es über sich bringen,

Simon diesen Brief zu geben? Was würde er denken, was sagen, wenn er ihn gelesen hatte? Sie bezwang den Impuls, zum Drucker zu rennen und die Seiten zu zerreißen.

Seine Stimme ertönte in ihrem Kopf. … *warum ist es so leicht, dich zu verunsichern?* Das hier war keine einfache Verunsicherung, das hier fühlte sich nach Angst an. Mit diesem Text gewährte sie ihm einen Einblick in ihr Innenleben, den nie zuvor jemand – und auch niemand danach – jemals bekommen würde. Sie fühlte sich bei dem Gedanken so, als würde sie ihm gestatten, ihr intimes Tagebuch zu lesen. Nervosität kribbelte über ihre Haut, ein ängstliches Pochen ballte sich in ihrem Magen zur Faust. Sie hinterfragte, wovor sie Angst hatte.

Erica setzte sich auf den Rand der Badewanne und vergrub ihr Gesicht in den Händen. Zehn Jahre spielte Simon bereits in der SM-Szene, doch sie hatte keinen blassen Schimmer davon, was er alles erlebt hatte. Würde ihn die Geschichte erschrecken? Oder würde sie ihn eher zum Lachen bringen?

Sie stand auf, suchte für einen Moment Halt an der Wand, so sehr zitterten ihre Knie. Dann ging sie ins Wohnzimmer, strich mit den Fingerspitzen über das weiße Papier mit den schwarzen Zeilen. Wieder keimte der Drang in ihr empor, den Brief zu vernichten und Simon zu sagen, dass sie den Brief nicht schreiben konnte. Warum lügen? Warum diese Panik? Ein verwirrtes Schnaufen drang aus ihrer Kehle. Ob Simon ahnte, in welches Gefühlschaos er sie mit seiner Bitte gestürzt hatte?

Sie nickte wie zur Selbstbestätigung. Natürlich wusste er das und genau darauf spekulierte er. Sie sah ihn vor sich, wie er den Brief las, immer wieder die Augen zu ihr hob und sein Gesicht keine Regung verriet. Die Ungewissheit würde sie schier in den Wahnsinn treiben. Er würde dieses Spiel ausreizen, sie quälen und ihren Anblick genießen.

Erica faltete den Brief sorgsam, zog die Schublade auf und

steckte die Seite in einen Umschlag. Die Zeit verrann wie im Flug und das Klingeln an der Tür steigerte ihre Nervosität. Zitternd steckte sie das Kuvert in ihre Handtasche, legte den Mantel um ihre Schultern und öffnete die Tür. Ihr Blick suchte den Flur entlang, doch niemand war da. Erica atmete tief ein und aus, straffte ihren Körper und stieg die Treppen zum Ausgang hinunter.

George öffnete die hintere Tür des Mercedes und nickte ernst. Sie konnte Simon nicht entdecken und ging näher.

Bevor sie einsteigen konnte, hob George die flache Hand empor. »Sie haben etwas für Simon?«

Erica öffnete ihren Mund, Hitzewellen durchfluteten ihren Körper und ihre Wangen glühten. Sie wollte lügen, doch der Brief in ihrer Tasche schien sich durch das schwarze Leder brennen zu wollen.

Der Chauffeur stand mit geöffneter Hand neben ihr und starrte ihr regungslos in die Augen.

Sogar ihre Kopfhaut kribbelte. Mit zitternden Händen nestelte sie den Umschlag aus der Handtasche, zögernd überreichte sie ihn dem Fahrer und hätte ihn sofort wieder zurückgenommen.

George ließ das Kuvert in der Innentasche seiner Uniformjacke verschwinden.

Mit weichen Knien stieg sie in den Wagen und verlor sich in ihren Gedanken. Während der Fahrt sah sie immer wieder in den Rückspiegel, suchte nach dem Blick des Chauffeurs, als ob seine Augen ihr verraten würden, was mit diesem Brief geschah.

Als er vor dem gotischen Bau parkte und ausstieg, wäre sie am liebsten davongerannt. Nicht weil das Haus ihr so finster vorkam, sondern weil ihre eigenen Gedanken sie schier fertigmachten.

George legte sanft seine Hand in ihren Rücken und begleitete sie hinein. Die Ruhe und Gelassenheit, die er ausstrahlte, machten sie noch nervöser und zittriger als zuvor. Der Chauffeur führte sie durch die Menschenmenge zu einer Empore, von der aus die Logen des Theaters zugänglich waren. Erica nahm sich nicht die Zeit, die anderen Besucher zu betrachten, sie kam sich vor wie eine Puppe, ferngesteuert, steif und künstlich.

Simon erwartete sie und küsste ihre heiße Wange.

Ihr Blick fixierte den Vertrauten ihres Liebhabers, der keine Anstalten machte, ihm den Brief ungeöffnet und unversehrt zu überreichen. Als George sich abwandte, schrie sie auf. »Und der Brief?«

Simon legte ihr beruhigend die Hand auf den Unterarm und zwang sie, sich hinzusetzen. Ohne Worte nickte er dem Fahrer zu, der daraufhin die Loge hinter sich schloss.

»Aber …« Ihre Stimme klang heiser, brüchig und die Panik, die darin mitschwang, schien Simon mehr als zu gefallen.

Er beugte sich zu ihr herüber. »Benimm dich, setz dich gerade hin und genieß das Schauspiel.«

Wie auf Kommando wurde das Licht im Theater gedimmt, bis es komplett erlosch. Ericas Hände krallten sich in die Armlehnen und sie malte sich aus, wie George im Mercedes saß, die Fahrermütze neben sich legte, den Umschlag hervorholte und sich beim Lesen genüsslich zurücklehnte. Ihr wollte das Herz aus der Brust springen, ihre Knie wippten nervös. Immer wieder sah sie sich um, hoffte, der Chauffeur würde zurückkehren, doch ihre Verzweiflung wuchs mit jeder Minute. Die Bühnenbeleuchtung drang nur mäßig in den Balkon, doch Erica konnte das stete Schmunzeln auf Simons Gesicht erkennen. Es wirkte, als würde er sich auf die Aufführung konzentrieren, doch dieses Grinsen weckte ihre Wut. »Ich will den Brief zurück!«

Er reagierte nicht.

»Jetzt!« Sie wurde ungeduldig, klang zornig und Simons Gesichtsausdruck wurde hart.

Plötzlich stand er auf, und so schnell, wie er Ericas Handgelenke an die Armlehnen gebunden hatte, konnte sie nicht reagieren. Fassungslos starrte sie ihn an.

»Du wirst sitzen bleiben, still sein und das Stück ansehen.« Er beugte sich von hinten über ihre Schulter, knetete sanft ihren Nacken. »Und damit ich es dir leichter mache, dein Schweigen nicht zu brechen …« Simon schob ihr einen Ball zwischen die Lippen, und als er den Verschluss des Knebels hinter ihrem Kopf verschloss, wurde ihr bewusst, dass die Nachbarbalkone die Sicht auf ihre Loge nicht verbargen.

Die Theaterbesucher hätten nur ihre Köpfe zu ihnen wenden müssen, und auch wenn das Licht kaum etwas erkennen ließ, sie hätten sehen können, wie Erica dort saß. Sie zerrte wütend an den Fesseln, versuchte den Ball mit der Zunge aus ihrem Mund zu schieben, doch es gelang ihr nicht.

Jeder Protest wurde durch den Knebel erstickt und Simon richtete seine Aufmerksamkeit auf die Szene auf der Bühne.

Ein Monolog erzählte etwas von Roissy und Erika erinnerte sich dunkel, diesen Namen in Verbindung mit einem Roman gelesen zu haben. Der Titel des Buches wollte ihr jedoch nicht einfallen. Ein zartes Läuten gab die Pause bekannt und Erica atmete auf. Simon würde ihr sicher jetzt die Fesseln abnehmen, doch nichts geschah.

Er betrachtete sie im hellen Licht des Theaters, achtete nicht auf die süffisanten Blicke aus den Nachbarlogen. Seine Mimik verriet keinen seiner Gedanken und Erica sah zu Boden. »Wovor hast du Angst?«

Die soften schwarzen Manschetten um ihre Gelenke ließen ihr keinen Spielraum und der Knebelball in ihrem Mund hinderte sie daran, ihre Spucke zu schlucken.

»Glaubst du, George würde deinen Brief an mich lesen?«

Sie konnte nicht anders, das Kopfnicken kam wie ferngesteuert.

»Warum glaubst du, er würde mein Vertrauen so hintergehen?

Er ist ein enger Vertrauter, ein Freund.« Simon beugte sich zu ihr. »Du magst den Knebel nicht, nicht wahr?«

Erica schüttelte den Kopf und kämpfte mit ihren Tränen. Die Blicke aus dem Nachbarbalkon beschämten sie. Fremde Augen sahen ihrem Spiel zu, einem Spiel, das ihr nicht gefiel.

Er präsentierte sie öffentlich, gefesselt und geknebelt in einem Theater und Erica fühlte sich unwohl. Plötzlich entdeckte sie ein Halsband an einer der Damen, befestigt an einer Leine. Ericas Blick saugte sich daran fest, nur für einen Moment, dann glitten ihre Augen zum ersten Mal über die Besucher. Dominante, Sklaven! Hier eine Peitsche, da ein Knebel, hier eine Fessel, dort eine Kette. Sie wandte ihren Blick zu Simon und er schien ihren Gedanken zu erraten.

»Ich sagte bereits, das Theater ist etwas anders.«

Sie entspannte sich, doch ihre Gedanken hingen an dem Brief. Sie wagte eine Frage, die jedoch der Knebel verhinderte.

»Ich kenne George seit fünfzehn Jahren. Es sei dir versichert, er kennt all meine Geheimnisse, aber er würde niemals mein Vertrauen missbrauchen.« Simon erhob sich, löste die Manschetten von den Armlehnen, um sie mit einem kleinen Haken zu verbinden, den Knebel löste er dagegen nicht. »Ich denke, du hast genug von dem Theaterstück gesehen.« Die Ironie in seiner Stimme ließ sie aufknurren und sein folgendes Lachen zornig schmoren.

Erica ließ sich von ihm in Fesseln und geknebelt hinausführen. Überrascht spürte sie dem warmen Gefühl in ihrem Bauch nach, das durch ihren Körper strahlte und ihren Kopf hob wie von selbst. Stolz straffte sie ihre Schultern und die Wut, die eben noch so frisch in ihr tobte, verschwand. Ein Prickeln floss über ihre Haut, als sie die Blicke der Fremden auf sich ruhen sah. Beeindrucktes Kopfnicken in Simons Richtung, bewunderndes Starren einiger Sklaven, die demütig nur kurz die Augen zu ihr hoben. Verlangen ließ ihren Schoß pochen und erregte sie.

Simon führte sie zum Ausgang, die Treppe hinunter zum Mercedes. George betrachtete sie für einen Moment und nickte, bevor er die Hintertür des Wagens öffnete. Als er sich hinter das Lenkrad setzte, hielt er den Brief in der Hand und Simon nahm ihn entgegen.

Erica wartete darauf, dass die Angst zurückkehrte, doch stattdessen spürte sie eine erregende Spannung, als ihr Herr den Brief auseinanderfaltete, seine Augen über das Papier gleiten ließ, während der Wagen über die Straßen fuhr. Ohne eine Gefühlsregung zu verraten, steckte Simon die Seiten in sein Jackett.

Die Stille im Wageninnern war unerträglich, doch sie hatte aufgegeben, gegen den Knebel sprechen zu wollen. Überrascht zuckte sie zusammen, als seine Hand unter ihr Kleid glitt, zärtlich ihre Schenkel öffnete und ihre Scham streichelte.

Simon wirkte so gedankenverloren, als hätten sich seine Fingerspitzen verselbstständigt.

Ein Keuchen presste sich zwischen Knebel und Lippen aus ihrem Mund. Willig spreizte sie ihre Beine für ihn, drängte ihren Unterleib seiner Hand entgegen und sank mit dem Rücken gegen die Lehne. Der Ball zwischen ihren Zähnen dämpfte ihr Stöhnen.

Das Spiel seiner Fingerkuppen in ihrem Schoß endete abrupt. Aus der Seitentürablage zog Simon eine schwarze Maske, ließ sie durch seine Finger gleiten. »Das Spiel wird dir gefallen und mir einiges über dich verraten.« Er legte ihr den weichen, blickdichten Stoff über die Augen und fixierte ihn an ihrem Hinterkopf.

Was hatte er vor? Erica fühlte am Vibrieren unter ihrem Hintern, dass der Wagen weiterfuhr.

Simon schob den Rockteil ihres eng anliegenden Kleides ein Stück empor, entblößte ihre Schenkel, legte den Blick auf ihre Unterwäsche frei. Hauchdünne, schwarze Spitze bedeckte ihre Scham.

Erica spürte den heißen Atem auf ihrer Haut.

»Dein Brief ist sehr intim, aufrichtig und voller Details.« Seine Worte brannten auf ihrer Schulter. »Es hat dich verrückt gemacht, nicht zu wissen, was ich über dich denken könnte, nicht wahr?«

Das Pulsieren zwischen ihren Schamlippen verstärkte sich. Ihr schlug das Herz bis hinauf zum Hals, als sie zögerlich nickte.

»Hat es dir Angst gemacht, ich könnte mich von dir abwenden?«

Wieder nickte sie und keuchte.

»Es gibt viele Frauen, die davon träumen, doch es niemals real erleben möchten. Die Fantasie, mein Engel, ist grenzenlos.«

Sein Mund war ihrem Ohr so nah, dass sie zitterte vor Geilheit, seine Worte flossen in sie hinein, als würde er einen Kelch mit süßem Honig füllen. »Ich danke dir für deine Offenheit, deine Ehrlichkeit und dein Vertrauen.« Seine Lippen senkten sich auf ihre Wange. »Es wird mir ein Vergnügen sein, deine Fantasie in einem Spiel real werden zu lassen.«

Eine Gänsehaut breitete sich auf ihrem Körper aus, ihre Brustwarzen versteiften sich und das Zucken in ihrem Schoß quälte sie mehr denn je. Der Mercedes hielt und der Chauffeur schaltete den Motor aus. Erica hörte die Wagentür sich öffnen und wieder schließen.

»Aber wann, wo und wie wird mein Geheimnis bleiben.«

Ein Stöhnen drang aus ihrer Kehle und wilde Bilder schossen durch ihre Gedanken. Die Fantasie war wieder da, schürte ihre Sehnsucht, ließ den Schweiß auf ihre Stirn treten. Die Möglichkeit, Simon würde den Brief als Vorlage für ein Spiel verwenden, ließ sie schaudern.

Er zog ihre Beine auf seinen Schoß. Ein Brummen riss sie aus ihrem Tagtraum und ließ sie zusammenfahren.

Sanftes Vibrieren streichelte die Innenseiten ihrer Schenkel.

Keine Sextoys! Der Einwand blieb ihr im Hals stecken. Der Vibrator glitt höher, berührte die feine Spitze ihres Höschens und Erica bog ihren Rücken zum Hohlkreuz. Das Stöhnen konnte sie sich nicht verkneifen, zu sehr erregte sie das brummende Stück Plastik in Simons Hand. Kreisend bewegte er die Spitze über ihre Schamlippen, strich höher den Spalt entlang, bis das Vibrieren ihre prall geschwollene Perle fand. Ericas Atem überschlug sich, ihr Körper bäumte sich auf und der Höhepunkt schüttelte sie durch. Zuckungen krampften durch ihren Körper wie elektrische Schläge und der Schrei, mit dem sie kam, presste den Knebelball zwischen ihre Zähne. Zitternd lag sie da, rang nach Atem und hörte, wie das Brummen verstummte. Ihr Gesicht glühte vor Hitze, Schweißperlen rannen an ihrer Stirn hinab.

Behutsam zog Simon ihr das Spitzenhöschen aus, brachte sie mühelos dazu, sich auf den Rücksitz zu knien und die gefesselten Hände auf die Ablage zu legen. Ihr Kopf lehnte an dem weichen Leder.

Simon streichelte ihren Po. »Wenn du wüsstest, was mir gerade durch den Kopf geht.«

Dieser Unterton in seiner Stimme schickte Impulse in ihren Verstand. Neue Möglichkeiten manifestierten sich in ihren Gedanken. Als wolle er den Bildern Nahrung geben, glitten seine Finger zwischen ihre Hinterbacken und rieben über ihren Anus. Sie stockte, hielt den Atem an und biss auf den Ball.

Eine Fingerspitze umkreiste ihren After und Ericas Fantasie überschlug sich aufs Neue. Abneigung, Gegenwehr und pure Erregung wechselten sich in ihr ab. Die Fingerkuppe presste gegen den Eingang und Ericas Körper verkrampfte. Laute krochen aus ihrer Kehle und Simon schien die Bedeutung zu erahnen.

Sein Fingerspiel stoppte. Er kniete neben ihr, strich eine Strähne hinter ihr Ohr und berührte sanft ihre Wange. »Warum so verkrampft? Ich durfte zusehen, wie sich Finger in dich bohrten und du vor Lust vergangen bist.« Seine Hand strich über ihre Schulter. »Mir willst du diesen Zugang verwehren?«

Erica nickte und schüttelte sofort den Kopf. Unschlüssigkeit zerriss sie innerlich. Das Spiel der Fingerspitze hatte sie erregt, der Gedanke daran machte sie verrückt, doch gleichzeitig schreckte sie vor dieser Erfahrung zurück, insbesondere wie weit sie gehen würde.

Er küsste zärtlich ihre Schulter. »Wir haben alle Zeit der Welt. Ich wage zu bezweifeln, dass dies ein Tabu bleiben wird, aber ich werde es vorerst als eine Grenze akzeptieren.« Simon zog sie zurück auf den Sitz, legte seine Arme beschützend um sie und Erica seufzte erleichtert. »Ich werde dich nicht zwingen, aber ich weiß, du wirst mich irgendwann darum bitten.«

Die Sicherheit seiner Worte, wie überzeugt er davon war, was er sagte, warf Fragen auf, die sie nicht aussprechen konnte.

Die Wagentür öffnete sich und George startete den Wagen. Simon dachte nicht daran, ihre Fesseln zu lösen, ihre Maske abzunehmen oder den Knebel zu entfernen. Erica konnte nur vermuten, dass sie zu Simons Haus fuhren. Er half ihr auszusteigen, als sie angekommen waren, hob sie auf seine Arme und trug sie hinein. Erica kannte nur die Wohnung im Restaurant, sein Haus am Stadtrand hatte sie bis dato noch nicht betreten.

Als er sie auf ihre Füße stellte und ihr die Maske abnahm, blendete das Licht ihre Augen. Es dauerte eine Weile, bis sie erkannte, dass sie mitten in einem riesigen Marmorbad stand. Er öffnete den Knebel am Hinterkopf und erst jetzt spürte Erica, wie unangenehm sich ihr Kiefer anfühlte.

Simon brachte sie zum Schweigen, als er erkannte, dass sie sprechen wollte. Seine Fingerspitzen lagen auf ihren Lippen und sein Blick in ihre Augen wirkte ernst. »Du wirst ruhig sein.« Die Manschetten beließ er, wie sie waren und verließ das Bad, schloss die Tür hinter sich.

Erica sah sich um. Grauer italienischer Marmor so weit das Auge reichte. Eine ebenerdige Dusche, so groß, dass eine ganze Gruppe Menschen darunter Platz finden würde. Eine kleine Treppe führte zu einer großen Badewanne mit Whirlpoolfunktion. Säulen aus weißem Marmor trugen schwere Farne, die einzigen farbigen Tupfer in diesem Raum. Ihr Blick glitt zu den Fesseln und ihr war bewusst, das Spiel war noch nicht vorbei. Es war umständlich, sich frisch zu machen mit diesen Manschetten, doch es gelang ihr.

Sie schlüpfte aus dem Bad, sah sich suchend um und die angelehnte Tür gegenüber lud sie ein. Mit klopfendem Herzen betrat sie das Kaminzimmer. Das Feuer wärmte sie und tauchte den Raum in ein wohliges gemütliches Licht.

Simon stand an der Anrichte, goss Rotwein in dickbäuchige Gläser und hielt ihr eins entgegen. »Ich hoffe, du wirst dich hier wohlfühlen.«

Erica nahm den Wein entgegen und trank ihn gierig. Das Kaminzimmer war spärlich eingerichtet, strahlte jedoch eine Gemütlichkeit aus, die Stil besaß. Ein kleiner Glastisch stand zwischen zwei hohen Ohrensesseln, darunter bis zum Kamin lag ein flauschiger Teppich und die Wände waren mit Rohsteinen versehen, wie in einem alten Bruchsteinhaus. Auf einer Anrichte stand die Karaffe mit Rotwein.

Simons Jackett lag über der Rückenlehne eines Sessels, die Ärmel seines weißen Hemdes waren emporgekrempelt und er setzte sich. Ein Gong ertönte und kündigte einen Gast an, der kurz darauf den Raum betrat.

Ericas Augen weiteten sich und eine Gänsehaut kroch ihre Wirbelsäule hinab.

Master Stuart nickte mit kaltem Gesichtsausdruck zu Simon und schenkte ihr ein süffisantes Lächeln, das sie zurückweichen ließ.

Erica suchte Simons Blick, ihre Lippen bebten, aber kein Wort drang aus ihrem Mund.

Master Stuart trug sein schwarzes Haar streng zu einem Zopf am Hinterkopf zusammengebunden. Es glänzte vor Gel und der Kinnbart war sorgfältig gestutzt. Seine Hände steckten, wie damals im Fetischclub von Lady Sevilla, in schwarzen Lederhandschuhen, und der Koffer, den er bei sich trug, ließ Erica ahnen, was hier geschah. Sie wich einen Schritt zurück und schluckte.

»Sie hegt seit eurer ersten Begegnung eine besondere Abneigung gegen dich. Aber der Gedanke, den du in sie gepflanzt hast, erregt sie.«

Fassungslos hörte Erica Simons Worten zu und keuchte heiser. Wie konnte er das tun? Wie konnte er diesem Mann davon erzählen? Empörung breitete sich in ihr aus. »Das ist …« Sofort verstummte sie, als Simon den Knebel mit einem Finger hob und baumeln ließ.

»Ich sagte dir, du sollst schweigen.«

Ihre Knie waren weich und sie suchte mit dem Rücken Halt an der Wand. Simon wandte sich seinem Gast zu.

Master Stuarts Grinsen wurde breiter. »Das freut mich zu hören, mein Freund. Es wird mir ein Genuss sein, daran anzuknüpfen.«

Erica presste sich enger an die Wand und ballte die gefesselten Hände zu Fäusten. »Du hast gesagt …« Sie stockte, starrte den Knebelball an und schnaufte. »Du hast gesagt, du würdest mich mit keinem anderen Mann teilen.«

Simon erwiderte amüsiert ihren Blick.

»Du hast es versprochen!« Der Nachsatz kam, ohne dass sie ihn zurückhalten konnte. Hatte er das versprochen?

»Hab ich das?« Er betrachte sie eingehend und nickte, als sie den Kopf von einer Seite zur anderen drehte.

Geräuschvoll stellte Master Stuart seinen Koffer ab und lachte leise, als der Schreck sie zusammenzucken ließ. Sein Blick glitt an ihrem Körper entlang. »Oh ja, es wird mir Vergnügen bereiten.«

Als er näher auf sie zukam, atmete Erica flach, presste sich hart gegen den Stein und unterdrückte ein Schluchzen.

Im Vorbeigehen nahm Master Stuart die Augenbinde entgegen und blieb vor ihr stehen. »Mache ich dir Angst?« Seine raue Stimme zerrte an ihren Nerven und ließ sie zittern.

Sie schüttelte tapfer den Kopf und verriet sich durch das Glühen ihrer Wangen. Ein wohliges Raunen drang zu ihrem Ohr, als sie ihr Gesicht von ihm abwandte.

»Wirst du dich wehren? Ich hoffe doch, dass es so sein wird, kleines Luder. Es gibt für mich nichts Geileres als eine kleine Wildkatze, die mich herausfordert.«

Warum trieb ihre Abneigung gleichzeitig einen heißen Schuss Lava in ihren Unterleib? Wieso erregte sie ihre Furcht vor diesem Mann so? Sie schickte ein Stoßgebet zum Himmel und schloss die Augen.

»Erica?« Sie wandte ihren Kopf zu Simon, der sich erhob und einen Schritt auf sie zukam. Ihr Herr berührte ihre Wange, sie legte seufzend ihr Gesicht in seine Handfläche.

Simon hob schwarze Lederhandschuhe in ihr Blickfeld, die er sich sehr langsam überzog. »Heute wirst du zwei Herren dienen.«

Die Gegenwehr schien mit dem Zittern aus ihrem Körper zu fließen. Erica nickte.

»Dreh dich um!« Der Befehl von Master Stuart fuhr ihr durch Mark und Bein, doch statt sich dem zu verweigern, wandte sie dem Master den Rücken zu und ließ es zu, dass er die Handgelenksmanschetten miteinander verhakte. Master Stuart berührte sie nicht, nur sein Atem streichelte ihren Hals. »Du wirst wie Wachs in meinen Händen sein und alles tun, was man von dir verlangt.«

Erica dachte an die Lederpeitsche, erinnerte sich an das raue Kratzen des Knaufs an ihren Schamlippen und verbiss sich ein heiseres Stöhnen auf der Unterlippe. Ihr wurde heiß und kalt bei dem Gedanken, was nun folgen würde.

Kapitel 8: Das Spiel zu dritt

Sie stand zwischen den beiden Männern und ihr Herz klopfte bis zu ihrem Hals. Die Holzscheite im Kamin knackten und Erica hatte das Gefühl, die Temperatur im Kaminzimmer hätte sich um einige Grad erhöht. Der Schweiß quoll aus jeder Pore ihrer Haut und das Zittern ihres Körpers nahm zu.

Simon trat einen Schritt zurück, verschränkte seine Arme vor der breiten Brust und betrachtete ihre Unsicherheit mit amüsierter Mimik. Es war offensichtlich, dass ihm die Situation gefiel, in der Erica sich befand, nicht wissend, was geschehen, wie sich das Spiel entwickeln würde.

Master Stuarts Atem strich über ihre rechte Schulter und seine Lippen waren an ihrem Ohr. Ein Schaudern rieselte durch Erica hindurch.

»Du wirst lernen, welche Haltung eine Sklavin ihrem Herrn gegenüber einnimmt. Demut, Zugänglichkeit und Verfügbarkeit.« Er blieb neben ihr stehen, hob sein Kinn und faltete die lederbedeckten Finger ineinander. »Knie dich hin.« Master Stuart ging in die Hocke, als Erica sich auf ihre Knie niederließ und ihren Blick stetig auf Simon gerichtet hielt. »Der Blick ist gesenkt!«, maßregelte der Master sie und automatisch fixierte sie einen Punkt am Boden, konzentrierte sich auf den flauschigen Teppich unter ihr. »Die Knie sind leicht gespreizt!«

Erica öffnete zögerlich ihre Schenkel.

»Der Rücken ist durchgedrückt, die Schultern nach hinten.«

Sie straffte ihren Oberkörper, ihre Atmung beschleunigte sich.

»Die Sklavin spricht nur dann, wenn ihr Herr das Wort direkt an sie wendet. Ansonsten ist sie schweigsam.« Er hockte neben ihr und ließ den Blick über ihre Haltung gleiten. »Hast du das verstanden?«

Erica nickte, doch Master Stuart erwartete mehr. »Ich höre?«

»Ja!« Es floss laut und deutlich über ihre Lippen, besaß einen hektischen Unterton, den Erica gern unterdrückt hätte.

Master Stuart schien nicht zufrieden und sah zu Simon hinauf. »Hat man dich nicht gelehrt, wie du einem Herrn respektvoll begegnest?«

»Doch …« Sie schluckte, sammelte ihre Gedanken und seufzte. »Ja, Herr.« Sie sprach die Worte deutlich aus und diesmal wirkte der Master zufrieden, erhob sich und wandte sich hinter ihrem Rücken seinem Koffer zu.

»Du wirst lernen, dich zu bedanken für jegliche Aufmerksamkeit, die dir zuteilwird.«

Erica hörte das Klicken der Schnappverschlüsse, lauschte aufmerksam, wie Master Stuart darin kramte, bis er fand, was er suchte. »Besitzt du ein Halsband?«

Für einen Moment wagte sich Erica, ihre Augen auf Simons Gesicht zu richten. Sie erkannte an seinen Mundwinkeln die Andeutung eines Lächelns. Als er jedoch ihren Blick erwiderte, sah sie sofort wieder zu Boden. »Ja, Herr.«

»Wo ist es?«

Verdammt! Es liegt zu Hause in der Kommode, doch Simon hat nicht gesagt, dass … »Ich habe es vergessen, Herr.« Sie spürte Master Stuart in ihrer Nähe, wie er dicht hinter ihr stand.

»Vergessen?«

Erica nickte.

»Nun, eine Sklavin hat in meiner Gegenwart stets ein Halsband zu tragen. Es ist der Schmuck, der deinen Hals und deine Handgelenke zieren muss, um deine Verfügbarkeit zu repräsentieren.« Er ging um sie herum. Das schwarze Hosenbein aus Leder schmiegte sich an ihren Körper. »Für deine Vergesslichkeit werde ich dich bestrafen.«

Erica konnte den Drang zu widersprechen nicht unterdrücken. »Aber …« Noch dazu hob sie ihren Blick zu Master Stuart und traf auf eisige Kälte in seinem Gesichtsausdruck.

»Auch das werde ich bei deiner Züchtigung berücksichtigen. Widerspruch ist einer Sklavin nicht gestattet.« Er ging in die Hocke und seine Stimme senkte sich zu einem heiseren Flüstern, während der lederüberzogene Griff einer zusammengerollten Peitsche sich unter ihr Kinn schob. »Du hast nicht das Recht, einen Herrn direkt anzusehen, es sei denn, er möchte die Furcht, dein Leid oder deine Unsicherheit in deinen Augen erkennen.«

Mit Druck des Griffs hob Master Stuart ihr Kinn an, doch Erica hatte verstanden, hielt die Augen zu Boden gerichtet und kämpfte gegen die hektische Schnappatmung, die sich in ihrer Brust breitmachen wollte. Neben ihr rollte sich die Peitsche aus. Sie hielt den Atem an, erinnerte sich an die verschiedenen Arten von Schmerz, die sie bereits kennengelernt hatte.

Es handelte sich um die Kurzform einer Kutscherpeitsche.

Der breite, versteifte Schaft lag gut in Master Stuarts Hand, der Länge nach verdünnte sich das geflochtene Leder und an der Spitze teilte sich das Geflecht wie ein kleiner Pinsel. »Aufstehen und ausziehen!«

Simon half ihr auf die Füße, öffnete die feinen Haken ihrer Manschetten. Mit zitternden Händen entledigte Erica sich ihrer Kleidung, hielt bei der Unterwäsche inne. Scham stieg ihr ins Gesicht, färbte ihre Wangen rot und trieb Schweiß auf ihre Haut.

Der Master hatte sie bereits im Club völlig entblößt gesehen, doch hier in diesen intimen Räumlichkeiten wirkte es anders auf Erica.

»Hast du ein Problem?« Es war Simons Stimme, die sie aus ihren Gedanken holte. Sie verneinte, hakte den BH an ihrem Rücken auf und ließ ihn zu Boden fallen, zog sich das Spitzenhöschen aus und bedeckte mit ihren Händen den Schoß.

Simon nickte, sie konnte es im Augenwinkel erkennen. Er griff von hinten ihre Handgelenke. Nur halbherzig widerstrebte sie seinem Willen, die Hände wieder fixieren zu lassen. Erica spürte, wie ein zärtlicher Kuss ihre Schulter berührte und sie gab nach.

Simon verhakte die Manschetten vor ihrem Körper und trat von ihr zurück. Das Feuer im Kamin erhitzte ihr Gesicht, die Vorderseite ihres Körpers, und doch kroch eine Gänsehaut über sie hinweg.

»Knie dich hin, streck deine Hände nach vorn und leg deine Wange zum Kamin gerichtet auf den Boden.« Master Stuart sprach so leise, dass jedes Wort wie eine sanfte Drohung wirkte.

Erica ging in die Knie und nahm die Haltung an, die der Master ihr angewiesen hatte. Die Peitsche surrte fast ohrenbetäubend durch die Luft und schnalzte laut. Sie verkrampfte, erwartete den Hieb, war gefasst auf eine ihr unbekannte Art von Schmerz, doch nichts geschah.

»Dein Schmerz, dein Leiden ist die Erregung deines Herrn, sei dankbar und ertrage es.«

Wie ein Blitz folgte der erste Schlag und traf die linke Backe ihres Hinterns. Kurz, präzise und schmerzhaft leckte die Spitze der Peitsche über die Haut und entlockte Erica einen Schrei, der ihren Oberkörper emporriss.

Master Stuart hielt inne, wartete ab und ließ ihr Zeit, sich an die unbekannten Leiden zu gewöhnen. Der Peitschenbiss hinterließ ein leichtes Brennen punktgenau da, wo der Hieb getroffen hatte. Erica schluckte das emporsteigende Wimmern herunter.

»Ich warte!«

Die Worte schossen wie Pfeile durch den Raum, abermals hob Erica ihren Blick zu Master Stuart, der daraufhin seine dunklen Augenbrauen hob.

Trotz des nur kurzen Blickes fiel ihr zum ersten Mal auf, dass eine dünne Narbe über seinem rechten Auge bis zu seiner Wange verlief.

»Du bist sehr mutig.«

Sie hätte sich am liebsten für den Ungehorsam geohrfeigt und schloss die Augen. Erica wusste, dafür würde er sie züchtigen.

»Ich warte.«

Die Ungeduld wurde deutlicher und Erica nahm die Grundhaltung ein, die er zu Beginn verlangt hatte. Der weiche Flor des Teppichs wirkte wie eine zärtliche, tröstende Berührung an ihrer Wange.

Der Master holte aus und Erica presste die Lippen aufeinander. Der Schmerz auf der Pobacke trieb ihr die Luft aus den Lungen und sie vergrub die Wange in den Teppich. Master Stuart trat näher an sie heran und die Peitschenspitze berührte ihren Rücken, streichelte sanft über ihre Haut. Die kurze Distanz verdoppelte den folgenden Hieb, machte den Schmerz schier unerträglich, als das Leder in ihren Rücken biss.

Wieder riss der qualvolle Schrei ihren Oberkörper empor und Tränen sammelten sich unter ihren Lidern. Erica stammelte, kein verständliches Wort wollte über ihre Lippen kommen. Sie sah Simons Kopfschütteln, erkannte, wie er sich neben sie kniete und mit einem barschen Griff in ihren Nacken ihr Gesicht zu Boden drückte. Erica jammerte, als das Leder zwischen ihre Schenkel glitt und das Geflecht ihre Scham berührte.

»Sieh an, sieh an. Ihr Wimmern ist laut. Man könnte fast glauben, sie ist nicht leidensfähig, aber wenn ich den Glanz auf ihren Schamlippen sehe, spricht das eine andere Sprache.«

Ericas Wangen glühten im Wechselbad zwischen Qual, Scham

und aufkeimender Erregung. Jedes Wort, jeder Schmerz, die Tatsache, dass zwei Männer gleichzeitig sie dominierten, hinterließ ein Pulsieren in ihrem Unterleib, das sie nicht zu kontrollieren vermochte.

Der nach oben gestreckte Po lud den Master ein, sein Spiel weiterzutreiben. Die Peitsche glitt zwischen den brennenden Backen sachte auf und ab, berührte ihren Anus und entlockte ihr ein zögerliches, halb verschlucktes Stöhnen.

Die Haltung, in der Simon sie fixierte, die Worte des Masters, seine Handlung, all das wirkte erniedrigend, doch Erica erkannte, dass es ihre Lust schürte. Das Gefühl, ausgeliefert zu sein, die Möglichkeit, dass die beiden alles, wirklich alles mit ihr und ihrem Körper anstellen konnten, setzte eine Erkenntnis in ihr frei, die ihre Seele ein Stück mehr befreite. Es war ihr freier Wille, die Kontrolle abzugeben, nicht zu wissen, was mit ihr geschehen würde.

Erica schloss die Augen, entspannte ihre Muskeln und mit einem Schnurren bewegte sie ihre Hüften, spürte das dünne Leder zwischen ihren Schenkeln. Zufriedenheit zuckte um ihre Lippen und sie spürte, dass Simon seinen Griff in ihrem Nacken löste.

Ihre Wange lag auf dem Boden und er streichelte ihr Haar.

»Du beginnst es zu genießen, mein Engel.«

Sie antwortete nicht, ließ sich treiben. Selbst als in kurzen Schwüngen die Lederspitze ihren Rücken mit Bissen bedeckte, rekelte sie sich, ließ den süßen Schmerz zu, hieß ihn willkommen und stöhnte darunter. Erica erkannte ihre Bestimmung, jedes Wort von Master Stuart zu Beginn sickerte wie eine Erkenntnis in ihren Verstand. Kein Mann hatte sie jemals beherrschen können, kein Liebhaber ihre Demut gefordert und darin die herrliche Erregung ihres Körpers geschürt. Sie hatte das Gefühl, zu schweben. Jeder Hieb, der sie traf, hob sie höher hinaus.

Die Pein auf ihrer Haut verwandelte sich in flüssige Glut, die durch ihren Körper kroch, sie innerlich verbrannte und wie ein einzelner Pulsschlag in ihrer Scham verweilte. Erica spürte die Feuchtigkeit ihrer Lust an den Innenseiten ihrer Schenkel. Jeder Schrei, dem das Lecken der Peitsche auf ihrer Haut folgte, erregte ihren Herrn, ihren Meister, ihren Gönner und nicht nur ihn. Für einen Moment öffnete Erica die Augen, suchte den Anblick von Simons Schoß und erkannte, was das Spiel anrichtete. Abermals glitt ein süßes Lächeln über ihr Gesicht und Master Stuart hielt inne.

»Sie scheint zu begreifen.«

Die Spannung ihrer Muskeln ließ nach, als die Hiebe ausblieben. Das Feuer auf ihrer gezüchtigten Haut hinterließ ein Prickeln, schlimmer als die Hiebe einer Gerte.

Als Simon mit hauchzarten Strichen der Fingerspitzen darüberfuhr, wimmerte sie. »Er ist ein Meister an der Peitsche und hinterlässt niemals längere Spuren. Die Rötung deiner Haut wird abklingen, aber die Male werden dich für diese Nacht besonders schmücken.« Simons Flüstern ließ sie seufzen.

Ihr Blick war verschleiert, das Hochgefühl, in dem sie sich befand, wollte nicht nachlassen. Er griff nach ihren Schultern, dirigierte sie, ihren Oberkörper aufzurichten und blieb vor ihr stehen. Seine Fingerkuppen berührten ihren bebenden Mund. Sie beobachtete, wie er seine Hose öffnete, registrierte, was folgen würde und befeuchtete ihre Lippen.

Entfernt nahm sie wahr, dass der Master zu seinem Koffer hinübergegangen war und die Peitsche abgelegt hatte.

Simon rieb seinen steifen Schwanz in der Faust dicht vor ihrem Gesicht, berührte wie absichtlich immer wieder mit der Eichel ihren geschlossenen Mund und stöhnte auf.

Hart griff er in ihr Haar, zog ihren Kopf dicht an seinen Schoß. »Zunge!«

Auf Kommando leckte Erica seinen dicken, mit Adern durchzogenen Schaft entlang und lauschte dem Knurren aus seiner Kehle. Plötzlich schob sich seine Schwanzspitze so tief in ihre Mundhöhle, dass sie würgte und erstickt jammerte.

Er stieß bis zum Grund ihrer Kehle und keuchte.

Erica presste die Lippen um das harte Fleisch, versuchte ihren Kopf ein wenig nach hinten zu nehmen, doch Simon blieb unerbittlich, entzog sich ihrem Mund und stieß erneut zu, diesmal nicht so tief und Erica entspannte sich. Der Würgereiz ließ nach und sie gab dem Tempo, mit dem Simon ihre Lippen eroberte, nach. Sie schloss die Augen, riss sie jedoch wieder auf, als sie spürte, wie ein nicht nachlassender dumpfer Schmerz an ihren Brustwarzen klang.

Für wenige Augenblicke hatte sie Master Stuart vergessen, doch er kniete neben ihr. Erica spürte kalten Stahl auf ihren Brustspitzen, fühlte, wie etwas sie unangenehm zusammenpresste und eine heiße Welle durch ihren Körper zwischen ihre Schenkel schickte. Sie konnte nicht sehen, was es war, aber das stete Pochen einer neuen Schmerzart ließ sie erstickt aufstöhnen. Sie hob ihre gefesselten Hände empor, streifte eine feingliedrige Kette, und als ihre Handrücken die beiden Klammern auf ihren zarten Knospen fühlten, erkannte sie, worum es sich handelte.

Master Stuart zupfte sanft an der Kette, die die beiden Klammern miteinander verband und entlockte Erica ein gepeinigtes Wimmern.

Ein letztes Mal stieß Simon tief in ihren Mund, stöhnte auf und entlud sich auf ihrer Zunge. Sie spürte das sachte Zucken seines Höhepunktes an seinem Schaft, schmeckte die Lust und schluckte so gierig, dass sie zu husten begann.

Erica schnappte nach Luft, als Simon von ihr ließ und seine Kleidung richtete. Mit langsamen Schritten umkreiste er sie, blieb hinter ihr stehen und der seichte Luftzug ließ sie erschaudern. Hinter ihr kniend zog er sie rückwärts, überstreckte ihren Körper und bettete ihren Kopf auf seinen Oberschenkeln. Sie war versucht, ihre Unterschenkel nach vorn auszustrecken, doch Simon zog an der Kette, die zwischen ihren Brüsten lag, und brachte sie zum Keuchen. Ein leichter Schmerz durchfuhr sie.

Mit Seilen in der Hand schritt Master Stuart an ihr vorbei und sie schluckte, als sie sah, dass er zwischen ihren gespreizten Knien stehen blieb. Erica lag offen und erregt vor ihm, und als er sich hinhockte und ihre Fußgelenke mit ihren Oberschenkeln fixierte, zitterte sie am ganzen Leib. Die Haltung war unangenehm. Sie wollte nach unten greifen, doch Simon hielt ihre Manschetten fest.

»Schließ die Augen, mein Engel.«

Sie konnte es nicht, verfolgte die Handlungen des Masters genau. Zu ihrem Leidwesen legte Simon seine breite Hand über ihr Gesicht, hinderte sie daran, weiter zusehen zu können. Selbst als Erica ihren Kopf drehte, gab er nicht nach. Leises Brummen drang an ihre Ohren und sofort verkrampfte sich jeder Muskel in ihrem Körper. *Nicht das, nicht schon wieder … oh bitte, doch!* Wie ein Blitzschlag durchfuhr die Rotation des Vibrators ihre Klitoris. Gedanklich bettelte sie, wollte so nicht kommen, sperrte sich gegen dieses Kribbeln, diesen Reiz, der ihre Lust aufpeitschte. Erica stammelte unverständliche Laute, ballte die Hände zu Fäusten und schluckte hartnäckig das Stöhnen herunter.

Sie mochte Vibratoren nicht, aber viel schlimmer für sie war die Tatsache, dass Master Stuart dieses Spielzeug führte, ihre Gier weckte, obwohl sie sich dagegen wehrte.

Simon hielt ihre gefesselten Handgelenke auf ihrer Brust und bedeckte ihre Augen mit der Hand. Ein Klicken ertönte und das Rotieren wurde stärker, das Brummen lauter und Erica stöhnte, das Kribbeln fuhr ihr durch Mark und Bein. Die wenige Freiheit, die ihren Hüften blieb, nutzte ihr Körper wie von allein, bewegte sich gegen ihren Willen dem Vibrator entgegen. Etwas anderes glitt zum Eingang ihrer Scham. Zuerst dachte Erica an die Finger des Masters, doch als sich etwas unnatürlich Hartes in sie bohrte, ahnte sie, dass es ein Kunstschwanz war. Ihr Verstand fuhr Achterbahn. Das Rotieren an ihrer Klitoris, der harte Kunstschwanz, der erbarmungslos in ihr wühlte, ein und aus fuhr, sowie die Hand ihn führte, war zu viel für sie, zu viel, um ihre Gegenwehr aufrecht zu erhalten. Mit einem erlösenden Schrei spannte sich ihr Körper und die Wellen ihres Höhepunktes durchzuckten sie. Am Rand einer Bewusstlosigkeit fühlte sie sich, als würde sie fliegen, rang nach Atem und langsam löste sich die Anspannung ihrer Muskeln.

Der Master ließ nicht nach. Der Vibrator war verschwunden, doch der Kunstschwanz steckte noch tief in ihr, blieb still und verweilte dort. Erica bemerkte nicht, wie Simon die Fesseln löste. Er schob ihren Oberkörper empor, sodass auch ihr Po sich erhob. Sie schwankte auf ihren Knien, sackte durch die Fesselung ihrer Unterschenkel gegen die Schulter des Masters und Simon verband die Manschetten auf ihrem Rücken. Für einen kurzen Moment glitt der Dildo aus ihr heraus und Erica war nicht imstande, den Handlungen zu folgen.

Master Stuart bettete ihren Körper vor sich auf den Boden, auf dem Bauch liegend, die Beine gespreizt. Ihr Atem war schnell, rasselte über den Boden, und Erica schloss willenlos die Augen. Erneut drang der Kunstschwanz in ihren Schoß, stieß tief in sie hinein und verblieb dort. Etwas Kühles, Glitschiges quoll zwischen ihre Pobacken, und als sie einen sachten Druck gegen ihren Anus verspürte, war sie hellwach. Erica hielt den Atem an, keuchte und hob den Kopf, wollte nach hinten sehen, doch ihr Körper wollte ihr nicht folgen. Der Druck gegen ihre Hinterpforte blieb, die damit verbundene Drohung ließ einen heißkalten Schauder über ihre Haut rieseln und setzte ein Kopfkino in Gang, das sie nicht verhindern konnte. Der Dildo bewegte sich in ihrem Schoß, langsam und erregend, während das Pressen gegen ihren Anus gleich blieb, wie eine Warnung. Die Möglichkeit, er würde eindringen, sich Zugang zu ihrem Po nehmen, brachte sie um den Verstand und entlockte ihr ein heiseres Stöhnen.

Die Erinnerung, wie sich eine Daumenkuppe in sie gezwängt hatte, während ein Mann sie vögelte, kribbelte wie Ameisen über ihren Rücken. Die Fantasie, wie die Enge überbrückt wurde, wie erregend es sich angefühlt hatte, ließ sie zittern.

Im Mercedes hatte sie sich Simons Fingerspitzen verweigert und plötzlich ertönten seine Worte wie ein Echo in ihrem Kopf. *Du wirst mich noch darum bitten!*

Erica hob ihre Hüften vom Boden ab. Auf Knien drängte sie sich dem Spiel zwischen ihren Schenkeln entgegen. Sie keuchte, als der Druck sich verstärkte. Ihr Becken zog sanfte Kreise und das Drängen ließ nach, zu ihrer Enttäuschung. Es war da, doch nicht mehr so präsent wie zuvor.

Simons Spiel zerrte an ihrer Lust, an ihren Nerven und sie hatte das Gefühl, er wolle sie betteln hören. Mit dem Kunstschwanz hielt er ihre Erregung auf einem gleichbleibenden Punkt, dann entzog er sich ihr und sie schnappte empört nach Luft. Sie sackte zu Boden, fühlte sich leer und aufs Äußerste gereizt in ihrer Lust, sodass sie am liebsten lautstark protestiert hätte.

Aus den Augenwinkeln erkannte sie die Stiefel des Masters, der an ihr vorüberging. Das erleichterte Gefühl, als die Fesselung ihrer Schenkel sich löste, ließ Erica aufatmen. Am Kribbeln in ihren Zehen bemerkte sie, wie taub diese unangenehme Haltung ihre Beine gemacht hatte. Sie blieb flach auf dem Bauch liegen, spürte das drängende, gierige Pulsieren in ihrer Scham und versuchte, ihren Herzschlag zu kontrollieren.

»Kannst du aufstehen?« Die sanfte Frage aus Simons Mund war direkt über ihr.

Es brauchte eine Weile, bis Erica sich imstande sah, sich zu bewegen und Simon half ihr, auf die Füße zu kommen, hielt sie fest, als sie das Gleichgewicht zu verlieren drohte. Sie atmete selig den Duft seines Körpers ein.

Erica genoss seine intime Nähe, solange sie währte, während Master Stuart den dicken Teppich vor dem Kamin beiseiteschaffte.

In den Holzdielen vor der Feuerstelle waren Eisenringe eingelassen, mehrere in größeren und kleineren Abständen zueinander versetzt. Mit einem Halsband kehrte der Master zu ihr zurück. Willenlos ließ sie geschehen, dass er es ihr anlegte und eng hinter ihrem Kopf verschloss.

Danach verschwand er für wenige Minuten aus dem Raum und kam mit einem Barhocker ohne Lehne zurück. Er stellte den hohen Sitz zwischen die Eisenringe. »Das weiche Polster wird dich in einer sehr günstigen Position halten.« Er zog sie am Ring ihres Halsbandes zu sich, führte sie vor den Hocker und blieb ihr gegenüber stehen.

Simons Bewegung hinter ihrem Rücken nahm sie nur schemenhaft wahr. Ihr Herz schlug ihr bis zum Hals, das Pochen zwischen ihren Schenkeln nahm zu und die Erwartung, was nun folgen würde, ließ ihren Körper beben.

Master Stuart zog ein Seil durch den Halsbandring, hielt es wie eine Leine straff und zog Ericas Körper über den Hocker, bis ihr Bauch auf das weiche Polster sank.

Er fixierte das Ende des dünnen Seiles an einer Öse am Boden, so gespannt, dass sie den Kopf nur bis zu einer gewissen Höhe heben konnte.

Hände und Füße band Simon mit weiteren Seilen an den Hockerbeinen fest. Die angewinkelten Knie berührten den kalten Stahl des Barhockers. Ein weiteres Seil um ihre Taille schnürte sie an das Polster.

Simon strich sanft über ihren Rücken die Wirbelsäule hinunter. Seine Hände legten sich auf ihre Pobacken, kneteten, packten und rieben über die samtige Haut.

Erst jetzt spürte Erica, dass er die Handschuhe nicht mehr trug. Klatschend landete ein sachter Schlag auf ihrem Hintern und ließ sie zusammenzucken.

Master Stuarts Augen blitzten, als sie ihren Blick unerlaubterweise zu ihm emporrichtete. Seine lederbedeckte Hand griff nach ihrem Kinn, spannte das Seil an ihrem Halsband bis zum Anschlag, als er ihr Gesicht hob. Der nächste Hieb brannte wie Feuer auf ihrem Po und Erica verbiss sich den Schmerz auf der Unterlippe. Eine ganze Serie an Schlägen traf abwechselnd auf die Backen und hinterließ ein stetes Brennen. Tränen stiegen ihr in die Augen, doch sie kämpfte dagegen an, widerstand dem Drang zu schreien und fixierte den Blick des Masters, der aufrecht vor ihr stand. Seine linke Hand grub sich in ihr Haar am Hinterkopf und sie erkannte das Funkeln, das Aufflammen einer Idee in seinem Gesicht. Ihr Atem stockte, als er sich an ihrer Wange rieb, seinen prallen harten Schoß gegen sie drängte und damit eine neue Art von Erniedrigung für sie bereithielt.

Ein Schrei drang aus ihrer Kehle, als Simon von hinten hart in sie eindrang und sie hemmungslos in schnellem Tempo nahm. Der Barhocker wackelte gefährlich unter ihrem Leib und Simon riss sie an dem Seil um ihre Taille seinen Stößen entgegen.

Master Stuart presste sich an ihr Gesicht und sie konnte seine Lust durch das Leder seiner Hose riechen.

Erica schloss die Augen, wimmerte unter der Härte, die Simon ihr schenkte, und keuchte gleichzeitig unter diesem herrlich süßen Schmerz, der ihre eigene Lust aufs Neue steigerte.

Zugleich Master Stuart vor sich zu sehen, sein gieriges Drängen an ihrer Wange zu spüren, der Widerstand gegen diesen Mann, der neu aufkeimte, tat sein Übriges.

Noch bevor Erica die Klippe ihrer Erregung erreicht hatte, spürte sie das verräterische Zucken ihres Herrn in ihrem Schoß, das heisere Keuchen, mit dem er in ihr explodierte und sich heftig atmend aus ihr löste.

Simon grub seine Finger in sie, schürte die Lust weiter, während seine Daumenkuppe um ihre Klitoris rieb und sie zum Stöhnen brachte. Abermals war Erica so abgelenkt von dem Geschehen hinter ihr, dass sie nicht merkte, wie Master Stuart seine Hose öffnete. Erst als sich ihre Augen für einen kurzen Moment öffneten, sah sie die pralle, glänzende Eichel in seiner Faust, beobachtete, wie er sich nah an ihrem Gesicht rieb.

Erica zerrte an ihren Fesseln, versuchte, ihre Hände freizubekommen, stöhnte durch das Wühlen in ihrem Schoß und probierte, ihren Kopf von Master Stuart wegzudrehen.

Er würde doch nicht … nein, nicht das …

Ekel vor dem, was die Situation ihr suggerierte, die Möglichkeit, Master Stuart würde ihr Gesicht besudeln, wirbelte in ihrem Kopf so viele Bilder auf, dass ihr schwindelig wurde.

Simons Fingerspiel in ihrer Scham wurde schneller, das Pulsieren schlimmer, ihr Stöhnen lauter und mischte sich mit dem heiseren Keuchen des Masters, der sich schneller rieb.

Der grobe Griff in ihrem Haar wurde fester, riss ihren Kopf höher. Ein lang gezogenes *Nein* drang mit dem heftigen Orgasmus aus ihrer Kehle. Ihr Körper zuckte unter den Spasmen und dann fühlte sie heiße Flüssigkeit auf ihrem Gesicht. Schubweise landete die Lust des Masters auf ihrer Wange, ihren Lippen, traf ihr Haar und ihren Hals. In ihrem Schrei war sie so mit sich beschäftigt, dass sein Kommen darin unterging.

Er hatte es tatsächlich getan, sich auf ihrem Gesicht entladen und sie fühlte sich benutzt, gebraucht und herrlich zerrissen, dass sie gleich ein weiteres Mal mit Simons stetem Fingerspiel zwischen ihren Schamlippen kam.

Sowohl Master Stuart als auch Simon ließen von ihr ab, zogen sich von ihr zurück und überließen sie dem heißen Nachglühen. Die Männer gönnten ihr diese Pause, dieses Durchatmen, und Flüstern drang zu ihr durch.

Als die Tür des Kaminzimmers hinter ihr ins Schloss fiel, bemerkte sie, dass man sie allein zurückgelassen hatte, fixiert, benutzt und körperlich als auch geistig gevögelt. Eine wohlige Wärme breitete sich in ihr aus.

Erica gewann nur langsam wieder Oberhand über ihren Verstand und überlegte, was die beiden noch mit ihr vorhaben konnten. Ihre Lust klebte an den Innenseiten ihrer Schenkel und die Demütigung trocknete auf ihrem Gesicht. Die Erinnerungen an das Vergangene brannten sich in ihre Seele, als wolle sie die Bilder nie wieder loswerden, als wolle sie all das für immer festhalten. Für einen Augenblick flammte der Moment auf, als sie den Druck gegen ihren Anus gespürt hatte, sann sie dem Gefühl nach, fühlte das seichte Kribbeln ihre Wirbelsäule hinaufkriechen. Würde sie jemals darum bitten? Erica war sich nicht sicher, ob das erklärte Tabu Bestand haben würde.

Die Zeit verstrich, und je länger sie allein blieb mit diesen Gedanken, bildete sich eine Fortsetzung in ihrer Fantasie. Ihre Abscheu gegen Master Stuart verlor sich, die Gegenwehr fühlte sich köstlich und erregend für sie an. Die Tatsache, dass er zu ahnen schien, was tief in ihr verborgen lag, wonach sie gierte, flößte ihr Vertrauen ein. Ihr war bewusst, dass Simon niemals ein Spiel mit ihr zuließ, das ihr schaden könnte. Wenn Simon ihm traute, konnte sie das auch, den Beweis hatte Master Stuart bereits erbracht. Erica amüsierte sich über ihre Dummheit, wie sehr hatte sie sich vor ihm gefürchtet, wie sehr sich gegen ein Spiel mit ihm gesträubt und sich innerlich gesperrt. Doch der

Master hatte es verstanden, sie zu lesen, die Knoten aufzubrechen und hatte den Punkt ihrer Lust gefunden. Die heimlich erregende Fantasie, von zwei Männern gleichzeitig genommen zu werden, hatte sich erfüllt. Anders als in ihrem Kopf, aber nicht minder lustvoll.

Sie kehrte aus ihrem Tagtraum zurück, denn die Haltung, in der die beiden sie zurückgelassen hatten, fing an, unangenehm für sie zu werden. Das Blut sackte ihr in Hände und Füße, ihre Gliedmaßen waren taub und das wachsende Prickeln unerträglich. Erica rief nach Simon, doch nichts rührte sich. Jedes Mal, wenn sie ihren Kopf hob, so weit das Seil an ihrem Halsband es zuließ, verspannten sich die Muskeln in ihrem Nacken und ihren Schultern. »Simon, bitte, das hier wird unangenehm.«

Noch immer öffnete sich die Tür des Zimmers nicht. Erica ruckte an ihren Fesseln, doch auch das half nicht. »Simon.«

Plötzlich presste sie erschrocken die Lippen aufeinander. Zuerst schoss ihr die Erinnerung an Simons Erzählung durch den Kopf – die angekettete Frau – seine erste Sklavin. Erica schluckte, denn darauf folgte, dass George sie gehört hatte und sie ihn auf den Plan rief mit ihrem Jammern. Lebte er in diesem Haus? Würde er sich in das Spiel einbringen? Würde Simon ihn vielleicht sogar zu ihr schicken?

Ericas Herzschlag beschleunigte sich, als die Tür sich öffnete. Doch nicht George mit seiner Gerte betrat das Kaminzimmer, sondern Simon. Er war allein.

Bevor er ihre Stricke löste, streichelte er zärtlich über ihren Körper, ließ kaum eine Stelle aus. Behutsam setzte er sie auf dem Sessel ab und kniete sich zu ihr. »Stuart ist sehr angetan von dir, mein Engel. Du scheinst ihn ebenso für dich eingenommen zu haben, wie du es mit mir getan hast.« Seine Hände lagen auf ihren Oberschenkeln, warm, weich und vermittelten eine so wunderbare Vertrautheit, dass Erica seufzte.

»Hast du noch Kraft oder möchtest du das Spiel erst einmal beenden?«

Sie dachte darüber nach, sich ein Ende zu wünschen, doch seine Frage weckte in ihr die Neugier, was noch geschehen könnte. »Ich bin matt, aber noch nicht erschöpft.« Ihre Stimme zitterte, aber das Lächeln bestätigte die Bedeutung ihrer Worte.

Simon nickte und berührte zärtlich ihre Wange. »Ich muss jedoch mit dir sprechen.«

Instinktiv ahnte sie, welches Thema er anschneiden würde. Zwei Männer – eine Frau – ein Spiel, das alle drei erregen und befriedigen sollte. Sie zögerte und nahm sein Gesicht in beide Hände. »Wenn du mich mit ihm teilen kannst, ist es mir recht, dir und ihm zu dienen.«

Simon wirkte überrascht, Zufriedenheit breitete sich auf seinem Gesicht aus. »Du beginnst, das Spiel zu lernen und deine Spieler zu lesen. Ist Master Stuart dir nicht mehr so zuwider?« Sein Lächeln wandelte sich in ein amüsiertes Grinsen.

Erica senkte ihren Blick, wollte nicht, dass ihre Augen sie verrieten, doch was sollte es. Es war unnötig, zu lügen, ihre Gedanken für sich zu behalten.

»Er tut Dinge, die ich verabscheue, doch sie erregen mich und ich gebe es auf, zu hinterfragen, warum.«

Er küsste ihre Handinnenflächen. »Ich danke dir für deine Ehrlichkeit. Es berührt mich, mit dir dieses wunderbare Abenteuer zu erleben, deine Lust zu entdecken und deine wahre Natur zu entblößen.«

Sie blieben an der Tür stehen. Seine Hände steckten wieder in den Lederhandschuhen und Erica ließ sich von ihm die Augen verbinden. Ihr Herz pochte wild in ihrer Brust, das Spiel war noch nicht vorbei und eine zarte Gänsehaut bildete sich auf ihrem Körper. »Ich liebe dich, Simon!«

»Ich liebe dich auch.« Sein Flüstern floss durch ihr Haar, seine

Arme pressten sie an sich, dann führte er sie aus dem Raum. Unter ihren Fußsohlen spürte sie den Marmorboden des Flurs.

Simon legte seine Hand in ihren Rücken, dirigierte sie durch einen Türrahmen. »Leg dich hin, mein Schatz.«

Erica lauschte in den Raum, hörte jedoch nichts. Wartete Master Stuart irgendwo? Sie spürte das weiche Polster des Bettes unter ihrem Po, erwartungsvoll legte sie sich hin.

Simon fesselte sie abermals und in ihrer Fantasie sah sie sich mit gestreckten Gliedern an die Bettpfosten fixiert, über ihr ein dicker Baldachin aus Brokat. An den Bewegungen der Matratze spürte sie, wie Simon von der Schlafstätte kletterte.

Ein Kuss berührte ihre Stirn. »Gute Nacht, mein Engel!«

Kaum hatte er die Worte ausgesprochen, hörte sie in ihrer Verwirrung die Tür ins Schloss fallen. In ihrer Kehle steckten so viele Widersprüche, Dinge, die sie ihm gern hinterhergeflucht hätte, doch er würde sie nicht mehr hören. Die kalte Dusche wirkte. Das plötzliche Ende, das Abwürgen der aufgekeimten Neugier, die Anspannung, all das floss in ihre flache hektische Atmung.

Die Bänder, mit denen er sie ans Bett gefesselt hatte, gaben ihr gerade so viel Spielraum, sich nicht selbst zu befreien, sich jedoch drehen zu können. *Verdammter Mistkerl!*

Die Erkenntnis traf sie wie ein Blitz. Abermals hatte Simon sie getestet, ausgelotet, wie weit sie gehen würde. Sie schnurrte vergnügt selbsthöhnisch und erst jetzt spürte sie die Schwere ihres Körpers und wie erschöpft sie war.

Kapitel 9: Schwerelos

Erica blinzelte in den hellen Raum und streckte sich. Muskeln schmerzten, von denen sie zuvor nicht einmal gewusst hatte. Dennoch breitete sich Zufriedenheit in ihr aus. In der Hoffnung, Simon schlief neben ihr, griff sie in das leere Kissen und erkannte, dass sie allein war. Noch dazu, ohne ans Bett gefesselt zu sein, und ebenfalls musste er in der Nacht die Augenbinde abgenommen haben. Ein liebevoller Gruß in Form einer roten Rose lag auf der leeren Seite des brokatüberspannten Bettes. Die zarte Blüte glitt durch ihre Finger, der Geruch drang zu ihrer Nase und Erica seufzte.

Sie schlüpfte aus dem Bett und nach einer kurzen Orientierung fand sie im Flur die Tür zum Bad. Das heiße Wasser tat ihr gut, entspannte den Muskelkater und ließ sie richtig wach werden. Nachdem sie, in den flauschigen weißen Bademantel gehüllt, auf den Gang zurückkehrte, drangen aus der Entfernung Stimmen zu ihr herüber. Je näher sie kam, desto deutlicher hörte sie die Männer sprechen.

»Sie ist ein Genie, hat einen exquisiten Geschmack an Farben und Stoffen. Du sagst, was du dir in etwa vorstellst, und sie verwandelt das Haus in einen Traum. Wirklich, du solltest dir das »Private Room« einmal ansehen. Du wirst begeistert sein.« Simon nahm einen Schluck Kaffee und Master Stuart kratzte sich nachdenklich am Kinnbart.

»So, wie du von ihr schwärmst, hab ich wohl keine andere Wahl, als sie darum zu bitten, mein Haus auszustatten.«

Erica blieb still in dem Mauerbogen zur Terrasse stehen, auf der die beiden, vertieft in ihre Unterhaltung über Ericas Inneneinrichtungskünste, beim Frühstück saßen.

Master Stuart wirkte anders auf sie. Sein Ausdruck war warm und offenherzig, seine Stimme klang weich. Irgendwie wirkte er nett! Oder bildete sie sich das nur ein?

»Ich kann sehr gut nachvollziehen, was dich an ihr so fesselt. Alles, was du mir über dieses Geschöpf erzählt hast, hat sich bewahrheitet. Du bist ein verdammter Glückspilz, mein Freund. Zumal Liebe dem gesamten Spiel einc besondere Würze verleiht. Ich beneide dich, Simon.« Master Stuart beugte sich über den Tisch, griff nach einem der Brötchen aus dem Korb in der Mitte des Glastisches und hob den Zeigefinger, als er warnend auf seinen Freund zeigte. »Behandele sie gut, sonst probier ich meine neue Peitschenkollektion noch an dir aus.«

Simon lachte herzhaft.

»Ich meine es ernst, Simon.« Er nickte, faltete die Hände ineinander und wirkte plötzlich sehr nachdenklich. »Du denkst an Lydia, nicht wahr?«

Erica horchte auf, als der Master diesen Frauennamen erwähnte und Simons Gesicht seltsame Züge annahm. Er sah für einen kurzen Moment zornig aus, fasste sich und nickte. Ihr ging ein Stich durchs Herz.

»Simon.« Master Stuart legte tief ausatmend die Brötchenhälfte auf den Teller, stützte die Ellbogen auf den Tisch und sah seinem Freund eindringlich ins Gesicht, wobei die feine Narbe über dem Auge sich vertiefte und deutlicher vortrat. »Lydia hat sich nun mal gegen dich, gegen eine Ehe und ein Leben mit dir entschieden. Dass sie dich vor dem Altar stehen ließ, war nicht die feine englische Art. Aber besser ein Ende mit Schrecken als ein Schrecken ohne Ende. Du weißt, ich hatte recht mit meiner Einschätzung, was sie betrifft. Du hättest ihr nie das geben können, was sie sich vorgestellt hat. Ihre Neigungen sind extrem. Jetzt hat sie das, was sie wollte. Ob sie damit glücklich ist, stell ich mal dahin.«

Ehe? Ein Leben mit Simon? Erica hatte das Gefühl, ihr entgleisten die Gesichtszüge. Als sie merkte, dass ihre Lippen offen standen und ein Schrei ihrer Kehle entweichen wollte, hielt sie sich die Hände vor den Mund. Noch immer hatten die Freunde sie nicht bemerkt.

»Du liebst Erica, also hör auf, dir um Lydia den Kopf zu zerbrechen. Sie ist es nicht wert, dass du weiter darüber grübelst. Denk daran, wohin sie gegangen ist. Du weißt, für welches Leben sie sich entschieden hat.«

Simon rieb sich mit beiden Händen über das Gesicht und stöhnte. »Du hast ja recht, aber ich begreife nicht, warum ausgerechnet der Lord. Sie ist intelligent, war so selbstbewusst und eine starke Persönlichkeit. Eine begnadete Künstlerin. Erinnerst du dich an das Bild, das sie von dir gemalt hat?«

Master Stuart nickte gedankenverloren. »Klar, ich hab schließlich Modell gestanden.«

»Du weißt, wie talentiert sie war und er hat nichts davon übrig gelassen.« Simon war die Fassungslosigkeit anzusehen.

»Ja, eine Schande, aber wie ich schon sagte, es war ihre eigene Entscheidung. Sie wollte eine 24/7 Beziehung, sie war fasziniert von dem Lord, jetzt muss sie damit leben, ein Teil seines Sklavinnenharems zu sein.« Der Master hielt inne, sah über Simons Schulter direkt in Ericas Augen. »Guten Morgen.«

Sie war noch mit dem Gespräch der beiden beschäftigt, dass sie die freundliche Aufforderung des Masters, sich dazuzusetzen, nicht gehört hatte.

Erst Simon holte sie aus ihren Gedanken. »Engel? Geht es dir gut?«

Erica nickte, nahm auf dem Stuhl zwischen den beiden Platz.

»Wer ist Lydia? Und wer ist dieser Lord, von dem ihr gesprochen habt?«

Wie auf ein Stichwort stand Master Stuart auf. »Ich glaube, ich lasse euch allein.« Er griff nach Ericas Hand, hauchte galant einen Kuss darauf und zwinkerte frech. »Es war mir ein großes Vergnügen und ich hoffe, wir werden bald einmal Gelegenheit haben, uns näher kennenzulernen.«

Sie war überrascht, wie verändert dieser Mann ihr vorkam. Außerhalb des Spiels war er so – nett. Ihr fiel kein anderes Wort dafür ein und dennoch, etwas von der Abscheu, die er in ihr verursachen konnte, war noch präsent. Erica lächelte über ihre Gedanken, die sie nicht aussprach, denn der Ausdruck auf Master Stuarts Gesicht sagte ihr, dass er wusste, was in ihr vorging. Als er ging, kehrten die Gedanken an Lydia zurück und ein seltsames Gefühl, das ihr die Kehle zuschnürte.

Was dachte sie sich dabei? Hatte sie erwartet, dass ein Mann wie Simon DiLucca auf eine Frau wie sie gewartet hatte? Die Eifersucht und Neugier, was ihn mit Lydia verbunden hatte, saß wie ein Stachel in ihrem Herzen. Erica konnte es nicht fassen, schimpfte innerlich mit sich. Sie besaß nicht das Recht dazu. Sie kannten sich erst kurze Zeit. Warum überraschte es sie, zu erfahren, dass Simon einmal kurz vor einer Heirat gestanden hatte? Und warum schmerzte es sie so sehr?

Simon sah ihr die Verletzung an. »Es tut mir leid, dass du davon so erfährst. Ja, ich habe Lydia geliebt und auch sie hat meine Neigung geteilt. Das alles ist zwei Jahre her, Erica. Mir liegt noch etwas an ihr, aber nicht, wie du denken magst.« Er streichelte ihre Hand sanft, als wolle er seinen Worten die Überzeugung darüber mitgeben. »Es hat mich verletzt, dass sie sich ausgerechnet an unserem Hochzeitstag für ein Leben ohne mich und mit einem Mann entschieden hat, der sie zerstört. Ich liebe sie nicht mehr, aber …« Er brach ab, schwieg für einen Augenblick, dann nahm er ihre Hand und zog sie mit sich. »Komm mit, ich will dir etwas zeigen, damit du verstehst.«

Der Dachboden der Villa war hoch und hell, perfekt für ein Atelier. Staffeleien und Malerfarben standen herum. Leinen überdeckte die Bilder und schützte sie vor Staub. Simon setzte sie auf einen kleinen drehbaren Hocker. Ein weiterer Stich durchfuhr ihr Herz, als Erica bewusst wurde, dass diese Frau in diesem Haus gelebt hatte, mit ihm.

Simon zog eine größere Staffelei näher heran. »Ich will dir zeigen, wie viel Talent sie hatte.« Er enthüllte das Bild und Erica hielt den Atem an.

Eine Gänsehaut bildete sich auf ihren Armen. Sie wollte etwas sagen, öffnete ihren Mund, schloss ihn jedoch wieder. Das Bild war … nein, dafür wollten ihr keine Worte einfallen. Wunderschön – traumhaft – perfekt – alles klang banal, wenn sie diese Kunst beschreiben wollte. Erica stand auf, trat näher heran und streckte die Hand aus.

Ehrfürchtig, aber verführt dazu, es berühren zu wollen, fühlte sie zärtlich die sachten Erhöhungen der Ölmalerei. Wie eine Fotografie, als hätte Lydia den Augenblick in Sekunden auf die Leinwand gebannt. Verträumt strich sie die Pinselführung nach, erst jetzt erkannte sie das ihr bekannte Gesicht. Lady Sevilla und ihr Sklave Maurice! Erica trat einen Schritt zurück, betrachtete das Werk im Ganzen.

»Als sie zu ihm ging, hat er ihr verboten, jemals wieder zu malen. Er weiß, wie sehr sie darunter leidet. Es macht sie verrückt, keinen Pinsel in die Hand zu nehmen, ihre Eindrücke festzuhalten. Sie muss malen, es ist ein Zwang für sie. Das Talent WILL, dass sie es nutzt. Der Lord hat ihr damit alles genommen, was sie ausmacht.« Er war hinter sie getreten, schlang die Arme um ihren bebenden Körper und schmiegte seine Wange an ihre. »Es bricht mir das Herz, aber ich kann nichts dagegen tun.

Ihre Neigung, sich ihm zu unterwerfen, alles für ihn zu opfern, war anscheinend stärker als ihre Liebe zur Kunst.«

Bisher kannte Erica SM nur als Spielform. In ihren Recherchen darüber gab es Hinweise, dass es auch solche Formen von Beziehungen gab. »Warum tut er das?«

Simon seufzte, presste sie an sich. »Weil er ein Sadist ist, ein wirklicher Sadist. In seinen vier Wänden dreht sich alles um seine Belange, sein Vergnügen und seinen Willen. Er weiß, wie sehr es sie quält, nicht mehr malen zu können.«

»Aber warum lässt sie sich das gefallen? Wenn sie die Malerei so sehr liebt, wie kann sie zulassen, dass ... naja, dass ihre Geilheit ihr das alles untersagt?«

»Sie war dir zu Beginn unserer Beziehung sehr ähnlich. Intelligent, selbstbewusst, starker Charakter und wissend, wohin sie gehen wollte. Ihre sexuelle Ausrichtung hat sie früh erkannt und über die Szene habe ich sie kennengelernt. Sie steckte ihre Reize immer höher, es war, als hätte sie keinerlei Grenzen oder Tabus. Ich bot ihr die Gelegenheit, alles auszuleben, was ihr in den Sinn kam und was ich nicht erfüllen konnte, habe ich über andere Meister oder Meisterinnen möglich gemacht. Ich hätte alles für sie getan. Sie war meine Sklavin im Bett und ich war ihr Sklave im Leben.« Er schnaufte vor Bitterkeit.

Erica betrachtete das Bild und hatte das Gefühl, die Lady stand in Person vor ihr. Sie schloss die Augen, sprach aus, was ihr in den Sinn kam, ohne nachzudenken. »Wie kann ich dem gerecht werden, Simon?«

Jetzt war es an ihm, sprachlos zu sein. Sie hörte, wie er scharf den Atem anhielt. Sanft drehte er sie an den Schultern zu sich und hob ihr Kinn mit den Fingerspitzen sanft zu sich empor. »Lydia klingt wie eine Ikone, die du auf ein Podest stellst.« Erneut hob sie an, zu sprechen, doch diesmal legten sich seine Finger über ihre Lippen. »Glaubst du, sie ist eine Konkurrenz für dich? Erica, das ist zwei Jahre her. Es hat lang gebraucht, damit klarzukommen, das gebe ich zu. Als du in mein Leben getreten bist, hatte ich mich damit abgefunden, ein Singleleben bis ans Ende meiner Tage zu führen.«

Sie konnte nicht anders, sie musste lachen und er fiel in ihr Lachen ein. Erneut nahm Simon sie in seine Arme, drückte sie herzlich an sich. »Du bist ein Wunder für mich. Wenn ich damals dachte, Lydia wäre die Frau für mein Leben, musst du ein Überflieger sein.«

Ericas Augen weiteten sich. Klang das gerade wie ein …? Sie schalte sich eine Närrin. Bestimmt interpretierte sie mehr in seine Worte, als es der Fall war.

Seine Hände umfassten ihr Gesicht. Der folgende Kuss schmeckte so süß, so intensiv wie nie zuvor und Ericas Herz setzte einen Takt aus, um danach noch heftiger zu schlagen.

»Als ich dir im Meeting gegenübersaß, um die Details für den Vertrag zu besprechen, war ich fasziniert. Als du deine Arbeit in meinem Restaurant aufgenommen hast, war es um mich geschehen. Du hast es nicht gemerkt, und ich hab es dich nicht spüren lassen, aber ich habe dir gern zugesehen, wie du mitten in den Räumen die Mitarbeiter gebrieft hast, die Muster auswähltest für Tapeten, Teppiche, Deko. Selbst als du im Arbeitsanzug auf der Leiter gestanden hast, voller Kleister mit der Rolle in der Hand und über die Hiwis gemeckert hast, die ihren Job nicht richtig machten … Erica, du beherrschst mich schon lange. Dich jetzt in den Armen halten zu können, ist …«

Zu mehr kam er nicht, denn Erica küsste ihn so heftig, leidenschaftlich und innig, dass ihm der Atem ausblieb. Eine schönere Liebeserklärung hätte sie sich nicht träumen lassen.

Am Abend saßen sie auf dem dicken Teppich vor dem Kamin im Wohnzimmer bei italienischem Rotwein und einer bestellten Familienpizza, als Erica sich an einen weiteren Teil der Unterhaltung vom Morgen erinnerte. »Was hat Master, ähm, Stuart, was für ein Haus meinte er heute Morgen?«

»Wie lange hast du eigentlich da gestanden und gelauscht?«

Sie tat überrascht und unschuldig. »Ich meins ernst. Ich bin fast rot darüber angelaufen, wie sehr du mich vor ihm gelobt hast.«

Simon wischte sich mit einer Papierserviette die Mundwinkel und griff nach seinem Weinglas. »Hm, na ja. Er hat vor, sein Geschäft zu erweitern und …«

»Was für ein Geschäft?« Sie presste entschuldigend die Lippen aufeinander, als sie bemerkte, dass sie ihm unverschämt ins Wort gefallen war, doch Simon ging darüber hinweg.

»Peitschen, SM-Zubehör, Spezialmöbel. Sagen wir, er hat seine Leidenschaft zum Beruf gemacht.« Er zwinkerte ihr zu. »Wie gesagt, er will sein Geschäft erweitern. Bisher hat er hauptsächlich im Keller vor sich hingebastelt, alles, was ihm so einfiel. Aber mittlerweile fehlt ihm der nötige Platz und das kleine Häuschen seiner Großmutter ist auch nicht ganz sein Geschmack.«

Erica biss sich fest auf die Unterlippe bei der amüsanten Vorstellung, die ihr durch Simons absichtlich betonte Wortwahl durch den Kopf schoss. Master Stuart peitscheschwingend vor einem 50iger Jahre Häuschen mit Bauerngärtchen, Hühnerstall und weiß getünchter Hundehütte davor.

Sie schwieg, als Simon sie nach ihren Gedanken fragte, aber ihre Erheiterung war schwerlich unter Kontrolle zu bringen. »Er, äh, lebt bei seiner …«

Simon prustete los und es brauchte eine Weile, bis er sich weitestgehend gefasst hatte. »Stuart hat das Haus geerbt, aber er ist nie dazu gekommen, es nach seinen Wünschen umzubauen. Jetzt wäre die richtige Gelegenheit dazu.«

»Hast du das Haus schon einmal gesehen?«

»Wir haben dort oft unsere Ferien gemeinsam verbracht. Heute würde ich sagen, es braucht dringend dein Fachhändchen.«

Warum überraschte sie die Tatsache, dass die beiden seit der Schulzeit befreundet waren? »Ihr kennt euch schon so lange?«

Er setzte sich auf das helle Landhaussofa und schmunzelte, als würde er die nächste Frage bereits erahnen können. »Er ist der beste Freund, den ein Mann haben kann, und kennt mich oft besser als ich mich selbst.«

Wie ein Aha-Effekt schoss ihr die Erinnerung an den vorangegangenen Abend durch den Kopf. Das wortlose Zusammenspiel, dieses blinde Vertrauen, die Tatsache, dass Simon sie mit ihm ansatzweise geteilt hatte … Natürlich! Jetzt ergab alles einen Sinn, selbst Simons Frage, sein Test, kurz bevor er sie wie ein Kind ins Bett gebracht hatte. Erica schnaubte, konnte das Grinsen jedoch nicht verbergen.

»Dir geht die gestrige Nacht durch den Kopf.«

Sie nickte.

»Ich würde dich niemals mit einem anderen Mann teilen.« Für einen Moment ließ er die Worte im Raum stehen und fuhr fort, als Erica den Ansatz machte, zu widersprechen. »Niemals – gegen deinen Willen.« Er strich ihr eine Haarsträhne aus der Stirn, betrachtete ihr überraschtes Gesicht. »Wenn deine Abscheu so groß gewesen wäre und du mich gebeten hättest, ihn wegzuschicken, er wäre freiwillig gegangen.«

Noch nie zuvor war Erica deutlicher bewusst, dass jede Entscheidung, die sie traf, eine Konsequenz nach sich zog und auch, wie viel Einfluss und Bestimmung er ihr überließ. Sie hatte sich dem Spiel mit Master Stuart hingegeben, trotz ihrer Angst, oder gerade deswegen? Sicher, er betonte stets, sie könne es jederzeit beenden, aber jetzt erst war ihr klar, dass es immer an ihr lag, wie das Spiel sein würde, wie weit es ging, und was geschah. Anhand der Geschichte von Lydia wusste sie, dass dies nicht immer so war.

Simon beobachtete sie aufmerksam. »Hat es einen Moment gegeben, in dem du das gestrige Spiel gern beendet hättest?«

Die Frage schwebte eine Weile unbeantwortet im Raum.

»Nein, ich bedaure eher, dass du mich ins Bett geschickt hast, nach deiner Frage, ob ich bereit wäre, mehr mit ihm zu teilen als zuvor.«

Er stellte das Glas zur Seite. »Erzähl mir davon.«

Ericas Wangen röteten sich. Wo war ihr Selbstbewusstsein, wenn sie es brauchte? Sie ging über den Anflug von Unsicherheit hinweg und atmete aus. Jetzt hatte sie einmal begonnen. »Du, beziehungsweise ihr beide, habt mir gestern Nacht eine intime Fantasie erfüllt.« Sie wählte ihre Worte mit Bedacht, prüfte in Simons Gesicht, was die Ansage bewirkte. Er hörte interessiert zu. »Zwei Männer, die mich …« *Sag es doch einfach, es ist doch die Wahrheit. Erinnere dich an den Brief, der geht noch wesentlich weiter.* »Zwei Männer, die mich nach ihrem Willen benutzen, sich an meinem Körper befriedigen und ihre Gier an mir stillen.« Sie sah zu Boden und ärgerte sich für die Scham, die ihr Gesicht glühen ließ.

»Also hast du dir gestern Nacht noch mehr vorstellen können?«

»Versteh mich nicht falsch, es ist nur eine …«

»Erica?« Er brachte sie dazu, seinen Blick zu erwidern. Der zärtliche Ausdruck in seinen Augen erstickte die Rechtfertigung im Keim.

»Ich weiß nicht, warum ich ständig das Gefühl hab, mich erklären zu müssen. Du bist schuld.« Sie kniff ihm vergnügt in die Seite.

Simon hielt ihre Handgelenke fest und unterband den Kampf, den sie provozierte. Er zwang ihr einen Kuss auf, den sie spielerisch verwehren wollte und doch bekam er, was er wollte. Mit sanfter Gewalt fixierte er sie am Boden, glitt über ihren Körper und entkleidete sie geschickt, ohne die Kontrolle über sie auch nur einen Moment zu vernachlässigen.

Erica bäumte sich auf, beschimpfte ihn lasziv.

Schweigsam lauschte Simon ihren schmutzigen Worten, den anrüchigen Sprüchen und hielt ihre Handgelenke so fest, dass es fast schmerzte. »Du weißt nicht, was dir blüht, wenn du so weitermachst.«

Die raue Drohung ließ sie auflachen, spöttisch, verspielt und so wollüstig, dass Simon seine Erregung nicht verbergen konnte. Seine Hand glitt ihren entblößten Körper hinunter, zwischen ihre Schenkel und ihre Feuchtigkeit gab preis, wie bereit sie war. Seine Augen glitzerten vor Gier, und kaum hatte er seine Hose geöffnet, drang er hart in sie ein. Mit einem spitzen Schrei empfing sie ihn und stöhnte heiser den gehaltenen Atem aus.

»Selbst schuld!« Sein höhnisches, nahezu sadistisches Prusten floss in ihr Haar, als er wieder zustieß, kraftvoll, energisch, und sie ausfüllte und dehnte, sodass der süße Schmerz sie an den Rand des Gipfels trieb. Er bewegte sich schneller, rücksichtsloser.

Benutz mich! Fick dich an mir satt! Gib's mir! An Reden war nicht mehr zu denken, je weiter er sie mit seiner Hemmungslosigkeit trieb, desto schmutziger waren die Worte, die ihren Geist beherrschten.

Simon erstickte seinen erlösenden Schrei mit einem Kuss auf ihre Lippen und gab nicht nach, sich weiter in sie zu bohren. Erica spürte seinen Schwanz in ihrem Inneren zucken, sich unaufhörlich in sie ergießen und keuchte unter dem festen Kuss. Simon glitt aus ihr und ließ seine Lippen über ihre Brüste kreisen, wanderte mit der leckenden Zunge an ihr tiefer, ohne ihre Handgelenke loszulassen.

Erica wollte jetzt nicht auf diese Weise geliebt werden, doch sein Wille siegte und Simon vergrub sein Gesicht zwischen ihren Schenkeln. Sie sank keuchend zurück auf den Rücken, spürte seine Zungenspitze zwischen ihre Schamlippen gleiten, doch ihre Klitoris bliebt unberührt. »Oh bitte!«

Er blies kühle Luft auf ihr erhitztes feuchtes Geschlecht, lauschte ihrem heiser werdenden Stöhnen und drang mit der Zunge so weit wie möglich in sie ein.

Erica bäumte sich auf, hob ihr Becken seinem Zungenspiel entgegen. Sie zerrte an seinem Griff um ihre Gelenke, wollte ihre Finger in sein Haar graben, sein Gesicht dichter an ihren Schoß pressen, ihn noch tiefer spüren. Simon ließ sie nicht gewähren. Seine Zunge leckte ihren feuchten Spalt entlang und erneut hielt er kurz vor ihrer geschwollenen Perle inne. Er hauchte einen Kuss auf ihre Klitoris, so zart, kaum spürbar, dass Erica fast den Verstand verlor.

Tierquäler! Fast hätte sie das Wort ausgesprochen, verbiss sich jedoch einen Schrei auf der Unterlippe, als die Zungenspitze nach der Perle schlug. Sie zuckte wie unter einem Peitschenhieb zusammen, hielt den Atem an und hoffte, er würde es wieder tun. Stattdessen quälte er sie weiter. Ein Biss in die Innenseite ihres rechten Schenkels ließ Erica leise knurren. Ihr Körper rekelte sich unter ihm in lustvoller Erregung. Ihre Brustwarzen ragten empor und dort setzte Simon sein Zungenspiel fort. Seine Lippen zupften, saugten und zwirbelten. Das Wimmern klang wie ein Betteln aus Ericas Mund und ließ ihn schmunzeln.

Mit einer Hand fixierte er ihre Handgelenke, die andere glitt zwischen ihre Schenkel. »Wie sehr willst du deinen Höhepunkt?«

Die Antwort war ein lautes Stöhnen, das er ihr abverlangte, als er zwei Finger in sie stieß. Die Daumenkuppe presste er auf ihre Klitoris, die Ringfingerspitze drängte sich gegen ihr Hintertürchen.

Erica bäumte sich auf, drückte ihren Rücken zum Hohlkreuz. »Mehr …« Das Wort klang eher gekeucht als gesprochen und Simon hielt die Hand in ihrem Geschlecht still. Je weiter sie sich seiner Hand entgegenrieb, desto mehr Druck übte der Ringfinger auf ihren Anus aus. Erica war bereits fern von Gut und Böse, stemmte ihre Füße auf den Boden und hob ihre Hüften ein Stück mehr. Die Gier glänzte in ihren Augen. Als er ihr die Hand entzog, schrie sie ihren Protest aus sich heraus.

Simon hielt sie belustigt auf dem Boden fest und unterband mit Druck auf ihren Brustkorb ihre Bewegungen.

Ihre Beine zitterten. »Mistkerl!«

Er betrachtete das Mimikspiel in ihrem Gesicht.

Zwischen süßem Leid, quälender Erregung und unersättlicher Gier hin und her geworfen, fluchte sie.

»Beschimpf mich ruhig, mein kleines Luder.«

Sie knurrte frustriert.

Simon beugte sich über ihr Gesicht. »Soll ich dich wie gestern ins Bett bringen, dich mit Händen und Füssen so fixieren, damit ich gewährleisten kann, dass du dich nicht selbst zum Orgasmus bringen kannst?«

Allein die Vorstellung war in diesem Moment undenkbar für sie.

Er umfasste mit einer Hand ihren Hals und zog ihr Gesicht zu sich. »Ich kann dieses Spiel unendlich fortsetzen. Dich erregen, kurz vorher von dir ablassen, dich wieder hochpeitschen. Du würdest um meinen Schwanz betteln, aber ich hab das Gefühl, du hast das nicht verdient!« Sein Flüstern klang gefährlich. »Du bist anderer Meinung?«

Sie war zu atemlos, um zu antworten, demnach blieb ihr nur ein Kopfnicken.

»Mhhh!« Sein Schnurren vibrierte auf ihren Lippen, über die er leckte. »Du musst dir schon mehr einfallen lassen, um deinen

Herrn versöhnlich zu stimmen. Dein ständiger Widerwille ärgert mich.« Seine Stimme war so leise, so bedrohlich, dass ein Beben ihren Körper flutete und sich zwischen ihren Schenkeln heiß und feucht sammelte. Sie keuchte erregt. Er löste sich von ihr, ließ sie los und betrachtete sie mit herausforderndem Blick. Simon setzte sich entspannt auf das Landhaussofa und ließ sie keinen Moment aus den Augen.

Erica rang nach Atem, rollte auf alle viere und kroch zu ihm. Er beobachtete, was sie tat. Vor ihm setzte sie sich auf die Unterschenkel, hob ihren Blick zu ihm empor. Ihre Hände legten sich auf seine Knie, glitten über den rauen Jeansstoff zu seinen Oberschenkeln, doch als ihre Finger sich in seinen Schoß legen wollten, hielt er sie fest.

Er war beherrscht. »Ist das alles?« Sein Tonfall klang kühler, als sie erwartet hatte.

Sie schluckte, näherte sich mit dem Gesicht seinem Unterleib, doch auch das unterband er. Frustriert setzte sie sich zurück auf ihre Fersen. Eine neue Idee keimte auf und sie berührte zärtlich ihre Brüste, reizte die erregten Brustwarzen und schickte eine Hand an ihrem Körper entlang immer tiefer.

Simon beugte sich vor, stützte seine Unterarme auf die Knie und legte den Kopf schief. »Wag es nicht, dich selbst zu berühren. Dieses Recht besitze nur ich, außer ich erlaube es dir ausdrücklich.«

Sie hielt inne, spürte ihren Herzschlag hart und heftig in ihrer Brust. Das Pulsieren in ihrer Scham verschlimmerte sich, quälte sie und sie stöhnte hilflos.

Simon stand lachend auf, ließ sie für einen Moment allein. Mit mehreren kurzen, verschieden starken Stricken kehrte er zurück. Als er hinter ihr hockte, legte sie freiwillig ihre Hände hinter ihren Rücken. Die Fesselung begann an ihren Oberarmen, mehrfach umschlang er abwechselnd die beiden zierlichen Glieder, knüpfte Knoten. Das nächste Seil setzte ein kleines Stück tiefer an, ebenso kunstvoll umschlungen verknotete er die Enden und spielte mit ihrer Ungeduld. Sie konnte das Seufzen nicht unterdrücken.

Mit den Unterarmen und Handgelenken verfuhr er noch langsamer, präziser, stets darauf bedacht, dass die Stricke nicht in die Haut schnitten oder bei der kleinsten Bewegung Wunden rieben.

Erica war überrascht, wie erregend dieses Geduldsspiel auf sie wirkte. Die Zeremonie des Bondage verlangte viel von ihr, doch während der ganzen Zeit ließ ihre Lust nicht nach.

Selbst als er mit feineren Seilen begann, sogar ihre Finger einzeln zu verknüpfen, stöhnte sie vor Erregung. Das Schweigen, mit dem er seine kunstvolle Arbeit verrichtete, ließ die Luft des Raumes knistern.

Simon betrachtete sie, umkreiste ihren gebundenen Körper. Er wirkte konzentriert, prüfte die Knoten, den Sitz der Seile. Seine Erregung war präsent, wölbte sich hart und pulsierend unter der Jeans zwischen seinen Beinen. Er setzte sein Werk fort, nachdem er sie auf ihre Füße gehoben hatte. Knapp über den Knien schlang er ein weiches Seil mehrfach um ihre Schenkel, fixierte mit Knoten den genauen Punkt, an dem sie halten sollten. So bewegungsunfähig gebunden zu sein, ließ Erica wohlig aufseufzen.

Simon wandte sich der Fesselung ihrer Waden zu, schloss das Kunstwerk der erotischen Verschnürung an ihren Fußgelenken ab. Die Fixierung ihrer Arme zwang sie zu einer leicht gebeugten Haltung. Nur wenn sie den Kopf in den Nacken legte, konnte sie ihn ansehen. Die aufgeheizte Spannung waberte durch die Luft, seine Augen glänzten vor Verlangen und sie erkannte, dass er sich selbst quälte und seine Geduld auf die Probe stellte.

Zu ihrem Leid setzte sich Simon erneut auf das Sofa, betrachtete die verschnürte Schönheit vor sich. »Bist du schon einmal geflogen?« Etwas in seiner Stimme klang wie eine Fangfrage. Plötzlich stand er so überraschend vor ihr, dass sie den Atem anhielt. Er hob sie sich über seine Schulter und trug sie hinaus. Nicht in einen anderen Raum – nein, Simon brachte sie in den weitläufigen, schwach beleuchteten Garten. Der Holzaufbau, dem sie näher kamen, hatte gewisse Ähnlichkeiten mit einer Spielplatzschaukel, doch an den Ketten, die am dicken Querbalken hinunterhingen, fehlte das Schaukelbrett. Simon setzte Erica ab, richtete die breiten Eisenketten und ließ sie hinunter.

Sie kniff die Augen zusammen, um mehr erkennen zu können.

Mit einem stumpfen Haken verband er das Bondage ihrer Unterschenkel mit einer der Ketten, mit einem weiteren Seil die Fixierung ihrer Oberarme mit dem Eisenring des Querbalkens. Die zweite Kette hakte er seitlich in die Oberschenkelverschnürung.

Noch hatte Erica festen Boden unter den Füßen, doch die Vorahnung hinterließ ein nervöses Summen in ihrem Bauch. Abermals richtete er die Ketten, zog Erica an dem Seil des massiven Eisenrings empor. Als sie den Boden unter sich verlor, quiekte sie erschrocken.

Er positionierte sie in eine bestimmte Höhe und fixierte die Ketten und das Seil in entsprechenden Ösen. Simon trat ein paar Schritte vom Gestell zurück, betrachtete das leichte Schaukeln ihres Körpers. »Fühlst du dich sicher oder schneidet irgendwo eine Fessel?«

Ihr Körper schaukelte so, dass sie kaum in der Lage war, ihm ins Gesicht zu sehen. »Nein, alles okay.«

Ihre helle Haut leuchtete im Dunkel des Gartens. Während sie die Schwerelosigkeit genoss, schoss ihr plötzlich ein Gedanke durch den Kopf. Hatte Simon nicht von Dienstpersonal gesprochen? Sie versuchte, zum Haus zu sehen, erkannte die hell erleuchteten Fenster und keuchte. Jeder, der einen Blick in den Garten warf, würde sie hier hängen sehen.

Simon trat näher, gab ihr einen leichten Schubs, sodass sie auf ein Neues zu pendeln begann. Nahezu den Oberkörper waagerecht, die Knie angewinkelt seitlich an Ketten befestigt, den Bauch frei schwebend über dem Boden, würde der Eisenring nachgeben, oder die Seile nicht halten …

Simon hielt sie fest, unterband das Schwingen, als hätte er ihren Gedanken erraten. »Du bist sicher, nichts kann dir passieren … bis auf das, was ich dir antue.« Er hockte sich so hin, dass er ihr Gesicht sanft berühren und sie ihn ansehen konnte. »Ich bin für deine Unversehrtheit und Sicherheit zuständig. Du wirst nicht fallen.«

Erica nickte, schloss die Augen, und dachte wieder an das Hauspersonal, das verstohlene, vielleicht sogar offensichtliche Blicke in den Garten werfen könnte. Ihre Muskeln entspannten sich und sie ließ sich in das Bondage fallen.

Simons Hände streichelten die Bedenken fort, und als er sie in dem Schwebezustand von hinten kraftvoll nahm, schrie sie hemmungslos ihre Lust in den nächtlichen Himmel.

Kapitel 10: Alte und neue Freundschaften

Es klopfte an der Bürotür und gleich darauf trat die junge Telefonistin ein. »Erica? Draußen wartet ein Mister Prescott auf dich, er sagt, ihr hättet einen Termin.«

Sie hob den Kopf, noch in Gedanken bei dem Protokoll des aktuellen Auftrags, das sie gerade korrigierte, und legte die Stirn in Falten. »Mister Prescott?«

Sally zuckte mit den Schultern und verzog den Mund, sodass ihr Piercing unter der Lippe funkelte. »Na ja, ich finde seinen Namen nicht im Kalender und Bella meinte, ich soll dich fragen, ob du ihn womöglich vergessen hast, einzutragen.«

Erica strich sich eine Haarsträhne hinter das Ohr, die sich aus ihrer Steckfrisur gelöst hatte. Unter Stapeln von Papieren, Akten und Stoffmusterkatalogen suchte sie nach ihrem Planer und warf einen Blick hinein. »Ich kann mich nicht erinnern, dass ich mit einem Mister Prescott gesprochen habe. Vielleicht war es Michael.«

Energisches Klopfen kündigte einen weiteren Gast an und Ericas Augen weiteten sich, als Master Stuart ohne Einladung in ihrem Büro stand und lächelte.

»Guten Morgen, die Damen«, der Meister bedachte Erica mit einem freundlichen Zwinkern und deutete mit dem Zeigefinger auf sie. »Zu dir möchte ich.«

Ihr Herzschlag beschleunigte sich und sofort stiegen die Bilder des Wochenendes in Simons Villa in ihr empor. Mit Verwirrung im Gesicht winkte sie die Telefonistin hinaus.

»Schon okay, Sally, danke.«

Unschlüssig blieb das Mädchen stehen, musterte den großen Mann mit der Narbe im Gesicht. Erica wusste, was Sally dachte. Stuarts dominante Ausstrahlung war immer präsent, anziehend wie abstoßend zugleich. Als der Master Sally jedoch mit einer eindeutigen Miene zu verstehen gab, dass sie fehl am Platze war, erschrak sie und verließ eilig das Büro. Erica lachte leise, bis sie bemerkte, dass sie ihren Blick wie ferngesteuert gesenkt hatte.

Die Lektionen, die Stuart ihr mit der Peitsche eingeschärft hatte, waren allgegenwärtig. Erica musste sich zwingen, ihn direkt anzusehen. Mit einem Räuspern klärte sie ihre Stimme, schließlich war er nicht als Dom hergekommen und es war unwahrscheinlich, dass er seine Gerte mitgebracht hatte. Master Stuart setzte sich auf den bequemen Besucherstuhl ihr gegenüber und nahm eine legere Haltung ein. »Ich lebe in einem Albtraum, brauche mehr Platz und einen Spielkeller. Du hast Geschmack, du hast Stil und vor allem ein Händchen für Extravagantes. Simon hat mich ein wenig im ›Private Room‹ herumgeführt.«

Niemals mit einem Kunden! Erica schloss für einen Moment die Lider und seufzte. Als sie sich mit Simon eingelassen hatte, war der Auftrag bereits vollendet und er kein Kunde mehr gewesen. So hatte sie sich ihr Prinzip bewahrt, aber Master Stuart? Mit ihm hatte sie bereits … Sie rollte mit den Augen.

»Oh bitte, sag nicht Nein, ich brauche deine Hilfe.«

Erica lächelte über seine gespielte Verzweiflung.

»Entschuldigen Sie, ich hab gerade an etwas anderes gedacht, Sie waren nicht gemeint. Sicher helfe ich Ihnen gern. Simon erzählte, dass Sie das Haus von Ihren Großeltern geerbt haben und ein Geschäft betreiben?«

Erleichterung entspannte Master Stuarts Gesichtszüge und er lehnte sich zurück. Sein Gesicht wirkte nicht mehr so furchteinflößend auf sie und auch die Narbe hatte an Gefährlichkeit verloren.

»Nenn mich einfach Stuart, okay? Du bist ein Engel. Stimmt beides, doch die letzte Renovierung des Sommerhauses ist zehn Jahre her und seitdem war kaum Zeit. Ich habe mit vielem angefangen, aber du kennst das ja, so ein Haus ist eine Lebensaufgabe.«

Sie schob die Erinnerungen an die Sexspiele beiseite und war ganz die Innenarchitektin, selbstbewusst, geradlinig und mit hingebungsvoller Leidenschaft für ihren Beruf. Auch wenn es ihr schwerfiel, ihn zu duzen. »Haben Sie, ich meine, hast du die Pläne mitgebracht?«

Stuart erklärte ihr mit Bedauern in der Stimme, dass es keine Pläne gab, dazu war der Bau viel zu alt und die Renovierungen waren in Eigenleistung entstanden.

Zwei Tage später trafen sie sich zu einem Besichtigungstermin. Es war nicht ganz das Bauernhaus mit Gemüsegarten, Hundehütte und Hühnerstall, wie sie es sich seiner Beschreibung nach vorgestellt hatte. Das Anwesen entpuppte sich als Herrenhaus im Kolonialstil mit weitläufigem Waldgrundstück. Ericas Herz schlug einen Takt schneller, als sie die Pferde in der liebevoll restaurierten Stallung entdeckte. Sie berührte die weichen Nüstern einer der Stuten. »Das sind wunderschöne Tiere.«

Master Stuarts Gesichtsausdruck bekam ein warmes Leuchten, etwas, das sie bisher nicht von dem besten Freund ihres Liebhabers kannte und es machte ihn noch sympathischer. »Du bist jederzeit gern eingeladen. Du kannst doch reiten, oder?« Er sagte das mit einem frechen Unterton, der die Zweideutigkeit mehr als eindeutig interpretierbar herüberbrachte und Erica ein Kopfschütteln entlockte. Sie folgte ihm zum Wohnhaus.

»Das Herrenhaus ist in einem erbärmlichen Zustand, wie du

feststellen wirst. Aber ich habe gehört, das lässt ein Architektenherz höher schlagen.«

Innen wirkte alles viel größer, als es von außen vermuten ließ und Ericas Herz pochte tatsächlich kräftiger in ihrer Brust. Sie sah nicht die rohen Wände, auch nicht den verblichenen Steinboden oder die morschen Holzbalken der imposanten Treppe. Sie nahm die Seele des Hauses wahr, als wäre es ein lebendes, atmendes Geschöpf, das nur ein wenig Politur brauchte, um in neuem Glanz zu erstrahlen. Vor ihrem inneren Auge bildete sich eine Vorstellung der Vergangenheit und mischte sich mit einer Idee für die Zukunft.

Er räusperte sich, legte seine Stirn in Falten und beobachtete die für ihn anscheinend etwas eigentümlich wirkende Begeisterung, die in Ericas Mimik zu sehen war. Er sah sicher nur das alte marode Haus seiner Großeltern, in dem er glückliche Zeiten seiner Kindheit verbracht hatte. »Ich gebe zu, ich schäme mich dafür, dass ich es so …«

»Nein, es ist großartig, ich sehe alles schon vor mir.«

Erica schwebte förmlich durch die Räume und strahlte über das ganze Gesicht. Stuart folgte ihr mit etwas Abstand und je länger sie euphorisch in dem Herrenhaus umherschwirrte, leise vor sich hinmurmelte, desto mehr Überraschung zeichnete sich auf dem Antlitz des Inhabers ab. Der Rundgang endete auf der morschen Holzterrasse und Ericas Augen funkelten vor Aufregung.

Stuart schmunzelte. »So langsam bekomme ich einen Vorgeschmack dessen, was Simon von dir erzählt hat.«

Sie sah ihn fragend an. Er strich sich über den kurz geschnittenen Bart, drehte sich zum Geländer und blickte über die weitläufigen Wiesen. »Du bist eine Künstlerin in deinem Fach.«

Der ernste Unterton in seiner Stimme ließ sie aufhorchen, und als das Wort »Künstlerin« fiel, wanderten ihre Gedanken zurück zu dem Gespräch über Lydia. Erica konnte ihrer Neugier nicht Einhalt gebieten. »Simon hat mir von Lydia erzählt. Du hast sie gekannt, richtig?«

Stuart erwiderte ihren Blick, betrachtete ihr Gesicht, als forsche er nach dem Grund für diese Eröffnung. »Ich war sein Trauzeuge.«

»Was weißt du über den Lord?«

Sofort verzog er seinen Mund und wandte sich ab. Es war offensichtlich, dass Stuart diesen Kerl nicht mochte.

»Bitte!«

»Dieser Typ ist ein …« Stuart brach ab, als wäre die Beleidigung, die ihm durch den Kopf zu schießen schien, noch zu harmlos, um beschreiben zu können, was er von diesem Mann hielt. Als er sich zu ihr umdrehte, sah er sie eindringlich an und überkreuzte die Arme vor seiner Brust. »Du hast einen gewissen Vorgeschmack auf die psychologischen Spielchen bekommen. Sie sind eine wahre Gratwanderung. Ein Sklave liegt oft psychisch blank vor dir. Als Dominus hast du die moralische Pflicht, ihn aufzufangen, ihm nicht zu schaden. Aber es gibt auch Menschen, die sich daran ergötzen, jemanden völlig am Boden zu zerstören. Der Lord ist ein Experte darin. In der Szene nennt man ihn auch den *Meister der Puppen*, denn nichts anderes lässt er von seinen Sklavinnen übrig.« Der Ekel, den er empfand, war deutlich sichtbar, während er sprach. Stuart seufzte und hob seinen Blick wieder zu ihrem Gesicht. »Er ist charmant zu Beginn. Er hat eine unglaubliche Ausstrahlung, doch das alles ist nur Fassade. Die Menschenverachtung lernt eine Sub erst kennen, wenn sie sich ihm übereignet hat. Leider besitzt er ein sehr gutes Händchen dafür, sich stets sehr sensible oder labile Frauen auszuwählen.«

Eine Gänsehaut kroch Erica über die Arme.

»Ich hätte nie gedacht, dass Lydia auf die Maskerade dieses miesen Kerls hereinfällt.«

Erica setzte sich in einen der Terrassenstühle, deren Farbe bereits abgeblättert war und in ihrem Kopf entstanden eigenartige Bilder, fast so, als kenne sie die Protagonisten des Kopfkinos persönlich.

»Sie war so eine leidenschaftliche Person, einzig ihr Humor ließ etwas zu wünschen übrig.« Er lachte bei dem Gedanken. »Ich gebe zu, wäre Simon nicht mein bester Freund, ich hätte nichts unversucht gelassen, sie ihm auszuspannen.«

Als Erica emporsah, zwinkerte er ihr frech zu und brachte sie zum Lächeln, doch der kurze Augenblick schwang schnell in Ernsthaftigkeit um. »Wann hat sie sich verändert? Was meinst du?«

Erneut wog er seine Worte ab, räusperte sich und betrachtete ihre Gesichtszüge eingehend, wohl auf der Suche, festzustellen, ob es sie verletzte. »Lydia ist ihm mehrfach begegnet, war fasziniert von seiner Wirkung auf sie und von seinem Auftreten. Egal, mit wem sie darüber sprach, jeder hat sie vor ihm gewarnt. Aber wie es manchmal so ist, Dinge, die verboten sind, wirken anziehender als zuvor. Sie dachte ernsthaft, alle anderen würden völlig übertreiben. Tja, und dann ging sie zu ihm.«

»Was hat Simon dazu gesagt?«

Stuart atmete hörbar aus. »Er hat es gehasst, wenn sie von ihm schwärmte. Er hat ihr viele Freiheiten gelassen, es ihr ermöglicht, auch mit anderen Dominanten zusammen zu sein, aber beim Lord hat er sich geweigert, auch nur den Kontakt herzustellen. Die Gefahr ist verdammt groß, sich unendlich tief in dieses Spiel zu verstricken. Bei Lydia haben wir das alle zu spät erkannt. Simon hat sie geliebt, sie regelrecht auf ein Podest gestellt.« Er strich sich mit den Fingern durch sein langes Haar. »Der Lord war verführerisch, und wie labil sie war, haben wir erst begriffen, als Lydia die Hochzeit mit Simon platzen ließ. Noch im Hochzeitskleid ist sie zu dem Anwesen des Lords gefahren, hat den Sklavenvertrag unterschrieben und alles zurückgelassen, was sie ausmachte.« Seine Hand griff nach der Lehne eines freien Stuhls und Stuart setzte sich ihr gegenüber, suchte ihren Blick. »Simon hat alles versucht, sie da rauszuholen, nicht nur, weil er sie geliebt hat, sondern auch, weil er wusste, was mit ihr geschehen würde. Eines Abends lud der Lord zu einer großen Feierlichkeit und jeder aus der Szene war eingeladen. Die Krönung des Ganzen war die Vorführung seiner neusten Novizin, Lydia, die in der Nacht sein Zeichen bekommen sollte.«

Erica hob die Augenbrauen. »Zeichen?«

»Ja, der Mittelpunkt der Party war, Lydia zu brandmarken. Es hat Simon das Herz zerfetzt, als die glühenden Eisen sich in Lydias Haut fraßen.«

Erica hob schockiert die Finger an ihre Lippen und unterdrückte den Impuls, aufzuschreien. Allein die Vorstellung, diese unvorstellbaren Qualen, der Geruch von verbranntem Fleisch.

»Wenn sich ein Sklave ihm übereignet, gilt es für immer. Seine Initialen auf der Haut zeichnen seinen Harem aus. Er bricht sie, nimmt ihnen alles, was sie in ihrem vorherigen Leben ausgemacht hat. Er lässt nichts übrig und formt sie sich zu Hüllen, leeren Gefäßen, die er füllen kann, wie es ihm beliebt.«

Erica schluckte. »Das ist wie echte Sklaverei. Wurde er jemals angezeigt? Das muss doch strafbar sein, oder nicht?«

Stuart zuckte mit den Schultern. »Wenn niemand gegen ihn aussagt, welche Beweise hast du dann?«

Sie sackte innerlich zusammen. Bisher war es ein Spiel für sie gewesen. Sicher hatte sie im Internet genügend schlimme Geschichten von schlechten Erfahrungen gelesen, doch eine solche Realität war unvorstellbar, daran hätte sie nie im Traum gedacht.

Er griff nach ihren zitternden Händen, strich beruhigend über ihre Finger und zwinkerte aufmunternd. »Schwarze Schafe gibt es überall.«

Erica nickte, fühlte Bedauern und Mitleid für Lydia. In ihr regte sich der Wunsch, zu helfen, aber sie ahnte, dass sie auf verlorenem Posten stand. Selbst wenn man die zerbrochene Seele aus den Klauen dieses Widerlings holen könnte, wäre sie ein Fall für die psychiatrische Anstalt. Eine Träne löste sich aus ihrem Augenwinkel, kullerte die Wange hinab, und noch bevor Erica sie heimlich fortwischen konnte, fing Stuart sie mit der Kuppe seines Zeigefingers auf.

Er zerrieb den Tropfen zwischen den Fingerspitzen und schmunzelte. »Kein Wunder, dass Simon so gefesselt von dir ist.« Sein Flüstern war warm, tröstlich und liebevoll. Gern wäre sie in seine Arme geflüchtet und hätte hemmungslos über das Erfahrene geweint, doch sie riss sich zusammen. Vor ihrem inneren Auge betrachtete sie zum wiederholten Male das Gemälde, das Simon ihr gezeigt hatte. Eine Schande, eine Verschwendung eines wahren Talentes. Zu wissen, dass dieser Kerl sein Ego mit zerbrochenen Seelen streichelte, trieb ihr die Wut in den Magen. Und vor ihr saß der Hüne, den sie gefürchtet hatte, den sie abstoßend gefunden hatte und der sich vor ihren Augen völlig verändert hatte. Ihr wurde bewusst, dass Master Stuart die beiden Persönlichkeiten seines Lebens sehr gut zu trennen wusste. In ihr keimte das zarte Gefühl einer Freundschaft zu ihm auf, doch sie war sich nicht sicher, was sie davon halten sollte. Noch nicht.

»Möchtest du jetzt den Keller sehen?«

Sie war dankbar für den Themenwechsel und stand auf, schluckte die Traurigkeit hinunter und folgte ihm ins Haus.

Der muffige Kellerdunst mischte sich mit dem Geruch von Leder, Bleichmittel und Holz. Ein großer Teil der Werkstatt war bereits ausgelagert und im Gartenhaus untergebracht.

Stuart beschrieb ihr seine Vorstellungen eines Spiel- und Ausstellungsraumes und während des Gespräches entstanden mit Ericas Fantasie detaillierte Bilder in ihrem Kopf. Fasziniert blieb sie vor einem handgefertigten Andreaskreuz stehen, berührte das weiche Leder und tastete über die Nieten. Sie war beeindruckt von seiner Arbeit und wandte sich strahlend zu ihm um. »Ich baue dir einen richtigen Kerker.«

Stuart betrachtete mit unverhohlenem Interesse ihre weit ausholende Gestik, mit der sie ihren Erklärungen Nachhall verlieh. »Kein Wunder, dass Simon sich Hals über Kopf in dich verliebt hat.«

Noch in der Nacht saß Erica an ihrem Büroschreibtisch und zeichnete an den Entwürfen. Das Herrenhaus war in keinem guten Zustand, aber alte Häuser waren stets für die Ewigkeit gebaut und massiver, als man annehmen mochte. Donald Trent hatte sofort grünes Licht gegeben, als er hörte, wie viel Geld der Auftraggeber investieren würde. Eifrig, völlig in Euphorie für das neue Projekt versunken, vernahm sie nicht, dass jemand durch die Tür trat. Erst das zaghafte Klopfen am Türrahmen ließ sie aufblicken. »Marie?«

Die beste Freundin stand mit einer Pizzaschachtel und reumütigem Gesichtsausdruck halb im Raum. »Wahrscheinlich ist mein Friedensangebot schon scheißkalt, aber du warst nicht zu Hause, also habe ich gehofft, dass du mal wieder länger arbeitest und ich dich in deinem Büro antreffe.«

»Ob kalt oder warm, eine Pizza geht immer. Setz dich.«

Erica schob die leere Schachtel beiseite. Sie spürte, dass Marie um den heißen Brei schwätzte, sie über das neue Projekt ausfragte und doch mit einem anderen Thema auf dem Herzen hergekommen war. Erica lehnte sich satt in ihren Bürostuhl zurück und rieb sich die müden, brennenden Augen.

»Warum bist du wirklich hier, Marie?«

Schuldbewusst sah der Rotschopf zu Boden und seufzte. Erst

nach einer Weile sah sie auf und ihr erneut ins Gesicht. »Du bist schlimmer als ein eingeschnappter Lover, ignorierst meine Nachrichten, rufst nie zurück, gehst nicht ans Telefon. Glaubst du, ich merke nicht, dass irgendwas nicht stimmt?«

Die After-Work-Party, das Treffen mit den alten Freunden, das Gespräch mit Marie im Waschraum. Erica rollte genervt die Augen. »Du hast mich angesehen, als käme ich aus einer anderen Galaxie. Ausgerechnet meine beste Freundin, von dir hätte ich mir etwas mehr Toleranz gewünscht, das ist alles.«

Sie klang bissiger als beabsichtigt, aber der Inhalt entsprach dem, was ihr seit der Unterhaltung durch den Sinn ging.

Marie schüttelte den Kopf und erhob sich energisch von ihrem Sitz. »Was erwartest du denn bitte schön? Du knallst mir ins Gesicht, du bist eine Sklavin. Erica, du solltest dir selbst mal zuhören. Das kann doch nicht dein Ernst sein. Wer ist dieser perverse Dreckskerl, der dich um hundertachtzig Grad gedreht hat? Seit wann stehst du darauf, dir den Arsch versohlen zu lassen?« Marie überkreuzte wütend die Arme vor der Brust. »Wir reden sonst über alles, aber warum weiß ich von diesen Neigungen nichts? Ich habe mit Thomas gesprochen und ihn gefragt, ob du schon früher solche Ambitionen hattest. Er kann sich an so was nicht erinnern.«

Erica starrte ihre beste Freundin an und öffnete den Mund, schloss ihn wieder.

»Du hast ihm davon erzählt?«

Hilflos warf die Rothaarige die Hände in die Luft. »Ja, Himmel, tut mir leid, habe ich. Ich bin deine Freundin, ich kenne dich seit dem Sandkasten.« Wütend krachten ihre Fäuste auf die Schreibtischplatte. »Verdammt noch mal, Erica! Hast du eigentlich noch alle Schrauben am Zaun? Weißt du, wie gefährlich diese Typen sind? Das fängt vielleicht mit ein bisschen Arschversohlen an, aber ich habe im Internet darüber gelesen. Die stechen Nadeln in dich hinein, die stopfen irgendwelche Dinge in deine Öffnungen, knebeln und fesseln dich, damit du keine Chance hast, dich dagegen zu wehren. Bist du von allen guten Geistern verlassen, dich auf so einen perversen Wichser einzulassen?«

Fassungslos schüttelte Erica den Kopf.

»Was glaubst du, wo das endet? Dir kann sonst was passieren, Erica. Ich habe keine Lust, dich wegen so einem Irren nachher im Leichenschauhaus wiederzusehen.« Marie hob warnend den Zeigefinger. »Du wirst dich von diesem Mann fernhalten, schlag ihn dir aus dem Schädel. Wenn er mit dir fertig ist, dann lässt er dich fallen und du bist reif für die Klapse.«

Empörung keimte in Erica auf. »Sag mal, geht's noch? Seit wann sagst du mir, mit wem ich meine Freizeit verbringen oder mit welchen Menschen ich mich umgeben darf? Ich bin alt genug, das allein zu entscheiden.«

»Du hast jegliche Sicht für die Realität verloren. Ich habe Angst um dich, verstehst du nicht? Schau dir diese Leute mal an. Peitschen, Fesseln …«

Erica unterbrach sie sofort in ihrer Litanei und stand auf. »Erspar mir deine Predigt, Marie. Ja, mag sein, dass es Typen gibt, die scharf darauf sind, sich Nadeln in die Haut stechen zu lassen. Piercing- und Tattoofans finden es auch geil. Was ist nur los mit dir? Du bist doch selbst kein Kind von Traurigkeit!« Sie blieb vor Marie stehen. »Akzeptier es oder nicht, es ist mir gleich. Unsere Freundschaft hat nichts mit meinen oder deinen sexuellen Vorlieben zu tun. Falls du das so siehst, ist es schade, aber daran kann ich nichts ändern.« Erica wählte ihre Worte sorgfältig aus. »Du musst mich nicht retten, weil ich nicht gerettet werden will. Ich liebe diesen Mann, ob dir das passt oder nicht. Du kennst ihn nicht einmal, und wenn ich dich so reden höre, überlege ich mir lieber, ob ich ihm das antue, dich ihm vorzustellen.« Die

Enttäuschung in ihrem Tonfall war nicht vermeidbar. Erica fühlte sich betrogen, war fassungslos über die Intoleranz und die Ablehnung ihrer Freundin, dass es ihr schwerfiel, sie nicht anzuschreien. Sie sackte in ihren Bürostuhl zurück und schüttelte den Kopf. »Ich frage mich wirklich, mit welchen Freunden ich mein Leben verbracht habe. Was hat euch so bieder werden lassen? Du warst früher Punk aus Leidenschaft und heute spielst du die Mutter Theresa der Nation. Kommst du dir nicht ein wenig albern vor? Und Thomas? Ich will dir mal was über Thomas sagen, würde er endlich dazu stehen, dass er schwul ist, wäre einiges für ihn wesentlich leichter.«

Marie hielt den Atem an.

»Ja, hast du das noch nicht begriffen? Thomas ist kein Stück hetero und war es auch nie. Oder dein heiß geliebter erster Lover Timothy. Früher hast du ihn deine Zehen lutschen lassen und fandest das lustig, glaubst du die Neigung ist neu? Dein Timothy war schon immer ein Fußfetischist und ist es heute erst recht. Denkst du, er ist nur so Schuhverkäufer geworden? Und warum hat es dich weniger geschockt, als Jacky uns ihre Flamme vorgestellt hat? Sie ist mittlerweile glücklich mit ihrer Frau verheiratet. Weshalb regst du dich darüber nicht auf?« Erica zügelte ihren Redeschwall und hob beschwichtigend die Hände. »Und haben sich diese Leute wegen ihrer Eigenarten geändert? Zerstört es dein Bild von der tadellosen, heilen Welt? Ich weiß nicht, wann es war, aber ich kann mich an ein Mädchen erinnern, das groß und breit geschworen hat, niemals so verbohrt wie die eigenen Eltern zu werden. Bravo, Marie, du bist auf dem besten Wege, das Ebenbild deiner Mutter zu werden.«

Der Rotschopf starrte Erica konsterniert an.

»Du verurteilst Personen, bist jedoch wie alle selbst nicht perfekt, Marie. Ich liebe dich, doch ich bin schockiert, ausgerechnet dich so reden zu hören.« Die Worte schlugen wie Blitze ein.

Erica konnte es an ihrem Gesicht erkennen. »Hör zu, Marie. Du bist ein wichtiger Mensch für mich. Ich weiß es zu schätzen, dass du dich um mich sorgst. Aber Simon liebt mich und BDSM ist ein Rollenspiel, nicht mehr, und nicht weniger. Ich überlasse ihm nicht mein Leben, das will er auch gar nicht.« Sie saß über ihren Schreibtisch gebeugt mit ineinander gefalteten Händen da und betrachtete das bleiche Antlitz ihrer Freundin. Ericas Stimme klang deutlich sanfter: »Freue dich doch einfach für mich, dass ich glücklich bin.«

Marie senkte den Blick. Der Gesamteinlauf tat seine Wirkung und der Rotschopf setzte sich auf den Stuhl und seufzte. »Wirke ich so spießig auf dich?«

Erica hob ihre Hand und zeigte lächelnd einen Abstand zwischen Zeigefinger und Daumen. »Ungefähr so viel.«

Marie schien die Sätze zu überdenken, die ihr wie Wurfgeschosse um die Ohren geflogen waren, und schüttelte langsam ihren Kopf mit ernster Mimik. »Meine Mutter wäre garantiert stolz auf mich.«

Das Lachen drang laut und schallend durch den verwaisten Bürotrakt. Eine Rotweinflasche später saßen die Freundinnen Rücken an Rücken auf dem Fußboden.

»Meine Güte, so wie du ihn beschreibst, scheint er ja ein absoluter Traummann zu sein.«

»Ist er auch.« Das süße Seufzen kam aus ihrem tiefsten Inneren und sie lächelte bei dem Gedanken an Simon.

»Hat der noch einen Kumpel?«

Überrascht öffnete Erica die Augen, legte die Stirn in Falten und dachte mit einem Schmunzeln auf den Lippen an Stuart. »Hm, stehst du auf Peitschen?«

Für einen Moment herrschte Stille in dem Büro, doch dann schüttelte Marie den Kopf. »Neee, lass mal.«

Erneut keimte das Lachen auf, bis es abrupt abbrach.

»Oh Mann, schon so spät?« Marie kniff die Lider fest zusammen, um die Zeigerstellung der Wanduhr zu überprüfen. Halb vier am Morgen. »Paul wird sich bedanken, wenn ich aussehe wie ein Geist und mit Kater im Laden auftauche.«

»Kundenschreck, würde ich eher sagen.« Erica half der Chefberaterin eines Herrenausstatters auf die Beine und zog sie in die Arme. Paul war Maries Kollege, mit dem sie gemeinsam die Filiale in der Stadt führte.

»Danke für die Hirnwäsche, Missie.«

»Gern geschehen, Punk.«

Als Marie durch die Tür ging, drehte sie sich noch einmal um. »Hey Missie?«

Erica blickte auf und unterdrückte ein Gähnen.

»Kennenlernen will ich diesen Typen trotzdem.«

Marie hob frech die Augenbrauen, aber Erica lachte nur. »Nur wenn du dich benimmst.« Ein Zwinkern zum Abschied, dann war sie durch die Tür in den dunklen Gängen verschwunden. Erica lehnte sich in ihrem Stuhl zurück und lächelte vor sich hin. Sie packte die Zeichnung zusammen, nahm ihre Handtasche und schaltete die Schreibtischlampe aus. Sie fragte sich, ob Simon noch wach war, doch als sie zu Hause ankam, fiel sie wie ein Stein ins Bett und schlief sofort ein.

Seidene Bänder legten sich um ihre Handgelenke und Erica stöhnte wohlig. Hände berührten einfühlsam ihre nackte Haut, glitten über die erregten Brustspitzen langsam an ihr hinab. Sie rekelte sich lustvoll unter dem Gemisch aus Auslieferung und Zärtlichkeit. Fingerspitzen tasteten nach ihrer süßen Feuchtigkeit, gruben sich tiefer zwischen ihre Schamlippen, suchten und fanden, umkreisten gierig und dennoch unendlich sanft ihre Klitoris. Heißer Atem liebkoste ihre Wangen, Lippen küssten ihren Hals.

Als sie schleichend aus dem Traum erwachte, war die Realität noch verführerischer. Simons liebevolles Gesicht schwebte über ihr, doch sie kam nicht zu Wort, wurde von ihm mit einem leidenschaftlichen Kuss zum Schweigen verurteilt und die forschenden Fingerspitzen reizten weiter ihre empfindsamen Zonen. Das Zittern stieg zu einem Beben an, die Anspannung ihrer Muskeln nahm zu. Als sie aufschrie, erstickte sein nicht enden wollender Kuss die Lautstärke. Der Höhepunkt schüttelte sie, kribbelte unter ihrer Haut bis zu den Zehen und in ihre Schläfen. Erst als die letzten Wellen des Orgasmus in ihr verebbten, löste Simon seine Lippen von ihrem Mund und lächelte.

»Guten Morgen, Engel.«

Verträumt schmunzelte sie, streckte sich und schnurrte wie eine Katze.

»Dein Traum muss ja sehr aufregend gewesen sein.« Er küsste ihre Stirn und Erica betrachtete den eleganten Schnitt seiner Anzugjacke.

»Was hast du heute vor?« Sie grub ihre Hände in das Revers und zog ihn daran wieder zu sich hinunter, um ihn zu küssen.

»Ich muss leider für einige Zeit beruflich nach Europa. Dich hätte ich natürlich gern dabei, doch Stuart sagte mir, dass du es übernommen hast, seine schäbige Kaschemme zu renovieren.« Simon lachte auf.

»Wann wirst du zurück sein?« Sie ließ ihn ungern gehen, aber Geschäft war nun einmal Geschäft und sie würde genug mit Stuarts Haus zu tun haben.

»Ich bin mir nicht sicher, vielleicht sechs oder acht Wochen.«

»Kannst du mich denn so lang allein lassen?« Sie lächelte frech und erntete einen Kuss.

»Das hoffe ich doch. Da Stuart auf dich aufpassen wird, denke ich, wird er mir jedes Vergehen, jeden Ungehorsam und jede noch so kleine Fehlbarkeit mitteilen.« Er lachte leise und zog sie an seine Brust. »Wie wäre es danach mit einem Urlaub? Glaubst du, du könntest dich für eine Weile in der Firma entbehrlich machen?«

Sie schloss die Augen. *Urlaub*. Was für ein himmlischer Gedanke. Sonne, Strand, Meer, Simon! Das klang herrlich, dafür würde Erica sich auf jeden Fall freischaufeln. »Klar, nichts lieber als das.«

Seine Lippen legten sich erneut auf ihre Stirn, während er ihren Kopf am Kinn emporhob, sich an ihrem Gesicht hinab liebkoste und ihren Mund küsste. »Ich muss jetzt los, sonst verpasse ich meinen Flieger. Bleib brav, kleines Luder. Ich melde mich, sobald ich kann.«

»Wie bist du hier eigentlich reingekommen?«

Simon drehte sich am Türrahmen ihres Schlafzimmers um und lächelte. »Du solltest besser nachts den Schlüssel im Schloss umdrehen. Aber … wenn ich es mir recht überlege, nein, lieber doch nicht, schließlich wurde ich mit einer süß lächelnden, gierig stöhnenden Träumerin belohnt.« Mit einer Scheckkarte deutete er seine Schlossknackerqualitäten an, zwinkerte mit einem spitzbübischen Gesichtsausdruck und ging.

Acht Wochen ohne ihn! Sie vermisste ihn jetzt schon.

Kapitel 11: Die andere Seite

Erica stürzte sich mit Feuereifer auf das Projekt, Stuarts Wohnhaus umzubauen. Sie blieb oft bis in die Nacht, überwachte alle Arbeiten, und wenn sie allein war, saß sie auf dem Fußboden der Eingangshalle und studierte Stoffmusterkataloge, Tapetenmuster oder Farbtabellen. Tagsüber wusste sie den Gedanken an Simons Abwesenheit zu verdrängen, doch wenn die Stille sie umgab, kehrte die Einsamkeit zu ihr zurück.

Er rief Erica häufig am Abend an, jedoch nicht täglich und an den Tagen, die es ihr nicht möglich machten, seine Stimme zu hören, war die Sehnsucht besonders groß.

Stuart hatte es sich zur Aufgabe gemacht, auf sie aufzupassen, eher wie ein Freund, statt wie ein Sklavinnensitter, wie Erica ihn hin und wieder aufzog. Er achtete stets darauf, dass sie genug aß, denn Erica war von der Sorte Mensch, die über ihren Arbeitseifer schnell den Hunger vergaßen.

Manchmal, wenn ihrer Kreativität die Puste ausging, schlenderte sie für eine kleine Auszeit in den Stall, kraulte die weichen Nüstern der Pferde und genoss die wunderbare Ruhe, die die Tiere ausstrahlten. Gelegentlich blieb sie an der geöffneten Stalltür stehen, wenn Stuart sich um sie kümmerte. Seine Liebe zu diesen prachtvollen Vierbeinern war offensichtlich. Er behandelte sie, als wären es Kinder, sprach sanft mit ihnen und je mehr Zeit Erica mit diesem Master verbrachte, desto mehr freundschaftliche Zuneigung empfand sie für ihn.

Sein Leonberger Rüde Paco scharwenzelte ständig in der Nähe

seines Herrchen umher. Wenn er mit ihm im Garten Tauziehen um ein Baumwollseil spielte, mit ihm rangelte und ausgelassen tobte, schien es, als wäre jegliche Dominanz in ihm verschwunden. Wenn er Paco Kommandos gab, geschah das mit Handzeichen und nie spürte sie auch nur einen Hauch von Strenge an Stuart. In solchen Momenten fragte sie sich, ob er in ihren Augen je wieder der Master Stuart sein würde, dessen Gegenwart und Dominanz sie so abscheulich und doch erregend gefunden hatte.

Es klopfte am Türrahmen, als Ersatz der fehlenden, zur Überarbeitung eingeschickten Haustür. Erica hob ihren Kopf, noch in Gedanken versunken.

»Du nimmst deine Aufgabe zu ernst.« Stuart lehnte an der Zarge. »Willst du nicht langsam mal nach Hause? Es ist bereits elf und ich wette, du hast noch nicht zu Abend gegessen.« Er betrachtete sie eindringlich. »Du vermisst ihn sehr, nicht wahr?«

Erica rollte ihre Augen. Natürlich tat sie das, was für eine Frage, doch Stuart schien tatsächlich eine Antwort zu fordern. »Klar fehlt er mir.« Das Seufzen aus ihrem Mund unterstützte die Worte. »Ich freu mich schon auf den Urlaub. Mein Chef war zwar nicht begeistert, aber dein Haus hat ihn milde gestimmt, mir ein paar Tage zu gönnen.«

In Stuarts Blick mischte sich ein seltsames Funkeln.

»Weißt du etwa mehr als ich?«

Ein schelmischer Ausdruck umschmeichelte seine Lippen, doch er schwieg eisern. Hatte Simon ihm verraten, wohin die Reise gehen würde? Egal, wie raffiniert sie ihren Liebsten am Telefon ausfragte, er verriet ihr nichts. »Wohin wird es gehen? Italien? Spanien? Hawaii? Domrep?« Das letzte Land nannte sie absichtlich mit seinem überall bekannten Kürzel und Stuarts Schultern zuckten belustigt. Wie sollte sie die Reaktion deuten? Hatte sie einen Treffer gelandet? Oder amüsierte er sich nur über den kleinen Witz? »Kannst du mir nicht wenigstens einen winzigen Tipp geben?« Erica setzte ihr süßestes Lächeln auf, doch Stuart war ein erfahrener Dominus und er genoss sichtlich ihre Qual.

Er schüttelte den Kopf. »Deine Neugier ist …« Er lachte rau, legte den Kopf in den Nacken und schwieg mitten im Satz. Er ging auf sie zu, klappte den Stoffkatalog auf ihrem Schoß zusammen und zog sie an den Händen zu sich empor. »Ich sag dir nur so viel, diesen Urlaub wirst du nie vergessen.« Stuart zog sie mit sich aus dem Haus, öffnete die Tür zu seinem Wagen und stieg auf der Fahrerseite ein.

»Ihr seid so fies und gemein.« Erica klang trotzig.

»Das haben Sadisten so an sich.« Er schnaubte und fuhr sie heim.

In den nächsten Tagen verbrachte Stuart mehr Zeit in seinem Haus. Während die Handwerker die letzten Feinarbeiten in den oberen Räumen erledigten, widmete Erica sich dem Spielkeller. Die beiden Malerlehrlinge, die ihr im Keller zur Hand gehen sollten, kicherten und schwatzten ständig wie kleine Mädchen, alberten mit den verschiedenen Fesselbauten und Peitschen herum.

»Hey, wenn ihr euch nicht auf die Arbeit konzentriert, fessele ich euch an das Andreaskreuz und peitsche euch so lange, bis ihr es begriffen habt. Verstanden!?«

Stuart hob die Augenbrauen, als er Ericas Stimme mit dem Tonfall und diesen Worten zu den Lehrlingen sprechen hörte, während er die Steinstufen herunterkam.

Die beiden Jungs verstummten, zogen die Köpfe ein und widmeten sich dem Malern der Wände.

»Du scheinst die beiden gut im Griff zu haben.« Er sah sich in dem Raum um. Der Keller war kaum wiederzuerkennen. Seine handgefertigten SM-Möbel waren geschmackvoll verteilt und Fackelleuchten warfen Schatten, die bedrohlich und unheimlich wirkten. Rostig aussehende Eisenketten, große und kleine Ringe hingen von dicken Eichenbalken an der Decke hinab. In den verschiedenen Wandnischen befestigte Erica seine persönliche Peitschensammlung und die Ausstellungsstücke aus seiner Kollektion.

Sie war so vertieft in ihre Arbeit, dass sie Stuarts Erscheinen nicht bemerkt hatte. Er blieb hinter Erica stehen, beugte sich über ihre Schulter. »Du hast sogar an einen Sklavenkäfig gedacht.«

Erschreckt fuhr sie zusammen und prallte zurück. »Verdammt! Musst du dich so anschleichen?«

Leises Gelächter drang herüber, und als Erica den Lehrlingen einen bösen Blick zuwarf, wandten sie sich wieder ihrer Arbeit zu.

Stuart hob die Peitsche auf, die sie fallen gelassen hatte, und gab sie ihr zurück. Sie betrachtete den halbhohen leeren Käfig, von dem er gesprochen hatte, und witzelte. »Na ja, wenn schon Kerker, dann richtig. Wie gefällt es dir bis jetzt?«

»Ich bin beeindruckt. Der Raum ist genau so, wie ich es mir vorgestellt habe.«

»Freut mich, hier werden sich deine Kunden wohlfühlen.« Sie zwinkerte vielsagend und erntete einen höhnischen Blick, den sie nicht zuordnen konnte.

»Die auch …« Stuart sprach so leise, dass nur sie die Worte hören konnte, und drehte sich um.

Ein wohliger Schauder rieselte ihre Wirbelsäule hinab, als sie ihr Werk zum ersten Mal wirklich betrachtete. Erica räusperte sich, unterdrückte die Fantasien, die in ihr emporsteigen wollten. »Hier und da fehlen noch ein paar Kleinigkeiten. Vor den Thron soll ein dicker roter Läufer hin. Die leeren Wandnischen bekommen noch ein paar spezielle Bilderteppiche. Hier, ich zeig sie dir.« Erica entrollte einen der Wandteppiche und das alberne Kichern der Lehrlinge nahm zu.

Stuart betrachtete das kunstvoll geknüpfte Bild, ergriff das freie Ende. Eine Jagdszene zeigte die nackten Leiber von jungen Mädchen. Er nickte. »Hübsch.«

Das Lachen der jungen Männer wollte nicht enden, doch bevor Erica ihre Stimme erneut erheben konnte, überbrückte Stuart mit raschen Schritten die Distanz zu den beiden. Augenblicklich verstummten sie. Der Mann überragte beide mindestens um zwei Kopflängen und der blonde Lehrling schluckte hörbar. Stuart beobachtete das Mimikspiel in seinem Gesicht. »Amüsiert ihr euch gut?« Er klang betont freundlich, und doch schwang etwas in seiner Stimme, das jeden anderen im Keller erschaudern ließ. Wie ein Kaninchen vor dem Fuchs starrte der Blonde den Master an.

»Ihr seid eingeladen, meine Einrichtung auszuprobieren, wenn es euch gefällt. Wie wäre es mit dir?« Stuart richtete seinen eisigen Blick auf den Dunkelhaarigen, der wie unter einem Peitschenhieb zusammenzuckte. »Ich fessele dich auf die Streckbank, helfe deiner Körpergröße ein wenig nach und deine Chefin darf meine Peitschenkollektion an dir probieren.«

Der angesprochene Lehrling reagierte verlegen. »Ich, ähm, geh dann mal Pause machen.« Er war so schnell verschwunden, dass Erica auflachte. Der Blonde hingegen starrte den Master mit offenem Mund an.

»Und wie steht es mit dir? Hast du mehr Mumm als dein alberner kleiner Freund?«

Abermals schluckte der blonde Lehrling, wechselte seinen Blick zwischen dem Master und Erica hin und her. Sie konnte die Gänsehaut an seinen Unterarmen erkennen, dann wandte er sich hastig ab und stürzte seinem Kollegen keuchend hinterher.

Stuart richtete seinen amüsierten Blick auf Erica und überkreuzte seine Arme vor der Brust. »Der kommt garantiert wieder.«

»Woher weißt du das so genau? Ich hatte eher den Eindruck, du hast ihm Schiss eingejagt.«

Er legte eine Hand auf das Andreaskreuz. »Sein Blick hat es mir verraten. Wollen wir wetten?«

»Nur Idioten wetten, aber ich hoffe, du erzählst es mir, sollte sich deine Vermutung bestätigen.«

Stuart legte seinen Kopf schräg. Für einen Augenblick wirkte er nachdenklich, stieß sich mit Schwung vom Kreuz ab und wandte sich der Treppe zu. »Vielleicht lad ich dich ja ein. Ich glaube, du würdest keine schlechte Domina abgeben.« Ohne ihre Antwort abzuwarten, ging er und Ericas überraschter Blick folgte ihm. Sie hielt die neunschwänzige Katze in der Hand und ließ die Lederriemen über ihren Handrücken streichen. Die Worte von Stuart brachten sie dazu, über diese Möglichkeit nachzudenken. Wie würde es sein, einmal die Dominante zu sein? Auf der anderen Seite der Peitsche zu stehen und die Kontrolle zu übernehmen? Was für ein Gefühl wäre das?

Sie berührte gedankenverloren das weiche Polster des Throns, stieg die beiden Stufen hinauf und setzte sich, lehnte sich entspannt zurück, während ihr Blick durch den Raum schweifte. Die Peitsche lag auf ihren Knien, beide Hände umschlossen die geschnitzten Drachenköpfe der Armlehnen. Der Reiz ließ sie nicht los. *Das ist unprofessionell!*

Sie widmete sich der Arbeit. Als die beiden Lehrlinge sich zum Feierabend abmeldeten, hatte sie das Gefühl, dass der Blonde in ihrer Gegenwart nervös und unsicher wirkte.

»Kommst du jetzt endlich, Nick?«

Der Blonde konnte sich offensichtlich nicht durchringen, dem Kollegen zu antworten. Seine blauen Augen fixierten Ericas Gesicht. »Hey, Alter, warte auf mich!«

Stuart hatte das Schauspiel aufmerksam verfolgt, blieb neben ihr stehen und sah den beiden ebenso nach wie Erica. »Er ist neugierig und albert mit seinem Freund herum, damit er nicht zugeben muss, dass ihn die Vorstellung, all die Geräte da unten auszuprobieren, erregt.«

Sie erkannte dieses seltsame Funkeln in seinen Augen wieder. »Warum bist du dir so sicher, dass Nick daran Interesse haben könnte?«

»Woher wusste Simon von deinem Interesse?«

Sie verstand, es war eine Ahnung, das Lesen der Körpersprache, die Regung im Gesicht des Jungen, als er ihn im Keller angesprochen hatte.

Ein teuflisches Lachen erklang, der Klingelton passte einfach, und Stuart nahm das Gespräch an. »Hey Simon, steht der Eiffelturm noch?«

Ericas Herz schlug schneller. Sie folgte ihm, als er sich von ihr entfernte, um mit Simon in Ruhe zu sprechen, er drehte ihr den Rücken zu, wenn sie in seinem Blickfeld auftauchte. Entnervt blieb Erica stehen, zupfte an Stuarts T-Shirt, doch er legte auf und wandte sich zu ihr um.

»Oh, wolltest du mit Simon sprechen?«

Gespielt zornig boxte sie ihm in die Schulter und Stuart schwankte getroffen ein paar Schritte rückwärts.

Plötzlich war er ernst, starrte sie schweigend an.

»Was hat er gesagt? Wann kommt er zurück?«

Er antwortete nicht, sondern griff nach ihrem Kopf, hielt ihn in beiden Händen und küsste so sanft, wie Simon es immer tat, ihre Stirn. »Du sollst deine Neugier im Zaum halten und dich in Geduld üben, ansonsten hat er mir erlaubt, dich übers Knie zu legen.«

Erica schluckte, starrte in das Gesicht ihres Gegenübers. Er war ganz der Master, den sie anfangs kennengelernt hatte. Sie knabberte nervös an ihrer Unterlippe, starrte wie hypnotisiert in seine Augen.

»Heute ist Freitag. Bis Sonntag hast du Zeit, eine Reisetasche zu packen.«

Stuart wirkte mit einem Mal riesig, dominant und sie fühlte sich klein, demütig und zierlich in seiner Gegenwart.

Damit war die Frage definitiv geklärt, sie würde ihn ernst nehmen, wenn er in die Rolle des Masters verfiel.

Triumph umspielte seine Lippen, als ihm ihr Gesichtsausdruck diese Einsicht verriet. »Vergiss das Halsband deines Herrn nicht.« Er ließ sie allein und ging ins Haus zurück.

Was sollte sie packen? Bikini oder Schneeanzug? Sommerkleider oder Winterpullover? So viele Fragen schossen ihr durch den Kopf, aber kein einziger Laut verließ ihre Lippen. Sie starrte dem Master nach und keuchte tonlos. *Bis Sonntag!* Eine Gänsehaut kribbelte über ihre Arme, den Rücken hinunter, sogar die Beine entlang. Simon kehrte Sonntag zurück! Ein wohliges Seufzen drang aus ihrer Kehle. Aber noch war es nicht so weit, da warteten noch die letzten Handgriffe, um dem Herrenhaus den letzten Schliff zu geben.

Erica riss sich zusammen, straffte ihre Schultern und folgte Stuart durch den Hauseingang. Sie blieb in der Eingangshalle stehen. Unter ihren Füßen erstreckte sich das Bodenmosaik einer römischen Orgie, doch nur, wenn man genauer hinsah, erkannte man es als solches. Es entsprach Stuarts Wunsch und Erica hatte es möglich gemacht. Römische Kohlebecken wärmten die schlauchförmige Halle. Die Treppe zur Empore war geschliffen und mit Beize lasiert worden. Der Hausherr hatte es sich nicht nehmen lassen, die feinen Schnitzereien selbst nachzuarbeiten. In der Nische mit hübschem Rundbogen direkt gegenüber der Haustür stand eine Steinstatue auf einem Podest – eine Sklavin in römischem, kurzem Gewand mit emporgestreckten gefesselten Händen, die demütig auf Knien ihren Herrn erwartete. Letzteres war Ericas Interpretation.

Die Tür zum Speisezimmer war verschwunden und ein Rundbogen mit dicken Brokatvorhängen war übrig geblieben.

Stuart saß am Esstisch aus heller Eiche, hob seinen Kopf, als Erica den Raum betrat. »Du bist noch hier?«

»Natürlich, bevor ich an Urlaub denken kann, muss ich doch meine Arbeit abschließen.«

Er erhob sich von seinem Sessel und umrundete den Tisch. »Perfektionistin durch und durch. Setz dich und iss etwas mit mir.« Er hob ihren Handrücken zu seinen Lippen und hauchte einen sanften Kuss darauf.

Erica war nicht sicher, was dieser stete plötzliche Wandel zu bedeuten hatte. Eben noch der Master, jetzt der galante Gentleman. Stuart rückte ihr einen Stuhl zurecht, setzte sich ihr gegenüber und stützte die Ellbogen auf den Tisch. »Das Haus ist umwerfend. Ich hätte nie gedacht, dass du das in so kurzer Zeit hinbekommen würdest. Aber so wie du geschuftet hast, hatte ich fast ein schlechtes Gewissen.«

Erica wollte erklären, dass sie noch nicht alles so erledigt hatte, wie sie es sich vorstellte, doch Stuart schien ihre Gedanken zu erraten und hob die Hand, wies sie an, zu schweigen.

»Ich weiß, du denkst, du bist noch nicht fertig, aber dafür hast du Angestellte. Ab jetzt hast du Sendepause.« Er lächelte auf eine Art, die Erica an etwas erinnerte. Die Nacht, als Simon ihn zum Spiel dazugeladen hatte? Die Nacht im Club, als sie ihn so abstoßend und doch erregend empfunden hatte? Sie wusste es nicht genau, aber diesen Gesichtsausdruck kannte sie.

»Ich habe eben noch einmal mit Simon gesprochen. Ich habe ihm von einer Beobachtung erzählt, die ich heute hatte.«

Beobachtung? Worauf wollte er hinaus? Er gebot ihr zu schweigen, schenkte Weißwein in ein Glas, das neben ihr stand.

»Er ist mit mir einer Meinung, und da sich die Gelegenheit heute anbietet, werde ich mit dir spielen.«

Ericas Augen weiteten sich, ihr Herz raste und ihr Atem stockte. Spielen? Mit ihr? Allein?

Stuart ließ die Worte im Raum stehen, ließ sie in ihren Verstand sickern und Ericas Gedanken überschlugen sich. »Stuart, ich weiß, er hat dir davon erzählt. In der Nacht in Simons Villa, nach dem Spiel …« Ihr Herz klopfte bis zum Hals. »Ich meine, ich stehe dazu, was ich ihm damals sagte. Ich habe das Spiel genossen, aber … Ich möchte nicht ohne Simons Anwesenheit mit dir spielen. Das Gefühl wäre für mich, als würde ich ihn …«

»Betrügen?« Stuart lehnte sich in seinem Sessel zurück.

»Er vertraut dir, und da ich dich in den letzten Wochen kennenlernen konnte, begann auch ich dir zu vertrauen. Ich hoffe, du nimmst es nicht als Zurückweisung, aber auch wenn Simon einverstanden ist, es wäre nicht …«

»Dasselbe!« Er nickte zustimmend, aber seine Stimme duldete keinen Widerspruch. »Du wirst heute Nacht spielen, aber nicht auf die Art, wie du denkst. Iss jetzt, stärk dich, du wirst Kraft benötigen.«

Sie schwieg, ließ die Worte sich in ihrem Kopf setzen. Sie stocherte mit den Essstäbchen nachdenklich im Reis herum, bis sie endlich den Kopf hob. »Was meinst du damit, nicht auf die Art, wie ich denke?«

Er antwortete ihr nicht, legte seine Chopsticks beiseite und trank einen Schluck Weißwein. Geduld war nicht gerade ihre Stärke und in diesem Augenblick hätte Erica ihn gern bei den Schultern gepackt und die Worte aus ihm herausgeschüttelt. Sie betrachtete neugierig sein Gesicht, hoffte, darin eine Andeutung zu finden, doch er war ein Meister darin, sein Geheimnis in sich zu vergraben. »Stuart, bitte sag mir, was du vorhast.«

Stuart stand auf, umrundete den Tisch und bot ihr seine Hand an, um aufzustehen.

Ericas Verwirrung wuchs. »Sagst du mir jetzt, was …«

»Nein!« Er lächelte. »Ich werde es dir zeigen.«

Der Weg führte in den Keller und ein Zittern erfasste Erica.

Wollte er etwa sein Spielzimmer einweihen? Sie blieb mitten auf der Treppe stehen. »Bitte, ich habe doch gesagt …«

»Ich weiß, was du gesagt hast, Erica. Komm mit, sieh, was ich dir zu bieten habe und entscheide dann.« Stuart stieg die letzten Stufen hinunter und öffnete mit beiden Händen die schweren Eichenflügeltüren.

Erica erkannte, dass die Fackeln brannten. Sie atmete tief ein und aus, schloss für eine Sekunde die Augen und entschloss sich, ihm zu folgen. Als sie durch den Türbogen trat, blieb sie wie gebannt stehen.

An dem mit schwarzem Leder bezogenen Andreaskreuz stand ein Mann, gefesselt an Händen und Füßen mit dem Rücken zu ihr stehend und mit einer Maske über dem Kopf. An dem Heben und Senken seiner Schultern konnte sie erkennen, wie er nervös atmete, nichts sehend, nicht wissend, was ihn erwartete.

»Was hat das zu bedeuten?«

Stuart hatte auf dem Thronstuhl Platz genommen und zeigte in die Richtung des Gefesselten. »Die Wette hätte ich gewonnen.«

Erica legte die Stirn in Falten und brauchte ein wenig Zeit, dahinterzusteigen, was er damit andeutete. Nick! Nein, das konnte nicht der blonde Malerazubi sein, oder doch?

Stuart erwiderte ihren Blick siegessicher. »Ich möchte dir ein besonderes Geschenk machen. Deine Arbeit ist mit Geld nicht aufzuwerten und daher denke ich, wäre es eine passende Art, mich dafür erkenntlich zu zeigen, dass du mein Haus in ein gemütliches Heim umgestaltet hast. Es wird dir einmal die andere Seite des Spiels zeigen.« Er stand auf, nahm eine der Peitschen, die Erica am Nachmittag wählerisch an der Wand fixiert hatte, und legte sie in ihre Hände.

Es war die neunschwänzige Katze mit kurzem Griff. Sie lag gut in Ericas zierlicher Hand.

Stuarts Handflächen lagen beruhigend auf ihren Schultern. Sie konnte das Blut durch ihre Adern rauschen hören und ihr Mund war trocken von der heftigen Atmung. Er drehte sie zu dem jungen Mann an dem Kreuz, beugte sich zu ihrem Ohr und küsste sanft ihren Hals. »Erinnerst du dich an dein erstes Mal? Erinnere dich an den Schmerz, den du nicht erwartet hattest. Du weißt, was er fühlen wird. Du kennst die Pein, wenn das Leder über die Haut zuckt, wenn das Echo des Auftreffens durch die Ohren prescht und in deinem Inneren explodiert. Du kannst nachempfinden, was er ertragen wird und für ihn wird es ebenso neu sein, wie es für dich gewesen ist.« Sein Körper drängte ihren vorwärts.

Erica erinnerte sich, wie sie am Nachmittag auf dem Thron gesessen hatte und den Geschmack von Macht für einen Moment gekostet hatte.

Auch Nick hörte den Worten des Masters schweigend zu. Der nackte Rücken war schweißbedeckt, sein Brustkorb hob und senkte sich in schnellem Takt.

»Er gehört dir. Er wünschte sich dieses Spiel und ist alt genug, diese Entscheidung für sich zu treffen. Unser Freund hier besitzt die gleiche Neugier, die dich treibt. »

Stuarts Worte in ihrem Kopf, der bebende, gefesselte Körper vor sich, Ericas Seele war in Aufruhr. Sie spürte, wie die zarten Knospen ihrer Brüste sich zusammenzogen und eine feine Gänsehaut sich über ihren Körper ausbreitete.

»Als ich ins Haus zurückkehrte, stand er mit gesenktem Kopf im Speisezimmer. Er muss durch die Hintertür gekommen sein.« Er schob seine Arme um ihre Taille, sodass sie seine Nähe deutlicher spürte.

Erica lehnte sich Halt suchend an seine Brust, ließ den heftig atmenden Körper vor sich nicht eine Sekunde aus den Augen. Sie stand am anderen Ende der Peitsche, bekam die Gelegenheit, all die Fragen, die am Nachmittag durch ihren Kopf gingen, zu beantworten.

»In dir regt sich nicht nur eine devote Seele, kleiner Engel.«

Engel! So nannte Simon sie immer.

»In dir steckt auch eine dominante Seite. Du kennst die verschiedenen Arten von Schmerz, die Simon dir zeigte. Mit dieser Erinnerung wirst du ein Gefühl dafür bekommen, wie viel du deinem Gegenüber zumuten kannst. Versuch es, du kannst jederzeit abbrechen. Du hast die Kontrolle. Du entscheidest für ihn, wie weit es gehen wird. Wirbelsäule und Nieren sind tabu.« Stuart trat einen Schritt zurück und Erica im gleichen Augenblick vor.

Sie blieb vor dem jungen feuchten Körper stehen. War es tatsächlich der Lehrling? Mit zitternden Fingern löste sie die Schnallen, die die Maske über seinem Gesicht hielten, und zog das Latex von seinem Kopf. Die blonden Locken kräuselten sich wild um den Kopf des Azubis. Erneut warf sie einen Blick zu Stuart, der mit ernstem Gesicht hinter ihr stand.

Sie berührte die bebenden Muskeln des jungen Mannes und spürte unter ihren Fingerspitzen, wie er zuckte. »Bist du sicher?« Ihre Stimme war zu einem Flüstern gesenkt, doch er verstand sie gut und nickte. »Glaubst du, du kannst es ertragen?«

Sein Atem zitterte, entwich in stockendem Schnaufen aus seinem Mund. Wieder nickte er und Erica wusste, er war so nervös, so angespannt, dass ihm das Reden schwerfiel.

Die Lederzungen der Peitsche berührten seinen Rücken und er fuhr zusammen.

Erica erkannte die Gänsehaut auf seinen Schultern. Langsam fand sie sich in der Rolle zurecht, schritt hinter ihm auf und ab und betrachtete ihn. Die Ketten klirrten an seinen Handgelenken.

Nick versuchte stets, den Kopf in ihre Richtung zu drehen, wenn er ihrem Gang lauschte. Erica zögerte den Moment hinaus und genoss die Reaktionen, die sie auslöste. Sie war fasziniert.

Das Zittern seines Körpers nahm zu, die Muskeln zuckten unter der Anspannung.

Plötzlich, ohne Vorwarnung, klatschte die Peitsche auf seinen oberen Rücken. Nick ächzte, sank in die Knie und bog die Schultern nach vorn. Erica holte erneut aus, legte ihre ganze Kraft in den Hieb. Er stöhnte, schien die Zähne zusammenzubeißen, um nicht zu schreien. Sie wusste, wie sich die Lederbisse anfühlten und ein wohliger Schauder durchrieselte ihren Körper. Ihre Brustwarzen zogen sich zusammen, richteten sich spitz unter der Seide ihrer Bluse auf. Die Lederstreifen strichen erneut sanft über die Haut. »Die nächsten Schläge wirst du laut mitzählen.« Die Salve begann.

»Eins!« Nick sank in die Knie, rollte die Schulter nach vorn und bot die breite Fläche seines Oberrückens dar.

»Zwei!« Er bog den Rücken zum Hohlkreuz durch, als die Peitsche die Taille traf.

»Drei!« Die Zahl zischte zwischen seinen Zähnen hindurch und dem Wort folgte ein Keuchen.

Erica hielt inne, betrachtete die erröteten Stellen. Die Peitsche wirkte nur durch kontinuierliches, punktgenaues Treffen der Stellen. Der erste Schmerz war nicht schneidend, dazu traf die Peitsche zu große Flächen der Haut.

»Vier! Fünf! Sechs … si … sieben …« Er stöhnte, zuckte unter der Salve der Peitsche und das Zählen blieb in seiner Kehle stecken.

Je öfter sie zuschlug, umso mehr Male waren sichtbar. Erica legte ihre gesamte Kraft in die Hiebe, bis sie atemlos und schweißgebadet innehielt und ihr Werk betrachtete. Fünfunddreißig Schläge lagen hinter ihm, und Nick ächzte, stöhnte und keuchte unter jedem einzelnen Hieb, den sie ihm verpasst hatte.

Als sie sich wieder unter Kontrolle hatte, trat sie hinter ihn, berührte mit sanftem Kreisen die wunde, gerötete Haut. Nick hielt den Atem an, stöhnte und zappelte.

Erica wusste von dem Prickeln, der Hitze, die unter seine Haut kroch. Ob es ihn erregte, in seinem Schwanz pulsierte? Neugierig umschlang sie seine Hüfte und griff ihm in den Schritt. Er war hart wie Stein. »Es gefällt dir also!«

Nick konnte nicht sprechen, schluckte und nickte eifrig.

Sie massierte ihn durch den Stoff seiner Jeans, lauschte seinem Keuchen und spürte, wie er sich ihrer Hand entgegenbog. Sie hatte die Macht, ihn zu beherrschen, ihm den Höhepunkt zu gestatten oder es ihm zu verweigern. Sie rieb ihn weiter. »Möchtest du kommen?«

Nick stöhnte auf, bog den Kopf in den Nacken. »Ja.«

Erica zog die Hand weg, hob erneut die Peitsche und trieb den jungen Lehrling ein weiteres Mal durch ein Tal der Schmerzen.

Vierzig Hiebe ließen ihn in die Knie sinken, bis er an den Handgelenken hing, unkontrolliert den Kopf hin und her warf und schrie. Erica lehnte sich an den schweißbedeckten, heißen Rücken. »Ich entscheide, wann du kommst.« Die sanfte Dominanz in ihrer Stimme überraschte Erica und die Macht durchströmte ihren Körper. In der Hocke zwickte sie die Brustwarzen des blonden Sklaven.

Er zuckte zusammen, biss sich auf die Unterlippe und richtete seinen Blick auf sie. Die glatte haarlose Brust war leicht gebräunt, sein Rücken leuchtete in einem satten Rot und sein Gewicht riss an seinen Schultern und den Handgelenken. Schwerfällig erhob er sich, stand schwankend auf seinen Füßen und presste seinen Körper gegen das Kreuz. Seine Augen fixierten Ericas faszinierten Gesichtsausdruck. Mit einem flinken Handgriff löste sie seine Handfesseln von dem Kreuz, ebenso die Fußfesseln.

Erica schickte ihren Blick in Richtung der Bußbank. Ihre Hand grub sich in die blonden Locken, riss Nicks Kopf in den Nacken und sie beugte sich über den Knienden. Er hätte sie mit

Leichtigkeit niederstrecken können, seine Kraft war größer als ihre, doch er starrte sie mit neugierigen Augen an. In seinen Blick hatte sich eine Gier gemischt, die Befriedigung suchte.

»Zieh dich aus!«

Nick stockte.

»Ganz!« Erica erinnerte sich an die Spiele, die sie bereits erlebt hatte. Während Simon und Stuart stets vorher planten und wussten, was und wie es geschehen würde, musste sie improvisieren. Sie beobachtete, wie Nick sich Schuhen, Socken, Jeans und der Shorts entledigte. Sein Schwanz zuckte gegen seine Bauchdecke, besaß eine leichte Krümmung nach oben und die Eichel war schmal, dafür war der Schaft lang und breit. Das Blut pulsierte durch das Geäst von Adern, mit dem das harte Geschlecht durchzogen war.

Erica trat an die Wand der Peitschen, nahm eine kurze glatte Ledergerte in die Hand und trat neben Nick. »Ich will sehen, wie gut du dich und deinen Schwanz im Griff hast. Du wirst dich selbst wichsen, während ich dich züchtige. Doch wag es nicht zu kommen, bevor ich es erlaube.«

Sie spürte Stuarts Blick auf sich, schob den Gedanken beiseite, dass er schweigend zusah. Erregte ihn dieses Spiel? Erregte es sie selbst? Erica ließ die Gerte auf den Rücken des Sklaven niedersausen und wusste, wie stechend und beißend diese Art von Schmerz für ihn war.

Nick biss die Zähne zusammen und keuchte. Mit einer Hand umfasste er seine Hoden und knetete sie, die andere umschloss den Schwanz und fuhr als Faust auf und ab. Er stöhnte und zuckte unter einem weiteren Hieb der Gerte zusammen. Zwischen seinen Lippen zischte ein Laut, als Erica sein Hinterteil traf. Er setzte sein Handspiel zügiger fort und sie hielt mit der Gerte inne. Für eine kurze Weile betrachtete sie ihn, lauschte seinen hastigen Atemzügen und sah zu, wie der Schwanz in seiner Faust pulsierte. Nick bog den Kopf in den Nacken, stöhnte auf und erneut sauste die Gerte auf ihn nieder, traf diesmal zielsicher seine Brust. Er keuchte auf.

»Denk daran, was ich sagte – nicht ohne meine Erlaubnis.«

Seine Faust strich zögernd über sein Geschlecht, während er offensichtlich den Druck auf seine Hoden verstärkte.

Ihre Fingerspitzen glitten zärtlich durch die wilden blonden Locken und erneut bog er den Kopf zurück, schloss genüsslich die Augen.

In ihrem Nacken breitete sich ein Prickeln aus und rieselte ihr Rückgrat hinunter. Erica begriff. Sie war das Werkzeug seiner Lust und er befriedigte ihre Neugier. Ihre Stimme war eisig. »Ich zähle bis fünf, wenn du dann nicht gekommen bist, werde ich dich bestrafen.«

Nicks Augen weiteten sich und zuerst hielt er die Faust um seinen Schwanz still.

»Eins!« Sofort durchfuhr ihn ein Ruck und seine Hand legte ein rasantes Tempo vor.

»Zwei!« Erica erinnerte sich, wie Simon genau das mit ihr getan hatte. Nick bemühte sich redlich, keuchte, stöhnte und massierte sich hastig.

»Drei!« Sein Körper bäumte sich auf.

»Vier!« Der Schweiß perlte von seiner Stirn, tropfte an seinem Kinn herab.

»Fünf!« Schon traf ihn der Gertenhieb so unvermittelt und hart, dass er vornüber fiel und sich mit den Händen abfing. Sein Atem kollabierte fast, seine Stirn berührte den Boden. Erica hatte absichtlich viel zu schnell gezählt. »Tja, was mach ich bloß mit dir?«

Die Kerzen auf der Anrichte fielen ihr ein. Sie griff nach den Streichhölzern, zündete zwei an und kehrte zu Nick zurück, der nach Atem rang. Neben ihm stehend hob sie die Kerzen über seinen Rücken. Als das heiße Wachs auf seine Haut traf, keuchte er auf, wand sich und streckte sich zum Hohlkreuz durch.

Sie wartete, ließ die Kerzen eine Weile brennen, bis sie abermals die flüssige Glut auf seinen Schultern verteilte.

Er stöhnte, verbiss sich grunzend die Qual und lehnte die Stirn abermals auf den kühlen Steinboden. Sein Atem überschlug sich, seine Hände ballten sich zu Fäusten. Erica ging neben ihm in die Hocke, stellte die Kerzen vor ihm hin. »Willst du es noch mal versuchen?«

Es dauerte einen Moment, bis Nick sich aufrichtete und ihrem Blick begegnete, mit derselben Gier in den Augen. Eifrig umschloss seine Faust den prallen Schaft und bewegte sich mit schnellen Zügen auf und ab.

»Eins!« Sie fixierte seinen Blick.

»Zwei!« Er stöhnte lauter, eindringlicher und war bemüht, sie anzusehen.

»Drei!« Seine Hand rieb schneller und er hob seine Hüften an.

»Vier!« Ein milchiger Tropfen auf der Eichel kündigte die Explosion an und Erica starrte auf die arbeitende Faust.

Nick hielt den Atem an, spannte die Muskeln und bog den Kopf in den Nacken.

»Fünf!« Die letzten Striche seiner Hand waren grob und hart, doch auf das Stichwort genau entlud sich seine Erregung in zuckenden Schüben und schleuderte die weiße Sahne hervor. Der Schrei aus seiner Kehle ebbte zu einem heiseren Keuchen ab und er sackte zurück auf seine Unterschenkel. Zärtlich ließ Erica ihre Hand durch seine schweißnassen Locken fließen. »Das war gut!«

Nick legte matt seine Schläfe an ihren Schenkel, rieb seinen Schwanz, massierte den letzten Lusttropfen aus der Spitze.

Ericas Kopf wirkte wie leer gefegt. Sie sah auf den blonden Jungen hinunter und schluckte. Sie war fassungslos, ausgelaugt und aufgewühlt. Erica trat von dem Jungen einige Schritte rückwärts und suchte Halt an der Wand.

Die ganze Zeit über verhielt Stuart sich still, doch jetzt trat er neben sie und umschlang sanft ihren Körper. »Alles ist gut.« Er küsste ihr Haar, löste sich von ihr und brachte den schwankenden Jungen nach oben.

Bevor er die Treppe hinaufstieg, wandte sich Nick zu ihr um. »Darf ich wiederkommen?«

Er wirkte plötzlich so jung, so unschuldig und Erica stockte der Atem. Sie konnte und wollte ihm nicht antworten, wandte sich um und war bemüht, ihre Tränen zurückzuhalten.

Es dauerte einige Zeit, bis Stuart zu ihr zurückkehrte. Er blieb im Kerker stehen. »Was geht in dir vor?«

Die Tränen flossen wie Fluten über ihre Wangen und das Weinen erstickte ihre Stimme.

Stuart zog sie in seine Arme und hielt sie fest. Er schwieg, wiegte sie sanft wie ein Kind, bis sie wieder atmen konnte. »Ich habe mich vor mir selbst erschrocken. Dass ich fähig bin, einem anderen so was anzutun.«

Stuart sagte nichts und hielt sie zärtlich in den Armen.

»Ich glaube, ich kann ganz schön sadistisch sein. Ich hatte plötzlich so viele Ideen im Kopf, was ich ihm gern angetan hätte. Ich wollte ihn zum Schreien bringen.«

Behutsam strich er ihr das Haar nach hinten, zog sie mit sich auf den Boden und auf seinen Schoß. »Hat es dich erregt?«

Diese Frage hatte sie sich selbst zwischendurch gestellt und dachte darüber nach, sinnierte der Erinnerung hinterher. War da ein Pochen in ihrer Scham gewesen? Hatte ihr Geschlecht pulsiert? »Nein, da war nur dieses Gefühl, das mir durch und durch ging, wenn ich ihn schlug.« Erica zitterte wie Espenlaub, wischte sich die Tränen aus dem Gesicht und lehnte sich an seine Schulter. »Es war unglaublich, wie ich zu einem Werkzeug geworden bin, um sein Verlangen zu stillen. Es hat mich nicht erregt, ihn zu schlagen, aber es hat mir gefallen, seine Lust zu schüren. Die Erfahrung will ich nicht missen und ich habe verstanden, wie groß die Verantwortung ist. Aber wenn ich ehrlich bin, das ist mir zu viel. Ich glaube, ich bin keine gute Domina.« Es lag ein leichtes Bedauern in ihrer Stimme, doch Stuart hob ihr Gesicht sanft an, sodass sie seinem Blick begegnen konnte.

»Nun weißt du, wo du stehst, Erica.«

Sie schloss ihre Arme um seinen Nacken und küsste seine Wange. »Ich danke dir dafür. Hast du gehört, was er mich fragte?«

Stuart nickte. »Ich glaube, er ist auf den Geschmack gekommen.«

Das Spiel hatte sie hungrig gemacht und die beiden verließen den Keller. Erica machte sich mit Genuss über das kalte chinesische Reisgericht her. »Kennst du die andere Seite?« Sie sah ihm ins Gesicht. Zu ihrer Überraschung nickte Stuart wie selbstverständlich und hob sein Weißweinglas. »Ich kann nur wissen, was meine Sklavin fühlt, wenn ich es selbst erfahren habe.«

Ob Simon ebenso davon wusste?

»Erzählst du mir davon?«

»Da gibt es nicht viel zu erzählen. Sie war eine Spielgefährtin, mochte meine Peitsche und schlug eines Nachts vor, per Münzwurf die Seiten auszuspielen. Ich bin ehrlich, die Erfahrung wollte ich eigentlich nicht machen, aber die Idee des Münzwurfentscheids … ich spiele gern gefährlich.« Stuart zwinkerte ihr frech zu. »Ich hatte viele Male hintereinander das Glück auf meiner Seite, bis, tja, bis sie ihre eigene Münze mitbrachte, weil sie meine gezinkte Scheibe durchschaute.«

Das Lachen aus seiner Kehle klang so unglaublich frech, dass Erica nicht aufhören konnte, zu grinsen. *Gezinkte Münze!*

»Natürlich habe ich verloren, und sie freute sich wie eine

Schneekönigin. Allein die Fesseln an meinen Handgelenken mochte ich nicht und die Peitsche … sie geriet in einen Rausch, bettelte darum, ich solle ihr zuliebe so viel wie möglich ertragen. Sie war so mitgerissen, die Kraft ihrer Hiebe nahm zu. Sie hat es genossen.« Seine Mimik bekam einen Ausdruck erregter Erinnerung, auch wenn seine Worte klangen, als war es tatsächlich eine Erfahrung, die er niemals wiederholen wollte. »Sie war so heiß, so erregt …«

Erica nahm einen Schluck Wein. »Und du hast sie wundgevögelt.«

»Im Gegenteil, glaub mir, ich hätte sie gern gefickt, aber ich habe mich vor Schmerzen kaum rühren können.« Abermals lachte er herzlich und aus tiefstem Inneren. »Ich bin lieber der Peitschenschwinger als der Empfänger. Sie war sehr unbeherrscht, und ich habe bei einhundertfünfzig Hieben aufgehört, mitzuzählen.«

Erica hob die Augenbrauen. Einhundertfünfzig? Allein die Vorstellung erschien mehr als schmerzhaft. »Warum hast du das Codewort nicht gesagt? Hattest du Angst, sie würde dich als Dom nicht mehr ernst nehmen? Oder lag es daran, dass dich das männliche Ego abgehalten hat?«

Stuart dachte eine Weile über diese Frage nach, schenkte das Weinglas nach und betrachtete die Farbe des edlen Tropfens. »Vielleicht ein wenig von allem. Aber ich denke, es war eher dieser Moment … wie sehr sie es genossen hat, die Peitsche in der Hand zu halten, wissend, welcher Schmerz auf mich wartete. Ich habe es ihr zuliebe ertragen, sie hat mich angefleht, durchzuhalten und ich habe ihr den Gefallen getan.« Er stellte das Glas ab und rieb sich über den Bart.

»Sie ist heute eine sehr begehrte Domina.«

Erica starrte ihn an. »Habe ich das richtig verstanden?«

Er grinste breit. »Du wirkst so überrascht. Das gibt es tatsächlich, Devote, die plötzlich ihre sadistische Seite kennenlernen, oder Dominante, die ihre unterwürfige Ader erleben, manche leben jahrelang ihre SM-Neigungen aus, und von heute auf morgen ist Schluss damit. Es gibt auch sogenannte Switcher. Menschen, die sowohl devot als auch dominant sein können und mitten im Spiel wechseln.«

Erica blickte zu Boden und hing den Worten nach. Zum ersten Mal im Gespräch mit ihrer besten Freundin hatte Erica sich zu ihrer devoten Neigung bekannt. Soeben jedoch hatte sie den Rücken eines jungen Azubis mit einer Neunschwänzigen malträtiert und fasziniert jede seiner Regungen betrachtet. Erica versuchte sich vorzustellen, die Seiten zu wechseln. Worin würde sie die Erregung finden, einen Sklaven zu quälen? Ihn zu demütigen? »Was bin ich dann? Eine sadistische Devote?«

Stuart betrachtete das Spiel ihrer Gesichtszüge. »Ist das wichtig für dich?«

Erica hob erschrocken den Kopf, da sie die Frage laut ausgesprochen hatte. »Na ja, jeder definiert sich doch irgendwie. Ein Normalo steht auf Kuschel- oder Blümchensex, ein SMer ist entweder devot, dominant, Switcher …«

War sie eine Sklavin? War sie das wirklich? Wenn sie an die kleine Serva von George dachte, wie dankbar sie ihn angehimmelt hatte, dass er ihr den Höhepunkt gestattete, erkannte sich Erica darin nicht wieder. Maurice, der unter Gertenhieben seiner Herrin einen Steifen bekam und kaum Handbetrieb benötigte, um zu kommen …

Stuart betrachtete sie liebevoll. »Hör auf, in Schubladen zu denken, Erica. Du entdeckst dich gerade neu. Es gibt so viele Subkulturen im BDSM. Wer weiß, wohin dich dein Abenteuer führt? Vielleicht zurück zum Blümchensex?«

Abermals schüttelte sie den Kopf, doch sie erkannte, wie recht er hatte. »Du kennst Simon schon lange, aber er hat mir erzählt, dass George ihn quasi in die Szene einführte. Wann hat er dir davon erzählt und wie hast du darauf reagiert?«

Das Lächeln kehrte auf seine Lippen zurück und Erica dachte für den Bruchteil einer Sekunde darüber nach, wie persönlich diese Frage war, dennoch, die Neugier war größer, als dass sie sie zurücknehmen wollte.

»Wenn man bedenkt, dass Simon und ich schon die Schulbank gemeinsam gedrückt haben, könnte man annehmen, dass wir uns gegenseitig kennen wie die eigene Westentasche. Allerdings weißt du sicherlich auch nicht alles über deine Freunde und so trägt jeder sein Geheimnis mit sich rum. Ich weiß nicht, wie lange es brauchte, bis Simon sich mir anvertraute, aber für mich war es nichts Neues, was er mir erzählte.«

»Wie meinst du das?«

Er trank das Glas leer. »Ich bin schon lange Sadist und genoss die Neigung, noch bevor Simon auf seine erste Devote traf.«

Erica legte die Stirn in Falten, erinnerte sich an Simons Erzählung. Die gefesselte Geschäftsfrau im Sommerhaus.

»Aber wir haben davor nie darüber geredet. Es war nie ein Thema zwischen uns. Bis er an einem Abend davon anfing. Klar, die Überraschung blieb nicht aus, als ich ihm von mir erzählte. Männer sind etwas anders gestrickt als Frauen. Ihr seid wesentlich offener.«

Sofort schossen ihr die Worte, die sie ihrer besten Freundin an den Kopf geknallt hatte, ins Gedächtnis. Halbwissen hatte sie ihr vorgeworfen, dabei hatte sie auch nicht wesentlich mehr Erfahrung mit all dem. »Ich bin manchmal echt bescheuert …«

Stuart schien die Bemerkung nicht nachvollziehen zu können und legte die Stirn in Falten.

»Ich erwische mich dabei, Menschen in Formen zu pressen und stelle fest, wie eingleisig ich denke. Ob Frauen in dem Bezug besser sind als Männer. Ich dachte beispielsweise, dass du fies, gemein und …« Sie hielt inne, schluckte und dachte über den Redeschwall nach, der sie erfasst hatte.

»Und?« Er sah sie eindringlich und neugierig an.

»Sorry, wenn ich das sage, aber ich fand dich unsympathisch, sogar widerlich.«

Stuart legte den Kopf in den Nacken und seine Schultern zuckten belustigt. »Ja, Simon hat mir davon erzählt. Es gibt Frauen, die mich anziehend finden, eben weil ich so auf sie wirke. Sie hassen mich und doch bringe ich sie mehrfach damit zum Höhepunkt. Ich gebe zu, ich mag das. Ich genieße es, die Furcht und Abneigung in ihren Augen zu erkennen und ich weiß, dass ich sie so oder so zum Schreien bringen kann.«

Stolz lag in seinem Blick und Erica wusste nur zu gut, wie hervorragend er mit diesem Gefühl spielte. Sie hatte es am eigenen Leib erfahren und ein heißer Schauder durchflutete sie.

»Das glaube ich dir gern.« Ihre Zunge war schwer vom Wein und sie konnte sich das Gähnen nicht verkneifen.

»Müde?«

Erica nickte und Stuart stand auf, zog sie auf die Beine.

»Du weißt ja, wo das Gästezimmer liegt.«

»Oh, du meinst das geschmackvoll eingerichtete Zimmerchen am Ende des Ganges? Ich frage mich, wer die Innenausstatterin war?« Sie zwinkerte. Nach Hause zu fahren in dem Zustand war undenkbar. Bevor sie durch den Rundbogen auf den Flur trat, drehte sie sich um. »Danke für alles.«

Stuart schüttelte schmunzelnd den Kopf. »Nicht dafür. Gute Nacht.«

Kaum lag sie in dem weichen Bett, schlief sie ein. Ein Gedanke begleitete sie in ihre Träume. *Bis Sonntag eine Reisetasche packen!* Sie konnte bereits das Meer und den Strand riechen.

Kapitel 12: Wünsche können wahr werden

Ich träume davon, und doch fällt es mir schwer, die Fantasie in Worte zu kleiden. Sie ist mein Begleiter, erregend, intim und so eigen, dass ich nie jemandem davon erzählt habe. Das Warum zu ergründen, ist vielschichtig, doch Hauptgrund ist sicherlich die Tatsache, dass Menschen allein die Fantasie als krank und pervers bezeichnen. Du hast mich gebeten, dir davon zu berichten, dich ins Vertrauen zu ziehen. Ich liebe dich, liebe deine Offenheit und weiß, du wirst mich nicht verurteilen. Also nehme ich mein Herz in die Hand und berichte dir von meinem Geheimnis.

Stuart stand in der Tür zu ihrer Wohnung und wartete.

»Hast du alles?«

Erica nickte, griff im Vorbeigehen ihren Trenchcoat und schloss die Tür hinter ihnen ab. Sie war so glücklich, so voll Vorfreude, Simon wiederzusehen, dass es ihr egal war, wenn sie etwas vergessen hatte. Sie stieg in Stuarts Wagen und konnte kaum erwarten, bis sie ihren Liebsten in die Arme schließen konnte. »Ich will nicht drängeln, aber kannst du nicht schneller …« Sie brach mitten im Satz ab und betrachtete Stuarts angespannten Gesichtsausdruck. »Sorry, ich will nicht nerven.« Die Entschuldigung schien nicht zu wirken.

»Nein, das ist es nicht. Irgendwas stimmt mit dem Wagen nicht.«

Die Landstraße ruckelte mehr an ihr vorbei, als dass sie dahinglitt und plötzlich ächzte der Motor. *Nicht doch, keine Panne, nicht jetzt, nicht hier.* Erica seufzte und Stuart fluchte, lenkte den ausrollenden Wagen an den Seitenrand und zog die Handbremse.

»Ich schaue mal nach, geht gleich weiter.«

Ich bin allein auf einer Landstraße und muss anhalten, denn mein Wagen streikt und der Motor gibt seinen Geist auf. Schlimmer ist aber die Tatsache, dass ich weiß, auf dieser Straße kommt nur selten ein Autofahrer vorbei.

Er öffnete die Motorhaube und klapperte an verschiedenen Teilen herum. Nach einer Weile schloss er die Haube und blieb mit den Händen in die Hüften gestützt stehen.

»Was ist los?« Erica war ebenfalls ausgestiegen.

»Keine Ahnung, scheinbar streikt er heute. Ist halt ein Oldie.« Stuart schien nachzudenken. »Ich glaube, wir sind eben an einem Bauernhof vorbeigefahren. Ich gehe los und sehe zu, dass ich Hilfe hole.«

»Warte, ich komme mit.«

Er hob die Hand. »Nein, lass mal, einer muss beim Wagen bleiben, oder willst du den ganzen Weg deine Tasche mit dir schleppen? Bleib im Auto sitzen, ich bin bald zurück.«

Ihr Handy. Sie kramte in ihrer Tasche und fand es nicht. Verdammt, das konnte nicht sein. Sie war sicher, sie hatte es eingesteckt.

»Hast du kein Handy dabei?«

Stuart hielt es in der Hand und hob es hoch. »Verdammtes Funkloch.«

Erica sah ihm nach, als er die Landstraße zurücklief. Als er außer Sichtweite war, suchte sie erneut nach ihrem Mobiltelefon. Sie hatte es eingesteckt, kurz bevor sie losgefahren waren. Das wusste sie genau, doch selbst in ihrer Reisetasche war es nicht zu finden. Seufzend setzte sie sich auf den Beifahrersitz, beobachtete die Digitaluhr des Radios, sah zu, wie die Minuten verstrichen. Ob Stuart bereits den Hof erreicht hatte? Nach einer Stunde kurbelte sie den Sitz zurück und starrte zum Autodach empor. Sie hatte sich so auf Simon gefreut und jetzt das.

Erleichtert sehe ich einen Transporter näher kommen und winke. Hoffe, er wird anhalten und mir Hilfe anbieten.

Das Klopfen ans Fahrerfenster ließ sie aufschrecken. Sie schrie auf und starrte hinaus. Nichts. Ein noch lauterer Schrei entwich ihrer Kehle, als ein Mann mit Maske neben der Beifahrertür auftauchte und sie aufriss. »Was wollen Sie?«

Er antwortete nicht, griff nach ihrem Arm und zog sie aus dem Wageninneren. Wie konnte sie den Wagen überhört haben? Hinter Stuarts Pannenoldie stand ein dunkler Kleintransporter.

Ein zweiter Vermummter schob die Seitentür auf und winkte, auf Eile bedacht, sah sich stets um, ob jemand sie entdecken könnte. Der Maskenmann zerrte Erica hinter sich her.

Sie schrie um Hilfe, trat um sich und versuchte, sich aus dem groben Griff zu befreien, doch er war stärker, schubste sie in den Minivan. Die Tür schloss sich und umgehend fuhr er davon. Ericas Herz schlug hart in ihrer Brust. Der Vermummte schwieg, griff nach ihr, doch sie trat nach ihm und traf ihn in die Seite. Er sackte in sich zusammen, doch erholte sich schneller, als ihr lieb war. Der Entführer kämpfte, ihre Handgelenke zu fassen zu bekommen, und fesselte sie mit einer Plastikschelle, wie sie bei der Polizei im Einsatz war. Als er ihr zusätzlich einen Jutesack über den Kopf stülpte und verschnürte, gab Erica ihre Gegenwehr auf, ließ zu, dass er ihre Füße fesselte. Heiße Tränen flossen über ihre Wangen, ihr Atem ging stoßweise und ein Zittern erfasste ihren Körper. »Lassen Sie mich bitte gehen, ja?« Ihre Stimme verschluckte manche Laute, das Schluchzen konnte sie nicht kontrollieren. »Bitte, ich habe ein bisschen Geld. Ich kann es Ihnen geben und Sie lassen mich gehen.«

Das Schweigen machte sie mürbe. »Bitte reden Sie mit mir.« Sie hatte das Gefühl, der Transporter fuhr ein hartes Tempo. »Mein Name ist Erica und ich bin Innenarchitektin.«

Sie wollte die Stille füllen, die sie unerträglich fand.

Angst kocht in meinen Adern und treibt mir die Tränen in die Augen. Ich bin hilflos, gefesselt und ausgeliefert. Wohin werden sie mich bringen? Mir wird klar, ich wurde entführt. Er spricht nicht mit mir, schweigt mich an, egal was ich sage und Panik kriecht meine Wirbelsäule empor. Was werden sie mir antun?

Erica konnte das Zittern nicht beherrschen, Angst floss wie Lava durch ihre Venen. »Was werden Sie mit mir machen?«

Er schwieg eisern, ließ sich durch ihr Weinen nicht erweichen. Sie spürte, wie der Transporter hielt und hörte, wie sich die Rolltür öffnete. Grobe Hände schleiften sie von der Ladefläche und griffen hart in ihren Nacken. Welcher der beiden war es? Der Fahrer? Der Andere? Sie wimmerte, schluckte an ihren Tränen. »Bitte tun Sie mir nichts.«

Er zog sie an seine Brust, ließ eine Hand grob ihren Hals hinabwandern, packte fast schmerzhaft nach ihrem linken Busen und knurrte kehlig.

Erica schrie auf und zappelte in der harten Umarmung. Trotz der Panik spürte sie, wie ihre Knospen sich aufrichteten. Nein, das war falsch, das konnte nicht richtig sein. Sie schluchzte, denn auch ihrem Entführer war dies nicht entgangen.

Ein raues Lachen kroch aus seiner Kehle. Er zwickte ihre harten Brustwarzen, kniff, rollte sie zwischen seinen Fingern und biss ihr schmerzhaft in die Schulter. Erica schrie auf, mehr vor

Angst als vor Schmerz. »Oh bitte, tun Sie mir nichts.« *Ich werde alles tun, was Sie wollen.* Den Gedanken sprach sie nicht aus, war gerade so weit bei Verstand, es sich zu verkneifen. Es wäre die Steilvorlage für diese Verbrecher.

Der Mann presste seinen Schoß gegen ihre gefesselten Hände, rieb sich an ihr und knetete grob ihre Brüste. Plötzlich löste er sich, schubste sie vorwärts. Zu beiden Seiten standen sie neben ihr, ergriffen ihre Oberarme und zerrten sie fort.

Sie stemmte sich dagegen, wollte nicht laufen. Laufen? Erica spürte die Fußfesseln nicht mehr um ihre Gelenke. Der Zweite musste sie ihr abgenommen haben. Tritte trafen Luftlöcher und nach einer Weile wurde es ihrem Entführer zu müßig, also hob einer der beiden Erica auf seine Schulter und trug sie den Rest des Weges. Sie zappelte, erhielt zur Antwort mehrere klatschende Schläge auf ihr Hinterteil, doch sie gab nicht nach. »Hilfe!« Wirkliche Hoffnung, jemand würde sie hören, hatte sie nicht, doch sie wollte nichts unversucht lassen. »Hilfe!«

Die Entführer schnaubten eisig.

»Lass mich runter, du Bastard!« In ihr regte sich Wut, ihre Panik schlug um und prügelte ihrem Träger die gefesselten Hände, so kraftvoll es ihr möglich war, in den Rücken.

Abrupt blieb er stehen, ließ sie runter und stieß sie von sich, bis sie auf ihrem Hintern landete. »Miststück.« Er zischte das Wort mehr, als dass er es aussprach.

Erica zuckte zusammen, als sie merkte, dass einer der beiden sich zu ihr hockte. Ein Klicken ließ sie aufhorchen.

»Du kannst schreien, so viel du willst, Miststück. Hier wird dich keiner hören. Du bist am Arsch der Welt. Hier ist weit und breit keine Sau.«

Die Stimme machte ihr Angst, war krächzend, verfremdet, bedrohlich. Ihr war erst einige Minuten später bewusst, dass es sich um einen Stimmverzerrer handeln musste.

Er griff nach dem Jutesack über ihrem Kopf und riss sie zu sich. »Ich steh drauf, wenn du schreist. Das macht mich tierisch geil.«

Sie weinte, zitterte am ganzen Leib.

Es liegt so viel Kälte in seiner Stimme, dass ich zittere. Er schiebt mir seine Hand zwischen die gefesselten Beine, gibt mir einen Vorgeschmack darauf, was mich erwartet und bohrt mir seinen Mittelfinger so weit in meinen Schoß, wie mein Höschen es zulässt. Es ist mir peinlich, doch ich spüre, wie feucht ich bin, und kann nichts dagegen tun. Mein Körper fühlt anders, als mein Verstand es befiehlt. Sie tragen mich fort, der eine packt meine Schultern, der andere meine Füße. Ich zappele, doch ich weiß, es ist vergeblich. Sie lachen und die Gier kann ich förmlich hören.

»Fickst du sie zuerst, oder bekomm ich diesmal den Vortritt?«

Erica konnte den Schrei nicht unterdrücken, als sie hörte, wie die beiden ausknobelten, wer sie zuerst nehmen sollte. Sie kroch über den Boden, nicht wissend, wohin, der Sack über ihrem Kopf nahm ihr die Sicht. Außer einigen hellen Schemen konnte sie nichts erkennen. Sie warfen eine Münze und einer der Männer prustete. Beide sprachen mit diesem verdammten Verzerrer und Ericas Gedanken rasten. Diese widerlichen Geräusche schmerzten in ihren Ohren, verletzten ihre Seele und machten ihr noch mehr Angst als die eigentliche Situation. Sie war nicht überrascht, dass der eine so klang, als wäre es nicht das erste Mal. Sie kroch wie ein Reptil über den Boden, versuchte, zu entkommen, doch erneut packten Hände nach ihr und rissen ihren Oberkörper empor.

»Wo willst du denn hin? Wir fangen gerade erst an.« Er warf sie sich über die Schulter und trug sie erneut ein Stück.

Unsanft landete sie auf einer weicheren Unterlage und sie

dachte an die schmutzige Matratze aus ihrer Fantasievorstellung. Das konnte nicht wirklich passieren, oder doch?

Er nahm ihr den Jutesack nicht vom Kopf, riss dafür ihre Bluse auf. Erica hörte die Knöpfe zu Boden splittern und schluchzte. Blanker kalter Stahl legte sich zwischen ihre Brüste, schnitt ihr den BH auf und die Hände griffen nach den weichen Rundungen, zwickten die Knospen, die sich gegen ihren Willen aufrichteten. Eine nasse Zunge lutschte daran. Zähne knabberten, bissen und rieben die zarten Warzen, bis sie schmerzvoll und angewidert keuchte.

»Wenn du gefügig bist, werde ich nett zu dir sein.« Er krächzte ihr die Worte entgegen und Erica verbiss sich das Keuchen auf der Unterlippe. Seine Hand presste sich zwischen ihre Schenkel, rieb ihren Schoß. Seine Fingerspitzen schoben sich über dem Stoff ihres Slips zwischen ihre Schamlippen.

Erica presste ihre Beine zusammen, doch die Hand war unerbittlich. Fassungslos erkannte sie, wie ihr Körper reagierte und die heißen Tränen waren der schiere Widerspruch. Sie wurde feucht, spürte, wie lustvoll ihr Geschlecht pochte und sie erstickte fast an ihrer Angst. »Bitte nicht. Tun Sie mir nicht weh.«

Er lachte kehlig, rieb unvermindert ihre Scham. »Du kannst es dir einfach machen oder schwer. Es liegt allein bei dir. Bist du nett zu mir, bin ich nett zu dir.« Mit der anderen Hand griff er den Jutesack und zog sie zu sich.

Sie konnte schemenhaft die Motorradmaske erkennen.

»Ficken werde ich dich so oder so.«

Sie sackte mit dem Kopf auf die weiche Unterlage und stöhnte. Warum reagierte sie so auf diese Worte? Warum erregte sie das? Das war nicht richtig. Das konnte nicht wirklich passieren. Erica dachte an Simon, wandte ihr Gesicht von dem Entführer ab und entspannte ihre Muskeln, so weit sie konnte. Auch wenn der Sack ihr die Sicht bereits nahm, schloss sie die Augen.

Der Mann schob ihr die Knie auseinander, rieb sein hartes Geschlecht gegen ihren Unterleib und keuchte.

Das Geräusch klang nach einem Raben und Erica presste fester die Augen zu. Ihre Hände hoben sich, stemmten sich gegen seine Brust und erneut spannten sich ihre Schenkel. Sie wollte ihn von sich schieben und startete einen neuen Versuch, sich zu wehren, doch er griff nach ihren Gelenken, hielt sie über ihrem Kopf fest und rieb sich noch energischer an ihr, als würde ihm ihre Wehrhaftigkeit weitere Gier in den Leib treiben. Viel schlimmer war die Tatsache, dass ihre Scham pochte, heiß und begierig auf die Bewegungen des Mannes reagierte. Sie spürte, wie ihre Wangen glühten, und erstickte das Stöhnen in ihrer Kehle.

Es blieb ihm nicht verborgen. Er kniete zwischen ihren Beinen, zerrte an dem Höschen, um es ihr auszuziehen und als er ihre Gegenwehr spürte, riss er den Stoff von ihrem Leib. »Wehr dich nur tüchtig, ich werde dich dennoch ficken.«

Den Schmerz, als der Spitzenstoff unter seinen Fingern nachgab, spürte sie kaum. Ein kühler Hauch strich über ihr feuchtes Geschlecht und sie merkte, wie er sich an ihr hinabschlängelte.

Nein, das wird er nicht tun.

Seine Fingerspitzen öffneten ihre Schamlippen, seine Zunge leckte den Spalt entlang und seine Lippen saugten sich an ihrer Klitoris fest. *Oh Gott, bitte lass das nicht wahr sein.* Erica spannte ihre Muskeln an, um nicht zu zeigen, wie sehr es ihr gefiel. Das durfte nicht sein. Ihre gefesselten Hände stemmten sich gegen seinen Kopf, der immer tiefer zwischen ihre Schenkel glitt.

Seine Zunge leckte gierig ihre Lust auf, züngelte gegen den hitzigen, pochenden Eingang, bohrte sich so tief wie möglich hinein.

Erica spannte ihren Rücken zum Hohlkreuz, presste härter gegen seinen Kopf, spürte die Motorradmaske unter ihren Fingern, doch der Mann wollte nicht aufhören. Gierig flatterte die Zunge in ihrem Geschlecht, umkreiste die geschwollene Perle. Sie konnte sich nicht wehren. »Aufhören!« Das Wort glitt halbherzig über ihre Lippen.

Zwei Finger gruben sich in ihren nassen Schoß und die Zunge wurde nicht müde, sie zu reizen. Der Mann bewegte seine Hand, schob die Kuppen tiefer in sie hinein, ließ sie in ihr kreisen.

»Oh bitte ...« Sie spürte, wie das Pochen drängender wurde. Ihre Hände krallten sich in die Maske und ihre Hüften schoben sich kreisend der Hand und dem Mund entgegen. Ihr Verstand wehrte sich, wollte den nahenden Orgasmus nicht zulassen, doch das Stöhnen aus ihrem Mund nahm zu.

Lachend hob der Mann seinen Kopf, ließ seine Fingerspitzen weiterhin ein- und ausgleiten. »Du kleines Miststück, wehrst dich mit Händen und Füßen, lässt dich fingern und lecken. Dein Körper sagt mir, es macht dich heiß, doch du wehrst dich.« Er schob sich an ihr empor, bis sein Gesicht über ihrem schwebte. »Mein Freund schaut zu und auch er sieht, wie du dich bewegst.« Der Mann schob seine Finger tiefer in sie hinein, und Erica stöhnte, als weitere Hände ihre Unterarme über ihrem Kopf auf die Matratze pressten.

Er war da, der zweite Entführer.

»Halt sie gut fest, wenn ich sie ... ficke!«

Die Pause in seinem Satz löste in Erica eine Kettenreaktion aus. Gänsehaut kroch ihr über die Haut, Hitzewellen durchflossen ihren Körper und das Pulsieren in ihrem Schoß steigerte sich zu einem hartnäckigen Klopfen, ähnlich ihrem Herzschlag. Wie aus weiter Ferne hörte sie eine Gürtelschnalle klirren, Stoff rascheln und als seine Hüften sich zwischen ihre Schenkel drängten, stieß er so hart und tief zu, dass sie aufschrie und zuckend unter ihm den Höhepunkt wie eine Erlösung umarmte.

Ohne darauf zu achten, stieß er erneut zu.

Erica zuckte zusammen, spürte, wie der Orgasmus in mehreren Wellen durch sie hindurchging.

Wieder bohrte er sich tief in sie hinein, erhöhte das Tempo und hielt ihre Kniekehlen fest, hob ihren Unterleib an, um sie unnachgiebig und hart nehmen zu können. Sein Keuchen klang wie ein Echo in Ericas Kopf wider. Angefeuert von dem Zweiten, der sie festhielt, wurde der Rhythmus energischer, fordernder und der Mann ächzte unter der Anstrengung. Jenseits von Gut und Böse mischte sich ihr Stöhnen unter das gierige Keuchen des Mannes, der sie vögelte. Wieder lockte er das Pochen, wieder spürte sie, wie die Situation sie auf ein Neues erregte.

»Fick sie ordentlich durch.«

In Ericas Kopf war die Fantasie präsent und sie schämte sich, dass die Realität sie ebenso erregte, dass dieser Mann sie zum Schreien brachte und sie nicht genug bekam.

Ich weiß, es ist nicht richtig, es darf mich nicht erregen, doch ich kann mich nicht dagegen wehren. Diese Hände, die mich stillhalten, seine Hände, die mich erkunden. Ich hasse es, aber ich bin erregt, ich will das alles und doch wiederum nicht. Er steigert sein Tempo, nimmt mich hart und tief und schnell und ich spüre, wie er sich in einen Rausch vögelt. Ich stöhne in sein Keuchen, keuche in sein Gestöhne und kann nicht anders, ich bewege meine Hüften seinen Stößen entgegen. Die kleine Katze ist geil, flüstert er seinem Freund entgegen. Die braucht es eben härter, antwortet ihm der andere.

Kurz bevor sie ein weiteres Mal kam, hielt er inne, entzog sich ihr. Er stöhnte und sie ahnte, dass er sich über sie gebeugt selbst massierte. In ihrem Kopfkino sah sie es vor sich, sah den Schwanz in seiner Faust, die sich hastig über dem Schaft bewegte.

Ein Schrei entwich seiner Kehle, als er sich seinem Orgasmus hingab. Heiß und unter Zuckungen entlud er sich auf ihrer Haut, traf ihre Brüste und rang nach Atem.

Der Mann stand auf, tätschelte die Innenseite ihres linken Schenkels und spottete. »War doch gar nicht so schlecht.« Die Demütigung in seiner Stimme ließ sie erschaudern. »Fessel sie und lass uns erst mal was essen.«

Der Zweite drehte sie auf den Bauch. Die Handgelenke streckte er über ihren Kopf und fixierte sie. Die Beine spreizte er, umwickelte die Fußgelenke mit einem Seil und band sie so fest, dass es ihr unmöglich war, die Schenkel zu schließen.

Er konnte es nicht lassen, ließ seine Hand in ihren Schoß gleiten und befühlte ihre Nässe, während er sich über ihren Rücken beugte. »Ich bin der Nächste und ich habe das Gefühl, mein Freund hat dich gut eingeritten.« Ein fester Hieb mit der flachen Hand traf ihren Po und Erica schrie auf.

Eine Tür krachte in ein Schloss und sie glaubte sich allein in dem unbekannten Raum. Sie zerrte an den Fesseln, doch alles, was ihr blieb, war, ihren Kopf zu heben, doch sehen konnte sie nichts außer Schemen. Ein Knacken hinter ihr ließ sie aufschrecken.

Ich kann nicht umhin, zu erwähnen, dass die Fantasie sich weiterentwickelte, seit ich dir begegnet bin. Die beiden lassen mich allein, doch ich bin es nicht wirklich. Ein Dritter wartet und er hat Schmerz für mich, straft mich für meine Wollust, doch in Wirklichkeit ist auch das eine Erlösung.

»Ist da jemand?« Schweigen. Das war doch ein Schritt? Ericas Herz setzte einen Takt aus. Die Männer waren gegangen, wer konnte noch im Raum ein? Gab es eine dritte Person?

Noch bevor sie die Gedanken zu Ende führte, sauste ein Stock auf sie nieder. Ihr Schrei zerriss die Stille und der Schmerz explodierte auf ihrem Hintern. Diese Pein war schlimmer als eine Gerte und sie ahnte, dass es sich um einen Rohrstock handeln musste. Schneidend, übergehend in ein unmittelbares Brennen, doch dieser neue Schmerz war nicht erkundbar für sie. Der Stock hieb erneut auf ihren Po ein und ließ sie schreien. Jeder Schlag zerriss sie innerlich, denn die Kraft dahinter ermüdete nicht. Tränen rollten über ihr Gesicht, unbeachtet von ihrem Peiniger. Sie weinte, schrie und jammerte, bettelte, er möge aufhören, doch er tat es nicht. Wie eine Bestrafung setzte er sein Werk fort, wechselte von ihren weichen Rundungen auf die Seiten ihres Körpers. Erica zuckte, versuchte, den Schlägen auszuweichen, doch die Fesseln hielten ihren Leib gestreckt, so wie der Rohrstock es brauchte. »Bitte, ich will das nicht. Bitte nicht mehr …«

Ihre Haut brannte wie Feuer und der Stock hielt inne. Fingerspitzen begutachteten das Werk, betasteten, berührten, und Erica heulte auf. Tausend Nadelstiche, viel quälender als die Schläge selbst, peinigten sie. »Genug, bitte, ich kann nicht mehr.«

Schritte entfernten sich und Erica schluchzte. War sie allein und wartete ein weiterer Mann auf sie? Wurde sie beobachtet? Ihr Hintern und ihr Rücken fühlten sich an wie von Lava geküsst und sie versuchte, sich nicht zu bewegen. Die Hitze pochte erbarmungslos und drang in ihren Körper, hallte in ihrem Inneren als Echo nach und konzentrierte sich zu einem wilden Pulsieren zwischen ihren Schenkeln.

Er legt seine ganze Kraft hinein und ich spüre das tanzende Feuer auf meinen Backen glühen. Es wird Spuren hinterlassen, das weiß ich, denn seine Schläge sind hart und treiben mir die Tränen in die Augen. Um mich zu quälen, berührt er mich, streichelt meinen Hintern und schickt Nadeln unter meine Haut. Es fühlt sich so an, und ich möchte sterben. Er lacht eisig, bevor er geht.

Zurück kehren die beiden Entführer. Auch sie berühren meine wunde Haut und das Prickeln entlockt mir ein Stöhnen. Er hatte eben zu mir gesprochen, mir angekündigt, er würde gestärkt wiederkommen und sein Recht einfordern. Jetzt kniet er zwischen meinen gespreizten, fixierten Beinen und entblößt sich. Sein hartes Geschlecht reibt gegen meinen wunden Arsch und ich halte den Atem an. Panik steigt in mir empor und ich bete, er wird es nicht tun. Er beugt sich über meinen Rücken und flüstert in seiner verstellten Stimme zu mir, er könne sich nicht entscheiden. Es würde ihn locken und er wisse, dass noch kein Mann sich diesen Zugang genommen hat. Ich keuche, denn der Gedanke erregt mich, doch er macht mir ebenso Angst. Sein hartes Glied reibt über mein Hintertürchen und mir tritt der Schweiß auf die Haut.

Erica lag da und bewegte sich nicht. Die Tränen trockneten unter dem Jutesack auf ihren Wangen. Plötzlich war sie hellwach. Die Autopanne auf der Landstraße. Das fehlende Handy. Der Transporter. Die beiden Entführer und der Dritte. Das war ihre Fantasie! Das war Simon. Simon, Stuart und sie vermutete hinter dem Dritten mit dem Stock George, wer sonst?

Die Tür schwang quietschend auf. Was würde als Nächstes geschehen? Was hatte sie in dem Brief geschrieben? Es fiel ihr wie Schuppen von den Augen. Erica versuchte, sich aus den Fesseln zu winden, doch sie saßen so straff, dass sie jammerte.

Er kniete sich zwischen ihre gespreizten Beine, beugte sich über ihren Rücken und Erica erkannte die Momentaufnahme aus ihrem Brief an Simon. »Bitte nicht. Ich bin noch nicht so weit.«

Er drängte seine Knie gegen ihren blanken, pochenden Schoß. »Wozu? Bist du nicht bereit für meinen Schwanz? Oder das, was ich mit ihm vorhabe? Hm, ich kann mich kaum entscheiden. Wenn ich mir deinen hübschen, rot leuchtenden Arsch betrachte, kommen mir ganz wilde Ideen.« Sein Hosenstoff rieb über ihre geschundenen Backen und Erica keuchte.

Ihre Fantasie war der Regisseur und ihre Gedanken spielten die Leinwand. Sie kannte ihren Brief auswendig, wusste, welchen Lauf die Geschichte als Nächstes nehmen würde. Erica spürte eine kühle Flüssigkeit auf ihre Pobacken tropfen und trotz der zärtlichen Massage, mit der ihr *Entführer* es einmassierte, prickelte die Haut und brannte. Sie sog den Atem scharf in ihre Lungen, stieß die Luft wieder aus.

Er wurde sanfter, vorsichtiger und liebevoller. Seine Fingerspitzen glitten tiefer, als wolle er testen, wie viel sie sich gefallen ließ, zuckten zurück, sobald er spürte, sie verspannte sich.

Ich werde dich nicht dazu zwingen … Erica wusste, es waren Simons Hände, die ihre Haut berührten, und die Anspannung der Ungewissheit, all die Befürchtungen zu Beginn dieser Entführung fielen von ihr ab. Sie fügte sich in die Rolle des Opfers und dieses überraschende, für sie völlig überrumpelnde Spiel.

Erneut streichelten die Fingerkuppen zwischen ihre Pobacken und sie schloss die Augen.

Er sprach kein Wort, Stille legte sich wie elektrische Spannung über den Raum. Die Fantasie begann von Neuem und Erica ließ sich fallen. Es war so einfach, so anders, doch nicht unangenehm, als Simon mit einem Finger ihren Anus öffnete, eindrang und behutsam tiefer glitt. Zusätzlich drang sein Daumen in ihre Scham, hielt inne, ließ ihr Zeit, sich an dieses ungewöhnliche Gefühl zu gewöhnen. Die Hitze in ihrem Schoß forderte nach Bewegung, doch sie krallte ihre Hände in die Matratze, atmete flach und konzentrierte sich darauf, die Hüften nicht kreisen zu lassen. Sie verbiss sich das Stöhnen auf der Unterlippe.

»Soll ich aufhören?« Das Krächzen des Stimmverzerrers war verschwunden und Simon flüsterte in ihr Ohr.

Erica war nicht in der Lage, zu antworten, schüttelte aber

auch nicht ihren verborgenen Kopf. Er ließ die Daumenkuppe in ihrer Scham kreisen, hielt den anderen Finger still, dennoch spürte sie die sanften Schwingungen ebenso in ihrem Po. Sie ächzte und er hielt inne. Waren sie allein? Sah Stuart zu oder auch George? Erica blendete diese Gedanken aus. Für sie blieb nur Simon, der sie auf erregende Art mit seinen zärtlichen Fingern schändete und das Kopfkino begann erneut. Das Pochen in ihrem Geschlecht drängte, gierte nach Erlösung. Erica hob ihre Hüften, zögerlich bewegte sie ihr Becken, beginnend mit angedeutetem Kreisen. Die tiefe Berührung in ihrem Inneren ließ sie stöhnen. Simon tat nichts, schwieg und ließ sie gewähren. Keuchend wurde sie mutiger, ihr Körper bewegte sich in einem sachten Takt und rieb ihre Scham gegen die Hand, die hartnäckig in ihr rührenden Finger peitschten ihre Lust an.

... du wirst mich darum bitten. Wie würde es sich anfühlen, mehr als nur den Finger in sich zu spüren? Würde sie es ertragen können? Würde es sie noch mehr anheizen?

Ich gebe zu, es fällt mir schwer, dir davon zu erzählen, denn ich habe es dir verweigert. Doch der Gedanke daran erregt mich sehr. Will ich wirklich, dass es passiert? Ich weiß es nicht. Doch du sollst alles wissen.

Simon verhielt sich passiv, ließ sie genießen, spüren, sich daran erregen. Ihre Gedanken überschlugen sich, die Neugier auf ein neues Abenteuer öffnete ihre Lippen, doch mehr als ein lustvolles lautes Stöhnen kam nicht aus ihrer Kehle. Sie kreiste ihre Hüften heftiger, und als Erica spürte, dass sich die Fingerspitzen langsam in ihr ein und aus bewegten, keuchte sie.

»Willst du mehr davon?« Simons Stimme hüllte sie ein wie ein warmer Mantel und noch mehr kühle Flüssigkeit tropfte zwischen ihre Pobacken.

Die Hand entzog sich ihr und Erica stöhnte empört auf, hob ihren Kopf und wollte widersprechen.

Er tastete nach ihrer Klitoris, die prall und geschwollen zwischen ihren Schamlippen pochte. Ihr Stöhnen drang durch den Raum, während Simon mit der anderen Hand das Gleitgel verteilte. Sie wusste, er würde es nicht tun, ohne die Worte von ihr zu hören.

Plötzlich hielt er inne, schien von der Unterlage zu klettern und Erica spürte, dass er ihre Fesseln löste. Erst jetzt merkte sie, wie kühl ihre Hände geworden waren und das Taubheitsgefühl in sachtes Kribbeln überging. Sie war überrascht. Was hatte er vor? Er löste den Jutesack von ihrem Kopf und Erica blinzelte gegen die Helligkeit.

Zärtlich strich er ihr Haar aus dem Gesicht und nach einer Weile erkannte sie durch die Sichtnebel Simons erregtes und sanftes Augenglitzern. »Willst du mehr davon?« Erneut stellte er diese Frage und strich ihr die wirren Haarsträhnen hinter ihre Ohren.

Wollte sie diesen Teil ihrer erregenden, erotischen Fantasie auch erfüllen? Ein tiefer Atemzug füllte ihre Lungen. »Ja, das will ich.«

Er küsste ihre Stirn, zog sie mit sich auf die, wie Erica erkannte, saubere Matratze. Simon setzte sich mit dem Rücken gegen die kahle Wand gelehnt hin, zog sie über sich, bis sie auf seinen Oberschenkeln mit gespreizten Beinen kniete. »Dann wirst du bestimmen, wann und wie weit.«

Sie starrte ihm verwirrt ins Gesicht, sah zu, wie er sein erregtes, streif emporragendes Geschlecht aus der Hose befreite und mit beiden Händen ihre Taille umfasste. Er gab ihr die Kontrolle?

Simon zog sie sanft an sich, bis ihr Po über seinem Schoß schwebte. »Du wirst es selbst tun.«

Ihr Herz pochte ihr kräftig in der Brust. Sie konnte nicht antworten, sie wagte nicht, zu atmen.

Sein Schwanz lag erregt in seiner Hand, er positionierte die Eichel direkt gegen ihre Hinterpforte und der Arm um ihre Taille hielt sie fest. Erica schloss die Augen, atmete tief durch und wollte sich schnell darauf aufspießen, doch Simon hielt sie zurück.

»Warte, nicht so eilig.«

Sie hielt inne.

»Genieß es, ganz langsam.«

Das Gleitgel ließ seine Spitze leicht in sie eindringen, dennoch hielt sie die Luft an, dachte für einen Moment, es würde nicht gehen.

»Lass dir Zeit, mein Engel.«

Seine Worte überschwemmten sie mit einem wohligen Gefühl und sie ließ sich tiefer auf ihn sinken. Sein Keuchen drang an ihre Ohren.

Wie schwer fiel es ihm, sich diesmal zu beherrschen? Diese ungewöhnliche Enge, diese enorme Anspannung und seine Erregung, sie liebte ihn so sehr dafür. Erica spürte, wie er tiefer in sie glitt, die Muskeln so leicht überwand und sie weitete. Es hatte etwas Verbotenes, etwas so Erregendes, dass sie es kaum erwarten konnte, ihn ganz in sich zu spüren. Als sie auf seinem Schoß saß, umklammerte sie seinen Nacken, krallte ihre Nägel in seine Schultern und stöhnte ihre Anspannung aus sich heraus.

Er sprach kein Wort und Erica ahnte, wie viel Überwindung es ihn kostete, ihr die Kontrolle zu überlassen, nicht nach ihren Hüften zu greifen und ihr einen Takt vorzugeben.

Sie hatte Schmerz erwartet, doch alles, was sie fühlte, war Fülle, erregende, pochende Fülle. Vorsichtig ließ sie ihre Hüften kreisen, rieb ihren Schoß an seinem Schamhaar und stöhnte. Ihre Fingernägel gruben sich in seine Haut, doch er verhielt sich ganz still. Sie hörte ihn nicht einmal atmen. Wie viel süße Qual war das für ihn? Das Kreisen ihres Beckens entlockte ihm ein heiseres Keuchen, seine Hände umfassten ihre Taille fester. Er fühlte sich so stark und hart an. Wenn es sie zu übermannen drohte, hielt sie still, spürte nach, wartete, bis es sich wieder gut anfühlte, und bewegte sich erneut. Es war so anders, so innig, viel intimer als alles, was sie zuvor geteilt hatten. Hatte sie es sich so vorgestellt? War es das, was sie erwartet hatte? Erica spürte den herannahenden Höhepunkt, doch wagte sie nicht, ihrem Rhythmus mehr zu geben als das sachte Kreisen. Ihre Scham rieb sich an seinem Schoß, trieb ihre Lust in Wellen durch ihren Körper, und als das unglaubliche, wunderbare Zucken in ihrem Geschlecht begann, schrie sie ihre Gier heraus. Der Orgasmus erfasste sie komplett, sie spürte ihn in ihrem Po, ihrer Scham. Die Heftigkeit, mit der sie kam, drohte ihr die Besinnung zu nehmen und Erica verbiss ihren anhaltenden Schrei in seiner Schulter.

Simon stöhnte, hielt ihre Taille umschlossen und pumpte sein Geschlecht, so weit es ihm möglich war, in sie hinein. Sie gab ihm nach, krallte sich härter in seinen Rücken und hinterließ bei dem Ritt blutige Striemen auf seiner Haut. Es schien auf ihn wie ein zusätzlicher Kick zu wirken. Der Schmerz in seinem Rücken ließ ihn aufschreien und kurz darauf spürte sie, wie er zuckend seine Lust in sie entlud. Schweiß glänzte auf seiner Stirn, und Erica küsste die salzigen Tropfen von seiner Schläfe.

Er hielt sie umklammert, genoss mit ihr das Nachglühen und hielt die Augen geschlossen. »Danke, mein Engel.« Seine Lippen bedeckten die ihren.

Sein Freund hat zugesehen und ich weiß, es erregt ihn, denn er nimmt mir meine Kopfbedeckung ab und kniet sich vor mich. Sein Schwanz drängt gegen meine Lippen, doch ich weigere mich, seiner gestischen Aufforderung nachzukommen. Seine Hand packt mein

Haar, er dreht meinen Kopf seinem Penis entgegen und reibt mit seiner prallen Eichel gegen meinen Mund. Noch immer pumpt der andere sein Geschlecht in mich hinein und entlockt mir ein Stöhnen. Sein Freund nutzt diesen kleinen Moment, mir seinen Schwanz zwischen die Lippen zu schieben. Ich liege da, ausgefüllt von beiden Seiten und bei allem, was mir heilig ist, ich komme dabei so heftig, dass ich fast die Besinnung verliere.

Zärtliche Lippen küssten sich ihren Rücken entlang, noch während sie auf Simons Schoß saß und nach Atem rang. Fast hatte Erica vergessen, wo sie sich befand. Kräftige Hände umfassten ihre Hüften und zogen sie von Simon fort auf ihre Knie. Sie musste sich nicht umsehen, um zu wissen, wer hinter ihr war. Stuart griff nach ihrem Nacken und beugte ihren Oberkörper vor.

Er hielt sich nicht lange auf, drang mit einem heftigen Stoß in ihr Geschlecht, während Simon ihr in die Augen sah. Aus dem Augenwinkel erkannte sie, dass seine Hand sich um sein Geschlecht schloss und er den Anblick genoss. Stuarts Stöhnen erfüllte den Raum, seine Hüften klatschten gegen ihren Hintern und die Heftigkeit seiner Stöße ließ sie ächzen.

In Simons Blick mischte sich neu aufkeimende Gier. Er erhob sich auf seine Knie, näherte sich ihrem Gesicht und hob sanft ihr Kinn ein Stückchen zu sich empor. Ja, die Fortsetzung der Fantasie. Erica schloss die Augen und spürte Simons Schwanzspitze gegen ihre Lippen drängen. Sie ließ ihn in ihre Mundhöhle gleiten und Simons Hüftbewegungen fielen in einen ähnlichen Rhythmus, mit dem Stuart sich an ihr satt vögelte.

Der Master griff ihre Schultern und zog sie seinen Stößen entgegen, während Simon seine Hände in ihr Haar vergrub und in ihren Mund stieß. Hier blieb kein Platz mehr, an die Fantasie zu denken, denn die Realität war viel aufregender, erregender und heißer, als sie es sich erträumt hatte.

Stuart riss ihre Hüften ein letztes Mal hart gegen seinen Schoß und entlud sich zuckend in ihrem Geschlecht. Simon hingegen ließ nicht nach, stieß lüstern und schnell zwischen ihre Lippen. Sein Keuchen mischte sich mit Stuarts erlösendem Schrei. Erica kämpfte gegen den Würgereiz, versuchte, seinem tiefen Eindringen ein wenig zu entkommen, doch Simon hielt ihren Kopf so, dass er es ihr unmöglich machte.

Stuart kniete hinter ihr, während sie auf ihren Unterschenkeln saß und weiterhin versuchte, ihre Kehle zu entspannen und Simon wieder und wieder in ihren Mund drang.

Stuarts Fingerspitzen gruben sich zwischen ihre Schenkel, öffneten ihre Schamlippen und tasteten nach ihrer Klitoris. Er schenkte ihr kein Fingerspiel, stattdessen hörte sie das Brummen eines Vibrators, der kurz darauf an ihrer Scham lag und sie so reizte und erregte, dass sie ihren Atem kaum mehr kontrollieren konnte.

Die Vibrationen an ihrer geschwollenen Perle raubten ihr den Verstand und die Tatsache, dass Simon ihre Lippen gierig vögelte, ließ sie erneut so heftig explodieren, dass die Spasmen des Höhepunktes durch ihren Körper zuckten.

Noch bevor Simon seiner Lust freien Lauf ließ, entzog er ihr sein Geschlecht und rieb sich vor ihren Augen weiter. Ein lang gezogenes Stöhnen aus seiner Kehle riss seinen Kopf in den Nacken und Stuart zog Ericas Oberkörper empor, hielt sie bei den Oberarmen, sodass Simons Samen ihre Brüste, ihren Hals und ihr Gesicht traf, während sein Schwanz sich zuckend unter seiner Handmassage entlud.

Stuart verband ihre Handgelenke auf dem Rücken und die beiden verließen grinsend den Raum.

Erica sah ihnen fassungslos nach. Sie hörte Wasser rauschen und betrachtete ihren Körper. Noch immer sah man die Spuren von Simons Höhepunkt auf ihrer Haut und ein Fluchen steckte in ihrer Kehle.

Die Demütigung, die ich fühle, lässt heiße Wellen durch mich fließen. Meine Wangen glühen wie Feuer und ich schäme mich dafür, denn das Pochen in meinem Unterleib will nicht aufhören.

Erica fühlte sich schmutzig, benutzt und herrlich satt und befriedigt.

Diese Fantasie erregt mich seit meiner Jugend, wurde mit den Jahren als Frau immer detaillierter und nie habe ich darüber gesprochen. Es ist meine geheimste, intimste und heißeste Fantasie. Das, worum du mich gebeten hast, dir aufzuschreiben.

In Liebe
Erica

Noch schien das Spiel nicht beendet, doch mehr hatte sie in ihrem Brief nicht geschrieben. Wie würden die drei ihre Fantasie weiterführen? Erica rollte sich müde auf der weichen Matratze zusammen und schlief mit einem Lächeln auf den Lippen ein. Selbst die Fesseln an ihren Handgelenken auf dem Rücken störten sie nicht.

Kapitel 13: Hemmungsloser Tabubruch

Die Dusche vor dem Frühstück war eine Wohltat, und Erica fand in dem kleinen sauberen Bad alles, was sie benötigte, um sich frisch zu machen. Einzig auf Kleidung hatten die Männer verzichtet und es überraschte sie nicht. Auf der Kommode lagen Hand- und Fußfesseln aus gepolstertem Nylon und ein Halsband – ihr Halsband. Erica legte die Manschetten an und beobachtete sich dabei, als sie die Lederschnalle in ihrem Nacken befestigte. Das duftende Körperöl, mit dem Erica sich nach der Dusche eingerieben hatte, ließ ihre Haut goldbraun schimmern. Sie zwinkerte ihrem Spiegelbild neckisch zu und atmete durch. Weiterhin befand sie sich im Spiel, genoss das Kopfkino einer Entführung und doch fühlte sie sich sicher und geborgen. Ein wohliger Schauder durchströmte ihren Körper und sie klopfte an die Badezimmertür. Es dauerte eine Weile, dann drehte sich der Schüssel und der *Maskierte* führte sie durch das Haus in eine Art Schuppen. Der Raum war leer bis auf einen Tisch, der neu wirkte. Als Erica ihn näher betrachte, stellte sie fest, dass es sich um keinen normalen Esstisch handelte. Schmal und lang war die Tischplatte gearbeitet, gerade breit genug, um einen Körper darauf zu betten. An den Kanten waren Eisenringe befestigt, die Möbelbeine im Boden verankert.

Erica hob den Blick zur Decke empor. An einem Querbalken fand sie noch mehr Eisenringe, Ösen, Ketten und Seile. Ihr Herz pochte hart in ihrer Brust. Nicht vor Angst, nein. Dies versprach ein weiteres aufregendes Abenteuer. Der *Maskierte* griff nach ihrem Nacken und schob sie tiefer in den Raum. Er sprach kein Wort und da Stuart und Simon in etwa die gleiche Größe und Figur besaßen, war sie sich nicht sicher, mit wem von beiden sie es zu tun hatte. Er hob sie auf die Tischkante, deutete ihr an, sich hinzulegen und begann, ihre Hände mit einem Seil durch die Ösen der Manschetten straff über ihrem Kopf am Tisch zu fixieren. Die Lage war selbst für den kurzen Moment sehr unbequem, doch Erica schwieg und erduldete in Erwartung und Neugier die Prozedur. Seine Hände deuteten an, ein Tau unter ihrem Rücken um die Taille führen zu wollen, und Erica bog ihren Körper zu einem Hohlkreuz, um es ihm leichter zu machen. Sie sah zu, wie er die Enden an den Eisenringen der Tischkante verknotete. Ihre Brustwarzen versteiften sich, eine Gänsehaut bildete sich, breitete sich auf ihrem Körper aus. Es erinnerte sie an ihr erstes Bondage und das Geduldsspiel hinterließ die gleiche wohlige Erregung in ihr.

Der Dominus ergriff über ihr eine der Ketten am Balken, richtete sie auf eine bestimmte Länge. Die Nylonschlaufe umschmeichelte ihre rechte Kniekehle, zog ihre Schenkel auseinander und Erica fühlte sich wie auf einem gynäkologischen Stuhl, als er das andere Bein ebenso in der Höhe fixierte. Dünne stabile Ketten an den unteren Ecken der Tischkante ließen ihren Füßen kaum Spielraum, nachdem ihr *Entführer* die Karabiner an ihren Fußmanschetten befestigt hatte.

Erica hob den Kopf, erkannte, wie er dastand und sein Werk begutachtete. Sie lag offen und hilflos vor ihm. Das Gefühl völliger Auslieferung durchrieselte ihren Verstand, ihren Körper und hinterließ zwischen ihren gespreizten Beinen ein leises Pulsieren. Sie rekelte sich in ihrer Fixierung, seufzte und schloss die Augen. Die Fantasie aus ihrem Brief war bereits realisiert. Was würde jetzt mit ihr geschehen?

Eine sanfte Brise strich über die Innenseiten ihrer Schenkel, als die Tür sich öffnete. Nun waren sie zu viert. Sie ahnte es, und trotz der geschlossenen Lider war ihr bewusst, dass jemand die Fensterläden des Holzschuppens schloss und das Licht aussperrte. Jemand riss ein Streichholz an, und als sie die Augen öffnete, sah sie Kerzen im Raum verteilt, die dunkle Schatten an die Wände warfen. Die drei Männer waren ganz in Schwarz gekleidet, sodass Erica sie trotz der Flammen nicht im Raum ausmachen konnte.

Sie trugen die Motorradmasken und Schritte näherten sich ihr. Erica spürte das warme Holz des Tisches unter sich, genoss die Blicke, derer sie sich sicher war. Erregt zogen sich ihre Brustwarzen härter zusammen, das Pulsieren in ihrer Scham verstärkte sich und abermals schloss Erica die Augen, überließ sich den Männern, gab sich dem hin, was sie erwartete. Die Stille ließ eine knisternde Unruhe in ihr aufsteigen. Weicher Stoff legte sich über ihr Gesicht, machte sie für das Spiel blind. Die Augenmaske sorgte dafür, dass sie nicht wissen würde, wer sich an ihr bediente, wer von ihnen sich an ihrem Körper befriedigte, sie berührte, sie bespielte. Die Erinnerung an die Gertendresche am Tag zuvor ließ sie nicht mehr vor Angst erschaudern, selbst wenn ihr die Peitsche in Stuarts Hand drohen würde, sie würde es genießen. Erica entspannte ihre Muskeln, überließ sich dem, was sie nicht wusste, ließ sich fallen und gab die Kontrolle ab. Sie war sich sicher, aufgefangen zu werden, wenn sie fiel.

Sie genoss es, schamlos, nackt und frei von den Barrieren in ihren Gedanken wie auf einem Präsentierteller dazuliegen, sich bewusst, freiwillig und voller Hingabe diesen drei dominanten Männern auszuliefern. Ein Flüstern rieselte durch ihren Kopf. *Keine Tabus. Keine Grenzen. Kein Codewort. Nur Lust, Gier und Leidenschaft.*

Der Schmerz traf sie wie ein Blitz, durchzuckte die Stille, die sich in ihrem Bewusstsein ausgebreitet hatte, wie in diesem

Raum. Sie verbiss sich die Pein, die die Innenseite ihres Schenkels getroffen hatte, auf der Unterlippe, spürte der Hitze nach, die auch der nächste Hieb hinterließ. Sie erkannte den Schmerz, rekelte sich ächzend unter den wiederkehrenden Treffern der Gerte. Erica zuckte zusammen, als sie spürte, dass die Schläge ihrer pochenden Scham gefährlich nahe kamen. An ihren Handgelenksfesseln reißend keuchte sie auf und schrie, als der sanfte Hieb ihre Schamlippen traf. Blitze zuckten durch ihren Körper und die kurzen Intervalle, mit denen die Gerte diese süße, heiße Qual fortsetzte, entfachte ein Feuerwerk in ihrem Kopf.

Erica schrie nach Gott, schrie nach allem, was ihr in den Sinn kam, und spürte die Hitze in ihrem Schoß, in ihrem Geschlecht, konnte kaum atmen. Der Gesang der Gerte auf ihrer Haut verstummte und Erica rang nach Luft.

Fingerspitzen öffneten ihre Schamlippen, ein Mund berührte sie, hauchte kühle Küsse auf die glühende feuchte Seide, leckte gierig nach der geschwollenen Klitoris und brachte sie zum Stöhnen.

Ericas Körper spannte sich unter dem erregenden Zungenspiel und Handflächen spreizten ihre Schenkel noch mehr. Die Lippen küssten, saugten und neckten ihre Scham, schickten Erica durch ein Wechselbad von heiß und kalt. Kurz bevor sie den Gipfel erreichte, hemmungslos stöhnen und unter dieser gierigen Zunge explodieren konnte, stoppte ihr Wohltäter abrupt.

Jemand trat neben sie, berührte mit zartem Streicheln ihre linke Brust. Die Fingerspitzen umkreisten die harte Knospe, rieben sie energischer, bis sie einen dumpfen Schmerz spürte.

Erica keuchte, wandte ihren Kopf dem Mann zu ihrer Linken zu, als von der rechten Seite eine Hand ihrem Busen die gleiche Aufmerksamkeit zukommen ließ. Ihre Lippen bebten, sie rang nach Atem, wissend, dass zwei Männer gleichzeitig mit ihrem

Körper spielten. Wo war der Dritte? Als sie ihr Gesicht zur Seite wenden wollte, hielt der links neben ihr Stehende sie davon ab, griff in ihren Nacken und hob ihren Kopf an. Ohne Vorwarnung schob sich eine pralle Eichel zwischen ihre Lippen, drang weit in ihre Mundhöhle und bewegte sich gefährlich nah am Würgereiz in ihrem Mund vor und zurück. Ein gieriges Stöhnen drang an ihre Ohren, während er ihre Brust knetete. Ein Kuss saugte die erregte Knospe ein, Zähne gruben sich in die weiche Haut und eine feuchte Zunge leckte die Spitze. Erstickt keuchte sie unter der sanften Tortur, bis der Schaft sich ihrem Mund entzog.

Sofort griff eine grobe Hand nach ihrem Kinn und erneut schob sich ein Schwanz zwischen ihre Lippen, drang unnachgiebig ein und Erica lauschte dem Stöhnen, das ihr Mund dem Dom entlockte, der sich gerade mit ihr vergnügte. War es Simon? Oder Stuart? Oder lutschte sie an dem Glied von George? Der Gedanke, dass Simons Chauffeur sich an ihr bedienen könnte, erschreckte sie nicht, im Gegenteil, es war gleichgültig, denn auch die Idee genoss sie.

Wieder wechselte sie zu dem Dominus zu ihrer Linken, erneut schob sich das aderndurchzogene Geschlecht fordernd in ihren Mund. Erica keuchte, als sie eine Zunge an ihrer Scham spürte. Sie wurde von drei Meistern gleichzeitig benutzt, bespielt und war ihrer Lust ausgeliefert. Die Stille und das Schweigen, durchbrochen vom Keuchen und Stöhnen der Männer, benötigte kein Kopfkino, denn die Realität war reizvoller, erregender und gieriger, als die Fantasie es je hätte ausmalen können. Rhythmischer drang der Schwanz in ihre Mundhöhle, der Mann stöhnte lauter und die Hand an ihrem Kopf grub sich härter in ihr Haar.

Erica konnte die Lust auf ihrer Zunge schmecken und als der Meister kam, knurrte er auf, drang heftig zwischen ihre Lippen und entlud sich in ihrem Mund. Als er sich von ihr löste, streichelte er ihr über den Kopf, berührte zärtlich ihre Wange und seine Schritte entfernten sich von ihr.

Auch das Zungenspiel zwischen ihren Schenkeln hörte auf, ließ sie keuchend zurück, nur der Mann zu ihrer Rechten war noch bei ihr, knetete mit beiden Händen ihre Brüste, zwickte ihre emporragenden Knospen und schickte ein wohliges Schaudern durch ihren Körper. Lippen küssten und saugten an ihrem Busen, lenkten sie von etwas ab, das sie zu spät bemerkte. Glitschig und kalt presste sich etwas gegen ihren Anus, überwand den engen Ringmuskel und drang besitzergreifend in ihren Po ein. Sie hielt den Atem an. Hart und glatt fühlte sich die Oberfläche des Gegenstandes in ihr an und sie ahnte, was es war. Stöhnend entließ sie die Luft aus ihren Lungen. Der Analplug dehnte sie nur wenig, doch genug, um erregende Wellen durch ihren Leib zu schicken. Eine Schwanzspitze drängte gegen den feuchten Eingang ihres Schoßes, zwängte sich in sie hinein und vergrub sich in ihr. Ihr wurde schwindelig. Dieses Gefühl, doppelt ausgefüllt zu sein, übermannte sie mit vollkommener Ekstase. Das Pochen zwischen ihren Schenkeln wurde wilder und gieriger, und als der Dominus sie mit kräftigen Stößen nahm, schrie sie ihre Leidenschaft in den Raum hinein. Das Klatschen seiner Hüften gegen ihre Haut hallte in Ericas Kopf wider, er bewegte sich härter, bohrte seinen Schwanz unbarmherzig in ihr Geschlecht und schüttelte ihren Körper durch. Die Fesseln hielten sie auf dem Tisch, fixierten sie, verdammten sie dazu, sich nicht zu rühren, alles, was ihr blieb, war das hemmungslose Schreien. Die Anspannung und Erregung entlud sich in einem Höhepunkt, wie Erica nie zuvor einen erlebt hatte. Das Zucken durchfuhr ihren Körper, nahm ihr fast die Besinnung und ihre lustvollen Laute klangen heiser. Erica nahm nicht wahr, dass der Spieler sich in ihr entlud, seine Lust in sie verströmte und keuchend von ihr abließ.

Zuerst spürte sie auch diesen feinen stechenden Schmerz in ihren Brustwarzen nicht, der stetig wuchs und sich dann auf einem Level hielt, stets präsent, nicht nachlassend. Erica erinnerte sich an die kühlen Klemmen, die sie schon einmal erlebt hatte.

Für eine Sekunde merkte sie, wie Tropfen zwischen ihre Brüste trafen und dann diese sengende Hitze auf ihrer Haut, die sie aufstöhnen ließ. Mehr dieser brennenden Flüssigkeit berührte ihre Haut, wanderte über ihre Brüste, traf auf den Bogen ihrer Rippen, träufelte auf ihren Bauch und näherte sich zielsicher ihrer Scham. Erica zerrte an ihren Fesseln, wand sich unter dieser heißen Qual. Wachs. Heißes Kerzenwachs. Sie bog den Kopf so weit in den Nacken, wie es das Bondage zuließ. Jetzt wusste sie, wie sich Nick gefühlt hatte, denn diesen Schmerz kannte sie noch nicht. Die Hitze näherte sich den Innenseiten ihrer Schenkel. *Oh Gott!* Der glatte Körper der Kerze berührte ihre Schamlippen, glitt den feuchten Spalt entlang. Nur in Gedanken war es ihr möglich, zu sehen, welches Schauspiel sich ergab. Das erregende Reiben der Kerzen an ihrer Scham ließ sie stöhnen. Wieder spürte sie die unglaubliche Hitze, als das heiße Wachs ihre Schenkel traf und daran entlangtropfte, bis es abkühlte und auf ihrer Haut erstarrte. Mal mehr, mal weniger schmerzhaft fühlte es sich an, und Erica ahnte, dass es daran lag, wie hoch ihr Peiniger die Kerze über ihr hielt.

Plötzlich spürte sie etwas, das sie nur langsam begriff, und in ihrem Kopf manifestierte sich ein Bild, das sie erschaudern ließ. Zwischen ihren Brüsten, auf dem Ansatz ihrer Rippen, mitten auf ihrem Bauch platzierte jemand dicke Kerzen. Brannten sie? Erica wagte nur flach zu atmen, kontrollierte das erregte Zittern ihres Körpers aus Angst, die Kerzen würden umfallen. Leises Lachen drang an ihr Gehör. Sie sah sich auf dem Tisch liegen, gefesselt, mit gespreizten Beinen, mit einem Analplug, und brennende Kerzen balancierten auf ihrer Haut. Ihr Herz pochte bis in die Kehle. Dann hörte sie das leise Brummen, das sie zu gut kannte. *Oh Gott, nein.* Erica biss sich auf die Unterlippe, versuchte, sich darauf gefasst zu machen, was folgen würde, doch als der Vibrator ihr Geschlecht berührte, zuckte sie zusammen. Erica hielt den Atem an, spürte das Schwanken der Kerzen auf ihrem Körper und machte sich bereit, das brennende Wachs zu empfangen. Unablässig vibrierte es an ihrer Scham, umkreiste ihre Klitoris und sie unterdrückte das Stöhnen, das sich aus ihrer Kehle lösen wollte. Ihre Hüften wollten sich bewegen. Die Gier nach Erlösung griff mit eiserner Faust in sie hinein und doch, wenn sie der Erregung nachgab, würde Hitze sie bestrafen. Erica keuchte, ein lang gezogener Ton drang aus ihrer Kehle und klang verzweifelt, doch anders konnte sie ihrer Lust, dieser gnadenlosen Erregung, die in ihrem Geschlecht pulsierte, keinen Platz einräumen. Die Kerzen drohten ständig zu kippen, eine Hand legte sich über ihre Lippen, und als sie kam, verlor sie die Kontrolle über ihren Körper und der Orgasmus durchzuckte sie. Als die Kerzen fielen, wich eine Last von ihr. Man ließ ihr keine Zeit, dem fehlenden Schmerz des Wachses nachzusinnen oder das Nachglühen des Höhepunktes zu genießen. Einer der Männer kletterte über sie, kniete sich über ihren Oberkörper, griff nach ihren Brüsten und presste die weichen Kugeln um sein Geschlecht zusammen. Seine Hüften bewegten sich genüsslich. Das Keuchen erfüllte den Raum.

Erica spürte, wie der Plug vorsichtig aus ihr entfernt wurde. So erregend es sich angefühlt hatte, dennoch seufzte sie erleichtert auf. Entsetzt musste sie feststellen, dass abermals etwas Hartes gegen ihren After drängte. Sie hielt den Atem an, spürte die Bewegung des Mannes über ihr und ballte die Hände in ihren Fesseln zu Fäusten. Der Druck verstärkte sich, überwand den Schließmuskel, füllte sie aus, glitt tiefer in ihren Po und dehnte sie mehr als der Plug zuvor. Heiße Schauder trieben ihr den

Schweiß aus jeder Pore ihres Körpers. Erica ächzte bei dem Gefühl, gedehnt zu werden. Der Dominus über ihr stöhnte auf und heiße, feuchte Lust entlud sich auf ihren Brüsten. Er brachte sie dazu, die übrig gebliebenen Tropfen von seiner Eichel zu lecken und stieg vom Tisch hinunter. Weiches Leder streichelte über ihren Bauch, berührte ihre Scham und die Innenseiten ihrer Schenkel. Ihr war heiß und kalt bei dem Gedanken an die Peitsche.

Zu ihrer Überraschung lösten sich ihre Fesseln, die Augenmaske behielt sie an. Einer der Männer hob sie sanft hinunter, um ihren Körper umzudrehen und bäuchlings über den Tisch zu beugen. Er fixierte ihre Fußmanschetten an den Tischbeinen, verband die Handgelenksfesseln links und rechts nach vorn gestreckt ebenfalls mit der Bank. Bei jeder Bewegung spürte sie den Analplug in sich arbeiten und sie keuchte.

Als die Lederriemen der Peitsche über ihren Rücken zuckten, stöhnte sie. Jeder Hieb brannte wie Feuer auf ihrer Haut und hinterließ eine anhaltende Hitze. Erica wusste, am anderen Ende dieser Peitsche stand Stuart, auch wenn er kein Wort sprach. Er legte gerade so viel Kraft in den Schwung seines Armes, um das nachträgliche Brennen ihrer Haut zu gewährleisten, ohne Spuren zu hinterlassen. Stuart ließ den Biss der Peitsche von ihrem Rücken über ihren Hintern bis zu ihren Waden tanzen und Erica stöhnte lustvoll gepeinigt unter dieser Hitze. Ihre Haut glühte, der Schweiß rann an ihr hinab, und als Fingerspitzen die Brandherde berührten, schrie sie auf. Das Kribbeln drang in ihren Körper, breitete sich aus wie ein Lauffeuer und Erica konnte die Tränen nicht mehr unterdrücken. Während die Fingerkuppen zwischen ihren Schenkeln suchend nach ihrer Perle tasteten und erneut ihre Lust weckten, keuchte sie heiser.

»Hast du schon genug?« Das Flüstern von Stuarts Stimme war ganz nah an ihrem Ohr, sodass sie die Lippenbewegungen spürte. Sie war nicht imstande zu antworten, stöhnte unter den kreisenden Streicheleinheiten in ihrer Scham.

»Dachte ich mir doch, dass du noch mehr vertragen kannst.«

Als der Analplug behutsam aus ihrem Hintern glitt, ächzte sie leise.

»Fühlst du dich gut?«

Die Tränen trockneten auf ihren Wangen und Erica spürte, dass der Stoff ihrer Augenbinde nass war. Stuart streichelte zärtlich ihr Haar, während die Fußmanschetten von den Tischbeinen gelöst wurden. Sie nickte zur Antwort auf die Frage. Auch ihre Handgelenke waren befreit, doch sie blieb mit dem Bauch auf dem Tisch liegen.

Seine Lippen legten sich an ihre Ohrmuschel. »Ob ich dich jemals betteln hören werde, es zu beenden, Erica? So langsam werde ich das Gefühl nicht los, du bist eine kleine schmutzige Schlampe, die nur darauf gewartet hat. Ich glaube, es wird Zeit, dass ich herausfinde, aus welchem Holz du geschnitzt bist.« Er löste sich von ihr und sein Tonfall wurde hart, rau und kalt. »Bringt sie in ihr Zimmer.«

Grob wurde sie von dem Tisch gezerrt, links und rechts stützten die beiden Männer sie, doch bevor man sie zurück ins Haus brachte, hob Stuart ihr Kinn empor. »Ich bin mit dir noch nicht fertig, Sklavin!«

Das Adrenalin pumpte wie flüssige Lava durch ihre Adern, und die Drohung hallte in Ericas Kopf wie ein Echo wider. Sie war hellwach und fiel weich auf ihr Lager, als man sie zurück in den Raum stieß. Das Knallen der Tür ließ sie zusammenzucken und sie wagte nicht, die Augenbinde zu lösen. Erica wartete, lauschte auf Geräusche aus dem Haus, doch sie hörte nichts. Die Stille hinterließ eine Gänsehaut auf ihrem schweißnassen Körper und sie bemerkte, wie sehr das Spiel sie ausgelaugt hatte. Erica nahm die Maske ab, blinzelte, stöhnte, denn die Helligkeit schmerzte in ihren Augen.

Plötzlich drang das Flüstern der Männer an sie heran und sie hob den Kopf. Erica verstand nichts von dem, was sie sprachen, und als die Tür sich öffnete, zuckte sie zusammen und senkte den Blick.

Stuart ging vor ihr in die Hocke, nachdem er den Raum hinter sich verschlossen hatte. »Was glaubst du, wird es für ein Gefühl für dich sein, wenn drei Männer gleichzeitig sich an dir bedienen?« Er legte den Kopf zur Seite und beobachtete das Spiel ihrer Mimik, während die Bedeutung der Worte in ihr Bewusstsein sickerte.

Als das Bild sich in ihrem Kopf manifestierte, sah Erica ihn an, öffnete den Mund, doch das Grinsen auf seinem Gesicht ließ ihre Stimme versagen.

Er stand auf und ihr Blick folgte ihm hypnotisch. »Du wirst mir sicherlich nachher davon erzählen können.« Stuart blieb vor ihr stehen, öffnete seine Hose und entblößte sein Geschlecht. Erregt und steif ragte es empor. Er ging auf die Knie, griff nach ihren Kniekehlen und zog sie zu sich. Mit einer Hand presste er ihren Oberkörper auf die Matratze und sie ließ ihn ihren Widerwillen spüren.

Das gierige Lachen brachte sie zum Erzittern und ihre Fantasie schlug Purzelbäume. Stuart beugte sich über sie, drang ohne Vorwarnung in sie ein und hielt ihre Hände über ihrer Brust gekreuzt. Kaum war das erste Stöhnen von ihren Lippen verklungen, öffnete sich die Tür und George betrat den Raum.

Er sah zu, wie Stuart sich mit ihr vergnügte. Einerseits wünschte sie sich die Maske zurück, doch dass er beobachtete, wie ein anderer sich an ihr satt vögelte, ließ die Lust in ihr steigen.

Stuarts Stöhnen mischte sich mit ihrem Keuchen und er wechselte die Position, zog sie mit sich, bis sie rittlings auf seinem Schoß saß. Die Erregung in ihr ließ ihre Hüften auf ihm kreisen und aus den Augenwinkeln sah sie, wie George sich näherte. Er öffnete seine Hose, blieb neben ihr stehen, und schob eine Hand in ihr Haar, die andere umklammerte seinen Schwanz.

Stuart hielt ihre Handgelenke umfasst und die Eichel des Chauffeurs drängte gegen ihre Lippen. Wo war Simon? Ihr Herz pochte und das Blut rauschte in ihren Ohren. George ging auf die Knie, zog ihren Kopf mit sich und damit beugte sie sich über Stuart. Als ein Stöhnen über ihre Lippen kam, nutzte der Chauffeur die Gelegenheit und drang in ihren Mund ein. Erica schloss die Augen, gab sich dem Rhythmus hin, den er mit seinen Händen vorgab und dem Tempo von George, der sich an ihren Lippen bediente.

Leise öffnete sich die Tür ein weiteres Mal und sie wusste, Simon beobachtete sie. Gefiel ihm, was er entdeckte? Erregte es ihn, zuzusehen, wie seine Freunde sich an ihrem Körper vergingen?

Das Stöhnen der Männer erfüllte den kleinen Raum und wurde durch das Geräusch nahender Schritte unterbrochen. Sanft wiegte die weiche Unterlage unter Simons Gewicht.

Ihr Schoß war gefüllt, ihre Lippen beschäftigt und ein heißkalter Schauder durchfuhr ihren Körper, als die Ahnung in ihrem Kopf Gestalt annahm.

Simons Hände berührten ihren Po, streichelten das wippende Gesäß und Ericas Atem beschleunigte sich. Sie wusste, er sah zu, wie Stuarts Geschlecht in ihren Schoß stieß, wie George seinen Schaft erbarmungslos in ihre Mundhöhle drängte.

Sie wusste, welche Idee seinen Kopf beherrschte. Als Simons Schwanz zwischen ihren Pobacken rieb, hielt sie den Atem an. Er würde es tun, er wollte es und sie war zu erregt, um ihn daran hindern zu wollen.

Kühles Gel tropfte auf sie herab, verteilte sich, und als er sie füllte, warf sie ihren Kopf zurück und stöhnte lauter als die drei Männer. Ihr Verstand schaltete sich aus, ihr Körper übernahm die Regie und bewegte sich hemmungslos gierig zwischen den Körpern, die in jede ihrer Öffnungen drängten. Der Rhythmus bekam einen Gleichklang. Die Geräusche von zügelloser Lust und Hemmungslosigkeit nahmen zu. Das erregte Stöhnen vor ihr, das gierige Knurren unter ihr und das lustvolle Keuchen hinter ihr umgaben sie wie ein tosender Sturm, der sie einhüllte, sie in die Höhe trug und heftig über eine Klippe stürzte. Sie explodierte so gewaltig, dass sie eine Kettenreaktion auslöste.

George warf seinen Kopf in den Nacken, als er zuckend in ihrem Mund kam und sie an seiner Lust heftig schluckte.

Stuart riss ihren Leib seinem Zustoßen entgegen und pumpte seine Gier in sie hinein, während Simon hinter ihr still verharrte, sich kurz darauf gegen ihren Po drängte und sich seiner Anspannung hingab. Es brauchte nur wenige Stöße und er entlud sich mit einem Schrei in ihren Leib. Simon hielt Erica eng umschlungen, als sie langsam in eine Besinnungslosigkeit glitt.

Das heiße Wasser prickelte auf ihrer empfindlichen geröteten Haut und Erica stützte ihren müden Körper an die Kacheln des kleinen Badezimmers. Hatte sie geträumt? Nein, das war so real und intensiv. Ihre Knie zitterten von dieser Anstrengung und dem Nachbeben des Spiels. Schämte sie sich für die Tatsache, dass sie sich drei Männern hingegeben hatte? Sie hinterfragte sich und stellte überrascht fest, dass sie nichts von dem bereute, was ihr gerade widerfahren war. Noch vor wenigen Monaten wäre sie allein über den Gedanken entsetzt gewesen, hätte energisch den Kopf geschüttelt. Vielleicht hätte sie sogar panisch reagiert, wenn nicht empört. Sie stand unter dem Wasserstrahl und stützte ihre Hände an der Wand ab. Schon jetzt spürte sie ihre Muskeln. Morgen würde sie sich kaum mehr bewegen können und sie kostete die unendliche Befriedigung in ihrem Inneren aus.

Als sie das Bad angekleidet und wackelig auf den Beinen verließ, lehnte Simon wartend an der Hüttentür. Auch er wirkte mitgenommen und müde. Für einen Moment spürte Erica, wie ihre Wangen zu glühen begannen. Einen Augenblick kehrte die Unsicherheit ihm gegenüber zurück. Was dachte er über sie? *Du denkst zu viel.* Mit einem Lächeln wies sie sich zurecht, trat auf ihn zu und schlang schweigend die Arme um seine schmalen Hüften.

Auch Simon sprach kein Wort, küsste ihre Stirn und hielt sie fest. Wortlos verließen sie eng umschlungen die Hütte und die frische Luft füllte ihre Lungen. Sie konnte weder George noch Stuart entdecken, schickte suchend ihren Blick umher und hob ihre Augen zu Simon empor. Erica wollte diese angenehme Stille zwischen ihnen nicht brechen und genoss seine Wärme.

»Hat es dir gefallen?« In seinem Flüstern schwang eine Unsicherheit, die Erica nicht an ihm kannte. Schlagartig wurde ihr bewusst, das Spiel war so nicht geplant gewesen, hatte eine Eigendynamik entwickelt, die sie alle mitgerissen hatte.

Ihre Schultern bebten, sie vergrub ihr Gesicht an seiner Brust. »Jetzt denkst *du* zu viel, Liebling.«

Simon schnaubte amüsiert, hob ihr Gesicht zu sich empor und nickte. »Du hast recht.« Seine Daumenkuppen streichelten ihre Wangen und er betrachtete den Glanz in ihren Augen.

Sie sah ihm an, dass eine Frage auf seiner Seele brannte, die er nicht aussprach. Er war so weit entfernt, schien über etwas nachzudenken, das sie nicht erfassen konnte.

»Was geht dir durch den Kopf?« Anstatt ins Blaue zu raten und der eigenen Unsicherheit Nahrung zu geben, gab sie dem Impuls ihrer Neugier nach.

Die Frage riss ihn aus seinen Gedanken. »Kann ich dir noch nicht sagen.«

Erica hob die Augenbrauen und betrachtete ihn mit ernstem Gesichtsausdruck. Wenn auch seine Augen beständig Wärme ausstrahlten, war sie überrascht über diese Antwort. Konnte er nicht? Oder wollte er es ihr nicht sagen? Sie formte ihre Lippen zu einem Schmollmund. Sie tat es stets unbewusst, wenn sie etwas beschäftigte.

»Hab ein wenig Geduld mit mir. Ich werde es dir sagen, wenn es so weit ist. Versprochen.« Seine Stimme klang amüsiert und dennoch ärgerte ihre Neugier sie mehr als der unterschwellige Hohn seines Tonfalls.

Er griff nach ihrer Hand und küsste die Fingerspitzen. »Bereit für die wohlverdiente Erholung?«

Das Strahlen ihrer Augen breitete sich in ihrem Gesicht aus, als sie aufgeregt nickte.

Simon holte ihre Reisetasche aus dem Haus. »Na, dann folge mir.«

Mit dem Porsche, auf dessen Beifahrersitz sie amüsiert ihr Handy entdeckte, ging es zum Flughafen und mit einer Chartermaschine empor in die Wolken. Sie war müde, aber zu aufgekratzt, um zu schlafen, nippte an ihrem Sektglas und wandte sich zu Simon um, der neben ihr versuchte, eine entspannte Position zu finden.

»Und du willst mir nicht verraten, wohin die Reise geht?«

Er öffnete in seinem zurückgeschobenen Sitz ein Augenlid, schloss es wieder und lachte. »Lass dich überraschen und versuch ein bisschen zu schlafen, mein ungeduldiger Engel.«

Erica rollte mit den Augen und schnaubte. Der Flug zog sich wie Kaugummi, obwohl sie gerade erst abgehoben hatten. Sie legte den Kopf an das Fenster und starrte in die Dunkelheit. Zufriedenheit malte sich in ihr Gesicht und noch immer spürte sie die Nachwirkungen der real gewordenen Fantasie. Die Müdigkeit kehrte zurück und eine wohlige Schwere machte sich in Ericas Körper breit. Nur ein wenig dösen, die Augen schließen und nachdenken, doch kaum fielen ihr die Lider zu, schlief sie tief und fest ein.

Etwas kitzelte ihre Nase. Erica wischte mit der Hand die vermutete Fliege von ihrem Gesicht und seufzte. Die zarte Berührung an ihrer Wange ließ sie stöhnen, und als sie die Augen blinzelnd öffnete, erkannte sie das zärtliche Lächeln auf Simons Gesicht. Erica streckte sich, griff nach seinem Gesicht und zog es zu sich. Der geforderte Kuss schmeckte süß und machte süchtig und Ericas Herz schlug wild in ihrer Brust. »Ich liebe dich so sehr.«

Das Flüstern wurde durch die Küsse immer wieder unterbrochen. »Wonach ist dir jetzt?«

Noch zu müde zum Denken, zuckte sie mit den Schultern und sog den wunderbar warmen Duft seines Körpers ein. Erst jetzt wurde ihr wieder gegenwärtig, wo sie sich befanden. Erica setzte sich auf und sah aus dem Fenster. Heller Tag. »Wo sind wir?«

Simon strich ihr eine Haarsträhne hinter das Ohr und schüttelte belustigt seinen Kopf. »Beantwortest du Fragen immer mit einer Gegenfrage?«

Hatte er eine Frage gestellt? Natürlich, wonach war ihr jetzt? »Mir ist danach, zu wissen, wo wir sind.« Sie lächelte verschmitzt und senkte ihren Blick.

»Französischer Kaffee? Italienisches Eis? Spanischer Rotwein?«

Bevor er seine Andeutungen weiterführte, vergrößerten sich ihre Augen. »Wir sind in Europa?«

Er schwieg und zuckte mit den Schultern.

»Italienisches Eis.« Sie hob ihre Augenbrauen und sah ihn herausfordernd an.

Simon nickte zufrieden, stand auf und legte den Gurt der Tasche über seine Schultern. »Eine sehr gute Wahl, mi amore.«

Er sah über seine Schulter und machte mit dem Kopf eine Andeutung, dass sie ihm folgen sollte.

Sie schnellte von ihrem Sitz, lief ihm nach und die Wärme der italienischen Abendsonne küsste ihr Gesicht, als Erica die Stahltreppe der Chartermaschine hinabstieg.

Er nahm sie bei der Hand und zog sie hinter sich her. Staunend bewunderte sie die Umgebung, als würde sie eine neue Welt entdecken. Der Geruch von Pinienwäldern und Meer vermischte sich und benebelte ihre Sinne. Sie war überwältigt, sprachlos und beeindruckt zugleich. Wie auf Wolken schwebte sie zum Mietwagen, stieg ein und betrachtete die vorbeiziehende Landschaft voller Ehrfurcht. Eine Gänsehaut kribbelte ihr im Nacken, als sie durch die kleinen Dörfer der toskanischen Hügel fuhren, sie bewunderte die engen Gässchen und hübschen Häuser.

Am Horizont ging die Sonne unter. Das Abendrot verschlug Erica den Atem, etwas Schöneres hatte sie lange nicht gesehen und sie schluckte vor Rührung.

Simon hielt mitten auf der Straße den Wagen an und wischte ihr zärtlich einen salzigen Tropfen von ihrem Gesicht. »Wenn ich gewusst hätte, dass dich Italien zum Weinen bringt, hätte ich dich besser zu Hause gelassen.« Für diese freche Bemerkung kassierte er einen Boxhieb auf die Schulter und er grinste. Simon öffnete die Tür und stieg aus, winkte ihr, es ihm gleichzutun und ergriff ihre Hand. Er führte sie auf eine Anhöhe mit atemberaubendem Blick auf ein Tal.

Die tiefe Rotfärbung der untergehenden Sonne tauchte das Land in eine Traumwelt. Grillen zirpten in der warmen Brise auf den unendlichen Wiesen umher. Tränen kullerten über Ericas Wangen.

Er zog sie an seine Brust, schlang seine Arme um sie und lehnte sein Kinn gegen ihren Kopf. »Benvenuti, amore.«

Mit fragendem Blick hob sie ihr Gesicht.

Seine samtig raue Stimme klang in dieser Sprache noch viel schöner, vibrierte sanft in ihrem Herzen nach. »Ich sagte, willkommen, Liebste.« Die Sonne schimmerte in seinen Augen.

»Benvenuti, amore.« Sie wiederholte den zärtlichen Gruß und seufzte.

»Ich wollte dir meine Heimat zeigen, und wie ich sehe, stimmt es, was man über sie sagt. Einmal die Toskana sehen und sich unsterblich verlieben.«

»Heißt das nicht, ›Neapel sehen und sterben‹? Neapel liegt aber nicht in der Toskana.«

Energisch verneinte er. »No, no, no, es ist mir egal, wie es tatsächlich heißt, in meine Heimat verlieben sich die Menschen. Wenn sie einmal herkommen, bricht es ihnen das Herz, wenn sie wieder gehen müssen.«

Die Sonne war nicht mehr zu sehen, und nur das Feuer ihres Bettes flammte schwach, doch die Dunkelheit hatte den Kampf zwischen Tag und Nacht bereits gewonnen.

»Du hast recht, das hier ist wunderschön. Mir fehlen die Worte, um es zu beschreiben.«

Er küsste sie ein weiteres Mal und sie sah im schwachen Licht eine unausgesprochene Frage auf seinem Gesicht.

»Wann sagst du mir endlich, was dich beschäftigt?«

Das Nachhaken klang besorgt, doch Simon legte ihr die Hand auf die Wange und in seinem Blick lag Zärtlichkeit.

»Noch nicht, mein Engel.«

Erica atmete tief und hörbar aus. Sie sah ihm nach, wie er zum Wagen zurückging und auf sie wartete. Es war bereits so dunkel, dass man kaum die Hand vor Augen erkennen konnte und sie sann dem Anblick des Tales noch einmal nach, bevor sie ihm folgte und in das Auto einstieg.

Der Himmel war voller Sterne, als sie die Einfahrt passierten und vor einer alten Steinvilla hielten. Der Duft von Lavendel,

Pinienbäumen und Pfefferminze empfing sie, als Simon die Taschen aus dem Wagen holte und Erica den Weg ins Haus zeigte. Die kühle Luft ließ sie erzittern und der köstliche Geruch der italienischen Küche führte sie geradewegs ins richtige Zimmer.

Eine korpulente Frau mit glänzend roten Wangen lächelte ihr entgegen. Die Begrüßung fiel überschwänglich aus, als die Dame Erica in ihre Arme zog und in einer fremden Sprache auf sie einredete. Sie verstand kein Wort und lächelte, nickte und zuckte mit den Schultern.

Simon, der nach ihr die Küche betrat, tauschte in flüssigem Italienisch scheinbar vertraute Worte mit der Köchin und ließ sich ebenfalls von ihr umarmen. »Engel, das ist Theresa, die gute Seele auf diesem Weingut. Sie hat für uns gekocht, weil sie denkt, wir verhungern.«

Er stellte Erica der guten Seele vor, doch außer ihrem Namen verstand sie nichts von dem, was er sagte. Es war egal, allein die Beobachtung, wie gelöst er sich zeigte, seit sie hier waren, tat ihr im Herzen gut. Die Tatsache, dass in seiner Stimme plötzlich seine Herkunft anhand eines Akzentes deutlich zu hören war, rührte sie.

Simon führte sie im Haus herum. Das Weingut war riesig, typisch mediterran eingerichtet, gemütlich und heimelig. Im ebenerdigen Weinkeller lagerten große Fässer mit Rotwein. Simon zapfte zwei Gläser eines ausgewählten Weinfasses ab. »Hier, den musst du probieren.«

Der Wein lag süß, voll und fruchtig auf ihrer Zunge. »Wem gehört das alles hier?«

»Seit dem Tod meiner Eltern mir. Aber ich verbringe viel zu wenig Zeit hier.«

Ein Stich fuhr ihr durch das Herz und die Frage nach seinen Eltern lag ihr auf der Zunge, doch sie sprach sie nicht aus.

Simon las so gut in ihrem Gesicht, dass er ihre Hand ergriff und sie mit sich zog. Das kleine Mausoleum stand mitten in einer kleinen beleuchteten Gartenanlage hinter dem Haus. Liebevoll gepflegt und mit frischen Blumen geschmückt ragte die weiße Marmorkapelle hinter einem Springbrunnen mit kleinen Putten empor.

Erica las die Inschriften links und rechts, in goldenen Buchstaben verewigt. *Marco Luigi DiLucca. Bella Ariella DiLucca.*

Simon legte seinen Arm um ihre Schultern. »Darf ich dir meine Eltern vorstellen. Lui und Bella!« Traurigkeit lag in seiner Stimme und sie erkannte im Licht der Scheinwerfer, die auf die Kapelle gerichtet waren, die Bilder der beiden Verstorbenen unter den Namen. Es zeigte die beiden Eheleute am Tag ihrer Hochzeit, Aufnahmen ihrer strahlenden Gesichter am schönsten Tag ihres Lebens. Die junge Braut trug einen Schleier, der Bräutigam einen Zylinder.

Erica versuchte, die Inschrift der Tür zu verstehen. »Was bedeutet das?«

Simon übersetzte, ohne hinzusehen. »Das Leben geliebt, in Liebe gefunden und auch der Tod kann uns nicht trennen.«

Erica seufzte und umschlang Simons Hüfte.

»Ihr Eheversprechen, das sie sich gegeben haben, als mein Vater meine Mutter ein zweites Mal zum Altar führte zu ihrer Silberhochzeit.«

Eine Weile standen sie umschlungen und schweigend da, bis Simon ihre Schläfe küsste. »Wenn wir jetzt nicht zum Essen reingehen, wirst du die gute Seele von einer anderen Seite erleben.«

Erica hob die Augenbrauen.

»Du kennst italienische Frauen nicht, sie können unglaublich herzlich und liebevoll sein, aber beim Essen verstehen sie keinen Spaß.« Kaum hatte er das ausgesprochen, ertönte aus dem Haus ein italienisches Fluchen und Rufen, das keiner Übersetzung bedurfte. Belustigt kehrten sie zurück und setzten sich an einen üppig gedeckten Tisch.

Als Theresa mit einem Topf Nudeln aus der Küche kam, deutete sie in ihrer liebenswürdigen Art an, dass Erica tüchtig zulangen sollte, umfasste mit ihren kräftigen Händen die schlanken Oberarme und schüttelte mütterlich lächelnd den Kopf. »Mangia, ragazza.«

Erica sah zu Simon und zuckte mit den Schultern, als die Köchin wieder zum Herd zurückkehrte.

»Sie sagt, du musst mehr essen. Theresa denkt, jede junge Frau ist viel zu dünn.«

Nach dem zweiten Teller Nudeln hob sie pappsatt die Hände und gab auf. Theresa versuchte, sie dennoch zu überreden, doch Erica winkte hilflos ab und stöhnte.

Auch Simon lehnte dankend ab und half Theresa beim Abdecken des Tisches. Noch bevor die Küchenfee sich ans Reinigen des Geschirrs machen konnte, schickte Simon sie sanft, aber bestimmt ins Bett. Murrend und nörgelnd zog Theresa ab.

Erica folgte Simon auf die große Terrasse des Hauses.

»Hier bist du also aufgewachsen.«

Simon reichte ihr ein dickbauchiges Glas Rotwein. »Leider nicht. Meine Eltern wollten, dass ich nach Amerika gehe, studiere und etwas Besonderes aus mir mache. Lui war der Meinung, ein Weinbauer zu werden, wäre nicht das Richtige für mich, also schickten sie mich erst auf ein Internat und dann auf eine Business-School in New York.«

Erica lehnte mit dem Rücken gegen das Geländer und erwiderte seinen Blick.

»Ich war nur in den Ferien hier, wenn das möglich und finanziell machbar war. Im Grunde haben sie jeden Cent in mich und meine Zukunft investiert.« Er nahm einen Schluck Wein. Dankbarkeit lag in seinem Gesichtsausdruck.

»Und wann hast du Stuart kennengelernt?«

Das Lachen aus seiner Kehle klang amüsiert und voller Erinnerungen. »Er hielt mich für einen verwöhnten Sohn aus reichem Haus und ging in dieselbe Klasse wie ich. Irgendwann hatten wir uns so in der Wolle, dass wir uns nach der Schule tierisch vermöbelten. Keiner von uns wollte nachgeben oder aufgeben. Irgendwann langte die Kraft nicht mehr, aber es hat sich auch kein anderer gewagt, dazwischenzugehen.« Er schnaufte. »Wir saßen fix und fertig, blutend und mit gebrochenen Nasenbeinen auf der Bordsteinkante vor der Schule und lachten einfach. Seitdem sind wir die besten Freunde. Er hatte auch italienische Vorfahren und sprach ein paar Brocken, die er von seiner Großmutter gelernt hatte. Jede Ferienzeit, die ich nicht nach Hause konnte, weil das Geld nicht reichte, nahm Stuart mich mit zu seinen Großeltern aufs Land. Das war ein bisschen wie Heimat und seine italienische Großmutter hat mich geliebt, als wäre ich ihr eigener Enkel.«

»Also ist er nicht nur ein Freund, sondern wie ein Bruder für dich.«

Simon nickte. »Er ist alles, was von meiner Familie und meiner Vergangenheit übrig geblieben ist.« Er blieb neben ihr stehen, legte die Unterarme auf das Geländer und blickte in die Nacht.

»Und Lydia?«

Sie wusste nicht, ob es richtig war, ihn danach zu fragen, aber sie überlegte auch nicht.

»Was ist mit ihr?« Er sah zu ihr hinauf und rollte das Glas in seinen Händen.

»Warst du mit ihr schon einmal hier?«

Zu ihrer Überraschung schüttelte er verneinend den Kopf.

»Sie liebte an Italien die Großstädte, die Menschenmengen, die großen Kathedralen, die Museen, die alte Kunst. Aber das

Landleben, das hier …« Er drehte sich zu ihr um. »Nein, dafür war sie nicht geschaffen. Ein Urlaub wie dieser hätte sie nach kurzer Zeit gelangweilt.« Simon berührte zärtlich ihre Wange, schob seine Hand in ihr Haar am Hinterkopf und sah sie eindringlich an.

Noch bevor er etwas ergänzen konnte, zog sie sein Gesicht am Nacken zu sich herunter und küsste ihn. Das Glas glitt aus ihrer Hand, als er den Kuss leidenschaftlich erwiderte und zersprang auf dem Steinboden. Erica schlang beide Arme um seinen Hals, erhob sich auf die Zehenspitzen und presste ihren Körper an seinen.

Jeder einzelne Knopf seines Hemdes glitt durch ihre Finger, als sie es öffnete und die darunterliegende Haut mit einer sanften Berührung ihrer Lippen bedachte.

Simon bog den Kopf in den Nacken. Als ihre Hände an seinem Gürtel nestelten, hielt er sie mit einem Funkeln in den Augen fest. Er hob sie auf seine Arme und trug sie durch das Haus in ein Schlafzimmer mit riesigem Holzbett. Der Himmel darüber war aus dunkelrotem Samt. Die Kissen dufteten nach Sonne und Frühling. Sanft strichen seine Hände ihr T-Shirt über den Kopf, öffneten den Reißverschluss ihres Rockes und beides landete achtlos auf dem Boden. Seine Hose folgte kurz darauf.

Erica keuchte, als seine Hüfte sich zwischen ihre Schenkel schob und er hielt inne.

»Was ist los? Alles okay?« Behutsam strich er ihr über das Haar, streichelte ihre Wange, und Erica nickte mit leicht verzerrtem Gesichtsausdruck.

»Muskelkater von der allerfeinsten Sorte. Ich glaube, ich entdecke gerade Muskeln an meinem Körper, von denen ich noch nicht einmal wusste, dass ich sie habe.«

Er grinste und streckte sich neben ihr aus. Sie wollte ihn zurückhalten, wollte sein Gewicht auf sich spüren, doch stattdessen drehte er sie mit dem Rücken zu sich, drängte seinen Unterleib gegen ihren Hintern und schloss sie in seine Arme. Sein Atem hauchte über ihre Wange, die Küsse in ihren Nacken bescherten ihr eine wohlige Gänsehaut, und als er sanft von hinten in sie eindrang, glitt ein heiseres Schnurren über ihre Lippen. Er liebte sie ausdauernd und zärtlich, hielt sie in seinen Armen und flüsterte ihr eine Geschichte ins Ohr, die sie nicht verstand. Das Italienisch klang so erotisch und sexy, dass ihr Kopf die schönsten Bilder dazu malte. Seine Hand glitt über ihren Bauch, zwischen ihre Schenkel und als er begann, sie zusätzlich mit den Fingerspitzen zu stimulieren, stöhnte sie ihre Lust aus sich heraus, noch immer seinen Worten lauschend. Als sie kam, presste er sie an seine Brust, hielt still und sie genoss die heißen Zuckungen seines Geschlechts tief in ihrem Schoß.

Kapitel 14: Abendrot

Erica erwachte froh gelaunt in Erinnerung an ihren intensiven Traum. Ihre Fantasie hatte sie des Nachts zurück in die Hütte geführt, zu der *Entführung*, zu den drei Männern und dem heißen Sex, den sie mit ihnen gehabt hatte. Das sachte Pochen zwischen ihren Schenkeln war noch präsent, als das geschäftige Treiben im Weingut sie weckte. Sie streckte sich ausgiebig, blieb jedoch liegen. Das Bett neben ihr war leer, und als Erica sich Simons Kopfkissen heranzog und sich darin einkuschelte, war es bereits kalt. Er war ein chronischer Frühaufsteher, während sie das lange Schlafen in vollen Zügen genoss, wenn es möglich war.

Sie dachte über den Traum und vor allem über die enge Beziehung der beiden Freunde nach. Ob Simon und Stuart öfter und regelmäßig miteinander spielten? Ob Stuarts Sklavinnen ebenso in den Genuss zweier Doms gekommen waren?

Erica lag auf dem Rücken, das Kissen fest umschlungen mit ihren Armen, und starrte zum Betthimmel hinauf. Ein Stich fuhr ihr durchs Herz. Umgab er sich im Verlauf ihrer Abwesenheit weiterhin mit anderen? *Tse, du hast wirklich einen Knall!*

Sie lachte. Zwei Tage zuvor hatte sie sich drei Männern hingegeben und bei dem Gedanken, Simon könnte während ihrer Beziehung noch mit weiteren Frauen seine Neigung ausleben, verspürte sie Eifersucht. *Wie selbstgerecht von dir.* Dennoch, dieses seltsame Gefühl hielt an und die Überlegung ließ sie nicht los. Was hatte er von Lydia erzählt? Er hatte es ihr ermöglicht, mit wechselnden Dominanten zu spielen. Ob auch Stuart und

George mit ihr … Erica seufzte, vergrub ihren Kopf unter dem Kissen und versuchte, endlich diese Gedankengänge zu unterbrechen. *Du denkst zu viel,* vernahm sie Simons Stimme, und er hatte recht.

Es fiel ihr schwer, aus dem kuschelig warmen Bett zu schlüpfen, aber der Hunger und die Sehnsucht trieben sie aus den Laken. Nachdem sie sich angezogen hatte und das Schlafzimmer verließ, fehlte ihr in diesem großen Haus die Orientierung. Sie mied die Küche absichtlich, denn Theresas Revier war klar abgesteckt, also suchte sie in der anderen Richtung nach Simon. Bis auf die Dachbodenetage hatte sie fast jeden Raum betreten und fand den Liebsten mit einer Tasse Kaffee auf der Terrasse. Sein Anblick war sexy und ließ Erica für einen Moment schweigend an der Tür verweilen. Er trug keine Schuhe, das Hemd hing über die Jeans und war nicht zugeknöpft, das dunkle Haar lag offen um seine Schultern und sein Blick war in die Ferne gerichtet. Ihr Herz klopfte einen Takt schneller und wieder war ihr bewusst, wie sehr sie ihn liebte. Sie schlich hinter ihn, schlang die Arme um seine schmalen Hüften und berührte die trainierte Brust. Leise schnurrend schmiegte sie ihren Kopf gegen seinen Rücken.

»Hey mein Engel, wie hast du geschlafen?« Simon drehte sich in ihrer Umarmung zu ihr um, küsste sie und zwinkerte ihr zu.

»Gut, mich hat nur der Hunger aus dem Bett getrieben, sonst wäre ich liegen geblieben.«

Er stupste ihre Nasenspitze an und lachte. »Kleine Langschläferin.«

Wenn sie gewusst hätte, dass Theresa den Frühstückstisch bereits abgedeckt und nur für sie nochmals eindecken musste, hätte Erica darauf verzichtet. Aber die liebenswerte Küchenfee ließ es sich nicht ausreden, und da ihre Italienischkenntnisse gen Null tendierten, gab sie sich geschlagen, genoss die frischen süßen Brötchen mit Honig aus der eigenen Imkerei und echten Bohnenkaffee. Simon leistete ihr Gesellschaft. »Es gibt da etwas …« Sie wusste nicht recht, wie sie die Gedanken nach dem Aufwachen verpacken sollte, schwieg für einen Augenblick und verwarf den Ansatz wieder.

»Ja?« Mit emporgezogenen Augenbrauen betrachtete er sie aufmerksam.

Er würde nicht aufhören, nachzuhaken, das ahnte sie, also seufzte sie und fragte, was ihr zuerst in den Sinn kam. »Bist du eigentlich eifersüchtig?« Erica wunderte sich selbst über diese Frage, die ihr aus dem Mund gekommen war, entsprach sie doch nicht dem, was sie wissen wollte.

Simon lachte leise auf. »Wenn ich einen Grund dazu habe, womöglich. Da sprechen dann meine italienischen Gene.«

Zuzusehen, wie andere Männer mit der Frau vögeln, die man liebt, reicht vielen als Motiv aus. Bevor sie es aussprechen konnte, hakte er nach. »Und du?«

Er grinste auf eine Weise, als könne er erneut in ihren Gedanken lesen wie in einem Buch. Sie dachte darüber nach, versuchte, die Überlegungen nach dem Aufwachen so zu ordnen, dass sie einen Sinn ergaben. Doch egal wie sie es drehte oder wand, Fakt blieb, der Hauch von Eifersucht war unbegründet und reinweg aus der für sie typischen, was-wäre-wenn Idee geboren.

Die Stille schien ihm lang genug und Simon nickte. »Warum?«

Für den Bruchteil einer Sekunde legte Erica ihre Stirn in Falten, vermochte den Zweck der nachgeschobenen Frage nicht zu deuten. Das Schweigen musste er als Zustimmung erkannt haben. Sie zuckte mit den Schultern. »Es ist, ähm, du wirst wieder sagen, ich denke zu viel. Vergiss es einfach.«

Er schüttelte den Kopf, griff nach ihrer Hand und zog sie von ihrem Stuhl auf seinen Schoß. »Nein, das will ich jetzt wissen.«

Die Eifersucht auf Lydia, der Frau, die Simon hatte heiraten wollen und die ihn am Tag der Hochzeit verlassen hatte – die Eifersucht, es könnte noch andere Sklavinnen in seinem Leben geben, die er nebenher bespielte – die Eifersucht, die durch zu viele Gedanken entstand, machte sie nachhaltig unsicher. Erica holte tief Luft. Sie kam sich so fürchterlich kleinkariert vor. Zu gern hätte sie ihn darum gebeten, es zu vergessen.

»Engel, wenn du mir nichts sagst, kann ich deine Vorstellung auch nicht entkräften, die dich so sehr beschäftigt. Du denkst zu viel und verwirrst dich nur selbst. Rede mit mir. Bei der Realisierung deiner Fantasie habe ich dich zum ersten Mal ohne all diese Erwägungen erlebt. Diese unausgesprochenen Dinge können wie Gift wirken.«

Es war töricht und dumm, aber er hatte recht. »Ich habe keinen Anspruch, so zu empfinden. Ich meine, dein bester Freund und dein engster Vertrauter haben mich …« Sie verstummte, als seine Fingerspitzen sich auf ihre Lippen legten.

»Die Gefühle sind nun einmal da. Ob berechtigt oder nicht, erzähle mir davon.«

In seinem Gesicht konnte sie erkennen, dass er längst wusste, wohin ihre Bedenken zielten, doch er wollte sie von ihr hören. »Spielst du auch mit Stuarts Sklavinnen? Oder besser gefragt, lebst du deine Neigungen weiterhin mit anderen aus?«

Simon nickte, schob sie von seinem Schoß und erhob sich. Für einen Augenblick hätte sie die Frage gern zurückgenommen und unschädlich gemacht, aber als er sich ihr wieder zuwandte, lächelte er. »Du willst wissen, ob ich neben dir mit Frauen zusammen bin und ob Stuart seine Sklavinnen mit mir ebenso teilt, wie ich es ihm gestattet habe. Nein, was den ersten Teil deiner Bedenken betrifft: Seit unserer Begegnung interessiere ich mich nicht für andere Gespielinnen. Du beschäftigst mich.« Er kehrte zum Tisch zurück, blieb hinter ihr stehen und legte seine

Handflächen sanft auf ihre Schultern. »Wenn ich liebe, dann mit Haut und Haar, und wenn mich eine Frau so fesselt wie du, habe ich kein Auge für eine andere.«

Sein Flüstern drang in ihren Verstand, füllte ihr Bewusstsein. »Aber hast du nicht bestimmte Wünsche oder, na ja, Sachen, die ich dir nicht erfüllen kann?«

Er lachte herzhaft, ging neben ihr in die Hocke und ergriff ihre Hände. »Amore, mitzuerleben, wie du dich findest, wie du dich mehr und mehr in das Spiel, deine Rolle und deine Neigung fallen lässt, ist faszinierend, berauschend und unglaublich erregend. Das alles wirkt auf mich wie ein Virus, ansteckend und mitreißend. Festzustellen, wie du dich auslotest, deine eigenen Grenzen steckst und erweiterst, völlig deine Schale voller gesellschaftlicher Zwänge und selbst auferlegter Prinzipien aufbrichst und von dir wirfst. Erica, das habe ich noch nie erlebt. Ich kann förmlich das Aufatmen deiner Seele hören, wenn du wieder einen Schritt weitergegangen bist. Du bist wie ein Wunder und ein Geschenk. Es ist, als würde ich die Dinge mit dir neu erleben, entdecken und erobern.« Seine Lippen berührten abwechselnd ihre Handinnenflächen.

»Aber du lebst schon so lange damit und hast Sachen ausprobiert und getan, von denen ich wahrscheinlich nicht einmal gehört habe. Simon, der Brief … meine Fantasie, du … hast gesagt, dass solche Vorstellungen nichts Besonderes sind. Du weißt nicht, wie schwer mir das gefallen …«

Er lächelte und hielt ihre Hände in seinen, als er sie sanft unterbrach. »Doch, ich kann es mir denken. Es ist eine erotische Fantasie, Erica. Die Lust liegt nicht in der Gewalt, eher in der Tatsache, dass ein Mann über dich verfügt und dich benutzt, unterwirft, du völlig seinem Willen ausgeliefert bist. Das macht dich an und daran ist wirklich nichts verwerflich.« Seine Daumenkuppe streichelte zärtlich ihre Wange. »Ich habe viele Frauen kennengelernt, die solche Träume hatten und sich, genau wie du, dafür schämten. Keine davon will das wahrhaftig erleben, *du* hast es aber erfahren, ein Rollenspiel deiner Fantasie funktioniert eben nur bis zu einem gewissen Punkt. Es löst dieselben Empfindungen aus, doch das Kopfkino geht wesentlich weiter.«

Sie verstand und schmunzelte. »Hätte man mir vor einigen Wochen erzählt, dass ich nur zum Höhepunkt komme, wenn der Mann mich fesselt und nach seiner Vorstellung bespielt, wäre ich wahrscheinlich schreiend weggerannt.« Als Simon darauf seinen Kopf schüttelte, verstummte ihr Lachen und anstelle dessen seufzte sie missverstanden und eine tiefe Verwirrung breitete sich in ihr aus.

»Mein Engel, SM entspricht deiner Neigung, dich auszuliefern, aber ich glaube nicht, dass du in deinen vergangenen Beziehungen allein deswegen nicht zum Orgasmus gekommen bist.«

Sie saß völlig perplex da. Ihr Mund öffnete sich, sie wollte etwas sagen, doch dann schloss sie ihn wieder, sprachlos und überrascht. Simon nahm ihr Gesicht in beide Hände und lächelte. »Das alles spielt sich nur hier drin ab.« Sein Zeigefinger tippte sanft gegen ihre Stirn. »Zu viele Gedanken, zu geringes Vertrauen, zu enge Zwänge, die nicht dahin gehören.« Er küsste sie zärtlich. »Je weniger du zum Nachdenken kommst, desto leichter lässt du dich fallen. SM ist nur die Spielart, die dich geöffnet hat, aber das hätte dir ebenso mit einem Mann passieren können, der ein gutes Fingerspitzengefühl für dich gehabt hätte.«

Zurückgelehnt in ihrem Stuhl, saß Erica da und starrte zu Boden. Erst jetzt wurde ihr bewusst, was in der Nacht im Himmelbett geschehen war. Er hatte sie geliebt, sanft und langsam, ohne Fesseln, ohne Dominanz, einfach nur er und sie. Erica lachte leise auf und nickte. Es war völlig unnötig, ihm beizupflichten. Die ganze Zeit über hatte sie die Spiele genossen, dachte, das wäre die Erfüllung ihrer sexuellen Befriedigung und in Wirklichkeit lag es an ihm. Seine Liebe, das blinde Vertrauen in ihn und all die seelischen Barrieren, die eingestürzt waren, öffneten ihr Selbstbewusstsein auf eine andere Weise. Wieder kehrte sie zum Ursprung dieser Unterhaltung zurück. Doch war ihr das noch wichtig?

»Und der zweite Teil der Frage?«

Sie lächelte, ließ ihre Fingerspitzen durch sein Haar gleiten, während er überlegte.

»Ah, Stuart. Was Stuarts Sklavinnen betrifft, es gab da schon ein paar, die von uns beiden bespielt werden wollten. Und die Sessions waren stets aufregend und einzigartig. Aber das war nicht der Grund, warum es die Spiele mit dir gegeben hat.«

Nein, davon war sie überzeugt. Nur weil sie fast wie Brüder waren, hieß es nicht, dass sie alles miteinander teilten. Sie hatte den unausgesprochenen Wunsch gehabt und Simon hatte ihn erfüllt. Es überraschte sie immer wieder aufs Neue, wie gut er in ihr lesen konnte und wie exzellent er es verstand, Dinge zu erahnen, die sie oft nur vage in sich selbst entdeckte. »Du sprichst von Sklavinnen? Hatte er je eine feste Beziehung?«

Er setzte sich auf den Stuhl, der ihr am nächsten stand, und schüttelte den Kopf. »Nicht, solange ich ihn kenne.« Simon lachte laut. »Stuart pflegt zwar langjährige Kontakte zu seinen Partnerinnen, aber er ist und bleibt überzeugter Single, im Gegensatz zu mir.«

»Na ja, vielleicht ist ihm noch nicht die Richtige über den Weg gelaufen.«

»Oder sie muss erst gebacken werden.« Simon zog sie auf die Füße, umarmte sie und schien das Gespräch beenden zu wollen. »Genug, bereit für einen kleinen Ausflug?«

Ihr Gesicht sprach Bände und wirkte nicht gerade begeistert, denn diese Unterhaltung hatte in Erica eine erotische Spur hinterlassen und ein Teil von ihr wäre jetzt lieber zurück ins Schlafzimmer gegangen. An Simons amüsiertem Blick erkannte sie, dass er davon wusste. Ein Kuss auf ihren Hals schickte Blitze in ihren Schoß, und als sie ihn in der Umarmung hielt, brauchte er Kraft, um sich von ihr zu lösen. Sie rieb ihren Körper provozierend an ihm.

»Du bist ein kleines Luder.«

Der feine Unterton in seiner Stimme ließ sie erschauern und mit unschuldigem Gesichtsausdruck nicken. Doch er gab ihr nicht nach.

»Du hast fünf Minuten, um reisefertig zu sein. Bist du dann nicht beim Wagen, fahre ich ohne dich.«

Ein Knurren drang aus ihrer Kehle. *Mistkerl!* Weitere Flüche über seine Beherrschtheit schossen ihr durch den Sinn, und als er auf seine Armbanduhr blickte, lachte sie leise.

»Jetzt sind es nur noch vier Minuten.«

Sie rannte ins Schlafzimmer und suchte ungestüm nach ihren Schuhen. Als sie vor dem Haus ankam, war weit und breit keine Spur von Simon zu entdecken. Der Mietwagen stand unberührt in der Einfahrt, und als hinter ihr ein Schnauben erklang, zuckte sie vor Schreck zusammen. Langsam drehte sie sich um.

Der schwarze Einspänner glänzte in der Sonne und Simon hielt die Zügel straff in seinen Händen. »Steig auf, sonst fahre ich ohne dich. Pedro ist ein sehr guter Diskussionspartner. Er widerspricht nie und hört stets aufmerksam zu.«

… im Gegensatz zu mir. Na warte! Als sie neben ihm Platz nahm, kniff sie ihm in die Seite und er lachte auf. *Das bekommst du zurück.* Ihr Schmunzeln verriet sie und Simon zwinkerte herausfordernd.

»Na, dann lass dir mal was einfallen.«

Er war wirklich unglaublich, aber sie liebte ihn dafür. Die Kutschfahrt durch die Berglandschaft, hinauf in die alte Stadt, war beeindruckend. Das Wetter war klar, sodass sie kilometerweit sehen konnten. Weinberge so weit das Auge reichte, mit hohen, sogar schneebedeckten Bergspitzen und tiefen, sattgrünen Tälern. Der Verstand war nicht in der Lage, das alles zu verarbeiten, um daraus eine schöne Erinnerung festzuhalten.

Vor der Stadtmauer band er den Kaltblüter an einem Geländer an, füllte Wasser in einen Ledersack und schlang den Arm um sie. Kaum, dass sie das Festungstor durchschritten hatte, erschien es ihr, als würde sie zwischen Welten wandeln. Moderne Menschen in einer alten Stadt, mit altertümlichen Gebäuden, engen Gassen und Straßen. Ein Hauch von Geschichte und einstiger Seele begleitete sie, während Simon ihr von seiner Geburtsstadt erzählte. Das Museo della Tortura rief in ihr ein Frösteln hervor. Erica betrachtete die Folterwerkzeuge und Gemälde von Gefangenen unter fast spürbaren, qualvollen Torturen und je weiter sie ins Innere der Ausstellung traten, desto mehr bekam sie das Gefühl, die Temperatur fiel auf null in diesen Räumen. Das echte italienische Minzeis von der hübschen und freundlichen Verkäuferin an der Ecke zur Piazza beruhigte sie hingegen wieder. Die Kathedrale mit ihren Ölgemälden in den Nischen und den prunkvollen Decken ließ sie ehrfürchtig erstarren.

Die Sonne brannte vom Himmel und das Kopfsteinpflaster flirrte unter ihren Sohlen. Der stete Aufstieg durch die Stadt forderte ihren lädierten Muskeln viel ab. Ihre Füße schmerzten in den Sandalen und doch hätte sie stundenlang durch die urigen Gassen laufen können, die geschwängert waren mit fremden Menschen, Gerüchen und ihrer Sprache. Während der Anfahrt zu den Stadtmauern war ihr seine Heimatstadt niemals so groß vorgekommen und selbst jetzt hatte sie nicht einmal die Hälfte gesehen.

»Du siehst müde aus.« Er hielt sie in seinem Arm, dirigierte sie zu einer Bank unter einem Walnussbaum und zog ihr die Schuhe von den Füßen. Ihr Verstand war hellwach, aber ihr Körper machte schlapp. Die Hitze und die Eroberung dieser riesigen Stadt waren schier zu viel und wirkten doch wie ein Aphrodisiakum auf Erica. Der herausfordernde Blick in seinen Augen, die hauchzarten Kreise, die sie mit ihren Fingerspitzen an seinem Hals zog und das eindeutige Lächeln, das ihre Mundwinkel umspielte.

Simon räusperte sich, beherrschte sich, nicht auf all die Signale zu reagieren. Erica wurde offensiver, ließ ihre Hände unter sein Hemd gleiten und kratzte ihre Fingernägel sanft über seine Haut, bis er darunter erschauderte. Lachend schob er ihre Finger zurück, als sie sich den Weg zwischen seine Beine bahnen wollten, und hob drohend den Zeigefinger. Erica sah sich um, niemand hatte etwas mitbekommen. Sie zuckte mit den Schultern und beleckte sich herausfordernd die Lippen.

»Also gut, du hast es nicht anders gewollt.« Er sprach plötzlich so laut, dass einige Passanten den Kopf zu ihnen umdrehten. Manche blieben stehen und beobachteten das Schauspiel. »Du kleines Luder, du wirst schon sehen, was du davon hast.« Er zog sie von der Bank, warf sie mit Schwung über seine rechte Schulter und wanderte mit ihr zwischen den Touristengruppen mittendurch, die Straße entlang zurück zu dem Stadttor. Erica sah fassungslose Gesichter, kopfschüttelnde deutsche Rentner und sogar lachendes junges Volk, wenn sie ihren Blick hob. Simon trieb es weiter, klatschte mit der Handfläche auf ihren Hintern und löste damit einen spitzen Schrei aus der Kehle. Als er sie auf dem Kutschbock absetzte, schmunzelte er. »Das nächste Mal verschnüre ich dich vor all den Leuten wie ein Paket.« Kaum lenkte er den Einspänner auf die Landstraße, vergrub Erica die Finger zwischen seinen Beinen. Das sanfte Reiben wirkte schnell, sein Geschlecht wuchs und verhärtete sich unter ihrem frechen Fingerspiel, doch seine Mimik blieb reglos. Selbst dann noch, als sie begann, mit leisem Flüstern seinen Kopf zu vögeln. Das Wispern ihrer Stimme in seinem Ohr, während ihre Hand in seinem Schoß rieb, erregte auch sie.

Pedro schritt gemächlich den geteerten Weg entlang und Simon hielt die Zügel locker in den Händen. Nicht einmal ein Keuchen glitt über seine Lippen und Erica war fasziniert von seiner Selbstbeherrschung. Sie war so damit beschäftigt, ihn herauszufordern, dass sie nicht bemerkte, wie er den Kaltblüter vom Weg abbrachte und in ein Wäldchen lenkte. Erst als er das Zaumzeug anzog und das Pferd zum Stehen brachte, sah sie sich um. Erica beobachtete, wie er vom Bock stieg und für einen Moment, mit den Fäusten in seine Hüften gestemmt, ihr den Rücken zudrehte. Da war sie wieder, die Unsicherheit, die durch diese plötzlichen Momentaufnahmen in ihr brodelte. Hatte sie ihn doch aus der Fassung gebracht? War sie zu weit gegangen? Erica schüttelte erneut den Kopf. *Hör auf damit!*

Noch bevor sie etwas sagen konnte, stand er neben ihr, zog sie von der Kutsche und warf sie abermals über seine Schulter. Er trug sie tiefer in das Wäldchen hinein, bis sie die dachlose Steinruine eines Hauses erreichten. Kaum stellte er sie im Innern der Ruine auf die Füße, presste er sie grob und ungeniert mit dem Rücken gegen die Wand. Mit schnellen Handgriffen fielen ihre kurzen Shorts zu Boden, gefolgt von ihrem Höschen und seine Fingerspitzen gruben sich zwischen ihre Schenkel. Erica hielt den Atem an.

»Dachte ich es mir doch.« Seine Stimme drang rau und heiser in ihr Ohr, während seine Fingerkuppen die Feuchtigkeit in ihrer Scham befühlten. Mit der Hand an ihrem Kinn, zwang er ihr Gesicht zur Seite, leckte über ihre Wange. »Du hast es nicht anders gewollt.«

Die Drohung in seinen Worten ließ sie keuchen. Ja, sie hatte es nicht anders gewollt und schloss die Augen. Mit grobem Handgriff und einem Ruck drehte er ihren Körper um und drängte sie an ein scheibenloses Fenster, nötigte sie mit der Hand im Nacken, sich vorzubeugen, und als er von hinten eisern und tief in sie eindrang, schrie sie auf. Die Stöße wirkten wild und unbeherrscht, doch er wusste, was er tat und sie hatte es herausgefordert. Er hielt ihr den Mund zu, während sein Schoß gegen ihren Leib klatschte und sie ungezügelt vögelte. Ihre Schreie erstickten in seiner Handinnenfläche und sein Griff in ihrem Nacken war nahezu schmerzhaft. Die Härte, mit der er sich nahm, was sie geweckt hatte, rieselte ihr in Hitzewellen durch Mark und Bein. Diese pure Gier und Geilheit übermannte sie ebenso wie Simon. Als er die Kontrolle über sich verlor, lauschte sie dem tiefen Knurren aus seiner Kehle und spürte, wie er sich heftig zuckend in ihr entlud. Die Stöße wurden langsamer und noch immer hielt er ihren Mund verschlossen, zog sie an seine Brust.

»Du Miststück.« Seine Stimme war heiser und rau und die Stahlhärte seines Schwanzes schien nicht nachlassen zu wollen. Ihr Atem pulsierte gegen seine Handfläche. »Ich will, dass du dich streichelst.«

Sie stöhnte erstickt und nur zögernd glitten ihre Fingerspitzen zwischen ihre Schamlippen.

»Na komm schon, du kleine Hure. Das ist es doch, wonach dir die ganze Zeit ist.«

Die schmutzigen Worte sickerten heiß in ihr Bewusstsein und die abfälligen Titel ließen sie keuchen. Die Kuppe ihres Mittelfingers fand die pochende Perle in ihrem Geschlecht, rieb zuerst langsame Kreise, aber Simons wiederholt tiefes Eindringen beschleunigte ihr Fingerspiel.

»Gut so, genau das will ich sehen.« Seine Zunge leckte über ihren Hals. »Wenn jetzt jemand vorbeikommt, werde ich ihn einladen, sich an dir zu bedienen.«

Erica sog scharf Luft ein, hielt inne und spürte, wie das Blut brodelnd durch ihre Adern floss und in ihrem Gesicht die Vorstellung heiß auf ihren Wangen brannte.

»Ich werde ihn zusehen lassen, wie du dich selbst zum Kommen bringst, und werde dann beobachten, wie er sich mit dir vergnügt. Und du wirst alles tun, was er verlangt.«

Die Bilder in ihrem Kopf, der Fremde aus seinen heiser geflüsterten Worten brachten sie zum Zittern.

»Und wenn er deinen kleinen, süßen Hurenarsch vögelt, werde ich deinem Ächzen und Wimmern lauschen.«

Das war zu viel! Er entzog ihr die Hand, die ihre gierigen Laute erstickt hatte und ihr erlösender Schrei, mit dem sie explodierte, hallte in dem Wäldchen wider. Das unkontrollierte Zucken, die heftigen Spasmen ließen ihre Knie einknicken, doch er hielt sie in seinen Armen, fest und sicher. Alles drehte sich in ihrem Kopf, ihr war schwindelig und sie versank in Schwärze.

Als Erica langsam zu Sinnen kam, spürte sie die warmen Sonnenstrahlen auf ihrem Gesicht. Simon wirkte besorgt, als sie zu ihm emporblinzelte.

Er strich ihre eine Haarsträhne aus der Stirn. »Willkommen zurück, mein Engel.«

Für einen Augenblick verlor sie die Orientierung, und als sie sich umsah, erkannte sie die Lichtung zwischen den Bäumen wieder. Sie lag im Gras, ihr Haupt in seinen Schoß gebettet, vor der kleinen Hausruine.

»Du hast mir einen ganz schönen Schrecken eingejagt.«

Sie lächelte, noch ein wenig benommen, aber die satte Befriedigung ihres Körpers erinnerte sie daran, was geschehen war. »Tja, du brauchst eben keine Peitsche, um mich aus den Socken zu hauen.«

Er lachte herzlich und aus voller Brust, schüttelte den Kopf und küsste sie so innig, dass ihr die Luft wegblieb.

Aneinandergekuschelt lagen sie auf der duftenden Wiese, beobachteten schweigend, wie die Sonne langsam unterging und den Horizont, wie am Abend zuvor, in ein leuchtendes Rot verwandelte. Plötzlich erhob er sich neben ihr, ging zurück zur Kutsche und Erica erkannte eine kleine Schachtel in seiner Hand, als er zu ihr zurückkehrte. Erneut bemerkte sie diesen seltsamen Gesichtsausdruck an ihm, der sie in den letzten Tagen nachdenklich machte. Das Päckchen war handtellergroß und ließ nicht erahnen, was es enthielt. Simon setzte sich im Schneidersitz ihr gegenüber und lächelte. »Mir sind in der vergangenen Zeit einige Dinge durch den Kopf gegangen.«

Sie sah ihn fragend an und studierte seine Augen.

»Ich dachte wirklich, einmal und nie wieder. Und gerade als ich mich mit diesem Gedanken abgefunden habe, passiert so etwas.«

Erica hatte keine Ahnung, von was er da plötzlich sprach, und versuchte im Ansatz seinen Worten zu folgen.

»Auch ich denke manchmal zu viel.« Er lachte auf und schüttelte den Kopf, schien ihre Verwirrung völlig zu ignorieren. »Das mag vielleicht absolut überraschend und unromantisch sein, aber entweder ich begehe jetzt den größten Fehler meines Lebens, …« Simon hob den Deckel der Schachtel und auf weißem Satin gebettet lag ein kleiner schmaler Ring. »… oder du machst mich zum glücklichsten Mann der Welt.«

Der Silberring trug einen roten Stein. Erica sah in seine Augen. »Willst du mich heiraten?« Sie war sprachlos, ihr Blick wechselte von dem Ring in der Schatulle zu seinem Gesicht. Ihr liefen heiße und kalte Schauder den Rücken hinab und ihre Wangen glühten wie Feuer. Unter Tränen lächelte sie und nickte heftig, aber sagen konnte sie nichts. Als sie sich in seine Arme warf, weinte sie hemmungslos vor Glück, und sie schwiegen, schlossen die Lider und wiegten sich in ihrer Umarmung, bis die Nacht anbrach.

Kapitel 15: Schattenseiten

Sie schwebte seit dem Heiratsantrag wie auf Wolken und die Tage flogen dahin. Erica lag mit Simon auf der Sonnenliege, die Augen geschlossen, und die Abendsonne streichelte ihr Gesicht.

Er schlang die Arme zärtlich um sie. »Ich hasse das jetzt, aber wir müssen morgen zurück.«

Das Stöhnen klang widerwillig, doch Erica hatte am Nachmittag einen Teil des Telefonats mitbekommen. Simons Anwesenheit bei einem bevorstehenden Geschäftsabschluss schien unvermeidlich, daher hatte sie damit gerechnet, dass ein Ende dieser Reise bevorstand. Sie nickte. »Habe ich mir schon gedacht. Deine Leute kommen eben nicht ohne dich aus.«

Eine Entschuldigung floss durch ihr Haar, seine Lippen senkten sich auf ihre Schulter. »Ich könnte hier für immer mit dir liegen, aber ...«

Sie fiel ihm ins Wort und lachte. »Hey, das war der schönste Urlaub seit Jahren, Schatz.«

Theresa stand an der Terrassentür, räusperte sich diskret bei dem Anblick, den sie beide boten, während sie Simon einige Informationen übermittelte.

Er antwortete ihr und nickte. »Sie hat uns etwas vorbereitet.«

Ungern erhob Erica sich aus dieser Zweisamkeit, doch er griff nach ihrer Hand und zog sie mit sich. Gedämpfte Musik säuselte durch den Raum, das Feuer im Kamin ließ das Holz knacken. Der kleine Tisch in der Fensternische war für zwei gedeckt. Nicht einmal die romantischen Kerzen fehlten.

Theresa deutete eine Verneigung an und zog sich zurück. Simon schob Erica den Stuhl zurecht und zwinkerte. »Es ist ihre Art, sich zu verabschieden. Sie mag dich und freut sich über mein Glück.«

Erica hob frech eine Augenbraue. »Unser Glück.«

Das Essen war ein Gedicht, der Wein unterstrich den Geschmack und Sinnlichkeit lag in der Luft. Erica benutzte nicht das hübsche Silberbesteck, stattdessen naschte sie mit den Fingern von den Speisen und Simon beobachtete sie aufmerksam. Die letzte Nacht in Bella Italia, und sie wollte einen ganz anderen Hunger in sich stillen. Unter dem Tisch zog sie die Schuhe von ihren Füßen, strich mit ihren Zehenspitzen seine Hosenbeine entlang und vergrub frech den Zehenballen zwischen seinen Beinen.

Simon ließ sich davon nicht beirren, beendete sein Dinner und drehte sein Rotweinglas in den Händen. Erica schleckte sich genüsslich die Fingerspitzen sauber, stand von ihrem Stuhl auf und umrundete schweigend das Tischchen. Sie blieb vor ihm stehen, nahm ihm das Glas aus der Hand und stellte es neben dem Teller ab. Sie raffte den knöchellangen champagnerfarbenen Rock und setzte sich rittlings auf seinen Schoß. Ihre Finger glitten durch sein offenes Haar. »Du wirst mich nicht berühren. Du wirst einfach nur genießen.«

Ihr Atem flüsterte über seine Wange, ihre Zunge leckte an seinem Hals entlang und langsam öffnete sie das weiße Hemd.

Simon schwieg, ließ sie gewähren.

Erica entfernte den Ledergürtel, knöpfte die Jeans auf und rieb ihren Handballen gegen sein Glied. Simon bog den Kopf in den Nacken und keuchte heiser. Seine Hände krallten sich so stark in den Sitz, dass seine Knöchel hell hervortraten. Erica rekelte sich zufrieden, spürte, wie sein Schwanz unter ihren Streicheleinheiten wuchs. Sie glitt von seinem Schoß, kniete sich zwischen seine Beine und befreite den erregten Ständer aus der eng werdenden Hose. Ihre zierlichen Finger umschlossen die Schwanzwurzel, strichen mit festem Griff den Schaft entlang und ihre Augen betrachteten das Pulsieren der Adern auf der Oberfläche. Sie ließ die Zungenspitze über die pralle, vor Lust glänzende Eichel flattern und kostete die Vorfreude.

Simon stöhnte tonlos und Erica lächelte bei der Erkenntnis, wie schwer es ihm fiel, seine Hände nicht in ihrem Haar zu vergraben. Das Spiel seiner Bauchmuskeln deutete an, wie gern er seine Lenden ihrem Mund entgegendrängen wollte und die Anspannung in seinem Körper wuchs ebenso wie der Schwanz an ihrer Zunge. Ericas Lippen glitten an der Untenseite des Schaftes hinab, sie leckte seine glatt rasierten Hoden und seine Laute nahmen einen wollüstigen Klang an. Während ihre Hand weiter massierte, umzüngelte sie den Kranz seiner Schwanzspitze und hob ihren Blick zu Simon empor.

Seine Fingerkuppen krallten sich noch fester in den Sitz des Stuhls bei dem Anblick, den sie ihm schenkte. Pure Gier verzerrte lustvoll sein Gesicht, anhaltendes Stöhnen kam keuchend über seine Lippen und in seinen Augen funkelte die Erregung.

Als sie seinen Schwanz in ihre feuchte Mundhöhle rutschen ließ, beugte er den Oberkörper nach vorn und ächzte. Sie schloss den Mund um sein Geschlecht, glitt genüsslich daran entlang und Simon stand kurz davor, die Kontrolle zu verlieren. Seine Lenden hoben sich vom Stuhl ihrem Mund entgegen, rhythmisch, drängend, und doch gab Erica seiner Forderung nicht nach. Mit einer Hand an seiner Brust, presste sie ihn mit dem Rücken gegen die Stuhllehne, zwang ihn zur Beherrschung, und lauschte seinem Keuchen.

In ihrem Schoß spürte sie das zügellose Pochen ihrer Scham, rieb sich an ihren Unterschenkeln und stöhnte ihren heißen Atem auf die zarte sensible Seide seiner Schwanzspitze. Ihre grazile Faust strich weiterhin den Schaft entlang, dann hielt sie inne, erhob sich vor ihm und setzte sich mit dem Hintern auf die Kante des kleinen Esstischs. Erica setzte den nackten Fuß zwischen seine Beine, raffte den langen Rock und hob ihn über ihre Schenkel. Die Fingerspitzen, die eben noch sein Geschlecht verwöhnt hatten, tasteten nun auf dem Satin ihres schwarz glänzenden Höschens.

Simon löste seine Hände von dem Sitz, umfasste das Fußgelenk und streichelte den schlanken Schwung ihrer Wade. Mit Gier im Blick beobachtete er ihr Fingerspiel in ihrem Schoß, beugte sich zu ihrem angewinkelten Knie und küsste die weiche Haut.

Erica schmunzelte, da er das Verbot brach, das sie ihm auferlegt hatte, doch seine Berührungen schickten heiße Schauder in ihren Körper. Seine warmen Handflächen strichen an den Außenseiten ihrer Beine empor, über ihre Hüften. Die Fingerkuppen schoben sich unter den Stoff, der ihre Scham bedeckte. Beherrscht und unendlich zärtlich zog er ihr das Höschen hinunter, entblößte ihr Geschlecht und sie war gezwungen, den Fuß wieder auf den Boden zu stellen. Der Satin rutschte hinab und das Geschirr hinter ihr klapperte, als er von seinem Stuhl aufstand und sie auf die Tischplatte hob. Seine Lenden drängten sich zwischen ihre Schenkel, ein starker Arm umschlang ihre Taille und bog ihren Rücken leicht zurück. Seine Eichel presste sich gegen ihre feuchte Scham, und als ihr Fleisch eng und köstlich nachgab, stöhnten sie gemeinsam. Sie schlang ihre Beine um seine Hüften und er packte ihren Kopf im Nacken. Zu einem innigen Kuss mit ihr verschmolzen, begann er, sich in ihr zu bewegen. Tiefe und sachte Stöße entlockten ihr ein heiseres Schnurren. Als sie ihm die Fingernägel fordernd in seine Rückenmuskulatur grub, keuchte er unter dem erregenden Schmerz auf, doch diesmal gab er nicht nach, pumpte quälend heiß sein Geschlecht in ihren Schoß, während er ihren Körper umschlungen hielt. Die Hitze trieb ihnen den Schweiß aus jeder Pore und er strömte an ihren Leibern glitzernd herunter.

Simon hielt inne, fixierte mit einem animalischen Blick ihr Gesicht. Er wischte den Tisch hinter ihr mit einer Armbewegung frei und das Porzellan zersplitterte auf dem Boden. Sanft bog er ihren Oberkörper zurück, bis sie auf dem Rücken lag, hob ihre Knie an und legte sich ihre Waden auf die Schultern. Die Stöße, die folgten, waren härter, leidenschaftlicher und tiefer und Erica begleitete sie mit heiseren Lauten.

Er umfasste mit beiden Händen ihre Brüste und grub seine Fingerkuppen in die weichen Rundungen. Sie keuchte, sog den Atem in ihre Lungen und spürte, wie hitzige Blitze durch ihren Körper zuckten. Er presste die Luft zwischen seinen Zähnen hindurch, bog den Kopf weit in seinen Nacken und bohrte sich ein letztes Mal kräftig in ihren Leib. Für den Bruchteil einer Sekunde wurde es still, und als er kam, knurrte er seine Anspannung rau in den Raum.

Erica ließ sich unweigerlich mitreißen. Sie stieß spitze Schreie aus, mit jeder Welle ihres Höhepunktes, die über sie hinwegrollte, und das rhythmische Zucken tief in ihrem Schoß brachte Simon zum Keuchen.

Noch lange hielt er sie in seinen Armen, presste ihren Oberkörper an seine Brust, und vergrub sein Gesicht in ihrem Haar. Die Erschöpfung lastete süß und schwer auf ihnen und beide zuckten zusammen, als eine störende Melodie das Schweigen zerriss.

Simon stöhnte auf und schüttelte an ihrer Schulter den Kopf. Das Handy quakte nervtötend, bis er endlich danach griff und das Gespräch entgegennahm.

»Stuart, was gibt's?«

Er löste sich mit einem gehauchten Kuss auf ihre schweißfeuchte Stirn. »Dir ist schon klar, dass es hier mitten in der Nacht ist und du störst?«

Das Lachen von der anderen Seite der Welt war sogar für Erica unüberhörbar. »Nein, wir fliegen morgen zurück. Auf mich warten Geschäfte und mein Team ist etwas ratlos. Warum fragst du?«

Simon lauschte eine Weile schweigend und an seiner Mimik war erkennbar, dass ihn die Nachricht nicht zu erfreuen schien. Er wanderte unruhig umher, bis er seufzend in einen hohen Sessel sank. »Ja, sicher bin ich noch dran.« Er rieb sich die müden Augen, ließ die Hand durch sein Haar am Hinterkopf gleiten und lehnte sich ermattet an. »Was soll ich dazu sagen, es ist mir egal, was er macht. Er kann mir Einladungen schicken, so viel er mag. Du weißt, warum er das tut.«

Plötzlich änderte sich sein Tonfall, klang aggressiver.

Erica saß auf dem Tisch und beobachtete ihn mit kraus gezogener Stirn.

»Stuart, es ist mir gleich. Er hat schlichtweg eine sadistische Freude daran, das zu tun und ich werde ihm sicherlich nicht die Genugtuung geben. Wenn du willst, gehe allein. Ich kenne seine Partys schon.« Er schnaubte. »Der Typ gehört in eine Zwangsjacke, an den Füßen aufgehängt in einer Gummizelle zum Verrotten weggesperrt. Stuart, ich will nicht mehr darüber diskutieren.«

Noch immer schien der beste Freund auf ihn einzureden, doch Simon schüttelte den Kopf und lehnte die Unterarme auf seine Oberschenkel. »Was für eine verdammte Chance, bitte?«

Mit Schwung stand er wieder auf, lief ein paar Schritte im Raum umher, klopfte zwischendurch den Hörer gegen die Stirn und wirkte verzweifelt. »Stuart, hör zu, ich …«

Mitten im Satz stockte er plötzlich und betrachtete Ericas verwirrtes Gesicht. Die Wut über das Gespräch wich aus seinen Augen. »Kann ich dich später zurückrufen?« Er nickte und sah sie dabei an. »Okay, bis nachher.« Simon klappte das Mobiltelefon zu und ging zu ihr.

»Was hat er gesagt, das dich so aus der Fassung bringt?«

Erica klang besorgt, hielt seine Wangen in beiden Händen und brachte ihn dazu, sie erneut anzusehen.

Die Erwiderung lag ihm bereits auf den Lippen, stattdessen presste er den Mund zusammen und brummte abfällig.

»Sag es mir, was ist passiert?«

Simon streifte sanft ihre Finger von sich, drehte ihr den Rücken zu und rieb sich die Stirn. »Der Lord gibt eine seiner berüchtigten Mottopartys an diesem Wochenende und wir sind als Ehrengäste eingeladen.«

Es dauerte eine Weile, bis der Groschen bei ihr gefallen war. *Der Lord*. Unweigerlich führten ihre Gedanken zu Lydia und ein dicker Kloß formte sich in ihrem Hals. Sie konnte nicht verbergen, dass die angerissenen Erzählungen über diesen Kerl sie neugierig gemacht hatten, doch die zornige Stimmung, in der Simon sich befand, ließ sie schweigen. Erica hatte häufiger versucht, sich diesen Sadisten vorzustellen. Was für ein Mann war er? Welche Absurditäten und Neigungen lebte er aus? War er alt oder jung? Hässlich oder schön? Was reizte die Frauen, sich ihm widerstandslos zu unterwerfen? Was war an ihm dran, dass sie sich ihm völlig übereigneten? Nicht in ihren wildesten Träumen vermochte sie sich auszumalen, welcher Typ Mann sie wohl zu solchen Handlungen treiben könnte.

Simon wandte sich ihr zu. »Stuart hegt die Hoffnung, dass es uns vielleicht gelingt, diesmal an Lydia heranzukommen. Sevilla schmiedet irgendwelche konfusen Pläne, damit wir ihr helfen können.« Er lachte bitter und kalt auf. »Es geht nicht in ihre Köpfe, dass sie nicht gerettet werden will und so wie ich Derek kenne, wird Lydia ein weiteres Mal die Hauptattraktion des Spektakels sein.«

»Und was ist, wenn Stuart recht hat?« Hatte sie das wirklich gesagt? Für einen Moment war sie verwirrt und schalt sich dafür. Was maßte sie sich an, sie kannte diesen Derek doch überhaupt nicht. Vielleicht lockte er Frauen zu sich wie Nektar die Bienen? Vielleicht besaß dieser Typ eine Anziehungskraft, der man sich nur schwerlich entgegenstellen konnte? Dennoch, die vagen Andeutungen von Stuart und Simon beschrieben diesen Lord als Widerling mit einem sadistischen Hang zur Bösartigkeit. Erneut keimte die Erinnerung an das wundervolle Bild von Lady Sevilla und Maurice auf.

»Glaub mir, mein Engel, da gibt es nichts mehr, was wir für sie tun können.« Die Traurigkeit in seiner Stimme lag schwer auf ihrem Gemüt. Abermals hob sie ihre Hände zu seinem Gesicht, aber er wich ihrer zärtlichen Geste aus.

»Und wenn wir doch hingehen, wir beide zusammen?«

»Verlange das nicht von mir. Du weißt nicht, was da geschieht. In diesem Haus gehen Dinge vor, die du dir nicht einmal in deiner Fantasie vorstellen kannst, Erica. Diese Mottopartys sind keine harmlosen Spankingsessions, das ist kaum an Perversion zu überbieten, was da läuft.« Der Griff an ihren Handgelenken verfestigte sich und sein Gesichtsausdruck duldete keinerlei Widerspruch. »Sie hat ihr Leben weggeworfen, ihre Träume, ihr Talent. Es ist vorbei. Egal, was ihr glaubt, da vorzufinden. Ich kenne Derek, und ich kenne seine Art und Weise, Menschen zu brechen, ihre Psyche so kaputtzumachen, dass nur eine leere Hülle übrig bleibt.«

»Aber es kann doch sein, dass sie das erkannt hat und …«

»Lass es. Bitte.« Er wandte sich von ihr ab. Die Wut in seiner Stimme erschreckte sie. »Er ist ein Schwein, Erica. Der letzte Abschaum der Menschheit. Er kennt weder Grenzen noch Tabus noch irgendwelche Gesetze. Von Moral und Verantwortungsgefühl ganz zu schweigen.«

»Aber, gerade dann …«

»Da gibt es kein *aber*, verdammt. Es ist ihm scheißegal, was aus seinen Frauen wird. Die können sich die Pulsadern aufschneiden, sich aus dem Fenster stürzen, es berührt ihn nicht, Erica. Es gab schon so viele, die an ihm zugrunde gegangen sind.«

Erica wich vor dem kalten Zorn in seinem Gesicht zurück. Erneut drang ein *aber* über ihre Lippen und Simon ergriff ihren Kopf.

»Glaubst du, ich habe es nicht versucht? Hätte ich ihn damals in die Finger bekommen, wäre er totes Fleisch gewesen. Nicht aus Eifersucht, Erica. Ich hatte Angst um sie, als ich erfuhr, wohin sie gegangen war. Es bricht mir das Herz, zu wissen, dass sie bei ihm ist. Nicht, weil ich sie noch liebe, sondern weil ich sie geliebt habe. Tatenlos mit ansehen zu müssen, wie ein geschätzter Mensch innerlich zerbricht unter diesem Dreckschwein und das Ergebnis zu betrachten als Mittelpunkt einer Show.« Er zog sie an sich. »Nein, mein Engel. Es gibt Dinge, die musst du nicht sehen. Und ich *will* das nicht mehr sehen.« Sein Flüstern war leiser und entschiedener geworden. Bevor er den Raum verließ, zwang er sich ein sanftes Lächeln ab, verschwieg jedoch, wohin er ging, doch sie wusste, das abgebrochene Telefonat wartete auf ihn.

In der Nacht schlief sie unruhig, allein in diesem riesigen Bett, träumte von einem grausamen Mann, der sie verfolgte, und auch wenn sie ihr Traum-Ich dazu aufforderte, aufzuwachen, hielt der Albtraum sie fest in seinem Griff. Selbst auf dem Charterflug fand sie keine Entspannung. Wie ein widerlicher Fortsetzungshorrorfilm schienen die Fantasien sie zu verfolgen, kaum dass sie die Augen schloss. Während der Fahrt zu Simons Haus erzählte er ihr, was Theresa zum Abschied gesagt hatte, doch sie hörte nur mit halbem Ohr zu. Kaum im Haus angekommen, langte er nach dem Stapel Briefe auf der Anrichte im Wohnzimmer und Erica sah zu, wie ein schwarzer Umschlag mit silbernem Adressat ungeöffnet im Papierkorb landete. Er küsste im Vorbeigehen flüchtig ihre Wange.

»Entschuldige mich, ich werde eben telefonieren, die Post lesen und bin gleich wieder bei dir, okay?«

Sie nickte gedankenverloren und starrte auf den Müllkorb. Als er in seinem Büro verschwunden war, sah Erica sich kurz um, fischte nach dem Kuvert und verkrümelte sich damit im Marmorbad. Nachdem sie die Tür hinter sich abgeschlossen hatte, setzte sie sich auf den Rand des Whirlpools, öffnete den Brief und atmete tief durch.

Sir Derek Price bittet Sir Simon DiLucca nebst Sklavin zu einer intimen Feierlichkeit unter dem Motto »Gekreuzigt & Verraten«. Für das leibliche Wohl wird gesorgt.

Immer wieder las sie aufmerksam die Zeilen inklusive der Adresse. *Gekreuzigt und Verraten.* Das Thema der Party lief ihr eiskalt den Rücken hinunter. Trotz der Warnungen, oder vielleicht gerade deswegen, manifestierte sich der Wunsch in ihr, es mit eigenen Augen sehen zu wollen. Aber war sie so gefasst, das Schlimmste zu ertragen? Mitzubekommen, wie weit Grenzenlosigkeit ging in dieser Spielart? War sie bereit, den Schattenseiten ihrer Neigung entgegenzutreten? Erica wusste, Simon würde sie nicht begleiten und sie hinterfragte sich selbst, ob ihr Selbstbewusstsein dazu ausreichte, um allein dort aufzulaufen. Das schwarze Papier zerknitterte in ihrer Faust. *Lydia Sir Derek.* Etwas in ihr flüsterte, sie musste dorthin gehen. Nicht nur Neugier trieb sie zu dieser Entscheidung, nichts war geprägt von Sensationsgier. Die Möglichkeit, zu erfahren, welche Abgründe dieses Spiel innehaben konnte, war Antrieb genug. Erica hob ihren Kopf mit entschiedenem Blick.

Sie verbarg ihr Vorhaben so gut es ging vor Simon. Es fiel ihr schwer, zum ersten Mal ein Geheimnis vor ihm zu haben. Fast kam es ihr vor wie ein Betrug, eine Lüge, die sich brennend in ihr Herz fraß. Er würde alles versuchen, sie davon abzubringen, ihr die Sache auszureden, und auch die Wut, die ihn am letzten Abend in Italien gepackt hatte, machte ihr Angst. Trotzdem, sie traf ihre eigenen Entscheidungen.

Das Restaurant war nur halb besetzt und Simon betrachtete sie mit ernster Mimik.

»Wo bist du mit deinen Gedanken, Engel?«

Sie hob erschrocken ihren Kopf. »Was?«

»Du wirkst abwesend, seit wir zurück sind. Hör zu, es tut mir leid. Ich weiß, ich war zornig und ich hätte mich nicht so vergessen dürfen. Verzeih mir, ich wollte dich nicht erschrecken.«

»Hast du nicht, mach dir keine Sorgen darüber.«

Er belächelte ihre kleine Schwindelei und sie senkte den Blick.

»Na gut, okay, ich habe dich noch nie so wütend erlebt. Du fühlst dich weiterhin verantwortlich für sie und das kann ich verstehen. Einerseits hast du sie aufgegeben und andererseits bringt dich jede Meldung von ihr aus der Fassung.« Erica sah ihm an, dass sie ins Schwarze getroffen hatte.

Simon lehnte sich nachdenklich zurück und nickte. »Du hast recht. Ich habe das Gefühl, es ist meine Schuld, dass sie zu ihm gegangen ist. Ich habe ihr Spiele ermöglicht, die viel zu weit gingen und ich war zu blind, um zu sehen, was mit ihr los war.«

»Wie kommst du dazu …« Sie hielt inne. Was wusste sie schon davon? Konnte sie sich ein Urteil erlauben? »Ich glaube nicht, dass es deine Schuld war. Du hast gesagt, dass sie keine Grenzen kannte.«

»Eben, genau da liegt meine Schuld. Es lag in meiner Verantwortung, darauf zu achten, sie wenn nötig auch vor sich selbst zu schützen.« Simon rollte das leere Wasserglas zwischen seinen Händen hin und her.

»Ich bitte dich, Simon. Sie ist erwachsen und muss doch wissen …«

Er hob seinen Blick und sah sie traurig an.

»Entschuldigung, ich habe nicht das Recht dazu, darüber zu urteilen. Ich kenne sie nicht einmal. Aber du weißt, was ich damit meine. Sie lebte ihre Neigungen schon aus, bevor sie dich getroffen hat.«

Er neigte seinen Kopf und kreuzte die Arme vor der Brust.

»Es war ihre Entscheidung, das hast du selbst gesagt. Wenn sie an seiner Seite ihre Erfüllung sieht, dann ist das so, das hätte auch mit einem anderen passieren können.«

Seine ungeteilte Aufmerksamkeit machte sie nervös.

»Wenn er doch bekannt ist wie ein bunter Hund, wusste sie, was sie zu erwarten hatte, als sie sich für ihn entschieden hat.« Erica stocherte in ihrem Essen herum und legte dann die Gabel nieder. »Simon, ich weiß es ja nicht mit Bestimmtheit, aber vielleicht ist sie ein Mensch, der stets das Extreme verlangt und süchtig danach ist.« Ein tiefer Atemzug füllte ihre Lungen, dann hob sie den Kopf und fixierte Simon. »Verstehe mich nicht falsch, für eine Weile hast du ihre Sucht gestillt, doch ihr Hunger nach absoluter Unterwerfung … Simon, du wärst damit nicht glücklich geworden und DAS hätte dir viel mehr das Herz gebrochen.« Sie stand auf und ging um den Tisch. Es war ihr egal, ob die Gäste des Restaurants sie beobachteten und zu flüstern anfingen. Sie setzte sich auf seinen Schoß und schlang die Arme um seinen Hals.

Er schwieg, hob aber die Hand, um den Kellner mit der Rechnung zu rufen. Wortlos legte er das Geld auf das Silbertablett. »Lass uns gehen.«

Wieder meldete sich die Unsicherheit in ihr, als sie ihm zum

Wagen folgte. Bevor er einstieg, hielt sie ihn am Arm zurück. »Was denkst du gerade?« Um seine Lippen spielte das bekannte Lächeln. »Bin ich zu weit gegangen? Habe ich etwas gesagt, das dich verletzt hat?«

Er schob seine Hände in ihren Nacken, beugte sich zu ihr hinunter, bis er auf gleicher Augenhöhe mit ihr war. »Nichts, was du sagst, verletzt mich, ganz im Gegenteil. Du hast mir den Kopf zurechtgerückt und du liegst richtig mit deinen Vermutungen. Ich hätte ihr niemals das geben können, was sie sich gewünscht hat. Dazu war ich nie fähig und werde es nie sein. Weder sie noch ich wären in einer Ehe glücklich geworden.« Sein Gesicht strahlte vor Sanftmut. »Ich bin ein Spieler, Erica. Mein Sadismus reicht nicht aus, um einen Menschen so zu unterwerfen, wie sie es gebraucht hat. Trotzdem, ich fühle mich verantwortlich. Wäre sie zu Stuart geflüchtet oder zu einem anderen Meister, hätte ich es akzeptiert, aber Derek?« Er schüttelte den Kopf. »Ich habe viel Zeit damit verbracht, ihn dafür zu hassen. Er bleibt für mich ein Verbrecher und Schwein. Ich kann nicht akzeptieren, was er mit diesen Frauen anstellt, selbst wenn es ihrem eigenen Wunsch entspricht.« Er küsste sie zärtlich.

»Mir ist bewusst, dass meine Tabus und meine Grenzen in diesem Spiel nicht das Nonplusultra sind. Aber er ist wie Gift in dieser Szene und leider gibt es noch mehr wie ihn. Ich würde ihn lieber gestern als morgen im Knast schmoren sehen, für all die Dinge, die geschehen sind. Ich wäre gern der Held in dieser Geschichte, der diesen Mistkerl zur Strecke bringt. Aber ich bin kein Märtyrer und ebenso wenig Stuart oder Sevilla, oder all die anderen, die genauso angewidert von ihm sind.«

Erica schossen die Worte in den Kopf, die er am Tisch gesagt hatte und ein Stich drang durch ihr Herz. Waren es doch nicht nur dahergesagte Floskeln, die untermauern sollten, wie widerlich dieser Mann war? Aufgeschnittene Pulsadern. Aus dem

Fenster gestürzt. *Oh mein Gott!* »Sag mir, dass du das nur erzählt hast, um mir klar zu machen, wie weit er geht. Sag mir bitte, dass es die offenen Pulsadern nicht gegeben hat.« Die Kälte kroch ihre Beine empor. »Sag mir, dass …«

»Sein Haus ist ein Grab, Erica. Aber kein Richter verurteilt ihn dafür. Wer seinen stetig wachsenden Anforderungen nicht gerecht wird, kann jederzeit gehen, doch wenn die Frauen diesen Punkt erreicht haben, stecken sie schon zu tief in einer Abhängigkeit, die es ihnen unmöglich macht, diese Gruft zu verlassen. Es gab einige, die in ihrer Verzweiflung, ihn nicht mehr zufriedenstellen zu können, sich das Leben genommen haben.« Sein Gesicht zeigte ihr, dass er keineswegs übertrieb mit dem, was er sagte.

Ihr Herz schlug bis zu ihrem Hals. Simon richtete sich wieder auf, griff in die Innenseite seiner Anzugjacke und zog zu ihrer Überraschung das schwarze Papier mit der silbernen Schrift hervor.

Die Einladung, sie musste sie verloren haben. Erica schloss für einen Moment die Augen und ihre Wangen glühten.

»Ich kann dir nicht verbieten, deine Neugier zu stillen, Erica. Ich möchte nicht über deinen Kopf hinweg entscheiden, und das kann ich auch nicht. Ich verstehe, dass alles, was ich dir erzähle, wie ein Horrormärchen klingt, und kaum zu glauben erscheint.« Er hielt ihr den Brief entgegen. »Mache dir dein eigenes Bild, gehe hin. George wird dich zu der Adresse bringen und auf dich warten.«

Erica sah ihm nach, als er mit dem Porsche wegfuhr. Das Stück Papier in ihrer Hand zitterte, und ihr Blick verschleierte vor Tränen. Sie schluckte, wandte sich dem schwarzen Mercedes zu, der auf der anderen Seite der Straße auf sie wartete.

George stieg aus und tippte sich an seine Uniformmütze. Er öffnete ihr die hintere Wagentür und die Andeutung eines Lächelns zeichnete sich auf seinen Mundwinkeln ab. Erica wusste, dass Simon ihn eingeweiht hatte. Sie sah erneut den Weg entlang, hoffte, Simon würde zurückkehren. Es gab zwei Möglichkeiten, entweder setzte sie sich und ließ sich zum Anwesen des Lords bringen, oder sie fuhr ihm nach. Zuerst merkte sie nicht, wie die lederbehandschuhte Hand sich unter ihr Kinn schob, erst als George ihr eine Träne von der Wange wischte.

»Er ist weder wütend noch enttäuscht, Miss Erica.«

»Aber er denkt, es könnte wieder passieren, nicht wahr?«

»Sie sind nicht Lydia. In Ihnen steckt eine große Neugier und er weiß davon. Noch bevor er die geöffnete Einladung im Bad fand, haben wir darüber gesprochen.«

Erica stieg in das Fahrzeug.

»Wenn Sie mir eine weitere Bemerkung gestatten, Miss Erica?« George richtete seinen Rückspiegel so, dass er sie ansehen konnte. »Simon begleitet Sie absichtlich nicht.«

»Ich weiß, er will das nicht sehen.«

Er lachte leise. »Er möchte, dass Sie sich in Ruhe ein eigenes Bild von dieser Feierlichkeit machen können. Dennoch werden Sie nicht allein dort hingehen. Man erwartet Sie bereits vor Ort.«

Als sie nachfragte, antwortete er nicht, lenkte den Wagen ruhig die Straßen entlang, bis sie etwas außerhalb der Stadt unter einem verzinkten, kunstvoll geschmiedeten Eisentor hindurch eine Auffahrt passierten. Die Villa wirkte von der Ferne wie eine Festung, finster und ebenso gruselig wie ein Geisterschloss. Je näher sie dem Anwesen kamen, desto mehr erkannte Erica die Grundstrukturen einer alten Kirche, einzig der Glockenturm fehlte.

Leise Musik säuselte durch das geöffnete Portal, als George den Mercedes vor dem Eingang stoppte. Ihr Blick richtete sich beim Aussteigen auf die breite Treppe und sie atmete erleichtert auf.

Stuart trug einen perfekt sitzenden Anzug aus pechfarbenem Leder, hatte leger die Hand in seine Hosentasche gesteckt und rauchte einen schwarzen Zigarillo.

»Ich werde dort drüben auf Sie warten, Miss Erica.« George nickte aufmunternd und stieg ein, um den Wagen umzuparken.

Stuarts Gesichtsausdruck wirkte alles andere als aufbauend, doch er behielt seine Rüge für sich. »Bist du sicher, dass du hier sein willst?«

Sie schüttelte den Kopf, denn die Atmosphäre war bedrohlich und Erica zweifelte, ob sie der Neugier nachgeben sollte. Stuarts Anwesenheit jedoch gab ihr das Gefühl von Sicherheit.

»Nein, sicher bin ich mir nicht, aber ich muss wissen, was das für ein Mann ist.« Erica lächelte über ihre eigene Unsicherheit hinweg. »Willst *du* überhaupt hier sein?«

Er lachte rau. »Ich bin deinetwegen gekommen. Irgendjemand muss auf dich aufpassen, damit du nicht deine Krallen ausfährst und dem Gastgeber an die Kehle gehst.«

Irgendetwas in seinem Tonfall sagte ihr, dass ein Teil seiner Aussage ernst gemeint war. Als sie sich bei ihm unterhakte, rieb er ihre kalten Hände.

Die Luft war zwar warm von der Sonne am Nachmittag, aber der Wind trug eine kühle Brise zu ihnen herüber. Sie zitterte leicht und Stuart drückte sanft ihre Finger. »Alles okay?«

Sie nickte, atmete tief durch und ließ sich von ihm in das Innere der ehemaligen Kirche führen. In den Nischen, wo früher Steinstatuen von Heiligen ihren Platz hatten, sah Erica junge weibliche Körper regungslos verharrend stehen. Ihre Haut war weiß bemalt und so, wie sie dort standen, wirkten sie wie lebende Kunstwerke. Der Kirchenraum war belassen worden, wie er war, mit bunten Spitzfenstern und einer Holzkonstruktion zur Empore. Nur die Orgelpfeifen schienen sorgsam restauriert zu sein. Fasziniert sah sie sich um. Es wäre einmal ein Traum, ein altes Gotteshaus in ein Wohnanwesen zu verwandeln. Ein Lächeln schlich sich über ihr Gesicht und für einen Moment vergaß sie den Anlass ihrer Anwesenheit. »Wo sind die Gäste?« Erst jetzt nahm sie wahr, dass außer ihnen niemand hier war.

Die Musik säuselte noch immer in die riesigen Zimmer und es dauerte eine Weile, bis Erica die Richtung ausmachte, aus der sie kam.

»Ich denke, das Fest findet wie immer im Garten statt. Der Raum hier wird wohl erst zu einem späteren Zeitpunkt benötigt.«

Sie war erstaunt, denn selbst der alte Steinaltar war erhalten worden. Es fehlte nur das Sinnbild der Kirche darüber. Noch bevor sie ihren Begleiter fragen konnte, führte er sie durch einen der Seitenbögen hinaus in eine atemberaubend große Gartenanlage. Einige Köpfe drehten sich zu ihnen um, neugierig, wer angekommen war, und manch musternder Blick streifte Ericas Körper. Eine Gänsehaut rieselte an ihrem Rücken hinab. Die Partygäste waren im parkähnlichen Garten verteilt, standen in Grüppchen zusammen und unterhielten sich. Andere formten eine Zuschauertraube um irgendetwas, das nicht ersichtlich war.

Stuart lächelte künstlich, schob ihr die Hand sanft um die Taille und führte sie weiter, den schmalen Steinpfad entlang.

Ihr Herz pochte bis in den Hals und die Blicke, die auf ihr ruhten, machten sie nervös.

»Ignoriere sie einfach, du bist für sie eben eine Augenweide.«

Als Erica zu ihm aufblickte, zwinkerte er. Sie näherten sich einer Gästeansammlung von etwa zehn Zuschauern, die angeregt miteinander diskutierten und ihre Augen auf etwas gerichtet hielten, das sie faszinierte. Erica blieb stehen und versuchte, zu erkennen, was sich dahinter verbarg. Der Blick eines Mannes traf sie, ließ sie stocken und den Atem anhalten. Die Pupillen wirkten eisig, bekamen jedoch bei ihrem Anblick eine weichere

Ausstrahlung, denn dem älteren Herrn schien zu gefallen, was er sah. Erica trat einen Schritt zurück, prallte gegen Stuarts Brust und zuckte zusammen.

»Sir Dragan, man nennt ihn auch den Russen. Er ist ein Spezialist und besitzt einen besonderen Fetisch.« Stuarts Mund war nah an ihrem Ohr, doch bevor er seine Erklärung weiter ausführen konnte, glitt ein kaltes Zucken um die schmalen Lippen des Russen.

»Man sollte ihn fisten.«

Die Augen fixierten Ericas Gesicht und ein Zittern breitete sich in ihr aus. Nicht wegen des Satzes, den der Russe seinem Gesprächspartner entgegnete, sondern, dass sie sich fühlte, als würde der ältere Mann sie mit seinem Blick ausziehen. Erica schluckte. »Was meint er damit?«

Stuarts leises Lachen auf ihrer Schulter goss einen Schwall Wärme über sie aus und sie atmete erleichtert aus.

Der Russe schien die geflüsterten Worte von ihr verstanden zu haben und trat einen Schritt beiseite, um Erica einen Einblick zu gewähren.

Ein Sklave präsentierte sich mit nacktem, emporgespreiztem Hinterteil den Zuschauern. Erica erkannte die haarlosen Hoden und etwas glänzendes Schwarzes, das in seinem After steckte. Der Dom in dem dunklen Ledermantel und mit weißen Latexhandschuhen stand am Kopf des Subs und bewegte die Hüften mit genüsslich verzücktem Gesichtsausdruck. Sie wandte sich um, sah Stuart an und wiederholte die Frage. Er erwiderte ihren Blick sanftmütig, ballte vor ihr seine breite Hand zu einer Faust, und ihr fiel es wie Schuppen von den Augen. Natürlich wusste sie, was der Russe gesagt hatte, erschrak, und drehte sich zu dem Sklaven um. Fassungslos starrte sie auf das Schauspiel.

Der Dom hatte sich von dem oralen Vergnügen und den Lippen seines Sklaven gelöst, stand seitlich hinter ihm und rieb seine Hände mit einer glitschigen, glänzenden Flüssigkeit ein. Im Augenwinkel erkannte Erica den eisig auf sich gerichteten Blick des Russen, der sie fixierte. Als die Fingerspitzen des Dominus sich langsam in den Anus des Sklaven bohrten, wimmerte der Bespielte.

Ericas Herz schlug schneller. Sie hatte davon gehört, aber konnte sich nicht vorstellen, dass eine Hand in so eine enge Öffnung passen sollte. Der Dom drängte tiefer, weitete den Hintereingang des Sklaven mit Vorsicht.

»Mach weiter, lass nicht nach, es gefällt ihm zu sehr.«

Der Russe feuerte den Dominus an, ohne hinzusehen. »Härter!«

Dragan genoss Ericas Mienenspiel, und als die Faust des Dominus im After verschwand, schrie der Sklave gepeinigt auf.

Erica schloss panisch die Augen und hätte sich gerne die Ohren zugehalten.

Stuart griff nach ihren Schultern und das Jammern begleitete sie, als er sie vom Geschehen fortbrachte.

Erneutes Stöhnen empfing sie in der Nähe einer Strauchnische des Gartens. Auf einer kleinen Plattform hing ein Sklave, die Arme und Beine gespreizt und an seitlich in den Boden verankerten Holzpfählen gefesselt.

Erica musste mehrmals hinsehen, um zu verstehen, was sie da sah. Die Domina stand hinter ihm, schlug ihn mit einem Bündel aus Rohrstöcken mit harten festen Hieben. Vor ihm jedoch kniete eine Sklavin. Ihr Nacken war mit einem Seil an seine Hüften gebunden und Erica ahnte, zu welchem Zweck. Die Hände der rundlichen Frau waren auf ihrem Rücken gekettet und sie schien den Schwanz des Untertanen weit in ihrer Kehle zu haben. Wenn er unter den Rohrstockhieben zuckte, drängte sein Geschlecht tiefer zwischen die Lippen der Sklavin und ihr entrangen sich unterdrückte Laute.

Diesmal wandte Erica sich davon ab und schüttelte den Kopf. »Das ist ja wie auf dem Jahrmarkt.«

Stuart nickte. Ericas Augen fixierten etwas und er folgte dem Blick. Ein Dom führte an einer Hundeleine eine ältere Sklavin auf allen vieren in den Garten. Bis auf ein Halsband und die Leine war sie nackt.

Noch gedanklich mit der »Hündin« beschäftigt, richtete sich ihre Aufmerksamkeit auf einen Wagen, der näher kam. Eine Kutscherpeitsche schnalzte durch die Luft, trieb das menschliche Gespann an, schneller und kraftvoller zu ziehen. Das Gespann bestand aus einer Frau und einem Mann mit passgenauem Zaumzeug, selbst die Trense zwischen den Lippen fehlte nicht, und ein etwas dicklicher älterer Kerl saß in dem Zweispänner und ließ die Lederzügel über die Hinterteile seiner »Pferde« zucken. Erica musste ungläubig geschaut haben, denn Stuart beugte sich über ihre Schulter.

»Man nennt sie Ponygirls und Ponyboys. Der Name des Doms ist Karsten und er ist Deutscher. Er bevorzugt diesen Fetisch und stattet seine Sklaven perfekt aus.«

Als der Wagen in ihrer Nähe hielt, konnte Erica einen Blick auf die blanken Gesäße des Gespanns erhaschen. Aus dem Anus der beiden ragte ein aus Rosshaar gefertigter Analplug, der den Pferdeschweif nachahmen sollte.

»Er besitzt ein Gestüt aus zehn Sklaven.« Stuart grinste bei Ericas Gesichtsausdruck.

Sie blickte immer wieder zu dem Pferdewagen hinüber.

»Friss endlich, du Stück Dreck.«

Ericas Kopf wandte sich erschrocken in die Richtung, aus der die Stimme so laut alles übertönte, dass selbst die Gespräche der Anwesenden plötzlich verstummten. Der Anblick der Gesichter, die gierig und fasziniert zusahen, was die Domina mitten unter den Gästen von ihrer Sklavin verlangte, ließ ihren Magen rebellieren. Vor der jungen Frau stand ein Metallnapf und der Inhalt roch nach Hundefutter.

Vorsorglich ergriff Stuart Ericas Schultern und drehte sie um. »Das musst du nicht unbedingt sehen. Lady Arnika und ihre Sklavin Tanja sind für solche Auftritte bekannt.«

So langsam überstiegen die Eindrücke ihren Verstand und Erica sehnte sich nach einem ruhigen Plätzchen, etwas Ruhe, fernab von diesem eigenartigen Spektakel an verschiedenen Fetischen. Sie flüchtete regelrecht den schmalen Steinweg entlang durch die eng stehenden Büsche hindurch und rang nach Atem, als sie stehen blieb.

Stuart war dicht hinter ihr geblieben. »Alles in Ordnung mit dir? Möchtest du gehen?«

Sie kämpfte den aufkeimenden Schwindel nieder und hob abwehrend die Hand.

Er zog sie auf eine kleine Steinbank unter einer Linde. »Hier findest du im Prinzip eine Versammlung der Extreme, Erica. Es gibt Sadisten und Masochisten, die stetig den Kick suchen und sich so hineinsteigern, dass es immer krassere Dinge benötigt, um sie zu erregen. Haben sie eine Grenze ausgereizt, braucht es neue Kicks. Verstehst du, was ich meine?«

Stuart saß mit vorgelehntem Oberkörper neben ihr und sah zu Boden.

Sie war so damit beschäftigt, die gesehenen Bilder in ihrem Kopf zu ordnen. »Pferde und Hunde?«

»Man nennt es Petplay. Ponyboys, Ponygirls, Hündinnen, Katzen, Schweine, im Grunde ist jede Tierart vertreten und ihre Besitzer achten auf artgerechte Haltung. Die Szene hat eine große Bandbreite und der Abend hat gerade erst begonnen.«

Simon hatte sie gewarnt, und so langsam bekam sie einen Eindruck davon. Selbst Stuarts Worte waren viel zu wenig für all das hier. Die finstere Erscheinung des alten Kirchengebäudes, die menschlichen Statuen im Eingangbereich des imposanten Kirchenschiffs, die unterkühlten, fast gelangweilten Blicke der Dominanten, Erica schüttelte den Kopf. »Nein, ich will das sehen.«

Stuarts Hände glitten durch sein glattes schwarzes Haar.

»Bist du dir sicher?«

Erica erwiderte seinen besorgten Blick.

»Simon …« Er brach ab und atmete aus.

»Was ist mit ihm?«

»Ich weiß nicht, was das in dir anrichten kann, Erica. Du beginnst gerade, das Spiel zu genießen, dich fallen zu lassen, Simon blind zu vertrauen.«

Stuart zündete sich einen Zigarillo an und blies den blauen Dunst in die Höhe.

»Ist er deswegen nicht mit mir hier?«

Er nickte und lachte bitter auf. »Simon hat gehofft, dass seine Erzählungen reichen würden, dich davon abzubringen. Doch er hätte es besser wissen müssen. Deine Neugier ist zugleich ein Fluch und ein Segen. Mein bester Freund denkt, er begeht den gleichen Fehler zum zweiten Mal.«

Lydia! Eine Gänsehaut kroch über ihre Arme bis in ihren Nacken. Selbst ihre Kopfhaut kribbelte unangenehm bei dem Gedanken, dass Simon in diesem Dilemma steckte. Wo war er? Was tat er jetzt? Woran dachte er?

»Er sitzt zu Hause und wartet.« Als erriete er, was in ihrem Kopf vor sich ging, blieb er vor ihr stehen. »Er rechnet damit, dass du ihm den Rücken kehren wirst, nach all dem hier.«

Erica stand auf. Die Farbe war aus ihrem Gesicht gewichen und sie wandte sich abrupt um und kehrte zurück zu dem Fest.

Schreie empfingen sie, und als ihr Kopf sich in die Richtung der Laute drehte, sah sie Nägel, die durch einen Hodensack geschlagen wurden. Der Sklave schrie vor Schmerzen und sein Geschlecht war prall erregt. Erica rannte weiter, fing im Vorbeilaufen die Worte einer Versammlung auf.

»... eine Sklavenjagd in den Wald, sehr interessant.«

»... und wer das Mädchen fängt, darf mit ihr tun, was immer ihm vorschwebt.«

Die Stimme des Russen erhob sich aus der Versammlung und Erica blieb wie angewurzelt stehen. »Sir Derek hat an jeden Geschmack gedacht.«

In einem wollweißen Büßerhemd, das gerade die Scham bedeckte, brachten zwei in schwarze Kutten gehüllte Männer das Mädchen für die Jagd. Ihre Hand- und Fußgelenke waren mit Ledermanschetten versehen, und bevor das Jagdhorn ertönte, riss man ihr den Stoff vom straffen, unversehrten Körper.

»Lauf, kleine Hure. Lauf, so schnell du kannst.«

Erneut traf der Blick des Russen Ericas Augen. Die zu einem Strich verzogenen Lippen ließen sie ahnen, was er mit der Trophäe anstellen könnte, würde er sie erobern.

Als das Mädchen loslief, setzte sich auch Dragan in Bewegung, seine Entschlossenheit, als Sieger aus diesem Spiel hervorzugehen, stand ihm ins Gesicht geschrieben.

Erica wandte sich ab und prallte aus Versehen in den athletischen Oberkörper eines Mannes. Der Anzug, den er trug, besaß den typisch englischen Charme. Erica war überrascht, als ihr Blick an diesem Körper emporglitt, in das Antlitz eines unglaublich jungen Kerls zu sehen. Das Konterfei eines Engels, umrahmt von dunkelblondem, kurz geschnittenem Haar, strahlend blauen Augen und einem glatt rasierten Kinn. Sie konnte sich kaum an seinem Anblick sattsehen, so schön war er, doch als seine feminin anmutenden Lippen ein leichtes Schmunzeln aufwiesen, zerstörte es das Bild. Plötzlich waren diese vormals so strahlenden Augen kalt und unberechenbar, die zart wirkende Haut auf seinen Wangen verkam zu einer Maske. Die weichen jugendlichen Gesichtszüge wurden herrisch. »Auf die Knie und bitte um Vergebung.«

Fast wären ihr die Knie weggeknickt, aber stattdessen hob Erica ihr Kinn und starrte ihm mit ihrer ganzen weiblichen Arroganz entgegen.

Das Grinsen auf seinem Gesicht verbreiterte sich, bekam den Hauch eines anerkennenden Grinsens. Der junge Dom nickte. »Ich möchte mich eindringlich bei Ihnen entschuldigen, Lady?«

Erica hob die Augenbrauen, zwang sich dazu, ruhiger zu atmen und den Hochmut beizubehalten. Als er keine Antwort auf die unterschwellige Frage nach ihrem Namen erhielt, lächelte er charmant und das Strahlen kehrte in seine Augen zurück, doch diesmal ließ sie sich nicht davon blenden.

»Ich bin der Gastgeber, Sir …«

»Derek.« Die Fortsetzung seines Satzes klang aus ihrem Mund wie ein Keuchen, erschrocken, zitternd und unsicher, doch sie straffte ihre Schultern und hielt seinem prüfenden Blick stand.

»Erica.«

Plötzlich veränderte sich sein Gesichtsausdruck erneut, zeigte Amüsement, als wüsste er, wer sie war.

Erica spürte Stuarts Gegenwart, trotz des Abstandes, den er einhielt. Ein Nicken von Derek über ihren Kopf hinweg bestätigte ihre Ahnung. Die Augen des Lords glitten musternd über ihren Körper. »Sie wirken so aufgewühlt.«

Diese Süffisanz widerte sie an und Wut stieg in ihr empor. »Ganz im Gegenteil, ich amüsiere mich prächtig.« Ihr Tonfall klang abfälliger als geplant, doch dieses ekelhafte Grinsen in diesem jugendlichen Engelsgesicht mochte einfach nicht verschwinden.

Derek umrundete sie. »Mir kam es vor, als wären Sie auf der Flucht. Wollten Sie meine kleine Festlichkeit schon verlassen, Herzchen?« Der Hohn in seiner Stimme triefte förmlich aus seinem verführerisch wirkenden Mund.

Ruckartig wandte sie ihm ihren Kopf zu. »Ich bin eher darüber erschüttert, welche schlechte Arbeit an diesem herrlichen Haus erledigt wurde. Sie hätten sich nach einem besseren Innenarchitekten umsehen sollen.«

»Du zweifelst an meinem Geschmack?« Er war unverschämt ins Du übergegangen, dass Erica es nicht bewusst wahrnahm. Halsstarrig reckte sie ihr Kinn.

»Widerspenstig?« Sein Atem strich über ihre blanke Schulter, wenn er sprach und die Kälte kroch ihr das Rückgrat hinab.

Als lautes Glockengeläut ertönte, fuhr Erica in sich zusammen und entlockte ihm ein höhnisches und herzhaftes Lachen.

»Meine lieben und geschätzten Gäste. Für die Krönung des Abends möchte ich Sie ins Innere meiner Kirchengemäuer bitten.«

Sofort und wissbegierig setzte sich die Menschentraube in Bewegung, drängte in die weit geöffneten Seitenportale und Derek ergriff Ericas Oberarm. »Du willst meinen Höhepunkt doch nicht verpassen, oder, Herzchen?«

Übelkeit kroch ihre Kehle hinauf, doch der Griff um ihren Arm wurde fester und der Lord zog sie mit sich.

Kapitel 16: Die absolute Masochistin

Ericas Herz raste. Derek zerrte sie hinter sich her, durch eines der Portale in den Innenraum der alten Kirche. Sie steuerten geradewegs auf das Steinpodest zu, auf dem der alte Altar stand. Die Halle war komplett bestuhlt und etliche Gäste waren der Einladung des Lords gefolgt, die Sitzreihen füllten sich. Panisch sah sie sich nach Stuart um, so schnell wie Derek sie gepackt und mit sich schleifte, hatte Stuart nicht mehr reagieren können.

»Derek, lass sie los!«

Der Lord blieb stehen, als das Echo durch das Kirchenschiff hallte, und drehte sich zu Stuart um. »Oh, keine Angst, Master Stuart, ich werde Sir Simons kleinem Spielzeug keinen Schaden zufügen. Aber ihr habt sie doch aus einem bestimmten Grund hergeschickt, oder etwa nicht?« Er löste seinen harten Griff um Ericas Oberarm und schritt auf Stuart zu. »Sie soll herausfinden, wie es Lydia geht und Bericht erstatten, wie man sie aus meinem sadistischen, schrecklichen, miesen Klauen befreien kann.«

Stuart fixierte den Blick des Lords und Hass lag auf seinen Gesichtszügen.

»Eure werte, kleine Hure gehört mir und sie wird es für den Rest ihres kleinen Lebens bleiben.«

Stuart trat ihm entgegen und ballte seine Fäuste, doch er beherrschte sich, dem offensichtlich in ihm keimenden Drang, ihn zu schlagen, nachzugeben. »Sprich nicht so von ihr, du Scheißkerl.«

Derek zuckte mit den Schultern. »Lydia kam zu mir, weil

weder du noch Simon noch sonst irgendeiner dieser traurigen, laschen …« Er lachte auf und seine Stimme war so leise, dass nur Erica und Stuart ihn hören konnten, auch wenn einige der Zuschauer genauer hinhörten, was zwischen ihnen gesprochen wurde. »… und weichen Doms ihr das geben können, was sie braucht. Wenn ihr schon euren kleinen sexy Spitzel zu mir schafft, dann soll sie auch einen Einblick bekommen, damit sie euch später alles berichten kann. Ich weiß, was du und Simon über mich denkt. Ja, ich bin ein Sadist, deswegen bin ich ein echter Herr. Lydia ist eine perverse Masochistin, deswegen ist sie die perfekte Sklavin für mich. Es ist ein Geben und Nehmen, Stuart. Das kennst du ja. Die perfekte Erfüllung und Befriedigung.« Derek streckte seinen Arm aus und zeigte auf Erica, die zusammenzuckte und angestrengt dem Gespräch lauschte. »Sie ist frisch, neu und unverbraucht. Sie reizt mich, das gebe ich zu. Es wäre eine Herausforderung, sie zu erziehen, damit sie lernt, was es heißt, mir zu dienen. Doch keine Angst, mein Freund. Ich werde sie nicht anrühren. Sir Simon beweist stets einen guten Geschmack, aber sie würde sich nicht freiwillig beugen. Liebe … was für eine Verschwendung.« Der Lord sandte ihr einen musternden Blick. »Aber sie ist nahezu wertfrei. Ich gebe ihr die Erlaubnis für *euch* … mit Lydia zu sprechen. Sie soll mit eigenen Ohren hören, was Lydia an mich fesselt.«

Stuart wandte seinen Kopf zu Erica. Die Frage stand ihm ins Gesicht geschrieben und sie nickte. Innerlich zögerte sie, fragte sich, was sie erwarten würde, doch dann straffte sie ihre Schultern, hob ihr Kinn und nickte erneut.

Stuart wirkte nachdenklich, blickte zu Boden und schwieg. Er trat so dicht an Derek heran, dass es noch schwieriger war, ihn zu verstehen. Stuart überragte den Lord um eine ganze Kopflänge und seine Mimik wirkte bedrohlich. »Wenn du dein Versprechen brichst und sie auch nur berührst …« Er griff vor den

Augen der Zuschauer grob nach Dereks Kinn, umschlang mit seiner breiten Hand sein Gesicht und zwang den Lord, ihm in die Augen zu sehen. »… zerfetz ich dir dein hübsches Gesicht. Verstanden?«

Erica spürte die seltsame Spannung zwischen den beiden und legte die Stirn in Falten. Irgendetwas lag zwischen ihnen in der Luft, denn an den Händen des Lords erkannte sie ein sachtes Zittern. Als Stuart ihn von sich stieß, kehrte Derek mit einem seltsamen Leuchten in seinen blauen Augen zu Erica zurück.

Sie warf Stuart einen Blick zu, zuckte mit den Schultern und erntete ein Lächeln. Derek besann sich rechtzeitig, bevor er seine Hand erneut um ihren Arm schlang, wandte seine Augen zu Stuart und hob die Hände. »Wenn du mir jetzt folgen möchtest … Herzchen.« Dieses eigenartige Zucken um Dereks Lippen, als er sich abwandte und ihr vorausging, verwirrte Erica noch mehr. Sie würde Stuart fragen – später. Schweigend führte der Gastgeber sie durch einen langen schmalen Flur und öffnete eine der seitlich abgehenden Türen. Erica atmete durch und betrat das kleine Zimmer. Blanke Steinwände umfingen sie, und als sich die Tür hinter ihr schloss, unterdrückte sie den Impuls, zu fliehen. Der Raum wirkte eng, bedrängend und finster.

Erica ließ ihren Blick umherschweifen, bis sie die junge Frau auf einem Schemel erkannte. Dunkle Locken lagen frisch geschnitten zu ihren Füßen und eine Serva war damit beschäftigt, ihren Kopf behutsam zu rasieren.

»Lydia?«

Ein verschleierter Blick traf ihre Augen und ein weit entferntes Lächeln glitt über die vollen kirschroten Lippen der Angesprochenen. Selbst die Glatze konnte ihrer Schönheit nicht schaden, denn nichts lenkte von diesem eindrucksvollen, wunderschönen Gesicht ab. Funkelnde grüne Katzenaugen ruhten auf ihr. »Du musst Erica sein.«

Die zarte, sanfte Stimme hüllte Erica ein wie ein Mantel. Eine Handbewegung gab der Serva zu verstehen, dass sie gehen sollte. Schweigend verließ das Mädchen den Raum und schloss die Tür kaum hörbar hinter sich.

»Mein Meister hat mir gesagt, du würdest kommen. Simon schickt dich, nicht wahr? Er kann es nicht glauben, dass ich freiwillig hier bin.«

»Nein, er hat mich nicht geschickt. Er hat mich sogar gebeten, nicht hierherzukommen.«

Die Eleganz, mit der Lydia sich von dem Holzschemel erhob, war vollkommen. Sie betrachtete Erica genauer, strich mit zitternden Fingerspitzen durch ihr dunkles, leicht gelocktes Haar und berührte die samtige Haut ihrer Schulter.

»Du bist perfekt für Simon.«

Erica wandte sich um, als Lydia hinter ihr stehen blieb.

»Warum?«

Sie lachte leise. »Ich leide, Erica, und das mit Lust. Ich hasse Derek dafür, dass er meine dunkle Seele kennt, dass er weiß, was ich bin. Aber ich liebe ihn dafür, dass er mir meine Sehnsucht erfüllt. Simon war … Simon ist ein wunderbarer Mann, doch er kann mein Verlangen nach alldem nicht erfüllen. Ich gehe davon aus, dass du weißt, er schreckt davor zurück, Wunden zu hinterlassen.«

Erica nickte.

»Ich kenne die Gerüchte, die man über meinen Meister erzählt. Sie sind wahr. Er ist grausam, aber nur, weil ich es so will. Ich schreibe die Drehbücher meiner Tortur.« Lydia ging zu dem Schränkchen an der gegenüberliegenden Wand und öffnete es. Sie kehrte mit einem Satz Blätter zurück und legte sie in Ericas Hände.

»Die Vorbereitungen meiner Qualen, die Fantasien dazu, das Notieren … es ist so erregend und benötigt Wochen oder Monate, bis ich sie meinem Meister vorlege. Er kennt, so wie ich, keine Grenzen des Möglichen. Er schreckt auch nicht davor zurück, mir meine Sehnsüchte zu erfüllen, egal wie viel Blut fließen wird.«

»Das ist doch Wahnsinn.«

Lydia lachte auf und bog ihren Kopf in den Nacken. Erica hingegen schwankte zwischen Mitleid und Fassungslosigkeit.

»Es mag für dich Wahnsinn sein, weil du dich nicht in mich hineinversetzen kannst. Für dich ist es nur ein erregendes Spiel und Simon ist der perfekte Meister für dich.« Sie drehte sich vor Ericas Augen und die Narben auf ihrer Haut, die Brandzeichen und die verheilten Wunden schien sie wie Schmuck mit Stolz zu tragen.

»Aber nicht für mich.« In ihrem Blick lag ein Funkeln, als Erica einen Blick auf die Seiten warf.

Gekreuzigt und Verraten! Sie erkannte, dass es Lydias Wunsch war, dass Derek dieses Fest gab. Sie wollte, dass die Gäste dabei zusahen, was man ihr zum Höhepunkt der Party antun würde. Ihre Augen glitten über die Zeilen der ersten Seite und die Faust des Grauens ballte sich in Ericas Magen.

Lydia packte Ericas Unterarme und brachte sie dazu, ihr Gesicht zu heben. Der Enthusiasmus, das feurige Erwarten, das nervöse Zittern auf das, was bald mit ihr geschehen würde, lag in ihrer Mimik. »Ich stelle mir vor, sie halten mich gefangen, peinigen, quälen und benutzen mich. Sie könnten mich töten und ich wäre wehrlos. Alles, was mir bleibt, ist mich in mein Schicksal zu ergeben. Es ist so echt … so … so erregend, und sie könnten alles mit mir tun, wirklich alles. Sie können meinen Körper schänden, verletzen, misshandeln, missbrauchen.« Die Worte versetzten Lydia in sichtliche Erregung und brachten die Schleier in ihren Blick zurück. Sie war so voller Vorfreude auf die Qualen und Torturen, dass Ericas Fassungslosigkeit in Grauen verwandelt wurde. Auf ihren Armen kroch eine eisige Gänsehaut entlang, während Lydia schweigend ihrer Fantasie nachhing.

Lydia schob ihr die Hände unter ihr Haar und hielt ihr Gesicht in beiden Händen. »Ich will, dass du zusiehst. Ich will, dass du bleibst und in mich hineinblickst.« Sie küsste Ericas Lippen sanft und weich. »Willst du das für mich tun?«

Erica schüttelte den Kopf, doch Lydias Blick in ihre Augen blieb unnachgiebig.

»Bitte, du musst Simon davon erzählen. Du musst ihm sagen, dass ich meine Erfüllung gefunden habe, aber dazu musst du zusehen.«

Ihr Herz setzte einen Takt aus, schlug umso heftiger weiter, als sie sich ein Nicken abrang. Sie schluckte, denn ihr war nicht wohl dabei. Würde sie verkraften, was sie sehen würde?

Lydia küsste sie erneut, dankbar, innig und leidenschaftlich, bohrte ihre Zunge zwischen Ericas Lippen und tanzte in ihrem Mund. Ein Klopfen an der Tür durchbrach die friedliche, süße Stille.

»Es wird Zeit.« Mit einem zuckersüßen Seufzen löste sich Lydia von Ericas Lippen, atmete durch und erneut kehrte das sachte Zittern der Vorfreude in ihren Körper zurück.

Derek öffnete die Tür, betrat den Raum und betrachtete Ericas Gesicht.

»Packt sie und bringt sie zum Altar.«

Zwei Männer in römischen Kostümen stürmten an Derek vorbei und ergriffen Lydias Arme. Ein verzücktes Lächeln glitt über ihren vollkommenen Mund, dann schloss sie die Augen und begann, sich zu wehren, ließ sich jedoch von ihren Peinigern aus dem Raum zerren. Das Spiel begann.

Als Erica nach Derek durch den Bogen ins Kirchenschiff trat, erfüllte Lydias Betteln die Halle. Die faszinierten Blicke der Zuschauer hingen an dem Schauspiel. Die beiden Römer fesselten ihre Füße und zogen sie daran mit einem Flaschenzug empor. Mit Rohrstöcken bewaffnet blieben sie rechts und links neben ihr stehen und Sir Derek betrat die Bühne.

»Nun, meine geschätzten Gäste, ist es so weit.« Er zeigte mit ausgestrecktem Finger auf Lydia und seine Stimme wurde rauer. »Diese kleine Hure hat es gewagt, einen Fluchtversuch zu unternehmen. Doch man ergriff sie und es hat mich einige Zeit gekostet, darüber nachzudenken, was eine angemessene Bestrafung für sie sein würde.«

Tagelang habe ich sie in meinen Kerker gesperrt und sie bei Wasser und Brot anketten lassen. Doch Reue erkannte ich nicht in ihrem Blick.

Die Worte aus dem Manuskript, das Lydia ihr gegeben hatte, brannten wie Feuer in Ericas Erinnerung. Es waren Lydias Worte, die aus dem Mund des Lords durch die Halle drangen.

»… erkannte ich nicht in ihrem Blick. Doch sie soll dieses Mal eine Lektion erfahren, die sich ihr unwiderruflich ins Gedächtnis brennt.« Derek kniete sich zu Lydia hinab, umschloss mit einer Hand ihren Hals und drückte zu. Sein Blick wirkte zornig. »Man verlässt seinen Besitzer nicht.«

Auf ein Zeichen des Lords begann die Tortur, die Lydia auf der ersten Seite beschrieben hatte. Jeweils fünfzig Schläge mit Rohrstöcken abwechselnd auf die Fußsohlen. Die Hiebe waren so kräftig, dass sie schrie.

Erica stand in dem Bogen, kniff schmerzerfüllt die Augen zusammen und traf den Blick des Russen. Keinerlei Regung zeigte sich in seinem Gesicht, als würde es ihn nicht berühren.

Lydia weinte, jammerte, schrie und wimmerte, doch die Schläge wurden vollendet, so, wie sie es niedergeschrieben hatte. Als die erste Tortur beendet war, lösten die beiden Peiniger ihre Fußfesseln. Sie zerrten sie gnadenlos auf ihre geschundenen Sohlen, zwangen sie vor ihrem Meister auf die Knie, und blieben neben ihr stehen.

Sanft hob Derek ihren Kopf am Kinn. »Ich höre?«

Lydias Lippen bebten. »Danke, Meister.«

Einer der Römer übergab einen Rohrstock an Derek, und auch jetzt wusste Erica, was folgen würde.

… streck deine Hände aus, mit den Handflächen nach oben.

Die Hiebe auf Lydias Hände waren nicht minder kraftvoll, doch sie zeigte keinen Drang, sie zurückzuziehen. Der Schmerz zeichnete ihr Gesicht, ließ sie schreien und weinen, doch sie hielt es aus. Fünfzig Schläge lang. Als Derek von ihr abließ, rollte sie sich weinend am Boden wie ein geprügelter Hund.

Tränen stiegen in Ericas Augen und ihr Herz füllte sich mit grenzenlosem Mitleid. Sie wollte dazwischengehen, es beenden, Stopp rufen, doch sie tat es nicht.

Wieder zerrten die Römer Lydia auf die Füße und sie schrie auf. Sie schleiften sie zum Altar, fixierten ihren Oberkörper mit Seilen auf dem kalten Stein. Mit schnellen und geübten Händen banden sie Lydias Fußgelenke an ihre Oberschenkel, fesselten sie auf dem Altar, sodass sich ihre gespreizten Schenkel jedem Zuschauer weit darboten. Lydias Erregung war deutlich sichtbar für jedermann, das verräterische Glänzen auf ihren Schamlippen, das seichte Pulsieren ihres Geschlechts. Einer der Peiniger blieb hinter ihr stehen und bohrte seine Finger ohne Vorwarnung unnachgiebig in Lydias Scham und Anus, vergrub sich so tief, dass ihr Schrei durch die Halle schoss wie ein Pfeil.

Derek stand an Lydias Kopf. »Ich höre?«

Ihre Stimme war atemlos, zitternd und heiser. »Danke, Meister!«

Der Lord stützte seine Hände links und rechts von Lydias Kopf auf den Altar und betrachtete für eine Weile das Fingerspiel des Römers. »Fick sie.«

Die Worte tropften kalt und herzlos über seine schönen Lippen. Der Römer befreite sein riesiges Geschlecht unter der Verkleidung und rieb sich hart, während seine Finger in Lydias Leib stocherten. Er positionierte sich zwischen ihre gespreizten Schenkel und stieß seinen breiten langen Schwanz mit einem Ruck in ihren zitternden Leib, sodass erneut ein Schrei ihrer Kehle entfliehen wollte, doch Derek presste seine Finger über ihre Lippen.

»Wage es nicht, zu schreien. Du wirst es stumm ertragen.«

Der Römer vögelte sie brutal und hart und bei dem Anblick gaben Ericas Knie fast nach. Der zweite Peiniger rieb sein Geschlecht. Lydia wurde heftig genommen, doch kein Laut drang über ihre Lippen. Mit einem letzten tiefen Eindringen und einem Aufschrei entlud sich der Römer zuckend in ihrer Scham.

»Du! Mach weiter.« Der zweite Römer drang in Lydia ein und seine Hüften klatschten hart gegen ihren Leib. Ein unterdrücktes Jammern erfüllte die Halle. Der erste Römer trat näher, ließ Öl zwischen Lydias Pobacken tropfen und verrieb die Flüssigkeit mit groben Handstrichen.

Derek griff unter den Altar, zog einen Lederball hervor und schob ihn zwischen Lydias Lippen, verschloss die Schnallen des Kopfgeschirrs an ihrem Hinterkopf und nickte.

Der Zweite positionierte seine Schwanzspitze neu, bohrte sein Geschlecht rücksichtslos in Lydias Hintern und ihr gellender Schrei erfüllte trotz des Knebels die Halle. Als würde er sich an ihrer feuchten Scham satt vögeln, klatschten seine Hüften gegen ihre Pobacken, gleichmäßig, hart und schnell.

Erica spürte bei dem Anblick, wie Gänsehaut ihre Kopfhaut kribbeln ließ. Es dauerte nicht lange und der zweite Mann entzog sich ihr und ergoss sich auf ihrem Po.

Das Licht erlosch und ein einzelner Spot erleuchtete Lydias Körper. Aus dem Dunkel erschien ein Rohrstock, der sich über ihren Rücken hinweg zwischen ihre Schamlippen schob.

»Ich höre?«

Atemlosigkeit verschlug Lydia die Stimme und der Hieb traf punktgenau ihre Scham. Lydia zuckte und kreischte.

»Ich höre!«

Bevor sie überhaupt den Versuch unternehmen konnte, zu antworten, klatschte der Stock gegen ihr feuchtes Geschlecht und sie schrie gegen Knebel. Das bebende Nuscheln machte es unmöglich, die Worte zu enträtseln, doch Derek schien verstanden zu haben.

Von zwei Seiten prasselten abwechselnd die Schläge von Lederpeitschen auf ihren Rücken ein und lautes Abzählen durchbrach die gepeinigten und erstickten Schreie.

Auf Erica wirkten die einhundertfünfzig Hiebe wie eine Ewigkeit.

Die gesamte Kehrseite des zarten Körpers leuchtete feuerrot. Jemand löste die Stricke am Altar, kräftige Hände griffen nach Lydia und drehten sie auf den gemarterten Rücken. Sie wimmerte, als der raue Stein an ihrer Haut rieb. Sie lag mit gespreizten Schenkeln zum Publikum. Einer der römischen Handlanger löste den Knebelball von ihrem Kopf und drang fordernd mit seinem Schwanz in ihre Mundhöhle ein. Ihr Wimmern klang gedämpft, als seine flache Hand abwechselnd die geschwollene Perle in ihrer Scham rieb und Hiebe auf das seidig feuchte Fleisch verteilte. Hin- und hergerissen zwischen Erregung und Pein würgte Lydia, als das Geschlecht auf den Grund ihrer Kehle stieß. Die Hiebe zwischen ihrem Schenkel nahmen an Wucht zu und das Keuchen des Peinigers steigerte sich. Als er seine Lust in ihren Mund spritzte, spannte sich Lydias Körper unter den Fesseln, und der letzte harte Schlag auf ihre nassen Schamlippen ließ sie heftig zuckend explodieren.

Die Ohrfeige, die unmittelbar folgte, schallte durch die Halle. Erica hatte das Gefühl, es hätte ihr Gesicht getroffen.

»Habe ich dir erlaubt, zu kommen, Hure?« Dereks Stimme erfüllte die Halle und auf seinen Wink hin kehrten die Peiniger zurück.

Erica senkte ihren Blick zu Boden und lauschte den Rohrstockschlägen, die auf Lydia einprasselten. Die durch hemmungsloses Schluchzen unterbrochenen Schreie waren unerträglich.

Erica vernahm Dereks Stimme, denn sie weigerte sich, auf die Bühne zu sehen. Sein Gesicht zeigte keinerlei Gefühlsregung, als er wieder zum Altar schaute. Sie folgte seinem Blick und versuchte, Lydias Gesicht zu sehen. Diese lächelte selig in ihre Richtung, fernab von Gut und Böse. Ihre Mimik bekam einen Ausdruck von absoluter Zufriedenheit. Erica hob die Hände, flehte Lydia an, es zu beenden, in der Hoffnung, sie würde es tun.

»Sie sieht dich nicht, Erica.« Das Flüstern strich über ihre nackte Schulter und es brauchte eine Weile, bis Erica Stuarts Stimme erkannte.

Seine warmen Hände berührten ihre ausgekühlten Oberarme. Sie konnte ihm nicht antworten, und ihr Blick kehrte zum Altar zurück. Die Peiniger lösten die Fesseln um Lydias Schenkel, zerrten sie hoch, doch kein Laut drang über ihre Lippen. Willenlos presste man sie mit dem Rücken gegen ein schwarzes Andreaskreuz. Ihre geschundenen Füße fanden Halt auf einem schmalen Balken, der das Kreuz aufrecht hielt. Mit gespreizten Armen und Beinen fesselten die beiden Römer sie, zusätzlich schlangen sie einen breiten Lederriemen um Lydias schlanke Taille. Derek betrachtete kalt lächelnd das Werk.

Erst als ihr Meister mit beiden Händen ihre Brustwarzen zwickte, schien Lydia aus ihrer Lethargie aufzuwachen, und sog den Atem ein.

Ein Römer überreichte dem Dom eine Wasserrohrzange und sofort senkte Erica ihren Blick erneut. Der Schrei aus Lydias

Kehle bestätigte ihr, was vor sich ging. Kälte kroch ihr unter die Haut und ließ Erica zittern.

»Nägel!«

Ericas Augen weiteten sich, und ihr Kopf ruckte empor.

Die beiden Römer standen links und rechts neben Lydia, jeder von ihnen hielt einen langen Nagel und einen Hammer in den Händen.

Die fürchterlichen Schreie von Lydia und das Hämmern begleiteten Ericas Flucht aus der alten Kirche. Sie hielt sich die Ohren zu, doch es half nichts.

Stuarts Hände zogen sie in seine Arme und Erica vergrub ihr tränennasses Gesicht an seiner Brust. »Sie ist vollkommen wahnsinnig.«

Sie sah nicht den Ausdruck auf Stuarts Gesicht. Erst als die flüsternde akzentschwere Stimme des Russen neben ihr erklang, hob sie ihren Kopf. »Es ist eine Schande.«

Obwohl das Gesicht des Russen nichts darüber verriet, ob es ihn berührte, klangen seine Worte traurig. Das warme Lächeln, das er Erica schenkte, als er ihr zärtlich über die feuchte Wange strich, verwirrte sie noch mehr.

»Derek sollte sie vor sich selbst schützen, aber er tut es nicht. Ich habe das schon einmal erlebt, und es ist bis zum Äußersten gekommen. Egal welche Qualen und Torturen sie sich einfallen lassen wird, es wird immer eine Steigerung geben.«

Erica wusste sofort, was der Russe meinte. … *sie könnten mich sogar töten.* Lydias Worte hallten in ihrem Kopf wider wie ein Echo und die Übelkeit kochte so heiß in ihrer Speiseröhre, dass Erica sich übergab.

Stuart fing sie auf und der Russe half ihm dabei, sie auf eine der Stufen zu setzen. Die silbernen Strähnen in Dragans Haar schimmerten im Licht der Laternen. Wie hypnotisiert fokussierten ihre Augen das Lichtspiel an seinen Schläfen.

Sie ist völlig irre. Die Worte des Russen wiederholten sich in ihrem schmerzenden Schädel wie Donnerhall.

»Sie wussten, dass das alles nicht von Derek kommt?« Verwundert sah Dragan sie an. »Sie ist eine absolute Masochistin und überlässt nichts dem Zufall. Als ich sie kennenlernte, wusste ich, wer vor mir stand. Als ich auf Simons Bitte mit ihr spielte, habe ich ihn gewarnt. Selbst ich bin nicht sadistisch genug gewesen für sie. Sie verließ mein Haus unbefriedigt, aber Simon wollte nicht auf mich hören.« Er strich ihr sanft über das Haar. »Frauen wie Lydia sind äußerst selten. Ich weiß nicht, was sie dazu treibt. Die beiden haben sich gesucht und gefunden, sind maßlos, grenzenlos und kennen keinerlei Tabus. Sie hasst ihn, aber sie ist abhängig, denn nur er ist sadistisch genug, ihr das anzutun. Und er ... er ist süchtig nach ihren Schreien, und weil er keine Liebe für sie empfindet, fällt es ihm leicht, sie so zu quälen, wie sie es sich erträumt. Es erregt ihn nicht einmal.«

Der letzte Satz war wie ein Paukenschlag für Erica. Nur die verkleideten Soldaten hatten sich an ihr zu schaffen gemacht, Derek hingegen war nicht einmal hart gewesen.

Dragans Fingerspitzen wischten ihre Tränen fort. »Mitleid ist hier fehl am Platz. Lydia schreibt ihr eigenes Schicksal und leidet so, wie sie es ihm diktiert.« Der Russe erhob sich von den Stufen.

Ericas Blick fiel auf ein junges Mädchen, das ein wenig abseits von ihnen hinter dem Russen stand. Es war die Novizin von der Sklavenjagd, die, von der Erica gehofft hatte, sie würde nicht in seine Hände fallen. Dragan hob ihr seine Hand entgegen und presste ihre Fingerknöchel gegen seine schmalen Lippen. »Lass uns gehen, ich habe genug von all dem.«

Das Mädchen nickte und ein Lächeln glitt über ihr Gesicht.

Erica sah den beiden nach und Stuart half ihr auf. »Kennen die beiden sich?«

Stuart lachte leise. »Er liebt die Jagd und sie lässt sich gern jagen. Die beiden sorgen stets bei den Sklavenjagden dafür, dass Natascha nicht in die Hände eines anderen Doms fallen kann.« Er zwinkerte ihr zu und brachte sie zum Mercedes. George wartete auf sie, und bevor sie in den Wagen stieg, hielt sie inne. »Was ist das für eine Sache zwischen dir und Derek?« Erica beobachtete Stuarts Reaktion. Sie erinnerte sich an die Situation, bevor Derek sie zu Lydia gebracht hatte. Die Drohung, der Griff an Dereks Kinn und die Spannung zwischen den beiden Männern. Etwas in seinem Blick brachte ihr den Master Stuart wieder, den sie anfangs so gefürchtet hatte.

»Derek ist nicht nur ein extremer Sadist. Er lässt sich gern bestrafen.«

»Von dir?«

Stuart nickte und seine Augen bekamen einen bedrohlichen Glanz. »Es ist nichts Sexuelles. Er weiß, dass ich ihn für das hier hasse. Aber es garantiert ihm auch, dass meine Peitsche gnadenlos zu ihm ist. Um meinen Zorn zu erhöhen, erzählt er mir von den Dingen, die er an seinen Sklavinnen auslässt und wenn ich genug gehört habe, bittet er mich, ihn zu läutern.«

Sie schüttelte den Kopf. »Warum tust du das?«

»Ich bin ein Sadist, vergiss das nicht.« Sein raues Flüstern summte durch ihren Körper. Sie sah ihm nach, als er in seinen Wagen stieg und davonfuhr.

»Wohin darf ich Sie bringen, Miss Erica?« George betrachtete sie nachdenklich.

»Nach Hause, ich brauche Zeit, um nachzudenken.«

Er nickte beherrscht und Erica wusste, was ihm durch den Kopf ging. Simon erwartete sie in seinem Haus, doch darauf konnte sie jetzt keine Rücksicht nehmen. Die Eindrücke des heutigen Abends krochen kalt durch ihren Körper und eine Faust ballte sich in ihrem Magen. Würde sie jemals wieder spielen können, ohne an Lydia zu denken? Würde sie überhaupt je wieder spielen wollen?

Erica wusste, dass genau diese Bedenken auch durch Simons Kopf schlichen, seit er sie verlassen hatte. Als George den Mercedes vor ihrem Wohnhaus anhielt und die Hintertür für sie öffnete, nickte er.

»Auf Wiedersehen, Miss Erica.«

Teilweise klang es wie ein Abschied für immer und ebenso wie ein Hoffnungsschimmer. Sie sah ihm in die Augen, doch seine Mimik verriet keinen seiner Gedankengänge.

Erica erwiderte nichts und betrat erschöpft das Haus, in dem sie sich sicher fühlte. Ein Grund, warum sie heimwollte statt zu Simon. Sie brauchte ihre eigenen vier Wände, ihr Zuhause, ihren Zufluchtsort, wenn die Dinge wie jetzt auf sie einprasselten. Zu viele Gedanken, zu viel überschäumendes Gefühl und zu viel, worüber sie entscheiden musste. Simon würde das verstehen. Als die Wohnungstür ins Schloss fiel, atmete sie durch, als falle eine große Last von ihr ab. Ohne das Kleid auszuziehen, landete sie erschöpft auf ihrem Bett und schlief sofort ein. Lydias absurde Worte begleiteten sie.

In der Nacht wachte sie mehr als ein Mal schreiend auf. Der Traum verweilte nicht lange genug in ihrem Bewusstsein, um sich zu erinnern, doch sie ahnte, welchem Inhalt er folgte. Wenn sie wach lag, versuchte sie die Bilder des Festes aus ihrem Kopf zu bannen, tastete stattdessen nach den Erinnerungen an Simons Spiele, die Erfüllung ihrer Fantasie, die Worte in ihrem Brief an ihn, die Anfänge, das gemeinsame Herantasten an ihre Grenzen und Tabus.

Simon! Ein warmes Gefühl durchflutete sie, wenn sein Gesicht in ihren Gedanken auftauchte. Sie lächelte, als das Bild von der Hütte am See in ihr emporkam, wie er mit der Pfanne verkohlter Tomaten dastand, sein Ausdruck in den Augen, wenn er mit ihr spielte, sie liebte, sie schlug, ihr befahl, und auch wenn er ihr ins Ohr flüsterte: *Ich liebe dich!* Die Erinnerung daran, wie seine Lippen zuckten, wenn sie diese Worte zu ihm sagte.

Plötzlich setzte sie sich auf, stieg aus dem Bett und zog sich den Mantel über. Sie musste ihn sehen, denn die Frage brannte sich wie ein Mal in ihren Kopf und leuchtete wie eine Reklametafel vor ihrem inneren Auge. Mit einem irren Tempo jagte sie ihren Käfer durch die Straßen und legte eine Vollbremsung im Kies der Auffahrt zu Simons Anwesen hin. Mit den Fäusten hämmerte sie gegen die Eingangstür, doch niemand öffnete. Sie kletterte über den Zaun und schlug sich dabei die Knie auf. Sie spürte den Schmerz nicht und rannte um das Haus, durch den Garten auf die Terrasse. Atemlos blieb sie stehen, als sie das überraschte Gesicht von Simon vor sich sah, der mit einem Glas Wein in der Hand auf einem Stuhl saß.

»Sie hat dich nicht geliebt, nicht wahr? Sie hat dich dazu getrieben, schlimme Dinge mit ihr zu tun, damit du anfängst, sie zu hassen? Habe ich recht?«

Aus seinem Gesicht wich das überraschte Lächeln und Simon starrte sie an.

»Habe ich recht? Sie hat dich gebeten, sie mit anderen spielen zu lassen, aber sie hat von dir verlangt, zuzusehen. Sie wollte, dass du siehst, wie sehr sie deinen Hass braucht. Sie wollte unter dir leiden, aber du hast sie zu sehr geliebt. Selbst als sie dich vor dem Altar stehen ließ, konntest du sie nicht hassen. Aber sie braucht diesen Hass und Derek gibt ihr ihn. Sie ist verrückt, aber sie hat all das in Derek gefunden. Er hasst sie dafür, dass es ihm gefällt, zuzusehen, wie sie blutig geschlagen wird und sich quälen lässt, bis sie fast ohnmächtig vor Schmerzen schreit. Und sie hasst ihn dafür, dass er diese Neigung in ihr erkannt hat. Sie sind süchtig nacheinander und stecken in einer Abhängigkeit, die sie immer weiter treibt.« Sie redete sich so in Rage, dass sie fast anfing, zu hyperventilieren.

Simon griff nach ihren Armen, zog sie an seinen Körper, doch sie schob ihn von sich.

»Ist es nicht so? Du hast es gewusst, aber du wolltest es nicht wahrhaben. Der Russe, Dragan, was hat er zu dir gesagt?«

Simon schloss für einen Moment die Augen und setzte sich wieder.

»Du warst süchtig nach ihr, du wolltest ihre Liebe, doch sie hat dich nur benutzt. Sie wollte aus dir ihren perfekten Dom machen, aber du hast dich geweigert. Du konntest nicht von ihr lassen, obwohl du wusstest, dass sie dich dafür hasst. Dass du nicht so werden wolltest, wie sie dich haben wollte.«

Er nickte und als sie weitersprechen wollte, hob er seine Hände, um sie zum Schweigen zu bringen. Erica rang nach Atem und betrachtete ihn.

Simons Stimme klang wie aus weiter Ferne. »Du siehst in das Gesicht einer Frau, die du mehr liebst als alles andere auf dieser Welt und sie bettelt dich an, ihr die Finger einzeln zu brechen, damit sie nie wieder malen kann. Das zerreißt dir das Herz. Lydia hat tonnenweise Literatur verschlungen über die Hexenverfolgung und Foltermethoden aus dem Mittelalter, nur, um mich dazu zu bringen, es an ihr auszuprobieren.« Er sprach so ruhig und gefasst, als wären es nicht seine Erinnerungen. »Ich habe die Spiele mit ihr abgebrochen, weil ihre Ideen immer konfuser und brutaler wurden.«

»Es ist nicht Derek, den du hasst, nicht wahr?«

Sein Blick glitt über ihr Gesicht. »Ich wünschte, ich könnte ihn hassen. Ich wünschte, es wären nicht ihre Ideen, sondern seine. Aber ich kenne ihn gut genug, um zu wissen, dass er all das fördert. Du hast recht, sie sind füreinander geschaffen.«

Erica schritt auf ihn zu, kniete sich vor ihn und berührte seine Schenkel. »Woher kennst du ihn so gut?«

Er lachte bitter. »Als ich Derek kennenlernte, war er neugierig und begierig darauf, von mir zu lernen.«

Die Überraschung in ihrem Gesicht war unmissverständlich und Simon lachte erneut auf. »Er war der Sohn eines Geschäftspartners. Verwöhnt und mit goldenem Löffel im Maul geboren. Gelangweilt von all den Affären, die er bis dato mit den Frauen hatte, deren Männer mit seinem Vater Geschäfte abwickelten. Sein Vater hoffte, ich würde einen besseren Einfluss auf ihn ausüben. Eines Abends platzte er mitten in ein Spiel mit meiner damaligen Serva. Als ich merkte, dass ihn die Gier des Zusehens packte, habe ich weitergemacht. Nach der Session zog er sein Hemd aus, beugte sich über den Tisch und bat mich darum, ihn zu bestrafen. Als ich mich weigerte, erzählte er mir, dass sein Vater ihn mit einer Reitgerte verdrosch. Aber statt sich gedemütigt zu fühlen, genoss er die Züchtigungen. Er schlief einzig zu dem Zweck mit den Frauen seiner Geschäftspartner, um ihm später brühwarm davon zu erzählen, und ihm einen Grund zu liefern, ihn zu disziplinieren, wie er es ausdrückte. Als er Stuart traf, hat er seinen Meister gefunden. Seine Peitschen ziehen ihn magisch an. Ich weiß, dass er heute noch zu ihm geht, wenn ihn sein gefühlloses Gemüt plagt.« Er schnaubte kalt auf. »Aber ich war es, der ihn in die Szene brachte und er kannte keinerlei Hemmungen, von Anfang an nicht.« Simon strich über Ericas glühende Wange. »Sein Sadismus überstieg alles, was ich bis dato bei anderen Doms gesehen habe, denn ihm fehlt der Respekt vor den Sklavinnen, die sich ihm zur Verfügung stellen.«

»Aber er hat mir gesagt …«

Simon legte ihr die Fingerspitzen auf die Lippen und schüttelte den Kopf. »Derek weiß nicht, was Respekt bedeutet. Er fühlt gar nichts. Er kennt weder Mitleid noch Liebe noch sonst irgendein

Gefühl. Er hat nie gelernt, Verantwortung zu übernehmen. Seine Sklavinnen sind Objekte, die man sich in einen Raum stellt. Er benutzt sie, wie es ihm gefällt, und wenn er genug von ihnen hat, wirft er sie weg, wie Dreck. Ich könnte dir eine Handvoll Frauen nennen, denen es genau so ergangen ist. Er kennt keine Codeworte, akzeptiert kein Nein und ignoriert das Wesentliche: die Wünsche und Bedürfnisse seiner Spielpartner.«

»Und Lydia gibt ihm all das.«

Simon nickte.

Erica erhob sich, griff nach seinem Kinn und zwang ihn, sie anzusehen. »Wie du schon sagtest, sie passen zueinander.«

Ein Lächeln glitt über sein Gesicht, als er den kühlen Tonfall in ihrer Stimme erkannte. Sie beugte sich über ihn, küsste seine Lippen. Die Ahnung, dass sie irgendetwas ausheckte, war ihm deutlich anzusehen.

»Ich will spielen.« Sie ergriff seine Hand und zog ihn aus dem Stuhl mit sich. Seine Verwirrung wuchs, als sie in ihren Käfer stieg und ihm winkte, es ihr gleichzutun.

Als er neben ihr Platz nahm, blickte er skeptisch. »Was hast du, verdammt noch mal, vor?«

»Wir gehen einen guten Freund besuchen.« Den Weg zu Stuarts Villa fand sie wie im Schlaf. Er schüttelte den Kopf, als Erica vor dem Haus anhielt und ausstieg. Kein Licht verriet, ob Stuart zu Hause war, doch sie ließ sich nicht beirren und betrat durch das Gartentor die Terrasse.

Simon folgte ihr zögernd. »Und was hat Stuart mit deinem Spiel zu tun?«

Erica entdeckte die offene Hintertür. Sie schlich voraus durch das dunkle Haus bis zum Kellereingang. Als sie die schwere Eisentür öffnete, leuchteten die Lichter den Weg die steile Treppe hinab. Erica zwinkerte verschwörerisch. Simon wollte sie zurückhalten, doch sie lachte tonlos, deutete auf das, was zu hören war. Peitschenhiebe auf nackter Haut. Sie lockte ihn in Stuarts Kerker und die Erleichterung darüber, was sie dort entdeckte, ließ ihr Gesicht strahlen.

Als Stuart die Anwesenheit der beiden entdeckte, hielt er mit der Peitsche inne. »Welch gern gesehener Glanz in meiner Hütte.«

Als der Körper über der Büßerbank sich aufrichten wollte, schlug er so hart zu, dass der Mann stöhnte.

»Willkommen!« Wieder traf ein harter Hieb auf den Rücken des Mannes und brachte ein Keuchen über seine Lippen. Stuart erwiderte Ericas Blick und lachte bedrohlich auf, als sie die Hand ausstreckte.

Simons Blick zeigte Unverständnis, doch als der Sklave sich aufrichtete, erblickte er Dereks überraschtes Gesicht.

Stuart trat näher auf Erica zu, strich mit der Spitze seines Zeigefingers über ihre Wange und tippte gegen ihre Stirn. »Was geht da vor?« Er schien es in ihrem Blick zu erkennen, griff über ihre Schulter hinweg den Riegel, der die Eisentür verschloss, und legte ihn um. Master Stuart trat beiseite, überreichte die Peitsche an Erica und verschränkte die Arme vor seiner breiten Brust.

Derek fühlte sich sichtlich unwohl in seiner Haut unter dem Anblick der Anwesenden. So hatte er sich seine Läuterung in dieser Nacht wohl nicht vorgestellt.

»Ich hatte gehofft, dich hier zu finden, Herzchen!«

Ericas Stimme klang so unterkühlt, das selbst Simon die Augenbrauen hob.

Der Schlag auf Dereks Rücken war nur halbherzig ausgeführt, reichte jedoch, um ihn an einer arroganten Antwort zu hindern, die ihm ansatzweise über seine Lippen sprudelte. Die Lederriemen streichelten über seine Schultern.

»Wie gefällt dir der Gedanke, wenn eine Frau dich diszipliniert und dich lehrt, was es heißt, ein guter Dom zu sein?« Sie lachte so schmutzig und eisig, dass ihr Atem ihm eine Gänsehaut über den Rücken sandte. »Eine Submissive, die einem Dom die Lektion seines Lebens verabreicht.«

Sein Körper spannte sich. »Du solltest lieber im Dreck knien und mich anbetteln, dich zu benutzen, du kleine Schlampe.«

Stuart presste Simon die Hand gegen die Brust, als er einen Schritt vorwärts machte.

»Lass sie, sie kann ihn behandeln.«

Das Lachen aus ihrer Kehle musste wie heiße Lava in Dereks Bewusstsein tropfen und ihm die Erkenntnis bringen, dass er ihr völlig ausgeliefert war. Es war die reinste Form der Demütigung für einen Mann seines Kalibers.

Kapitel 17: Lektionen einer Sklavin

Die Riemen der neunschwänzigen Peitsche strichen über Dereks Rücken, Ericas Lachen hallte im schalldichten Kerker wider.

Stuart und Simon zogen sich in eine der Ecken zurück, zuschauend, abwartend, und das schadenfrohe Lächeln auf ihren Gesichtern war trotz des dämmrigen Lichtes der künstlichen Fackeln nicht zu übersehen.

»Bist du überhaupt ein Dominus?« Der nächste Peitschenhieb traf Dereks unteren Rücken und er riss an seinen Handgelenksfesseln, die ihn auf dem Büßerbock hielten.

»Miststück!« Sein Knurren klang bedrohlicher, als es seine Situation zuließ.

Erica beugte sich zu seinem Gesicht hinab, um ihn anzusehen. »Oder bist du nicht bloß ein verdammter Sadist?«

Der funkelnde, zornige Blick seiner Augen beunruhigte sie keinen Moment. Sie schickte ihre Fingerspitzen durch sein kurz geschnittenes dunkelblondes Haar, griff zu und riss seinen Kopf in den Nacken. »Es erregt dich nicht, sie zu quälen oder ihre Schreie zu hören, wenn du sie züchtigst, nicht wahr?« Ihr Flüstern strich über seine Lippen und Derek biss die Zähne aufeinander. »Deswegen deine Helfer? Du bekommst keinen hoch, wenn sie schreien.«

Seine Rückenmuskulatur spannte sich unter dem nächsten Hieb und die Haut rötete sich.

Erica wandte ihr Gesicht zu den Zuschauern. »Habt ihr je gesehen, dass er erregt war, wenn er spielte?« Sie erinnerte sich an die Attraktion seines Festes, Lydias Schreie, die gepeinigten Wimmerlaute, während die Männer sie misshandelten. Derek war nie an den sexuellen Handlungen beteiligt.

Stuart und Simon sahen einander an. Simon zuckte mit den Schultern und schüttelte nach einer Weile den Kopf.

»Ich kann mich auch nicht daran erinnern. Es war wohl eher die Lust am Zusehen.« Stuart rieb sich über seinen Kinnbart. »Nein, ich kann mich nicht einmal daran erinnern, dass er sich je ausgezogen hat. Eine interessante Überlegung, Erica.«

Sie lachte, schenkte ihre Aufmerksamkeit erneut Derek, der knurrend an seinen Fesseln riss.

»Mach mich los und ich schieb dir meinen Schwanz in den Arsch, Dreckstück.«

Erica riss seinen Kopf härter in seinen Nacken, bis er vor Schmerz keuchte. »Eine schlappe Nudel schafft es nicht mal annähernd in eine feuchte Muschi. Herzchen!« Mit einem abwertenden Stoß ließ sie sein Haar los, strich mit ihren Fingerspitzen sein Rückgrat entlang über seinen Hintern in der dunklen Anzughose, und ließ die Hand zwischen seine Beine gleiten. Das höhnische Lachen folgte prompt, als ihre Handfläche sein weiches Geschlecht umschloss. »Oh wie schade. So jung und schon so impotent?«

»Verdammte Dreckshure!«

Zehn Hiebe folgten mit voller Kraft auf seinen Rücken und er keuchte. Die Haut färbte sich tiefrot und der Schweiß trat ihm aus jeder Pore. Erica benötigte so viel Energie, diese Schläge auszuführen, dass sie nach Atem rang. Sie ließ die Peitsche zu Boden fallen und griff nach der dünnen Gerte an der Wand der Ausstellungsstücke. Zwischen ihren Händen bog sich das schmale Stück aus Gummi wie ein Bogen. Die Gerte fauchte durch die Luft, doch noch waren die Schläge nicht für Dereks Körper gedacht.

Sein Haar klebte feucht auf seiner Stirn, denn die Spannung

in seinen Armen, das Kämpfen gegen die Demütigungen, sowohl verbal als auch durch Ericas Anwesenheit, kosteten ihn Kraft. Die Anstrengung floss salzig nass seinen Rücken entlang. Die breite Lederzunge am Ende der Reitgerte streichelte seine Wirbelsäule entlang. »Es wird Zeit, dass du einige Dinge lernst.«

Der Schlag durchzuckte ihn wie ein Blitz, und der Schrei von seinen schönen Lippen wurde von der Isolierung des Raumes verschluckt.

»Lektion eins! Respektiere deine Spielerinnen.« Fünfzehn kurz hintereinander ausgeführte Hiebe hinterließen auf seinen Schultern Male, die sich kurz darauf dunkelviolett färbten. Als Erica sie hauchzart berührte, drang ein verbissenes Wimmern zu ihr. Oh ja, sie kannte dieses unangenehme, schmerzhafte Prickeln dieser Berührung. Ihre Lippen waren seinem Ohr so nah, dass sie flüsterte. »Eine Submissive, die sich dir hingibt, ist ein Geschenk. Wenn du es nicht zu schätzen weißt, bist du nicht der richtige Meister für sie. Dann bist du gar kein Meister. Alles, was sie dir gibt, alle Wünsche, die sie dir erfüllt, jede Sehnsucht, die sie dir stillt, ist ein wertvolles, unbezahlbares und einzigartiges Geschenk an dich. Sie gibt sich dir freiwillig hin, also hat sie den größten Respekt von dir verdient.«

Es waren die Worte, die Simon zu ihr gesagt hatte, nicht dieselben, aber der Inhalt war die perfekte Aussage, die er getroffen hatte.

»Lektion zwei! Ein guter Dom weiß, dass er zu einem perfekten Spiel die Verantwortung für seine Sklavin übernehmen muss.« Die Gerte lag so gut und leicht in ihrer Hand, dass sie weniger Kraft aufbringen musste, als es mit der Peitsche nötig war, um mit fünfzehn Schlägen Dereks Rückenmitte rechts und links mit Zeichen zu verzieren.

Derek stöhnte heiser.

»Verantwortung ist ein wesentlicher Bestandteil des Spiels. Wenn sich die Sklavin fallen lässt und die Kontrolle an ihren

Meister abgibt, muss er gewährleisten, dass sie unversehrt bleibt. Insbesondere psychisch.«

Der heiße Atem auf seiner geschundenen Haut musste wie Feuer brennen und er verbiss sich den Schmerz, den er fühlen musste, doch Erica wusste, wie gepeinigt er sich vorkam.

»Lektion drei!« Fünfzehn war eine festgesetzte Zahl und die Hiebe brachten Dereks Rückenmuskulatur zum unkontrollierten Zucken. Sie wusste, sie jagte grässliches Prickeln unter seine Haut, als sie ihn erneut berührte, doch Derek war zu keiner klaren Reaktion mehr fähig.

»Mit der Verantwortung weiß ein Dom, was Grenzen und Tabus sind. Wenn es sein muss, schützt er die Serva vor sich selbst und ihrer Hemmungslosigkeit. Es ist ein Spiel von Lust und Schmerz. Ein Zusammenbruch ist für niemanden gut. Grenzen lassen sich erweitern, doch ein Tabu ist fix und unantastbar.« Mit geschickten Händen öffnete sie seine Hose, bis sie von seinen Beinen zu Boden glitt. Sie streifte ihm die Shorts hinunter.

Sein erigierter Penis hob sich zu seiner Bauchdecke.

»Bist du wirklich ein Dominus, Derek?« In kurzen harten Strichen zeichnete sie ein Muster roter bis dunkelroter Striemen auf seine Pobacken. »Bist du es, oder liebst du es nur, die Subs leiden zu sehen, weil es dir ein perverses, widerliches Vergnügen bereitet? In Wirklichkeit erregt es dich, dir vorzustellen, an ihrer Stelle zu sein, nicht wahr?« Sie zierte seine Schenkelrückseite mit Malen, bis er endlich schrie, als seine Haut aufplatzte.

Die Härte seines Schwanzes blieb bestehen und die Eichel wurde feucht. Die Überraschung in den Gesichtern der beiden Zuschauer wirkte auf Erica wie pure Erregung. Sie beleckte sich die trocken gewordenen Lippen, als sie Simon und Stuart einen längeren Blick zuwarf.

»Sie sind für dich nur ein Ventil.« Sie beugte sich zu ihm

hinab, lauschte für einen Augenblick seinen heftigen kraftvollen Atemzügen.

»Du willst ihren Platz einnehmen, doch dein männliches Ego lässt diese Möglichkeit nicht zu, nicht wahr?«

Derek stöhnte über die Worte an seinem Ohr.

»Du bist gefangen zwischen den Stühlen. Deine Lust versteckt hinter einer Maske aus männlicher Dominanz, doch in Wirklichkeit bist du gern unterwürfig, deswegen bist du hier. Hat es dich erregt, als dein Vater dir den Arsch versohlte, wenn du ungehorsam warst?«

Noch bevor sie den Satz beendet hatte, schrie Derek auf und die angestaute Erregung spritzte gegen seinen Bauch, seine Brust und traf sein engelsgleiches Gesicht, ohne dass Erica ihn berührt hatte.

Erschöpft trat sie einige Schritte zurück und ließ die Gerte aus ihrer Hand gleiten. Mit dem Handrücken wischte sie sich den Schweiß von der Stirn. »Ich bin fertig.«

Sie schob den Riegel der Eisentür zurück und stieg schwankend die Treppen empor, wissend, dass zwei Augenpaare ihr folgten.

Ihr Weg führte sie ins Wohnzimmer. Mit zitternden Händen, doch mit einem zufriedenen Glanz in ihrem Gesicht goss sie sich ein Glas Whisky ein und leerte es mit einem Zug. Erica lehnte den Rücken gegen die Wand und wandte ihren Blick zu Simon, der ihr gefolgt war. Ihre Augen besaßen ein seltsames Funkeln. Sie stieß sich von der Wand ab. Auf dem Weg zu ihm fiel ihr Kleid zu Boden, ebenso wie BH und Slip.

Er schwieg.

Sie öffnete mit bebenden Händen seinen Gürtel und zog mit einem Ruck das breite Leder aus den Laschen seiner Jeans.

»Ich glaube, ich bin zu weit gegangen und sollte bestraft werden.« Sie lächelte auf eine Weise, die Simon nur auf eine Art deuten konnte, faltete den Lederriemen zwischen ihren Händen und ließ ihn schnalzen. »Deine Sklavin hat sich die Frechheit erlaubt, dir zuvorzukommen. Es hätte dein Vergnügen sein sollen, ihn zu züchtigen.« Auf Zehenspitzen zog sie seinen Kopf hinab und küsste zärtlich seine Lippen. Mit wiegendem Schritt ging sie zum Sofa, beugte sich über die Rückenlehne und stützte ihre Hände auf den weichen Sitzpolstern ab. Ihr Hinterteil streckte sich, die Muskeln ihrer Backen spannten sich in dieser Position.

Als er hinter ihr stehen blieb und sanft über ihren Po streichelte, erhob sie sich noch einmal.

»Bevor du beginnst, möchte ich, dass du etwas weißt. Es gibt keine Grenzen und keine Tabus mehr. Ich gehöre dir für den Rest meines Lebens. Du bist mein Dominus und Geliebter, mein Herr und Mann. Du bist perfekt für mich!«

Simon ließ das Leder durch seine Hände gleiten. Seine Fingerspitzen strichen über Ericas weiche und straffe Haut, packten die feste linke Backe, und als er sich über ihren Rücken beugte, leckte seine Zunge ihre Wirbelsäule entlang. Seine Hände schoben sich unter ihr Kinn, hoben ihren Oberkörper empor, und als seine Lippen ihren Nacken küssten, erschauderte sie.

Ein erregtes Stöhnen floss aus ihrer Kehle.

Simon trat einen Schritt von ihr zurück und mit dem ersten Hieb auf ihren Hintern schrie Erica vor Wonne auf. Flüssige Lava rann durch ihre Adern, das Pulsieren auf ihrer brennenden Haut ließ ihre Scham wild pochen.

Sie hörte nicht, dass Stuart die Tür schloss, um ihnen die Privatsphäre zu gewährleisten.

Simon hielt inne, streichelte die geschundene Haut und ließ Erica jammern. Seine Fingerspitzen rieben die Feuchtigkeit zwischen ihren Schenkeln entlang, drangen in ihren Schoß und entzogen sich ihr wieder.

Erica rang nach Atem, bewegte gierig ihre Hüften. Es fühlte sich gut an, wenn der Schmerz dumpf pulsierte und die Erregung die Oberhand gewann.

Er sagte kein Wort, presste seine Hand in ihren Nacken und ließ die Finger erneut in sie eintauchen. Der Zeigefinger drängte gegen ihren Anus, Ring- und Mittelfinger glitten so leicht in ihre Scham, dass es auch dem Finger an ihrem Hintertürchen kaum schwerfiel, sich Zugang zu nehmen. So ausgefüllt stöhnte sie ihre Lust heraus, ließ ihre Hüften gegen das Handspiel in ihrem Schoß kreisen. Sie stand kurz davor, zu explodieren und wie es Simons Gewohnheit entsprach, ahnte er es und entzog ihr seine Hand. »Oh Gott, bitte nicht …« Erica keuchte vor Verlangen und Simon lachte leise. »Fick mich endlich!«

Der Schlag mit der flachen Hand auf ihren Hintern brannte so heftig, dass sie den Atem anhielt.

»Dir ist das Spiel von eben wohl etwas zu Kopf gestiegen, kleines Luder.« Wieder klatschte die Handfläche auf ihren Po und entzündete ein Feuerwerk der Lust.

»Lektion eins!«

Ihr Oberkörper wollte sich unter dem Hieb seiner Hand aufbäumen, doch er presste sie mit dem Gesicht in die Sitzpolster.

»Eine Sklavin fordert nicht, eine Sklavin dient!«

Sein Daumen bohrte sich ohne Vorwarnung in ihren Hintern und ließ sie aufschreien.

»Lektion zwei! Nur dein Herr fordert von dir, nicht umgekehrt.« Die Daumenkuppe bewegte sich ein und aus, kreiste, drehte sich und Ericas Gedanken überschlugen sich.

»Lektion drei! Ich benutze dich, wie ich es will. Es wird kein Codewort mehr geben.«

Die Vorstellung kroch wie ein Hitzeschauder über ihre Haut.

Simons Fingerspitzen umkreisten ihre Klitoris, reizten ihre Lust und das hektische Keuchen trocknete ihre Kehle aus.

»Lektion vier! Deine Lust gehört mir allein. Du wirst nie wieder ohne meine Anwesenheit zum Höhepunkt kommen. Dieses Recht entziehe ich dir.«

Erica wollte widersprechen, doch dann glitt ein Lächeln über ihr Gesicht.

»Du wirst deine Wohnung aufgeben und in meinem Haus leben.« Sein Daumen stieß hartnäckig in sie hinein und das Fingerspiel an ihrer geschwollenen Perle wurde schneller.

»Damit stehst du mir jederzeit und exklusiv zur Verfügung. Wann immer ich nach dir verlange, wirst du dich als zugänglich erweisen.«

Der Orgasmus kündigte sich unaufhaltsam an und Erica schnappte nach Luft.

»Lektion fünf! Ich bestimmte, wann, wo und wie wir spielen werden.«

Der Jeansstoff rieb gegen ihren Schenkel, kratzte auf ihrer geschundenen Haut und sie spürte, wie prall und steif sein Geschlecht war.

Seine Hand schlang sich um ihr Kinn, zog ihren Oberkörper empor. Seine Zunge leckte ihren Hals entlang und sein Atem floss heiß über ihre glühende Wange. »Du wirst die perfekte Ehefrau in meinem Leben sein und die perfekte Hure in meinem Bett.«

Ein erregtes Zittern durchdrang ihren Körper. Sie rieb ihre brennenden Pobacken gegen seinen prallen Schoß.

Simon lachte leise. »Du ungezogenes kleines Miststück.«

Als sie ihre Hände auf den Rücken legte, um zusätzlich mit den Innenflächen sein Geschlecht zu massieren, keuchte er in ihr Ohr. »Mach nur so weiter, du wirst schon sehen, was du davon hast.«

Provokant verstärkte sie den Druck gegen sein Glied, spürte, wie es unter ihrem Handspiel wuchs und die Jeans immer enger wurde. Der Biss in ihre Schulter entlockte ihr einen spitzen Schrei. Sein Knurren tropfte heiß und zäh über ihren Hals.

Seine Hand grub sich hart in ihr Haar. »Pack ihn aus.«

Erica wollte sich umdrehen, doch Simon hinderte sie daran. Ihre Finger tasteten den Jeansstoff entlang und mehrere Anläufe später schaffte sie es, die Knöpfe in dieser Position zu öffnen. Mit sanften Strichen glitt die Jeans über seine Lenden.

Er löste sich von ihr und legte ihr den Gürtel um ihre Oberarme, schloss die Schnalle so eng, dass ihre Schultern nach hinten gezogen wurden. Seine Eichel drängte gegen ihre Hände. »Nimm meinen Schwanz und umschließ ihn, aber wag nicht, dich an ihm zu reiben.«

Ihre Finger umschlossen den geäderten Schaft fest, so wie er es befohlen hatte.

Seine Stimme klang heiser vor Verlangen. Sein Geschlecht schob sich zwischen ihren Händen vor und zurück, während er ihren Nacken umfasste und ihren Oberkörper vorbeugte, bis sie mit der Brust auf der Sofalehne lag. Sein Keuchen schwoll an.

»Nimm mich!« Ihre Stimme klang bettelnd vor Gier. »Bitte, ich will dich spüren.«

Abrupt löste er sich von ihr, packte ihre Schultern und drehte sie zu sich um. Seine Erregung zeichnete sein Gesicht und er zwang sie vor sich in die Knie. »Du wirst die Lektionen noch lernen.« Er presste seine Spitze gegen ihre Lippen und drang in ihre Mundhöhle ein. Seine Hände hielten ihren Kopf so fest, dass sie sich nicht bewegen konnte.

Sie hob ihre Augen zu ihm empor und Simon grinste schmutzig. »Ja genau so, sieh mich an.«

Er stieß immer tiefer und es fiel ihr schwer, die Länge zu verkraften, doch sie hielt seinem Blick stand. Seine Bewegungen beschleunigten sich und sie spürte das sachte, verräterische Zucken in seinem Geschlecht, doch diesmal entzog er sich ihren

Lippen, bevor er kam, umschloss den Schaft mit der Faust und grub seine Hand in ihr Haar. Mit festen schnellen Strichen seiner Hand brachte er sich zum Höhepunkt, bog den Kopf in seinen Nacken und stöhnte auf, als der Samen heiß auf ihre Wangen spritzte. Schubweise entlud er sich in ihrem Gesicht, auf ihrem Hals und beobachtete, wie die flüssige Lust auf ihre Brüste tropfte.

Er drängte erneut seine Eichel gegen ihre Lippen und schob die Hüften vor.

Sie öffnete den Mund, gewährte ihm Zugang und lutschte genießerisch sein Geschlecht. Trotz des Abschusses ließ seine Erregung nicht nach. Die Jeans hatte sich um seine Knöchel gewickelt und er schüttelte den Stoff von seinen Füßen. Er zog Erica an den Schultern empor, drängte sie mit dem Po gegen die Sofalehne und schlang ihr rechtes Bein um seine Hüfte. Sein Schaft rieb mit harten langsamen Zügen zwischen ihren feuchten Schamlippen.

Sie stöhnte, wenn er ihre Klitoris traf.

Mit einem Arm umschlang er ihre Taille, um ihr Halt zu geben. »Bitte mich darum, dich zu ficken!« Er keuchte auf ihren Hals, leckte mit der Zunge feuchte Male auf ihre Haut.

Erica rang nach Atem, stöhnte und versuchte, ihre Stimme unter Kontrolle zu bekommen.

Das Reiben seines Schwanzes in ihrer Scham wurde quälender und unglaublich intensiv. Simons Zungenspitze umkreiste ihre rechte Brustwarze, und als er zubiss, schrie sie auf, dass sie fast die Besinnung zu verlieren drohte.

»Bettel um meinen Schwanz!«

Sie sog den Atem in ihre Lunge.

»Wenn du es wagst, zu kommen, bevor mein Schwanz in dir steckt, wird mein Gürtel zur Strafe auf deinen Brüsten tanzen.«

Erica biss die Zähne zusammen.

Die prallen Adern an seinem Schaft rieben weiter über ihre Perle, zwischen ihren nassen Schamlippen, sodass sie sich nicht mehr kontrollieren konnte und er wusste das. Sie wimmerte unter zusammengebissenen Zähnen, wehrte sich gegen die heiße Welle, die durch ihren Körper floss.

Als Simon seinen Schaft mit der Hand umschloss und seine Eichel gegen ihre pochende Perle klopfte, explodierte sie so heftig, dass das Zucken ihren ganzen Leib erfasste. Sie kam immer wieder und schrie so laut, dass sie dachte, die ganze Welt könne sie hören.

Simon lachte höhnisch, ließ sie sanft zu Boden gleiten.

»Leg deinen Kopf in den Nacken.«

Benommen gehorchte sie dem Befehl, und als das Leder über ihre Brüste tanzte, kehrte sie unter Schreien ins Hier und Jetzt zurück. Das Gürtelende zuckte über ihre Brustwarzen, brannte sich in ihre zarte, empfindliche Haut wie ein glühendes Eisen, und hallte wie ein Echo in ihrem Brustkorb nach. Er schlug zu, bis ihre Brüste sich feuerrot färbten, kniete sich zu ihr herunter und umschloss mit einer Hand ihr Gesicht. »Das wird dir eine Lehre sein, meinen Wünschen nicht zu entsprechen.«

Grob schob er ihr Gesicht zur Seite und ließ sie wieder los. Er umrundete sie, blieb neben ihr stehen und strich ihr über das Haar. Sein Schenkel schmiegte sich zärtlich gegen ihren Oberarm.

Der Höhepunkt pochte in ihrer Scham, schürte aufs Neue ihre Erregung und ließ sie aufkeuchen.

Simon ging neben ihr in die Hocke, streichelte ihre Wange, die von seiner Lust feucht glänzte. »Du wirst jetzt deinen Oberkörper vorbeugen, dein Gesicht auf den Boden legen und warten.«

Sie folgte der Ansage anscheinend etwas zu zögerlich. Seine Hand strich ihr übers Haar zu ihrem Nacken und die Härte, mit der er sie packte und sie in die gewünschte Position zwang, ließ sie keuchen.

Seine Fingerspitzen glitten an den Innenseiten ihrer Oberschenkel entlang hinauf bis zu ihrem emporgestreckten Hinterteil. »Spreiz deine Schenkel.«

Sie ließ die Knie auf dem glatten Parkettboden auseinandergleiten, stöhnte vor Verlangen, als seine Lippen einen Kuss auf ihr feuchtes Geschlecht hauchten.

Eine Hand lag auf ihren Lenden, die Daumenkuppe presste gegen ihren After und drang fast mühelos in sie ein, während die gierige Zungenspitze ihre Erregung schürte, den süßlich herben Geschmack kostete und sich in ihr heißes Fleisch bohrte, so tief es ihm möglich war.

Erica verbiss sich das Stöhnen auf der Unterlippe, als die Zunge den feuchten Spalt entlangglitt, die pulsierende Perle umkreiste. Sie stammelte und stieß unverständliche Laute aus, als er über die Klitoris leckte und sein Zungenspiel so beschleunigte, dass ihre Hüften unkontrolliert zu rollen begannen.

Simon hielt inne, schaute auf die zarte nasse Seide ihres Geschlechts. »Bettle um meinen Schwanz, kleine Hure.«

Ericas Lippen öffneten sich, doch ihre Stimme versagte ihr den Dienst. Das lautlose Wort blieb ihr ungehört in der Kehle stecken und stattdessen drang ein raues gieriges Knurren aus ihrem Mund. Der Daumen in ihrem Hintern wirbelte ihre Gedanken durcheinander und die erregende Vorstellung, er könne sie auf diese Art nehmen, überflutete ihre Scham mit nasser, heißer Lust. Als die breite Kuppe anfing, sich schubweise zu bewegen, umschlossen von dem festen Muskelring, während Simons Zunge das Spiel an ihrer Scham fortsetzte, stand sie erneut kurz davor, zu kommen.

Wieder ahnte er es und entzog sich ihr.

»Du Bastard!« Schreiend sackte sie flach auf den Boden mit

ausgestreckten Beinen, denn ihre Knie wollten sie nicht mehr tragen. Die Leere in ihrem Leib war fast schmerzhaft und das heftige Pochen in ihrem Geschlecht raubte ihr nahezu den Verstand. »Du elender, dreckiger Bastard.« Ohne dass sie es wollte, füllten sich ihre Augen mit Tränen, die heiß über ihre Wangen rollten. Diese süße Qual war einfach zu viel für sie. Selbst seine zärtlichen Küsse, die ihren Rücken emporkletterten, schienen fast unerträglich. »Du elender …«

Ein Schaudern raubte ihr die Stimme, als seine Zungenspitze den sensibelsten Punkt in ihrem Nacken traf, daran züngelte und sich ein heißer inniger Kuss darauf legte. Die Gänsehaut kroch ihr die Wirbelsäule hinab, prickelte über ihre brennenden Pobacken und strich über ihre Schenkel bis hinab zu ihren Zehen.

»Ich könnte das stundenlang hinauszögern. Ich will dich betteln hören.«

Wütend knurrend zerrte Erica an der Lederfessel um ihre Oberarme. Sein Atem blies zwischen ihre Schenkel, doch statt wohltuender Abkühlung fachte es das Feuer in ihrem Schoß noch mehr an. Das erleichterte Stöhnen, als sie endlich seine Schwanzspitze an ihrem feuchten Eingang spürte, entspannte ihre Muskeln, doch Simon drang nicht in sie ein.

Selbst als sie ihre Hüften vom Boden hob und ihren Rücken zum Hohlkreuz bog, hielt er still. Sein Keuchen verriet ihr, wie schwer es ihm fiel. Manchmal hasste sie ihn für seine qualvolle Selbstbeherrschung. Sie ächzte unter ihrer Bemühung, hob ihre Hüften noch ein Stück mehr an. Die Position war unangenehm, doch ihre Erregung ließ sie den stechenden Schmerz in ihrem Rücken nicht spüren.

Die Aufforderung, tiefer zu gleiten, ließ ihr Becken rotieren, doch Simon hielt sich zurück. Seine Brust berührte ihren Rücken, mit einer Hand stützte er sich neben ihrem Kopf ab. Nur die Bewegungen ihrer Hüften rieben seine Eichel am feuchten Eingang. Zuerst floss die monotone Litanei tonlos über ihre Lippen und mit dem heiseren Stöhnen wurde sie hörbar. »Bitte … bitte … bitte …«

Seine Knie glitten zwischen ihren Schenkel, spreizten sie noch weiter. Ihr Stöhnen wurde zum Betteln.

»Sag es!«

Die Gedanken rasten durch ihren Kopf, kaum zu fassen, nicht ruhend, ihre Lippen bebten und ihr Atem drang stoßweise auf ihren Lungen. »Gib … mir … deinen …« Sie schrie das Haus zusammen, als er hart und fordernd in sie eindrang.

Simon zog ihre Hüften empor. Seine Lenden klatschten hart gegen ihre Backen, während er sie so heftig nahm, dass sie die Besinnung verlor, doch das hinderte ihn nicht daran, sich weiter in sie zu bohren.

Dann drang er ohne Vorwarnung in ihren Po ein. Der dumpfe Schmerz dieser plötzlichen Eroberung riss sie wieder in die Wirklichkeit, sein Griff in ihrem Nacken presste sie mit der Wange auf den Boden.

Für einen Moment hielt er inne, bis die Verkrampfung um seinen Schwanz sich löste, dann bewegte er sich, sanft und behutsam. Seine Hände zogen sie auf seinen Schoß, bis sie auf ihm saß.

Benommen von der Reizflut kreiste ihr Becken wie ferngesteuert.

Er überließ ihr das Tempo. Ericas Kopf bog sich in ihren Nacken. Er dehnte ihren Anus so satt und herrlich, dass sie ihre Gier kaum mehr kontrollieren konnte. Seine Fingerspitzen zwickten ihre Brustspitzen. Der stechende Schmerz durchfuhr sie wie ein Blitz, schoss zwischen ihre Beine und explodierte so heftig in ihrer Scham, dass sie sich heiser schrie. Das Zucken ihres Höhepunktes schloss die Muskeln um seinen Schwanz so fest, als wolle sie ihn einsaugen.

Kaum waren ihre Schreie verstummte, erlaubte auch Simon sich, loszulassen.

Ihr Körper lag butterweich in seiner festen Umarmung.

»Danke, Herr!« Wie selbstverständlich flüsterte sie ihm die Worte entgegen. Ein wohliges Schnurren drang aus ihrer Kehle. »Du bist ein böser Mann.« Ihre Stimme kratzte rau und floss über seine Wange.

Er lachte atemlos auf. »Ich bin nur so böse, wie du mich lässt, mein Engel.« Er küsste ihre Stirn. »Also, wann ziehst du bei mir ein?«

Strahlende Freude glitt über ihr schweißnasses Gesicht und draußen graute bereits der Morgen. »Erst wenn du mich vor den Altar schleppst, ich bin ein gut erzogenes katholisches Luder, mein Schatz.«

Simon hob die rechte Augenbraue und ein Grinsen breitete sich auf seinem Gesicht aus. »Also heute!«

»Geht das denn?«

»Der Trauzeuge sitzt im Nebenraum und lauscht bereits die ganze Zeit über.«

Sie kniff die Augen zusammen. Stuart! Oh Mann, sie hatte völlig vergessen, in wessen Haus sie sich befanden.

Wie auf Kommando öffneten sich die Flügeltüren zum Wohnzimmer. »Ihr habt von mir gesprochen, meine Turteltäubchen?« Stuarts Gesicht war gerötet und man sah ihm deutlich an, dass auch er seinen Spaß an ihrem Spiel gehabt hatte. »Habe ich da die Hochzeitsglocken läuten hören?«

Erica schüttelte verwirrt den Kopf. »So etwas auf die Schnelle mit allem Schnickschnack zu organisieren, ist unmöglich.«

Simon löste seine Umarmung und erhob sich schwerfällig, schüttelte die Müdigkeit aus seinen Beinen. »Du rufst Sevilla an …« Er zeigte mit dem Finger auf Stuart und dann auf Erica. »… und du deine beste Freundin, wie hieß sie noch? Carla?«

»Marie.«

Simon nickte entschuldigend, wies George an, Erica nach

Hause zu bringen, damit sie sich frisch machen, Marie anrufen und mit ihr ein Brautkleid besorgen konnte.

George sollte dafür sorgen, dass es ihnen an nichts fehlte und er drückte dem Fahrer die goldene Kreditkarte in die Hand. Der Chauffeur nickte.

Erica erwiderte Stuarts Blick. »Was hat Sevilla damit zutun?«

»Lass dich überraschen.«

»Aber …«

Er grinste zur Antwort, machte auf dem Absatz kehrt.

Allein dieser Name ließ sie erschaudern und brachte die Erinnerung an die erste Begegnung zurück, die sie mit der rothaarigen schönen Domina hatte. Als George sie allzu offensichtlich musterte, kam ihr zu Bewusstsein, dass sie noch immer nackt war, doch die Scham blieb aus, sie hatte sie längst abgelegt wie eine dumme Angewohnheit. So stand Erica auf, zog sich das Cocktailkleid über und klaubte ihre Unterwäsche vom Boden auf. »Können wir?«

»Gern, Miss Erica, nach Ihnen.« Das breite Grinsen auf dem Gesicht des Fahrers ließ sie schmunzeln, aber nicht nur das, die Tatsache, dass sie heute heiraten würden, den Meister und Mann ehelichte, den sie sich in ihren kühnsten Träumen nicht hätte formen können, war so überwältigend, dass ihr Lächeln wie eingemeißelt in ihrem Gesicht nicht mehr verschwinden wollte.

Es war sechs Uhr morgens, als die verschlafene Stimme ihrer besten Freundin sich am Telefon meldete.

»Marie? Bist du wach?«

Ein Murmeln erklang.

»Aufwachen, Marie, ich brauche deine Hilfe.«

»Was? Wo? Wie? Was ist passiert? Bist du okay?« Endlich schien sie hellwach und bereit, zuzuhören.

»Ich bin okay, Liebes. Steig unter die Dusche, zieh dir was Nettes an, du musst mit mir ein Brautkleid kaufen.« Es brauchte eine lange Weile, bis die Information Maries völlig verschlafenen Verstand erreichte.

»Ein was?«

»Ein Brautkleid.« Erica betonte das Wort so genau, dass kein Zweifel übrig blieb. »Ich heirate heute und du bist meine Trauzeugin.«

Marie verstummte.

»Bist du noch da?«

»Ja.«

»Was hast du?«

Ein Seufzen ertönte aus dem Hörer. »Bist du dir sicher?«

Erica stöhnte auf. »Oh bitte, das hatten wir doch schon. Fang jetzt keine Diskussion mit mir an. Simon ist der Richtige. Er liebt mich und ich liebe ihn. Reicht das nicht?« Sie konnte förmlich die Bedenken ihrer besten Freundin hören, doch Marie schwieg und dämpfte Ericas Euphorie und Freude. Sie schnaubte. »Okay, hör zu, ich bin glücklich verlobt und werde heute heiraten, ob du das gut findest oder nicht. Ich würde mich freuen, wenn du dabei wärst, aber diese Hochzeit wird auch ohne dich stattfinden.«

»Boah, jetzt werd nicht so zickig. Du bist echt unausstehlich, wenn du im Stress bist. Ich überlege gerade, welches das teuerste Brautmodengeschäft der Stadt ist, verdammt. Du hast doch freie Hand, oder?«

Erica lachte erleichtert auf.

»Okay, ich bin in zehn Minuten bei dir.«

Als Marie sich verabschiedete, rief Erica sie noch einmal zurück an den Hörer. »Marie?«

»Ja?«

»Danke.«

Sie lachte leise. »Nicht dafür, Missie!«

Kapitel 18: Die SM-Hochzeit

Erica und Marie bedrängten George unentwegt, seine Meinung kundzutun, während Erica verschiedene Brautkleider vorführte.

Zu bieder, zu brav, zu jungfräulich, zu gerüscht, zu viel Taft, zu viel Spitze. Jedes Mal, wenn Erica auf das Podest mit den vier großen Spiegeln kletterte, verzog sie das Gesicht. Keines der Träume in Weiß wollte DAS Kleid sein.

Obschon Marie mit einem Sektglas in der Hand, das die Verkäuferin zur Beratung kredenzt hatte, bei jedem einzelnen Modell entzückt in Jubel ausbrach, betrachtete Erica sich skeptisch. Sowie sie sich zu George wandte und die Augenbrauen hob, schüttelte er nach einer Weile den Kopf.

Die Geste reichte aus, um Erica gleich wieder aus dem Stoff zu pellen. Nach vier Stunden sank sie erschöpft in das gemütliche Sofa, auf dem Marie saß.

»Ich glaube, das Kleid, das du suchst, muss erst gebacken werden.« Marie klang ein wenig angetrunken.

Als die Verkäuferin erneut mit einem typischen Sahnetortenguss-Kleidchen um die Ecke bog, winkte Erica verzweifelt ab. »Ich kann nicht mehr. Entweder sehe ich aus wie ein Knallbonbon oder wie eine Zuckergussfigur auf der Tortenspitze.«

Marie zuckte mit den Schultern. »Irgendwo zwischen Kleid sieben und was-weiß-ich … dieses Teil mit dem Carmenausschnitt. Zieh das noch mal an.«

Rüschen, zuckersüß, und wie ein Kommunionkleidchen verarbeitet – Erica rollte mit den Augen und sackte tiefer in das Sofa.

Marie leerte die Flasche. »Dann weiß ich es auch nicht. Wie wäre es mit Strapsgürtel, Korsett, Strümpfen und – ohlala … shocking! Das Strumpfband nicht zu vergessen. Weiß steht dir gut.«

Diese Farbe will ich nie wieder an dir sehen. Damals trug sie Alltagswäsche und hatte sie danach für immer entsorgt. Weiß. Nein, ihr Kleid brauchte eine andere Farbe.

George beugte sich zu ihr herab. »Wenn ich einen Vorschlag machen dürfte, Miss Erica?«

Zum ersten Mal sprach der steif und schweigsam wirkende Chauffeur sie in Maries Gegenwart an. Fasziniert saugte sich Maries Blick an dem Gesicht des Mannes fest.

»Wenn das die Lösung meines bescheuerten Problems ist, nur raus damit, George. Ich bin nahe an einem Nervenzusammenbruch und kurz davor, die Hochzeit abzublasen.« Die Verzweiflung spiegelte sich in einem hoffnungslosen Lächeln auf Ericas Lippen wider, doch die Sanftmut in Georges Augen ließ eine Idee erahnen.

Er bat die Freundinnen, in den Wagen zu steigen, bedankte sich bei der Beraterin, die enttäuscht über das entgangene Geschäft wirkte. Als der Chauffeur ihr höflich ein Trinkgeld in die Hand drückte, war Erica sicher, dass sie diesen Laden nie wieder betreten würde.

Ihr Weg führte aus der Stadt, eine Landstraße entlang und Erica sah schweigend aus dem Fenster. Die Erinnerung an die Autopanne mit Stuart, das Spiel, das danach folgte, kehrte in ihren Gedanken so präsent zurück, dass sich zwischen ihren Schenkeln ein Pochen breitmachte.

Durch den Rückspiegel traf Georges Blick sie und in seinen Augen erkannte sie Belustigung. Sie sah wieder hinaus, um Maries Aufmerksamkeit nicht zu wecken.

Der Chauffeur hielt in einer kleinen Ortschaft, die nicht mehr als fünf Häuser besaß. Statt seiner Bitte nachzukommen, im Wagen zu warten, stieg Marie aus und folgte George, etwas zeitverzögert tat Erica es ihr gleich.

Das überraschte Gesicht der jungen Frau, die die Hintertür ihres Hauses öffnete, sprach Bände. Sofort nahm sie eine devote Haltung ein. »Meister … ähm, ich meine …«

George unterbrach ihren stockenden Ansatz zu sprechen mit einer Geste, die sie gehorsam verstummen ließ.

Marie beugte sich zu Erica. »Ist er etwa auch einer von denen?«

Erica räusperte sich, presste die Lippen aufeinander, um das Auflachen nicht zuzulassen.

»Ist nicht wahr, oder?« Die Erkenntnis, dass dieser höfliche, charmante und englisch wirkende Chauffeur ein SMer war, ließ Maries Augen fast überquellen. Ihr Mund stand offen und ihr Atem stockte, als George ihren Blick mit einem dominanten Gesichtsausdruck erwiderte. Ab dem Moment ließ Marie ihn keine Sekunde mehr aus den Augen.

Der Chauffeur betrat das Haus, als die junge Frau sie einließ. Sie wagte nicht, Erica anzusehen, selbst Marie nicht. Sie führte die Gäste schweigsam in den Salon. Der Chauffeur setzte sich in einen der hohen Sessel und zog die Lederhandschuhe von seinen Fingern. »Amber, das sind Miss Erica und Miss Marie.«

Amber stand mit gesenktem Kopf und bebendem Busen neben George und deutete ein Nicken an.

»Miss Erica wird heute Sir Simon heiraten und benötigt ein besonderes Kleid.«

»Und Sie sind davon überzeugt, dass eines meiner Modelle gefallen könnte, Sir?«

George sah das Mädchen nicht an, sprach in den Raum hinein und die Wirkung seiner Worte war offensichtlich wie Streicheleinheiten für ihre Seele. »Du bist sehr geschickt mit deinen Händen, Amber.«

Sie zuckte bei der Erwähnung ihres Namens aus seinem Mund zusammen und eine Gänsehaut überlief ihre Arme.

Erica war fasziniert von der Wirkung, die George auf diese junge Frau ausübte. Seine Stimme schien sie in Erregung zu versetzen.

»Schaff deine Modelle her, jedoch weder weiß noch champagnerfarben.«

Amber verschwand für eine Weile. Ein farbiges Hochzeitskleid?

»Ich bin gespannt, Sie in Ambers Kleidern zu sehen, Miss Erica. Ich bin sicher, wir werden etwas Außergewöhnliches für Sie finden.«

Amber kam ohne Kleider zurück. »Miss Erica? Wenn Sie mir bitte folgen möchten? Ich glaube, ich habe genau das Richtige für Sie gefunden.«

Zögernd stand Erica auf und folgte der jungen Serva in einen Nebenraum. Marie sprang mit auf, als ihr bewusst zu werden schien, dass sie allein mit dem Chauffeur bleiben würde, doch Amber schloss die beiden Flügeltüren, die die Räume miteinander verbanden, bevor Marie ihnen folgen konnte.

»Wenn ich Sie bitten dürfte, sich zu entkleiden, Miss Erica?« Sie stand mit gesenkten Lidern mitten im Raum.

Erica spürte die Unsicherheit der jungen Frau und suchte ihren Blick, doch Amber sah sie nicht an.

»Würdest du mich bitte nicht Miss Erica nennen, einfach nur Erica.«

»Mein Meister ist sehr förmlich, Miss Erica. Mir steht es nicht zu, Sie vertraulich anzusprechen.«

Erica erinnerte sich, wie sie auf allen vieren durch das Separee gekrochen war, gepeinigt von der Gerte in der Hand des Chauffeurs. Sie lächelte über die Worte der Serva, als sie daran dachte, dass George für ihre Fantasie ihre Lippen mit seinem Geschlecht gefüllt hatte, während Simon und Stuart sich an ihren übrigen Körperöffnungen vergingen. Ein Beben kroch durch ihren Körper. Erica legte Jeans, T-Shirt und BH ab und bemerkte, wie sich die Augen der jungen Frau an ihrem Körper festsaugten.

»Sie sind sehr schön, Miss Erica.« Das Zittern in Ambers Stimme nahm zu, als sie näher auf Erica zukam, die weichen Rundungen ihres Körpers eingehend studierte und dann nickte. »Ja, ich bin sicher, das Kleid ist perfekt und wie für Sie gemacht.« Amber steckte sich im Vorübergehen das schulterlange blonde Haar hoch und fixierte es mit einem Stab. Sie blieb vor dem Kleidersack stehen und drehte sich um. Zum ersten Mal sah sie Erica in die Augen. »Würden Sie mir einen Wunsch gewähren, Miss Erica?« Ambers Gesicht strahlte vor Vorfreude.

Erica hätte ihr die Bitte bei diesem Anblick niemals abschlagen können. Sie nickte.

Amber zog mit beiden Händen das oberste Schubfach des Sideboards auf und holte einen Seidenschal hervor. Sie kehrte zurück und legte das Tuch über Ericas Augen.

»Ich möchte Ihr Gesicht sehen, wenn Sie sich im Spiegel betrachten, Miss Erica.«

Erika sah am aufgeregten Pochen ihrer Halsschlagader, dass ihr das Herz wild pochte, die Spannung stieg an. »Vertrauen Sie mir und überlassen Sie sich mir.«

Das leise Kichern ließ Erica die Zweideutigkeit nur zu gut verstehen.

»Ich habe dieses Kleid noch nie an einem echten Körper gesehen.«

Weicher Stoff umschmeichelte ihre Haut, zart wie die Berührungen von Schmetterlingsflügeln. Ein Hauch von Nichts floss die Rückseite ihrer Oberschenkel hinab.

Behutsam strich Amber ihr die halterlosen Strümpfe über. Die breite Spitze lag eng um ihre Schenkel knapp über den Knien, dort, wo der Rockteil des Kleides auf der Vorderseite endete. Ein Bild breitete sich vor Ericas innerem Auge aus, doch es wollte sich nicht zusammenfügen und die Anspannung stieg unerträglich.

Amber schob ihr einen Stuhl gegen die Kniekehlen und bat sie, sich zu setzen. »Ich werde jetzt Ihr Haar hochstecken.«

Ein Schnurren entglitt ihrer Kehle, als Amber begann, ihr Haar zu bürsten, es behutsam so zu stecken, dass Ericas Vorstellungskraft aussetzte. Als die junge Serva es sich auch nicht nehmen ließ, sie zu schminken, entspannte sich Erica, schluckte die Neugier hinunter und übte sich in Geduld, bis Amber ihr die Augenbinde abnahm. Die Prozedur hätte stundenlang dauern können, für Erica wirkte es wie ein flüchtiger Moment, als die junge Frau von ihr zurücktrat und sie den prüfenden Blick auf sich spürte. Ambers Lippen waren leicht geöffnet, die grauen Augen leuchteten so hell, dass es kaum möglich war, direkt hineinzusehen. Erica erhob sich von dem Stuhl, schlüpfte in die hohen Schuhe, die Amber für sie bereitgestellt hatte, und sah rot.

Blutroter Samt an ihren Füßen. Blutrote durchsichtige Stümpfe auf ihren Schenkeln. Und als Erica vor den großen Spiegel trat, erstarrte sie. Das eng geschnürte Korsett bestand aus blutrotem Samt, wie ihre Schuhe, chinesische, feinste Seide floss eine Handbreit bis zu ihren Knien und legte sich an den Seiten ihrer Oberschenkel in länger werdenden Wellen bis zum Boden und endete in einer Schleppe mit schwarzen Stickereien. Ericas Herz setzte einen Takt aus und schlug umso heftiger weiter. Statt eines Schleiers flossen von der weichen Hochsteckfrisur kleine Haarsträhnen und blutrote Seidenbänder über ihren Hals und ihre blanken Schultern.

»Oh, ich hab noch etwas vergessen.« Amber zog passende fingerlose Handschuhe aus einer Schachtel, chinesische Seide, die auf dem Unterarmrücken die Stickerei der Schleppe wiederholte. Wieder spürte sie die Berührungen von Schmetterlingsflügeln, als Amber ihr half, die Stulpen anzuziehen.

Die Künstlerin der Stoffe trat von ihr zurück, betrachtete sie, und schien den Anblick regelrecht einzuatmen. »Es ist wie für Sie gemacht, Miss Erica.«

Die Braut drehte sich von Seite zu Seite, streckte noch mehr ihre Gestalt, als es die Korsage tat. Ja, es war perfekt. Erica versuchte, sich das Gesicht von Simon vorzustellen, wenn er sie darin sehen würde. Sie strahlte, doch plötzlich sah sie Ambers Kopfschütteln. »Was ist?«

Sofort kniete sich die Serva vor Erica hin, griff unter das Kleid und strich ihr den schwarzen Spitzenslip so zärtlich von ihren Schenkeln, dass ein zartes Pochen in ihrem Schoß begann.

»So ist es besser.«

Für einen Moment war sie sprachlos. So ein kurzes Kleid ohne Höschen? Jeder seichte Windstoß könnte sie ohne Weiteres entblößen.

»Sie sind so wunderschön, Miss Erica.«

Ihre Hände streichelten die Innenseiten der Schenkel, ein seidiger Kuss knapp über dem Bund der Stümpfe ließ Erica zittern.

»Ich möchte Sie küssen, Miss Erica.«

Sie sog den Atem ein, als die Lippen der Serva sich zärtlich auf ihren rasierten Schoß legten.

Ihre Fingernägel kratzten sanft über ihre Haut und die nasse Zungenspitze grub sich behutsam zwischen ihre Schamlippen.

»Oh Gott …« Erica legte den Kopf in ihren Nacken und schluckte.

Vorsichtige Fingerspitzen öffneten ihre Scham, um der Zunge mehr Freiheit zu gewähren und Ericas Knie zitterten vor Erregung. Das Lecken der Serva brachte sie zum Stöhnen und ihre Hüften drängten sich dieser sinnlichen Gefälligkeit entgegen.

Lektion vier! Deine Lust gehört mir allein. Du wirst nie wieder ohne meine Anwesenheit zum Höhepunkt kommen. Dieses Recht entziehe ich dir.

Das Echo seiner Stimme schoss wie Lava durch ihren Geist, spannte ihren Körper und es fiel ihr unendlich schwer, doch sie trat seufzend einen Schritt von der Verführerin zurück. »Ich kann nicht.«

Amber schaute bedauernd empor und leckte sich die Lippen.

Der Anblick reizte, Simon ungehorsam zu sein, doch Erica widerstand.

»Er wird mich dafür bestrafen.« Die Worte aus Ambers Mund verwirrten sie.

»Sir George wird merken, was ich getan habe.«

Miststück! Erica versuchte, die Hitze in ihrem Gesicht loszuwerden. Dieses Biest hatte sie zu ihrem eigenen Zweck schamlos missbraucht. Würde George Simon davon unterrichten? Sie sah sich bereits an die Pfosten ihres Brautbettes gefesselt auf dem Bauch liegend und ahnte den Biss des Ledergürtels auf ihrer gezeichneten Haut. Simon hatte diesmal nicht darauf geachtet, keine Spuren zu hinterlassen. Die Bedenken waren wie Nichts von ihm abgefallen und die Male erfüllten Erica mit Stolz, denn es waren Simons Spuren auf ihrer Haut, so wie er Spuren auf ihrer Seele hinterlassen hatte, seit sie sich trafen.

Amber erhob sich, leckte Ericas Lust von ihren Fingern, die zuvor ihren Schoß liebkost hatten, und verbiss sich den Genuss auf der Unterlippe. Diese scheinbare Unschuld wirkte bezaubernd.

Als die Flügeltüren sich öffneten, stand Marie noch da, doch als sie Erica in diesem Traum aus Seide bewunderte, blieb ihr Mund offen stehen und sie sackte völlig perplex auf das Sofa zurück. »Wow!«

George erhob sich, und sein Gesicht zeigte keinerlei Regung, als er auf Erica zutrat und sie musternd umrundete.

Erwartungsvoll senkte Amber ihren Blick, verschränkte die Hände vor ihrem Körper und wartete auf das Urteil ihres Meisters.

»Donnerwetter! Na, das nenn ich ausgefallen.« Marie fand ihre Sprache wieder und starrte Erica fassungslos an. »Es ist so …«

Erica erkannte in ihren Augen, dass ihre beste Freundin sich mit dem Gedanken an ein solches Brautkleid anfreunden musste.

»Rot!«

George beugte sich über Ericas Schulter, ohne sie zu berühren, als bestünde sie aus kostbarem Porzellan. »Es ist …«

Für einen Moment zuckte Ambers Kopf empor, doch sie besann sich eines Besseren und schloss die Augen.

Ein höhnisches Grinsen glitt über die Gesichtszüge des Chauffeurs. »… perfekt!«

Erleichterung presste den angehaltenen Atem aus Ambers Lungen und sofort schoss der jungen Serva die Schamesröte auf die Wangen, als George den Duft von Ericas Haut beschnupperte und schließlich ein kalter Blick auf ihr ruhte. Mit festen Schritten blieb George vor ihr stehen und Amber zuckte wie unter einem Peitschenhieb zusammen. Genau das, was sie bezweckt hatte.

»Dein Ungehorsam wird dich teuer zu stehen kommen, Sklavin.«

Ein Wimmern drang über die zusammengepressten Lippen der Serva.

Als Marie die Worte hörte, starrte sie den Fahrer sprachlos an.

»Ich erwarte dich heute Nacht in meinem Zimmer.«

Das bedrohliche Flüstern ließ selbst Erica erbeben. Lag da ein Hauch von Faszination in Maries Blick? Erica beobachtete ihre beste Freundin genauer. Georges Worte brachten Amber dazu, wie Espenlaub zu zittern. Als Marie Ericas neugieriger Musterung gewahr wurde, räusperte sie sich wie ertappt über die aufkeimende Unsicherheit hinweg.

»Du siehst umwerfend aus, Missie. Ich meine, rot … ja, das steht dir und dieser Typ, äh …«

»Simon!«

»Ja, genau, Simon wird tot umfallen, wenn er dich sieht.«

»Ja, das würde dir so passen.«

Marie rollte mit ihren Augen und die Sicherheit kehrte zu ihr zurück.

Noch bevor die drei das Haus der Serva verließen, bat Erica die junge Modemacherin, ihr die Rechnung zu schicken, doch Amber wiegelte ab. »Oh nein, Miss Erica. Ich schenk es Ihnen, zu Ihrer Hochzeit.«

»Es wird Zeit, Miss Erica. Man erwartet uns.« Der Chauffeur hatte offensichtlich ein Telefonat geführt und steckte das Mobiltelefon in die Innentasche seiner Uniformjacke. Er schob Erica vor sich her zum Wagen.

»Aber, das kann ich doch nicht …«

George zuckte mit den Schultern, als Erica sich zierte, das kostbare Geschenk anzunehmen. Sie konnte nur erahnen, wie viele Stunden die zarten Finger an diesem Traum genäht, gestickt und angepasst hatten.

»Ich werde das klären. Seien Sie unbesorgt, Miss Erica. Amber wird ihre Belohnung erhalten.« Der Unterton in seiner Stimme stellte klar, dass die Entlohnung dieser Arbeit nichts mit Geld zu tun haben würde.

Es war nicht ganz einfach, mit diesem engen Korsett eine angenehme Sitzposition in den Polstern des Mercedes zu finden, und das Atmen fiel Erica schwer. Dennoch rückte sie näher an den Fahrersitz. »Hast du mit Simon gesprochen, George?«

Er nickte, lenkte den Wagen routiniert über die Landstraße zurück in die Stadt und schien sich über die Ungeduld zu amüsieren.

»Was hat er gesagt?«

»Es ist alles vorbereitet.«

So schnell? Sie sank in den Sitz, schoss wieder mit dem Oberkörper vor und schnappte nach Atem. »Wie spät ist es?«

»Achtzehn Uhr, Miss Erica.«

Erschrocken, wie viel Zeit verstrichen war, pustete sie sich eine Haarsträhne aus dem Gesicht. Der Tag war verstrichen wie nichts und die Verwunderung, dass sie keinerlei Müdigkeit trotz des Schlafentzugs verspürte, überraschte sie. Die Rückkehr zu Simons Anwesen versetzte sie noch mehr in Staunen und Marie pfiff beeindruckt durch die Zähne. »Himmel, wer sind all diese Leute?«

Die Straße war von parkenden Autos gesäumt und glänzendes Metall stand Stoßstange an Stoßstange, bis hinauf zu Simons Villa.

Erica zupfte am vorderen Rockteil des Kleides und die Nacktheit darunter wurde ihr mehr und mehr bewusst. Sie wünschte sich, sie hätte Amber gehindert, ihr diesen kleinen Schutz zu nehmen, auch wenn sich die Spitze unter der Seide abgemalt hätte.

George parkte den Mercedes vor dem Haus. Aus der Gartenanlage drang Musik. Erica zupfte an dem kurzen Stoff auf ihren Oberschenkeln, als sie, vorsichtig darauf bedacht, dass nichts hochrutschte, ausstieg.

»Teufel noch mal, wer bist du?« Stuarts Stimme keuchte, als er das Pferd aus seinem Gestüt zu ihr führte.

Erica starrte die geschmückte Stute an und erkannte die seidigen Nüstern. Was sollte das Tier für eine Rolle spielen? Ihre Augen weiteten sich, und sie schluckte.

»Alles in Ordnung bei dir?«

Sie strich die Seide an ihren Schenkeln glatt, betrachtete den Damensattel auf dem Rücken des Pferdes, und ihr Körper begann, zu zittern. »Das ist nicht euer Ernst, oder?«

Stuart betrachtete die Stute, wandte seinen Blick zurück auf Erica und legte die Stirn in Falten. »Wo liegt der Fehler?«

Sie konnte ihm unmöglich sagen, was ihr Problem war.

»Ich weiß zwar nicht, wer du bist, aber Erica ist seit Jahren nicht geritten und sie könnte verdammt noch mal von diesem Ungeheuer fallen. Schaff das Vieh weg.«

Erica wünschte, Marie hätte ihre Worte etwas vorsichtiger gewählt.

Als Stuart mit süffisantem Blick vor ihrer besten Freundin stehen blieb, ahnte sie, woran er dachte. Maries schroffe Art schien ihn zu interessieren. Er überragte sie um drei Kopflängen, doch Marie erwiderte stur sein fixierendes Starren und ihrer Mimik fehlte nur ein bedrohliches Knurren, und die Kampfkatze wäre perfekt gewesen.

Das Seufzen aus Ericas Kehle ließ die beiden aufhorchen. Ihr Blick wechselte von Stuart zu Marie und zurück. Na, das konnte lustig werden. »Stuart, du weißt, deine Pferde sind der Wahnsinn, aber dieses Kleid …« Sie verzog ihr Gesicht.

»Dieses Kleid ist der Hammer. Simon wird sprachlos sein.«

Er küsste ihre Stirn, sanft darauf bedacht, nichts an der Braut zu zerknittern.

Erica ließ ihren Blick über seinen eleganten Anzug gleiten und nickte beeindruckt. »Mal kein Leder?«

Er beugte sich verschwörerisch zu ihr hinunter. »Immer dabei.«

Umgehend wanderten ihre Augenpaare gleichzeitig zu Marie, die kein Wort von dem verstanden hatte, was sie redeten, aber die Missbilligung, mit der sie Stuart bedachte, war göttlich.

»Sie ist ein wenig spröde.« Seine Fingerspitzen rieben aneinander.

»Aber sie ist neugierig.« Erica hob die Augenbrauen, betrachtete ihre Freundin und konnte ihre Belustigung nicht verstecken.

Stuart verbeugte sich höfisch. »Wenn die Damen mir bitte

folgen möchten. Man erwartet Sie sehnsüchtig.« Er übergab die kunstvoll gefertigten Zügel an einen Pagen, bot Erica den Arm an und tätschelte das nervöse Zittern aus ihrer Hand.

»Was hat er gesagt?« Marie war beleidigt, denn sie ahnte, dass die Worte ihr gegolten hatten.

Erica schmunzelte in sich hinein und ließ sich vom Trauzeugen ihres Bräutigams in den Garten führen. In dem Pavillon, der extra aufgebaut war, um Erica einen Auftritt der besonderen Art zu gewährleisten, löste Stuart sich von ihr, zeigte auf die gegenüberliegende Seite, deren Stoffvorhang verschlossen war. »Dein Bräutigam wartet auf dich.«

Als er neben Marie stehen blieb und ihr den Arm anbot, schnaubte sie abwertend.

»Dann eben nicht, Zicke.«

Maries Mund öffnete sich zu einer Erwiderung, doch sie sah ihm nur sprachlos hinterher. Zornig stapfte sie ihm nach, und Erica blieb allein zurück.

Erneut stieg Nervosität in ihr empor, ließ ihre Hände zittern und doch überwog die Freude. Sie trat an den Vorhang und lauschte eine Weile dem Stimmengesäusel und der Musik, betrachtete das Gewirr vorbeigehender Menschen. Die Geräusche wurden leiser und Ericas Gedanken schweiften ab.

All die Dinge, die Simon ihr gezeigt, all die Erfahrungen, die sie durch ihn gemachte hatte, und nun stand sie hier, kurz davor, den Mann zu heiraten, den sie liebte, und der im Bett ihre Leidenschaft zu beherrschen wusste.

Sie dachte über das erste Gespräch mit Marie nach, das erste Mal, dass sie offen ausgesprochen hatte, dass sie eine Sklavin war und es genoss.

Die Nervosität fiel von ihr ab und das Zittern ihres Körpers ließ nach. Ein tiefer Atemzug, so weit das Korsett ihres blutroten Kleides es zuließ, füllte ihre Lungen. Sie straffte ihre Schultern und hob mit Stolz ihr Kinn. *Ich bin seine Sklavin und ich liebe ihn.* Ganz gleich, auf welchen Widerstand sie träfe, egal wie andere Frauen sie betrachteten. Sollten sie über sie lästern, sie als Verräterin betrachten, sie für dumm und einfältig halten. Erica wusste es besser.

Als der Vorhang geöffnet wurde, lachte sie aufrecht stehend, den Kopf erhoben. Wie verrückt diese spontane Hochzeit war, perfekter konnte sie kaum werden. Die Stuhlreihen bildeten eine Gasse bis hinunter zum aufgebauten Altar. Simon hob erst seinen Blick, als er ihr entfernt gegenüberstand und das Strahlen seiner blauen Augen entlohnte sie für den Stress. Behutsam darauf konzentriert, nicht zu stolpern, sich womöglich vor den Gästen tollpatschig der Länge nach auf die Nase zu legen, schritt sie den Weg entlang. Flüstern und bewundernde Blicke begleiteten sie.

Simon saugte jede ihrer Bewegungen in sich auf, als wolle er das Bild für immer in sein Gedächtnis brennen.

Alles, was ich jemals wollte –, alles, was ich jemals brauchte, liegt hier in meinen Armen.

Erica merkte auf, als sie die bekannten Worte des alten Depeche Mode Songs hörte, und ein warmes Schaudern erfasste ihren Körper. Als sie vor ihm stand, übergab er ihr einen Strauß roter Rosen, gebunden in einem schwarzen Lederband.

Sie wollte etwas sagen, doch Simon legte ihr die Fingerspitzen auf die Lippen. Seine Augen wanderten an ihrem Körper hinunter.

Worte sind unnötig. Sie würden nur zerstören. Als würde der Song vortragen, was Simon dachte, küsste er ihre Fingerspitzen und Erica ertrank in seinem Blick.

Sie bekam das Verstummen der Musik nicht mit, spürte nicht das Einrasten von Handschellen um ihr rechtes Handgelenk, und erst als sie Sevillas zuckersüßes Grinsen vor sich erkannte, stockte sie. Die schöne Domina betrachtete die beiden vor sich und Erica war versucht, Simon zu fragen, was Sevilla hier machte, doch sie widerstand und versuchte, ihren Atem zu kontrollieren.

»Liebe Gäste, liebes Brautpaar.« Ihr Lächeln war wie eine warme Brise. »Wir haben uns hier zusammengefunden, um dieses wunderbare Paar in den Stand der Ehe zu führen.« Sevilla klang so professionell, dass kein Zweifel daran bestand, dass sie so etwas nicht zum ersten Mal tat. »Sir Simon. Erica. Die goldenen Schellen sind das Symbol eurer Verbindung.« Sevilla hob Ericas rechte Hand an und sie hörte das leise Klirren der Kette, die die Handschellen miteinander verband. »Ich frage Sie, Sir Simon DiLucca. Ist es Ihr Wunsch, die Sklavin an Ihrer Seite zu beherrschen, sie zu führen, zu züchtigen und zu lieben? Sie auf ewig an Sie zu binden und sie Ihrem Willen zu unterwerfen? So antworten Sie mit ›Das ist mein Wille und Wunsch‹«. Das Lächeln auf ihren Lippen ließ Erica wissen, was sie dachte.

Simon sah sie nicht an. »Das ist mein Wille und Wunsch.«

Sevilla nickte anerkennend, hob ihr Kinn mit dominantem Gesichtsausdruck und starrte in Ericas Augen. »Ich frage dich, Sklavin. Willst du Sir Simon auf ewig dienen, unterwürfig seinen Wünschen entsprechen, ihn lieben und ihm mit Demut begegnen, ihn als deinen einzigen Herrn anerkennen? So antworte mit ›Sein Wille geschehe‹.«

Erica schluckte, die Worte klangen seltsam, doch nicht unvertraut. Ihr Blick wanderte zu Simons Gesicht. Ein angedeutetes Lächeln zuckte um seine Mundwinkel. Eine Peitsche zuckte durch die Luft und Erica fuhr zusammen, als der Knall das Nichts traf.

»Sein Wille geschehe.«

Leises Lachen ertönte in ihrem Rücken, süffisant, höhnisch. Sie war versucht, sich umzudrehen, der Arroganz nachzuspüren, doch sie widerstand und das Summen in ihrem Körper verstummte.

»Knie nieder und küss die Hand deines Herrn, als Zeichen deiner Unterwerfung.«

Sie hörte, wie Marie fassungslos keuchte. Erica zögerte, dies war für immer und das warme Pochen in ihrem Inneren breitete sich aus, schoss durch ihre Adern und ließ sie in die Knie sinken. Ihre Fingerspitzen schoben sich in seine Handinnenfläche, mit Hingabe küsste sie seine Knöchel, und als ihre Zunge kleine Kreise leckte, entlockte es Simon ein Lachen. Sie hob ihren frechen Blick. »Danke, Herr.« Der Unterton in diesen Worten und das Wispern waren nur für seine Ohren bestimmt.

»Das Halsband!«

Vorfreude glitt über ihr Gesicht, als Simon von einem Brokatkissen auf Stuarts Händen ein aus Silber angefertigtes Halsband nahm, sich zu ihr herunterbeugte und es um ihren Hals legte. Das Collier ähnelte einem Hundehalsband, doch die Verzierungen und funkelnden Edelsteine darauf gaben erst bei einem näheren Blick sein Geheimnis preis. Seine Lippen streiften ihre Stirn. »Ich hab es anfertigen lassen, als ich mir sicher war.« Das Flüstern floss durch ihr Haar, sein Atem streichelte ihr Gesicht, und Erica schloss die Augen.

»Damit ist der Bund für die Ewigkeit geschlossen.« Sevilla fragte nicht nach Einwänden gegen diese Ehe. Die rothaarige Standesbeamtin küsste die Wangen des Doms zum Gratulieren und hob Ericas Kinn empor. »Du wirst ihn hoffentlich glücklich machen.«

Zuerst war Erica sich nicht sicher, ob sie die Geste richtig deutete, doch Sevilla hatte ihr zugezwinkert und ging voraus. Applaus begleitete das Brautpaar den Gang entlang zum eigentlichen Fest.

Die anwesenden Gäste schüttelten Simons Hand, nickten Erica zu, und sie fand schnell heraus, wie viele der Anwesenden aus der SM-Szene stammten. Dominante beglückwünschten nur Simon, die Devoten wagten nicht einmal das. Andere Gäste strahlten auch Erica hingerissen an, umarmten und drückten sie, bis Marie sie beiseite zog.

Der Vorwurf in ihrem Blick war unverkennbar, doch bevor sie einen Ton sagen konnte, legte sich Stuarts Arm um die Schulter der Freundin. Belästigt schüttelte sie ihn ab.

»Fass mich ja nicht an, du … du … Typ!«

»Ehe das Fest vorbei ist, liegst du quietschend vor Geilheit in meinen Armen, Kätzchen.«

Einen Moment lang starrte Marie ihn an, als er sich flüsternd zu ihr hinunterbeugte, doch dann regte sich ihr Stolz. »Scheißkerl, verpiss dich bloß.«

Trotz dieser barschen Antwort sah sie ihm hinterher, nachdem er Erica geküsst hatte und ihr noch einmal versicherte, wie umwerfend sie gewirkt hatte bei der Trauung.

»Der nervt!«

Erica überkreuzte ihre Arme vor dem Körper und betrachtete ihre Freundin. »Was?« Marie wirkte genervt, aber Erica kannte sie besser. »Du findest ihn gut.« Ihr wissendes Lächeln brachte Marie zum Stöhnen.

»Warum muss dieser geile Typ so unverschämt sein. Lass mich raten, er ist auch so ein Perverser, richtig?« Krampfhaft hielt Marie die Abscheu aufrecht, doch irgendetwas schien sich in ihrer Einstellung verändert zu haben. Selbst die verbale Abscheu wirkte nur noch halbherzig und unsicher.

»Sieh dich vor, Punk. Der Typ kann dich mit einem Fingerschnippen in die Knie zwingen.« Lachend ließ Erica sie stehen.

Das Fest wandelte sich, je später der Abend wurde. Manche der Pärchen nutzen die Gelegenheit, unverblümt ihre Spielchen im Garten zu beginnen. Hier und da ertönte aus den verwinkelten Gartennischen Stöhnen, Keuchen und Jammern.

Jemand berührte sanft Ericas nackte Schulter, als sie sich in einem Gespräch mit Geschäftspartnern ihres Mannes befand.

Simon stand mit Sevilla neben ihr. »Es wird Zeit, dass ihr euch kennenlernt.«

Unbehagen keimte in ihr empor, das seltsame Gefühl, das sie hatte, als sie ihr das erste Mal begegnet war. Sevilla war eine umwerfende Schönheit, aber die Kälte, die sie für Erica ausstrahlte, verdarb diesen Anblick.

Simon schien ihre Gedanken zu erraten. »Ich habe dir doch von der Frau erzählt, die die Neigung in mir geweckt hat.«

Ericas Kopf ruckte von Simons Gesicht zu Sevilla und zurück. Unmöglich! Nein … doch.

Simon nickte, denn ihre Mimik verriet jedes Wort, das durch ihre Gedanken floss.

Die Vorstellung aus Simons Erzählung – Sevilla auf Knien, angekettet, demütig wartend. Die stolze Frau vor ihr wollte nicht in dieses Bild passen, auch wenn sie die Geschichte bereits kannte. Wenn sie in das Gesicht dieser Frau sah, war es fast unmöglich, das zu glauben. »Wie …« Sie konnte nicht die richtige Formulierung zu einer Frage zusammenstellen und schüttelte ungläubig den Kopf.

Das Lachen auf Sevillas Gesicht war offen und leidenschaftlich. »Ich bin beides, kann sowohl extrem unterwürfig als auch sehr dominant sein.«

Die sanften Berührungen eines Schwesterkusses auf Ericas Wangen brannten wie Feuer nach.

»Ich bin so froh, dass er dich gefunden hat. Mein Bedauern wirst du mir sicherlich nachsehen, dass er für mich für immer verloren ist – als Meister. Aber ich weiß ihn bei dir gut aufgehoben.«

Erica erkannte Maurice hinter Sevilla. Er sah verändert aus in dem modern geschnittenen Anzug, doch noch etwas war anders.

Seine Hände legten sich wie selbstverständlich um die Taille der Domina, zogen ihren Körper an seinen Leib und seine Lippen wanderten fordernd über ihren gebogenen Hals.

Erica hörte nicht, was er ihr ins Ohr flüsterte, doch das Schnurren aus Sevillas Kehle verwirrte sie noch mehr. Ohne ein Wort der Verabschiedung wandten die beiden sich um.

»Sie wechseln ständig je nach Laune die Rollen.« Simons warme Hände berührten ihre Schultern und Erica umschlang seine schlanke Taille.

»Hast du jemals die Rollen getauscht?«

Simons tiefer Atemzug ließ sie auflachen.

»Erzähl!«

Er hob den Zeigefinger. »Nur einmal ... und bevor du auf dumme Ideen kommst, das will ich nie wieder erleben.«

Sie fragte nicht nach, der Gesichtsausdruck, mit dem er sie bedachte, ließ sie herzhaft lachen, sodass sie nach Atem schnappte. Sie legte die Hände auf ihr Korsett und blickte gequält. »Ich muss dieses verdammte Ding loswerden.«

»Ungern.« Er studierte sie eingehend, hob die rechte Augenbraue, als würde sich hinter seinem Blick eine Idee manifestieren.

Sie quietschte vergnügt auf, als er sie auf seine Arme hob und an den Festgästen vorbeitrug.

»Mir ist da heute etwas zu Ohren gekommen ...«

Empört begann Erica, sich in seinen Armen zu winden. *Amber!* Spielerisch trommelte sie gegen seine Schulter. »Dieser Verräter.«

Simon hielt im Schritt inne, drehte sich um und ließ Erica von seinen Armen gleiten, bis sie auf eigenen Füßen stand. Als sie erneut anhob, zu sprechen, legte er ihr die Hand über den Mund und ein seltsames Funkeln blitzte in seinen Augen. Erica drehte sich in die Richtung, in die er sah.

Marie stand mit dem Gesicht zur Hauswand, etwas versteckt in dem schmalen Gang, der von einer Hecke vor Blicken aus dem Gartenbereich schützte. Ein wenig vorgebeugt streckte sie ihr entblößtes Hinterteil aus und die Hand in ihrem Nacken zwang sie, stillzuhalten. Eine Hand grub sich zwischen ihre Schenkel und das heisere Keuchen aus ihrer Kehle bezeugte ihre Erregung. Stuarts Fingerspiel in ihrem Schoß beschleunigte sich hartnäckig und das leise höhnische Knurren floss über Maries Rücken.

»Willst du immer noch behaupten, du bist nicht willig, Kätzchen?« Sein barscher Tonfall entlockte Marie ein Stöhnen. Seine Lippen näherten sich ihrem Ohr, doch seine Worte sprach er laut und deutlich aus. »Ich halte meine Versprechen immer!«

Erica war versucht, ihre Freundin in flagranti zu überrumpeln, ihr Gesicht zu sehen, wenn sie Marie ansprach, während Stuart sie dominierte und seine Finger in ihr feuchtes Fleisch bohrte, doch Simon hielt ihr den Mund zu, umschlang ihre Taille und zog sie mit sich.

Erica wehrte sich, zappelte, kicherte gegen die Handfläche, die sie knebelte.

Stuart hielt Wort, denn das erlösende Quietschen ihrer Freundin, als sie unter der Hand des Masters explodierte, begleitete Erica und Simon ins Innere des Hauses.

Simon öffnete die Tür zum Schlafzimmer und warf seine Braut etwas unwirsch auf das Bett, doch sie landete sanft und lachend. »Hast du das gesehen?« Sie rang nach Atem und konnte kaum einen klaren Satz formulieren. »Ausgerechnet sie … was hat sie sich aufgeregt, als ich ihr erzählte, was wir beide treiben.«

Simon schwieg und lauschte ihren gekeuchten Worten. Er füllte zwei Kelche mit Rotwein.

Erica war so aufgekratzt, dass sie sich kaum beruhigen konnte. »Wenn er ihr erst seine Peitschensammlung zeigt, kreischt sie …« Sie warf sich lachend bei dem Gedanken in die Kissen.

Simon trat mit den Gläsern an das Bett.

Sie leerte den Wein zur Hälfte und bemerkte, wie angetrunken sie war.

Die hohen roten Samtschuhe prallten dumpf auf dem Boden auf, als Simon sie von ihren Füßen zog. Er zog ihren Körper an den Rand der Bettseite und schickte seine Hände an ihren Schenkeln empor.

Die Laute aus ihrem Mund wechselten zu einem atemlosen Keuchen, als Erica seine ernsten Gesichtszüge sah.

»Wo hat sie dich berührt?« Die Worte tropften heiß wie Wachs auf ihre Haut. »Hier?« Seine Finger glitten zwischen ihre geschlossenen Beine, schoben sich höher. »Wo noch?«

Sein Tonfall wurde leiser. Die Seite seines Zeigefingers strich gegen ihre nackte Scham, und Simon hob die Augenbrauen. Er beugte sich über sie, fixierte ihren Blick.

»Hat sie dich geleckt?«

Erica schluckte.

»Amber kann keiner Pussy widerstehen, wenn sie sie riecht.«

Den Schrei aus ihrer Kehle verbiss sie sich auf der Unterlippe, als er grob seine Finger in sie einführte.

Das Wechselspiel aus süßem Schmerz, Schock und aufkeimender Erregung brannte in seinem Blick.

»Ja, sie hat dich geleckt und du hast es zugelassen.«

Plötzlich war sie wieder nüchtern.

»Waren ihre Finger da, wo meine jetzt sind?« Sie gruben sich noch tiefer in ihren Schoß.

»JA!« Erica bog ihren Kopf in ihren Nacken und bäumte ihren Oberkörper auf.

Mit einem Mal entzog er ihr die Hand, setzte sich neben sie aufs Bett und lutschte ihre nasse Lust von seinen Fingerspitzen. Sein Glitzern in den Augen ließ sie zittern, als er seine Kuppen eingehend betrachtete. »Am Tag deiner Hochzeit mit deinem

Herrn lässt du dich von einer Serva lecken. Was glaubst du, soll ich jetzt mit dir tun?«

Das Zucken ihrer Schultern ließ knurrend seinen Kopf herumfahren. Seine funkelnden Augen verstärkten das Beben in ihrem Leib und das Pulsieren in ihrem Geschlecht nahm zu.

Sie erhob sich von dem Bett, doch er hielt sie auf, als sie sich zwischen seine Beine knien wollte. Zärtlich strich die blutrote chinesische Seide auf der Vorderseite ihrer Beine entlang.

Seine Hände umschlangen ihre Pobacken über dem Stoff. Ihr Atem stockte, als das leise Reißen zu hören war, das den Rockteil nach und nach von dem Korsett trennte. Achtlos fiel der Fetzen zu Boden und sie stand mit blankem Unterleib vor ihm. Simon griff nach der kunstvoll geschlungenen Silberöse an ihrem Halsband und zog sie zu sich hinunter. »Ich werde dir den Hintern versohlen, bis ich sicher sein kann, dass du Lektion Nummer vier verstanden hast.« Er riss sie der Länge nach über seine Knie und Erica schrie auf, noch bevor der erste Schlag seiner flachen Hand ihre Pobacken traf.

»Aber ich bin nicht gekommen …«

Das Lachen floss in ihr Unterbewusstsein. Hatte Simon das etwa geplant? War George nur einer Anweisung gefolgt und hatte sie absichtlich zu Amber gebracht?

»Bastard!« Das Vergnügen in ihrer Stimme brachte ihr den ersten Hieb ein, der wie Feuer auf ihrem Hintern brannte und mit jeder weiteren Züchtigung entspannte sie sich, schloss die Augen und ließ sich von dem Schmerz in die Erregung treiben …

Als der rote Porsche am nächsten Morgen davonfuhr, hob Stuart zum Abschied seine Hand. Die Flitterwochen würden die beiden wohl mehr im Bett als bei den Sehenswürdigkeiten von Florenz verbringen. Stuart atmete durch und sah hinauf zum Morgenhimmel.

Lauter werdendes Gezeter riss ihn aus seinen Gedanken. Marie sah ihn zornig an, schüttelte ihre Faust vor seinem Gesicht. »Du widerlicher, mieser Hurensohn. Mein Arsch brennt wie die Hölle und du hast die Situation schamlos ausgenutzt. Ich war total betrunken, du Scheißkerl.«

Ihr Gang wirkte etwas – verhindert und zeichnete Stuart ein amüsiertes Schmunzeln auf seine Lippen.

»Dreckskerl!« Hektisch, wie sie wirkte, brauchte sie mehrere Anläufe, die richtige Nummer in das Mobiltelefon zu tippen, um sich ein Taxi zu rufen.

Die Kampfkatze fluchte wie ein Rohrspatz. Maries Wangen leuchteten und Stuart sah, dass sie sich abgrundtief für die letzte Nacht schämte.

Langsam stieg er die Steintreppe hinab, musterte sie mit jedem Schritt, den er sich ihr näherte. Sie wich zurück.

»Wage es ja nicht, mich anzufassen, Perversling.« Ihre Stimme zitterte. »Wage es nicht.«

Die Drohung prallte an ihm ab. Marie kreischte lauthals, als er sie über seine Schulter hob, die flache Hand auf ihren geschundenen Hintern klatschen ließ und lachte. »Du hast es immer noch nicht begriffen, aber sei gewiss, kleines Kätzchen, *dich* werde ich auch noch zähmen.«

Ihre Schreie und die wütenden Flüche, die sie ausstieß, verhallten in dem großen Haus ungehört. Niemand würde sie stören.

Ende

Carly Phillips

»Rasant und sexy!« ***The New York Times***

978-3-453-58046-6

Die Barron-Serie:

Ich will doch nur küssen
978-3-453-40939-2

Die Single-Serie:

Küss mich doch!
978-3-453-40810-4

Verlieb dich!
978-3-453-40844-9

Die Corwin-Trilogie:

Trau dich endlich!
978-3-453-58046-6

Spiel mit mir!
978-3-453-58047-3

Mach doch!
978-3-453-40771-8

Die Chandler-Trilogie:

Der letzte Kuss
978-3-453-87356-8

Der Tag der Träume
978-3-453-87765-8

Für eine Nacht
978-3-453-49108-3

Die Hot-Zone-Serie:

Mach mich nicht an!
978-3-453-58021-3

Her mit den Jungs!
978-3-453-58025-1

Komm schon!
978-3-453-58030-5

Geht's noch?
978-3-453-58045-9

Einzeltitel:

Küss mich, Kleiner!
978-3-453-58043-5

Leseproben unter: **www.heyne.de**

HEYNE